長生き競争！

ノベルス文庫

黒野伸一

廣済堂文庫

目次

第一章　はじまり

「おっ」

コンビニの陳列棚から顔を上げると、目の前に、見事に禿《は》げ上がった老人の顔があった。らっきょうのような頭をした年寄りだと、わたしは思った。

「あんたは、もしかして――」

自分と同じく、随分と年を食っている男の染みの浮き出た顔をまじまじと見つめた。このイイダコみたいな頭に鬘《かつら》をかぶせ、弛《たる》んだ顔の皮膚を、思い切り引っ張り上げれば、遙《はる》か昔に見知った造形が、おぼろげながら浮かび上がってくる。

「聡《さとし》だろ。白石《しらいし》聡だ。こいつあ驚いた」

先にこちらの名前を言われてしまった。

「弘《ひろし》か。吉沢《よしざわ》弘だな。いや、驚いた。何年ぶりだよ」

「小学校以来だからなあ。半世紀は超えてるぜ。それにしても、あんた――おめえ面影あんぞ。変わってねえよ。驚いたよ」

「そういう弘だって」

「ばかやろう。おれはもうりっぱなじじいだよ。髪の毛なんか全部抜け落ちちまってよ。顔だってこの通り、染みだらけだ。お前はふさふさじゃねえか。目元だって当時のガキ大将のまんまだ」

弘は僅《わず》かに残っている、耳の上の髪の毛のあたりをぽりぽりと掻《か》いた。

「おいおい。そんなこたあないよ。おれだって、もうじじいだ。お前こそ色艶《いろつや》いいじゃないか。健康そうだ」

「健康なわけがねえやな。この年になると、高血圧やら、白内障やら、痛風やら、肝臓やら。数え上げるときりがねえ」

「お前もか。おれもずっと降圧剤飲んでるよ。飲まないと、下が百を超えるからな」

「何？　血圧だけかよ、おめえは。おれなんざ、それ以外にも歯周病と血糖値と……」

これをきっかけに、暫《しば》く健康談義に花が咲いた。年寄り同士というのは、半世紀以上音信不通が続いた後再会しても、とりあえずこういう話題からは逃れられないものらしい。他にしゃべることは山ほどあるだろうに。唾《つば》を飛ばしながら大声でしゃべっているふたりの老人に、コンビニの客がちらちらと迷惑そうな視線を送った。

「そうかい、そうかい。ま、お互い健康には留意せんとな。それにしても聡、お前はホント丈夫そうだな。その歯もホンモノだろう。おれなんざ、おめえ——いや、こういう話はもうやめよう。きりがねえや。それよりお前S町に戻ってたんか。いつからここにいたんだ。連絡くらいよこしゃよかったのに」

「いや、先週ここに越してきたばかりなんだよ」

「何でその年になって急によ。ノスタルジーってやつか」

わたしはここS町で生まれた。弘と同じ地元のS小学校に通い、五年生の二学期に、川崎に引っ越した。神武《じんむ》天皇が即位して二千六百年目を迎えた年だ。その翌年には太平洋戦争が勃発《ぼっぱつ》した。

「いやそういうわけじゃないんだが——まあ、それも少しはあったかもしれんが、前に住んでいた古い家にガタが来てね。もう築四十年超えてたから、雨漏りがひどかったんだよ。屋根瓦《やねがわら》全面取り替えで、五百万かかるっていわれてな。それ以外にもあちこち手を加えると、一千万近くかかりそうだったから、こりゃあ引っ越したほうがいいかなって」

「屋根瓦張り替えるだけで五百万かよ。そんなにかかるのか？　おめえ騙《だま》されたんじゃねえのか。それってリフォーム詐欺《さぎ》だろう」

萎《しな》びたタコのようになってしまった小学校の同窓生が、八の字に下がった眉根を寄せる。

「今から思えばそうかもな。それとおれは今、娘と暮らしていて——今年四十一にもなるってのに、未《いま》だに結婚もしないで親と同居してる一人娘なんだが、まあそれはともかく、その娘が前の会社辞めて、横浜駅の近くに新しい職場見つけてな」

「なるほど。横浜駅だったらここから電車で一駅だもんな。で、どこに越してきたんだい」

「八幡《はちまん》神社あるだろう。あそこの裏に、ちょうど手ごろな価格の中古物件が見つかった」

「なんだい。おれんちから歩いて十五分もかからねえじゃねえか。それで今まで顔見せなかったのか。ったくお前ってやつはよ」

「だから、先週引っ越してきたばかりだって、さっき言っただろ。荷物の整理やら、挨拶回りなんかでばたばたしてたんだよ。それにしても、この辺も随分変わっちまったな。変わらないのは八幡様だけだ。後はまるでもう、別世界みたいだ」

「当たり前だろ。おめえが知ってるS町はアメ公とドンパチやる前の、S町だろうが。あれから空襲があって、この辺り一帯は焼け野原よ。おれたち家族は焼け出されたぜ。お袋は関東大震災に次いで二度目だって、おいおい泣いてやがったけどな。神社だけは奇跡的に難を逃れたんだ。それからおめえ、戦後になってバラックがまたぽつぽつ建つようになって――いや、ばかやろう。戦後六十年も経ってんだぞ。それから何回も町並みが変わって、年寄りはどんどんくたばって、こういう町が出来上がったんじゃねえか。随分変わったっておめえ、そんなこと当たり前だろ。何年経ったと思ってる。変わらないでどうすんだよ」

「まったくだな」

わたしが笑うと、弘も釣られて「がははは」と大口を開けて笑った。何のくすみもない、きれいな奥歯だ。総入れ歯に違いない。

弘の無防備な笑い顔を見ているうちに、わたしの意識はいきなり六十五年の時を超えた。

校庭の大銀杏《おおいちょう》。コの字型の古い木造校舎。階段を上がると、ぎしぎしと音を立てた。木の手すりが朽ちかけ、触るとぐらぐら揺れた。階段の踊り場から、鉄棒のように手すりに飛び乗り、そのまま横向きに滑って一階に着地するのが、当時のもっとも危険で勇気ある遊びだった。危ないから禁止されていたのに、一階へ下りる際、必ずこの横滑りをやった。おそらくこんなことをやり始めたのは、わたしが最初だっただろう。腕白な子供たちは、こぞってわたしに追随した。

「また、お前らか。どうして決められたことを守れないんだ。廊下に立ってろ」

袴《はかま》を穿《は》いた担任教師に叱られ、水をいっぱいに入れたバケツを両手に持って、廊下に立たされた。傍らには、同じ格好で歯を食いしばっている弘がいた。

「ところで、おまえ奥さんのほうは」

弘のしわがれた声に、わたしははっと我に返った。

「死んだよ。もう随分前にな。おれが定年迎える直前だった」

四十年近く連れ添った妻琴絵《ことえ》は、六十二歳の若さで逝《い》った。

「まだ若かったんだろ。病気か」

「心筋梗塞《こうそく》だ」

「そうか。まあおれんとこも、逝っちまったがね。二年前。大腸癌《がん》だったよ」

「そうか……」

「この年になると、あちこちでぽつぽつ逝くな」

「うむ」

健康談義の後は死人の話。これも年寄りにとっては避けられない話題だ。

「ああそうだ。おまえ同窓会来ないか」

「同窓会? 同窓会って小学校のか」

「おれたちは六年一組の会って呼んでるんだがな。四年一組時代からおれたちずっと、クラス替え無かっただろ。ああ、おまえは途中で転校しちまったんだったたな」

「そういえば四年の時、おまえと一緒になったたな。五年に進級する時は確かクラス替えはなかった。あのクラスのまんま卒業したのか」

「おおよ。六年でも組替えはなかったよ。だからおれたちは結束が固いんだ」

わたしと弘がいたのは、S小学校で当時学年に一組しかなかった、男女混成のクラスだ。混成クラスの他には、男子だけのクラスが二組、女子だけのが一組あった。軍事色がますます濃くなっていたあの時代に、男女混成組なるものが存在していたこと自体、不思議といえば不思議である。

「おまえたち、まだ連絡取り合っているのか。驚いたな」

「まあ、しぶとくこの町に残った連中だけのサークルだけどな。現役で忙しい時には、みんな自分のことで手一杯だったけど、隠居しちまうと暇ができるだろ。それで近所をふらふらしているうちに、あちこちで見知った顔に出会って、『なんだ、お前か。老けたな』『そいつあお互い様だろ』ってな感じで会話が始まって。ちょうど今のお前と、おれみたいなもんだ。で、あいつはどうした、あいつはまだ生きてるのかって話が弾んで、じゃあ一遍集まってみようぜってことになってな。それから毎年、飲み屋で会合が始まったんだよ。

最初のころは二十人近くいたんだが、徐々にメンバーが減ってな。人数が減るに従って、みんな前より頻繁に集まるようになったぜ。知らぬ間にポックリ逝ってちゃ困るからって。がははははっ。今じゃ不定期だが、三ヶ月に一遍ぐらいのペースで集まってるかな」

「メンバーは何人くらいだ」

「そうさな。十人弱といったところだな。ちょうど来週駅前の『蓮華《れんげ》』って飲み屋に集まることになってんだよ。来るだろ」

「お邪魔じゃないかな」

「どうしてだ」

「だって、みんなもう随分前から顔見知りなんだろ」

「な〜に言ってやがんだ。ばかやろう」

禿げ上がった老人は、また眉根を寄せた。この表情と、この頭は案外よくマッチしていると思った。

「お前だって、随分前からの顔見知りじゃねえか。六十五年前だぞ。みんなお前が来れば、喜ぶよ。なんたっておめえ、ガキ大将だったからな。おお、あの乱暴者の白石聡か。まだ生きていやがったか。ふてえ野郎だ。どんな偏屈じじいになったんだって、きっとみんな興味津々だぜ」

「おれはガキ大将じゃなかっただろ。ガキ大将はおまえじゃないか」

「なんのなんの。おめえにゃ敵《かな》わなかったよ。野球でも、かけっこでも、喧嘩《けんか》でもな」

結局六十五年ぶりに会った級友の誘いをＯＫすることになった。黒糖焼酎とピザ饅《まん》を買った弘は「じゃあまた改めて連絡するからな」と言い残し、去っていった。

わたしは老人の、福禄寿《ふくろくじゅ》のような後ろ姿をしばらく見送った。足取りはしっかりしているが、少し猫背で、萎《しぼ》んでいるように見える。当たり前すぎるほど、当たり前なことではあるが、小学五年当時の躍動的な面影を、その後ろ姿に見ることはない。萎んだ背中を見ている己自身の背中は、傍《はた》からはもっと萎んで見えているのかもしれない。

コンビニを出ると、唐突にここが昔、ガラス屋であったことを思い出した。

――そうだよ。それにこの道は、通学路だったじゃないか。ここをまっすぐ行って、あそこの角を左に曲がると、S小学校だ。ぼろぼろだった母校の校舎も、今や鉄筋コンクリート三階建てのモダンな建物になった。校庭の大銀杏は、戦火にでもあったのか、消失してしまった。

斜め向かいの、別のコンビニがある場所には、小さな市場が立っていた。その正面の駐車場は、確か風呂屋だったはずだ。辺り一帯にドブが流れ、ところどころドブ板が抜け落ち、悪臭を放っていた。お風呂屋の正面のドブでは、群生した糸ミミズが、まるで赤いもずくのように、ゆらゆらと下水の流れに身をゆだねていたっけ。

級友に偶然出会ったことが皮切りとなり、海馬《かいば》の底で眠っていた過去の記憶が、数十年ぶりに頭をもたげはじめた。古い脳細胞の海から、いきなり浮かび上がったそれらは、驚くほど鮮明な光を放っていた。

最近起きたことはどんどん忘れてゆくのに、どうしてこんな大昔のことをはっきりと思い出せるのだろう。

わたしはコンビニの袋を提げ、帰路につきながら、少年時代の記憶が溢れ出るに任せた。宅配便を運ぶ軽トラックが、クラクションを鳴らしながら、すぐ脇を通り過ぎていく。

それが合図のように、脳裏には一人の背の高い痩せた少年の姿が浮かび上がった。当時にしては珍しい長髪で、長い前髪を片目が隠れんばかりに垂らしていた。背が高く、手足が長く、ため息をつきながら前髪を掻き上げる仕草が、崩れた文士のようで、キザな野郎だというのが、わたしの第一印象だった。

その少年の脇には、もう一人の少年がいた。小柄で色白で、ぽちゃぽちゃしたもち肌をしている。この子供のことはよく知っていた。いつも舶来製の洋服なんかを身に着けた、長髪少年に負けず劣らず、キザな子供だ。入学式の日に、蝶ネクタイを締めて現れたのには、さすがに面食らった。

記憶の中でのわたしも同じような年齢（多分小学三年）の子供で、この二人に対峙《たいじ》しているのだった。

と、色白少年が、傍らのキザ野郎に何か耳打ちした。キザ野郎は首を傾け、ふんふんと無表情に相槌《あいづち》を打った後、大きなモーションをつけて前髪を掻き上げた。

「おめえ白石っての？」

姿格好に似合わず、べらんめえ口調で話すやつだと思った。

「そうだ」

「相撲つえーんだってな」

「普通だよ」

少年はフンと鼻を鳴らすと、また前髪を掻き上げた。

「相撲なんて強くてもダメだよ。よえーよ」

「……」

「本当につえーやつはな。こういうの、できんだよ」

言うなりキザ野郎は左右の拳《こぶし》を握り、シュッシュッとワザとらしく息を吐きながら、パンチを繰り出した。どうやら拳闘の真似事らしい。しかしなかなか様になっていた。

「やっちゃえよ」

色白少年の声に、長髪のキザな少年はシャドウボクシングをしながらわたしに近づいてきた。何故かは知らないが、喧嘩をふっかけられているらしい。

いや――。

何故かは何となく分かった。わたしがこれより少し前に、色白少年を殴ったからだ。

盧溝橋《ろこうきょう》事件を機に、日中戦争が始まり、贅沢《ぜいたく》は敵だとされたご時世に、舶来品の万年筆だの、ペーパーナイフだの、小学生が使いもしないようなものを学校へ持ち込んでは、しきりに自慢ばかりしていたので、頭にきてぶん殴ってやったのだ。

キザ男の「シュッシュッ」が徐々に近づいてきた。どうしたものかと考えながら、一応臨戦態勢を取ろうとした時、繰り出された拳が左の頬骨に命中した。

星が煌《きら》めき、一瞬意識が遠のいた。それを何とか堪《こら》えることができたのは、瞳の裏を焦がす勢いで迸《ほとばし》った、怒りのおかげだった。

気がつくと、キザ少年に突進していた。そして相手の右足を素早く両腕で抱え、「朽木《くちき》倒し」の要領で、地面に押し倒してから、馬乗りになった。間、髪をいれず、下から繰り出されたパンチが、顎《あご》を捕らえる。先ほどよりさらに激しい、頭の天辺《てっぺん》を突き抜ける衝撃があった。

わたしは両拳を固く握り締め、暴れ太鼓のように鉄槌《てっつい》を打ち下ろした。相手に反撃する余裕を与えぬ、鉄の拳の雨霰《あめあられ》に、最初は抵抗していた少年も最後には成す術《すべ》も無く、打たれるままになった。

そろそろやめようかと思っていた矢先、後ろから首根っこを引っ張られ、振り向いた瞬間、頬を張られた。学年主任の「ボスゴリラ」が仁王立ちして、わたしを睨《にら》んでいた。

「大丈夫か、吉沢」

差し出された太い腕を払いのけ、キザ野郎は自力で立ち上がった。

「大丈夫です。始めたの、おれの方ですから」

キザ野郎——吉沢弘は、ズボンの尻についた泥を掃《はら》うと、「おい、ちょっと待てよ」というボスゴリラの声を無視して、ずんずんと校舎の方へ歩き始めた。色白少年の方は、もうとっくにどこかにトンズラしていた。

これが吉沢弘との初めての出会いだった。

やがてわたしは四年に進級し、組替えで吉沢弘と一緒のクラスになった。しかし、そんなことより、わたしには「男女混成クラス」というのがまったくもって心外だった。

——どうして、女と同じクラスなんだよ。

男女七歳にして席を同じうせずという、『礼記《らいき》』の教えは一体どうなったんだ。

女というのはちゃらちゃらしていて、きゃあきゃあ煩《うるさ》くて、すぐ泣いて、少年時代のわたしには、どうにも異世界の生き物のように思えた。はっきり言って、苦手だった。

おまけに混成クラスは、他のクラスの児童から「夫婦組《めおと》」とからかわれた。○○と××は夫婦の契りを結んでいるなどと、噂を立てられ、あざ笑われた。今から思えば、みんな嫉妬していたのだろうが。

クラスの女子を一瞥《いちべつ》さえしなかったわたしとは対照的に、鼻の下を伸ばしっぱなしだったのが弘である。なんやかやとちょっかいを出し、女子たちからは白い目で見られていた。

驚いたのは、こんな弘でも、勉強がとてもよくできたことだ。みんな彼が、将来帝《てい》大《だい》に入るのではないかと噂していた。ボスゴリラが血相を変え、弘を救いにやって来たのも、何となく分かるような気がした。

弘はいつもわたしにライバル意識を燃やしていた。野球の試合でわたしがバッターボックスに立つと「おれにピッチャーやらせろ」と、今まで外野にいた弘がしゃしゃり出てくる。徒競走の時は、わたしの隣の走路にいた少年に「替われよ」と言い、自ら真横につく。相撲の立ち合いでは、拳闘を真似た怒濤《どとう》のつっぱりで、わたしに攻め寄った。

しかし自慢するわけではないが、いくら弘が努力しようが、身体能力に関しては、こちらの方が少しばかり上であったらしい。思い切り振りかぶった直球は、神社の鳥居の向こうへ場外ホームランとなったし、徒競走でゴールを切ったわたしの真横には誰もおらず、怒濤のつっぱりをかわし、脚を払うと、弘はまるで毬《まり》のようにころころと転がった。

わたしはそんな弘が嫌いではなかった。

ボロクソに負けても、歯を食いしばってまた玉砕にやってくる、意地っ張りな弘に、友情めいたものさえ、感じていた。

しかし、そこはまだ小学生。

友情を確認する間もなく、お互い不器用な意地の張り合いが続いた後、五年の二学期の終わりに損害保険会社に勤める父親の転勤に伴い、わたしは転校を余儀なくされたのだった。

「いやあ、痛い。放してよ」

突然の女性の悲鳴に、回想がプツリと断線した。

顔を上げると、いつの間にか家の前の路地に来ていた。背の高い男の腕を乱暴に振りほどき、小柄な若い女性がこちらに小走りしてくる。

「おい待てよ。エリ」

男の長い腕がエリと呼ばれた女性の、肩にまとわりつこうとした。

「いや。やめて」

男の束縛から再び逃れることに成功した女性と、瞳が交差した。

女性がすばやく駆け寄り、わたしの背中に身を翻《ひるがえ》した。

ギョッとなって後ろを振り返る。

主人にいたずらが見つかり、縮こまっている座敷犬のような小さな顔がそこにあった。ハの字に垂れ下がった眉は泣いているようでもあり、せり上がった下瞼《まぶた》は笑っているようでもある。

「おい、エリ。こっち来いよ」

「いやだ」

「何でいやなんだよ。来いよ。来い」

「いや、いや、いやあ〜」

「うるせえ、大声出すな。早く来い」

「いやあ。暴力振るう人のとこなんか、もう戻らない」

「ほら来いったら」

背の高い男が腕を伸ばすと、女性はわたしの両肩にしがみついてきた。スミレの花のような、甘ったるい香水の香りが鼻をくすぐった。

「嫌がっているじゃないか」

わたしは目の前にいる、ひょろ長い若者を見上げた。進駐軍の兵士だって、こんなに背の高いやつは稀《まれ》だった。まったく近頃の若いモンは、何を食って生きているのだ。

「来いよ」

わたしをまるで無視して若者は、背後の女性に手を伸ばした。怯えた女性がぴたりと、体を密着させた。背中に、弾力のある膨らみを感じた。

「嫌がっていると言ったんだ。聞こえないのか」

何十年ぶりかで凄《すご》んだ声を出せたのは、たった今まで、少年時代の勇姿を思い起こしていたおかげに違いない。

若者は初めて、わたしの顔をまっすぐに見た。まだ幼い。青く澄んだ白目をした、ほんの子供のように見える。肩の強張《こわば》りが、一気に抜けていった。

胡散臭《うさんくさ》そうな眼差《まなざ》しを寄せていた若者の目が離れ、後ろに向けられた。わたしも釣られて、首を捻《ひね》った。路地の入り口に人だかりができている。近所の小煩《こうるさ》そうな主婦連中だ。大声がしたので、こぞって表に出てきたのだろう。

「ちっ」と若者が毒づいた。

「エリ。早く帰ってこいよ。おれ待ってるからな」

こう言い残すと、若者は名残惜しそうに二、三歩後退し、やがて決心したように踵《きびす》を返して歩き始めた。

エリと呼ばれた若い女が、その後ろ姿に「い〜っ」と猿のように歯を剝《む》いた。

第二章　六十五年ぶりの面々

区役所で住民票の転入届を娘の分も済ませ、受付で「S区三十六景」というパンフレットをもらってきた。

ひとり娘の智子《ともこ》は、仕事とプライベートで大いに忙しく、区役所に行く暇もない。そればかりか、せっかく引っ越してきたのに、新しい家に寝泊まりしたのは三日だけで、その後は家に帰りさえしない。男のところにいるのだろう。まだあの男と付き合っているのだ。

といって、その男性と面識があったわけではない。気になってはいたが、十九や二十歳の娘ではないので、放っておいている。

今年四十一にもなる独身の一人娘故、いい加減早く片付いて欲しいのは山々だが、どうも男運があるほうではないらしい。それともえり好みし過ぎるのか。

親の贔屓目《ひいきめ》を差し引いても、智子は世間一般の基準からすれば「美人」の部類に属していると思う。体質からか、それとも隠れて運動やらダイエットをしているのか、体型に崩れはない。ぱっと見は三十そこその外見だ。

学生の頃に買った古い上っ張《うわば》りを、押し入れの奥から引っ張り出し「今年はまた、こういうの流行なのよね」などと言いながら、着込んで表にでかける。昭和一桁《けた》生まれの、ファッションなどというものにはまるで縁のないわたしにも、二十年の時を経たその上っ張りは、違和感なく娘にフィットしているように見えた。

区役所を出て右手を仰ぐと、大型のスーパーがあった。中に入り、晩のおかずを物色した。

今晩は「しめアジ」に「混ぜごはん」でも作るか。

妻の琴絵が逝《い》ってから、家事のほとんどすべてをわたしが行っている。同居している娘は、家事に関しては、ほとんど無能力者と言ってよい。

週末、おとうさんが散歩している間に家中の掃除をやったと自慢されても、部屋の四隅は埃《ほこり》だらけだし、風呂場の排水口には髪の毛が詰まったままだし、タイルの目地は相変わらず黒ずんでいる。料理をやらせれば、血圧が上がるほど塩をぶちこむし、皿を洗ったつもりが、油汚れがまだあちこちにこびり付いていたりする。

細かいことを気にしない大らかな性格に育ったのは、やはり親の責任か。

しかし才能のない智子を躾《しつ》けるより、自ら家事を行ったほうが楽だし楽しい。琴絵が健在の頃には、考えられなかったことだ。無論、昔は現役だったので、毎日仕事で疲れていたという言い訳はある。

いや――。

仕事が忙しかったなどと、見栄を張るのはよそう。忙しかったのは、若いときだけだ。定年までの十年間は、はっきりいって暇だった。日本の若いサラリーマンは、皆気が利いて優秀なので、上司が判子を押すだけでよいように、仕事の段取りを進めてくれる。至れり尽くせりなのだ。

自分も、若い頃のそのような仕事ぶりが上に認められ、そこそこ出世することができた。

無論、部下のやっていることに「管理」と称し、いちいちちゃもんをつけることは可能だが、実務の最前線に立たなくなったロートルが、よく知りもしない案件に、あれこれうるさく小言を言うのは、老害の始まりなような気がして、好きなようにやらせていた。信用を得た部下は喜び、益々活発に仕事をするようになり、わたしは益々暇を持て余すようになった。

「おとうさんも、おかあさんが生きているとき、そういう風に家事をやってあげればよかったのにね」

智子がよくこんなことを言った。

「本当はおとうさん、器用で結構マメな性格なのにね。おかあさん、結局気づかずに死んじゃったんじゃないかな」

四十年近く連れそった夫婦である。お互いがどんなものか気づかないなど、あり得ないはずだが、娘の言っていることもあながち間違ってはいないのかもしれないと、近頃思うことがある。逆の観点からすれば、わたしは妻ではなく一人の人間としての琴絵を、いったいどれだけ理解していたといえるだろうか。

ウエアハウスのように巨大なスーパーの生鮮食料品売場で、アジとれんこん、干しいたけにかんぴょうを手に取り、レジに向かうと、パックに入ったサクランボが目に付いた。アメリカ産の紫色の巨大なやつではなく、山吹色の果肉に、桃色の粉を軽くはたいたような、小さく可憐《かれん》な日本のサクランボだった。サクランボのパックも買い物籠《かご》に入れ、レジで代金を支払った。

家に帰り、アジを三枚におろしている時、智子が帰ってきた。そういえば、今晩は家に帰ると、区役所へ行く少し前に連絡があった。三日ぶりの帰宅だった。

「おかえり。早かったな」

時計を見ると、六時を回ったところだ。

「ああ、疲れた疲れた」

智子は挨拶もそこそこ、着替えのため奥の部屋に引っこんだ。こういうところは昔の自分そっくりだと思った。

やがてピンク色のスウェットに着替えた智子が、台所にやってきた。

「すごい。これ、おとうさんがおろしたの？」

ざるに載ったアジの切り身を見ながら言う。

「ああ、そうだ」

「すごいねえ。どこで覚えたのこんなの」

「料理の本に書いてあった」

「ふ～ん。ほんと器用だね、おとうさん。あっ、たたたたたたっ！」

「どうしたんだ」

「腰よ腰。たたたたっ。いやだね。もう年だね」

智子は腰に手を回しながら、奥の六畳間に歩いてゆき、畳の上にごろりと横になった。わたしは濡れた手をエプロンで拭き、娘の後を追った。

「ここか」

うつ伏せに寝ている智子の小ぶりな尻を跨《また》いで、脊椎《せきつい》の両脇に親指を当てる。

「ううん。もっと下。あっ、そこそこ。たたたたたたっ！」

親指の爪が白くなるほど力を込め、指圧した。もう若くない娘の体は、随分と強《こわ》張《ば》っている。

「今日さ。ファイルの整理とかずっとやっててさ。重たいダンボール運んだりしたのよ。たたたっ。あんなもん若い子がやりゃいいのに、あたしは新参者だから、手伝わなきゃやっぱいけないかなって。いたた。痛いよお。もっと優しく」

「サロンパス貼《は》るか」

「うん。頼むよ。でも先お風呂入る」

智子は「いたたたっ」を連発しながら、のそのそと立ち上がった。

「お前の洗濯物、洗ってタンスの中に入れといてやったからな」

「うん。ありがと」

智子が風呂から上がると、もう一度畳にうつ伏せに寝かせ、Tシャツをたくし上げ、スウェットのズボンを下着ごとずり下げた。智子のお尻の上部が丸見えになったが、本人は気にする風でもなく、幸福そうに目を閉じている。

「ここだな」

露《あらわ》になった腰の両側を指で押してみる。

「うん。そう。そこそこ」

サロンパスを患部に貼ってやると、智子が「ひゃあ」と小さな悲鳴を上げた。

湿布をして痛みが和らいだらしい智子は、ビールをぐいぐい飲みながら、新しい職場のグチをこぼした。

「四大卒の女性はあたしだけなんだよね。だからもう周りの嫉妬が凄《すご》いの。それからあたしより三つ若い課長さんがいるんだけど、この人がまた、何にも知らないんだなあ。直属の女の子たちだって、同じようなモンだしね。つまり給与計算分かってる人間なんか、あの会社で人っ子ひとりいなかったの。きっとあたしの前任者のおばさん一人に、頼りっきりだったんだろうね。まあ小さい会社だから仕方ないんだろうけど」

智子は大学を卒業してから、大手のメーカーの総務部で働いていた。総合専門職としてではなく、一般職として入社し、給与計算と社会保険一筋に二十年近くやってきた。その道では専門家といってよいだろう。

長年勤めたそのメーカーを辞めてしまったのが、去年のちょうど今頃。理由は「疲れたから」。退職金と失業手当を貰《もら》い、悠々自適の日々を過ごしていたが、「退屈してきた」ので、伝《つて》を頼りに今の仕事を始めた。

「あたしがいろいろやろうとすると、女の子たちが、ここではそういうやり方はしませんて、てんで動こうとしないし。あんたたちのこのやり方ってのは、十年以上前にとっくに死滅してるんだよって、怒鳴りたくなるのこらえてさ。でもちょっと別のやり方も試してみようよ、なんて二十も若い女の子に気を遣って。課長くんは、のほほんぼけ〜っとして、そんなあたしたちのこと黙って見ているだけ。ったく。だから成長しないのよ、あの会社は。あと百年経っても東証一部上場なんて無理だね。二部だって無理。ジャスダックも無理。あっ、この混ぜご飯おいしい。今までのと少し違うね」

「ああ。それも本で覚えたんだよ。子持ちコンブと白ゴマを入れてみた」

「ふうん。凄いねえ」

「凄かないだろ。本に書いてある通りやっただけだ」

「あたしなんて、自慢じゃないけどさ、料理の本まともに読んだためしないよ。食事作るんだったら、冷蔵庫から残り物出して、フライパンで炒めて、それで終わり」

「お前は料理する必要なんかないからな。生まれてこの方、一回も家から出たことないんだから」

「エヘヘへ。でもさあ。友達の家とか泊まったときは、一応ご飯作るんだよ」

友達というのは男のことなのだろう。

「ところでお前、明日もここに帰ってくるか？　それともまた友達の家か」

「うーん。まだ分からない。多分帰ってくると思うけど。どうして」

「明日の晩、同窓会があるんだよ」

「同窓会？」

わたしは智子に、先日六十五年ぶりに小学校の同窓生に遭遇したことを話した。

「それでお互い、すぐ顔が分かったっていうの？」

智子が目を丸くする。

「ああ」

「嘘だよそんなの。信じられないよ。だって、六十五年ぶりでしょう。無理だよ。何か特徴があったからじゃないの。大きな黒子《ほくろ》があるとか」

「いや。あいつの顔には老人斑《はん》ができていたが、子供の頃は染みひとつない、つるつるの肌をしてたよ。おとうさんだってそうだろ。大して特徴のある顔をしているわけじゃない。でもあいつはすぐに、おれの顔が分かったぞ」

「ふ〜ん。そんなものなのかなあ。あたしなんか、幼稚園時代に遊んだ子が、今日の前に現れても、絶対分からないと思うけどな」

「いや。人間の記憶とは案外しっかりしたものだよ。でもまあ、その弘ってやつとおとうさんとは、ちょっと特別な関係にあったからな」

「特別な関係って？」

「何かにつけて、おれに張り合おうとしていたやつなんだ。だからくっきり印象が残っていたんだろう」

「へ〜え。人間の記憶って、長持ちするんだね」

「そのようだ。ということで、明日の晩はみんなで集まるから、晩飯《ばんめし》は作れん」

「うん。分かった」

智子は混ぜご飯を二杯お代わりし、しめアジも全部平らげた。

「食べた、食べた。やっぱりおとうさんの作るもの、おいしいわ」

「そんなによく食うのに、お前ちっとも太らんなあ」

「それはおとうさんも一緒じゃない。遺伝だよ」

「そうだ。デザートがあるぞ」

冷蔵庫の中から、冷やしたサクランボを取り出した。

「うわあ。おいしそう」

智子は小さな果実のヘタを摑《つか》み、口の中に放り込むと、すっぱそうに唇をすぼめた。

そんな娘の顔を見ながら、こいつは子供の頃からまるで変わっていないなと思った。

暫《しばら》くサクランボをほお張っていた智子が、おもむろにわたしの顔を見た。

「だけどさあ。今さらなんだけどさあ、おとうさんやっぱり凄いね」

「なんだ。今度は何が凄いんだ」

「だって、サクランボだもん。スイカとかパイナップルとかパパイヤじゃなくて、サクランボだよ」

「何わけ分からんこと言っとる。スイカはまだ出てないよ。パパイヤなんて普通のスーパーにはそうそう売ってないんじゃないか。パイナップルは知らんが」

「でもサクランボだよ。男がデザートにサクランボ買ってくるんだよ。凄いよ。その感性絶対大切にするべきだよ、おとうさん」

「蓮華」を見つけるのに、少しばかり手間取った。駅前に居並ぶ大衆酒場のひとつかと思いきや、そうではなかった。

駅前の大通りを下ると、最初の信号の手前に石畳の細い路地がある。竹の植え込みが両側にある閑静な小径《こみち》である。正面にはお稲荷さんの赤い鳥居があった。てっきり小さなお社《やしろ》かと思い、最初は通り過ぎたのだが、実はここが「蓮華」だったのだ。お稲荷さんは、邸《やしき》の守護神らしい。

「何が飲み屋だ。立派な料亭じゃないか」

大きくはないが、それなりに重厚なたたずまいを前に、独《ひと》りごちた。だが正直ほっとした。縄簾暖《なわのれん》をくぐり、大酒呑《の》みの若い連中に混じって、杯を酌《く》み交わすのは、古《こ》希《き》をとっくに過ぎた老体には少々きつい。

「はいはい。吉沢様でございますね。お待ちしておりました」

品のいい小紋を着た四十がらみの女将《おかみ》が、わたしにスリッパを差し出した。

「まだ皆様お見えになられておりませんのよ。どうぞ、こちらのお部屋です。蒸してきましたわねえ。おビールでもお持ちしますか」

「いや。他の連中が来てからにしますよ」

案内された部屋で待っていると、やがて弘が現れた。派手なチェックのシャツに、淡い水色のスラックスを穿《は》いている。なかなかおしゃれな出《い》で立ちだ。コンビニで見かけたときは、地味なポロシャツ姿の萎《しな》びた老人だったのに、こういう格好をすると随分若々しく見える。

「もう来てたのか」

「ああ。ちょっと迷ったが、何とか辿りつけた」

「迷って一番乗りかよ」

「まあそうみたいだな。十分前についた」

「呆《あき》れたやつだな。昔とぜんぜん変わんねえな」

わたしは昔から、遅刻が大嫌いだった。だから待ち合わせに遅れたことは、未《いま》だかつて一度もない。放課後八幡様で野球をするときも、いつも一番乗りだった。

「ところでお前、おしゃれだね」

「ああ、これか」

弘が自慢げに、シャツの襟をつまんでみせた。前髪をさっと掻《か》き分ける若かりし頃の面影が、一瞬だけよぎった。

「これはええと――あれだよ。あれ」

「なんだ」

「だから、あれだよ」

「あれじゃわからんよ」

「ほら、外国の女優にいたじゃないか。鼻がでかくて、天狗《てんぐ》みてえにおっかねえ顔した女。若い頃は美人だとか言われたらしいが、どう見てもおれには妖怪にしか見えねえ面だったがな」

「マリリン・モンローか」

「違うよ、ばか。モンローはいい女だろう。ほら、あれだ！　ソフィア・ローレンだよ」

「ラルフ・ローレンか」

「そうだよ、そう！　おれが言おうと思ったのに、先に言うない。シャツもパンツもラルフ・ローレンだよ。ほら、ポロのマーク入ってんだろう」

「パンツ？」

「今はズボンのことをそう呼ぶんだよ。そんなことも知らねえのかい。年寄りだってバカにされんぞ」

「今晩は」

横幅のある男が、敷居をまたいで部屋に入ってきた。

「お～っ」

わたしの顔を見るなり、男はため息をつく。

「変わってませんな」

目の前の頑丈な男は、とてもわたしたちと同い年には見えなかった。褐色の肌を覆った黒いポロシャツは、盛り上がった筋肉で、今にもはち切れんばかりだ。だが単なる筋肉ダルマではなく、ウエストは細い。特殊な鍛え方をしていなければ、こういう体型にはなかなかなれないだろう。

「おい聡。こいつが誰だか分かるか」

弘がにやにやしながら、わたしの肩に手を置く。

「いや。失礼とは思うが、どなたでしたかな」

今回は、コンビニで偶然弘に出会ったときのようにはいかない。

「まあ、無理もないですなあ。老けたというのも無論ありますが、わたしは小学生の頃からすれば、随分と雰囲気が変わってるはずですから。でも白石さんは、変わってらっしゃいませんなあ。昔の面影が残っておいでだ。人間年を食うと、どうしてもくたびれてくるもんですが、あなたからはまだ、少年時代の溌剌《はつらつ》さがうかがえますねえ。弘くんから連絡を受けた時、おお、あの白石くんがまたこの町に戻ってきたのかと、とても嬉しかったですよ」

「はあ、恐縮です」

こんなに好意的なことを言ってくれる相手が、誰だか分からないというのは、はなはだ失礼な話である。

「な～にふたりして他人行儀な話してんだよ。酒が足りねえな。おい女将、ビールだビール。きんきんに冷えたやつ。スーパードライがいいな。瓶のやつでいいよ。早く持ってこい、早く」

「はいはい。分かりましたよ。もお、吉沢さんせっかちなんだから」

弘はここの常連らしい。

ビールが運ばれ、とりあえず乾杯をした。筋肉男は、ゴクゴクと一気にビールを飲み干した。傾けたグラスの下で、尖《とが》った咽仏《のどぼとけ》が、まるで独立した生き物のように、大きくうねった。

「分からねえか聡。こいつは、及川《おいかわ》だよ。及川明男《あきお》。ほら、あの大人しい及川くんだ」

男はグラスを置き、小さく頷《うなず》いた。

及川？

ああ――。

頭の中に、少年時代の及川明男の姿が甦《よみがえ》った。

小さくて頭ばかり大きくて、ガリガリに痩せていた及川くん。仲間と遊びまわっているとすぐ転び、いつも膝頭《ひざがしら》が瘡蓋《かさぶた》だらけだった及川くん。ドッジボールをパスしてやると、必ず顔面で受けて、涙を必死でこらえていた及川くん。

及川くんは、わたしたちの野球チームに入りたがっていた。試合をしていると、遠くの方でじーっと、こちらの様子をうかがっている及川くんの姿があった。

及川くんにバットを持たせ、ボックスに立たせてみたことがある。及川くんのスイングはまるでデタラメだった。大きなバットに自ら振り回され、ぐるりと一回転して尻餅をついた。

「だめだ、だめだ。そんなへっぴり腰じゃ」

わたしは小柄な少年の前で、素振りして見せた。

「柄《え》はこんな感じで絞って。振る時は腰を使って」

だが、及川くんは言った通りにバットを振らなかった。何度言っても、虫取りアミでセミを追いまわすような、不恰好なスイングが直らない。

次の日もやらせてみたが、結果は同じ。その次の日も。

さすがに腹が立った。こいつは真剣にやってないのではないか。普通の人間なら、いくらなんでも三日も練習すれば、もう少しましなスイングをするだろう。

おまけに及川くんはよく、「予科練に行きたい」などと言っていた。こんなんで予科練に受かるわけがない。

すっかり晴れ渡ったかに見えた霧も、目の前のマッチョ老人に目をやった途端、再び濃く澱《よど》みはじめた。

こいつが、及川だって――？

「まあまあ、白石――白石さん、もう一杯。そろそろ無礼講でもよいですかな」

「ああ。そうしましょうよ。堅苦しいのはわたしも好きじゃない」

及川は太い腕を伸ばし、わたしのグラスに泡立つ液体を注いだ。

「そうだ、そうしろよ。お前らだけが敬語でしゃべって、おれだけこんなべらんめえじゃ、バランス取れねえじゃないか」

弘がグビリとビールを飲み、大きなゲップをした。

「しかし及川さん。いや明男くん」

「明男でいいですよ。いやいいよ」

「それじゃ、明男。あんた子供の頃あんなにガリガリに痩せてたのに、いつの間に、そんな筋肉ダルマになっちまったんだい」

「筋肉ダルマは失礼だなあ。そういえば、聡は昔から口が悪かったな」

「そいつは失礼。しかしもっと口の悪いやつが、隣にいるがね」

「なんとおっしゃいましたかな。白石殿」

明男が「がははは」と景気よく笑う。

「まあ確かに筋肉ダルマだよ。膨らませるために運動してるんだから」

「筋トレか」

「ああ」

「その年でやってるのか」

「さすがに若い頃のようにはもうやらんよ。今は週に二度ジム通いだな。体を若々しく保つために、古い細胞を破壊して、新しい細胞を生み出してるんだ」

「細胞を破壊するって？」

「そうだよ。筋肉に負荷を与えて、破壊するんだよ。すると二日後に、筋肉は再生する。新しい筋肉は、負荷に耐えられるように、より太く頑丈に作られるから、やればやるほどマッチョな体型になっていく。これがボディービルディングの理論だよ」

「そうか。古い細胞を毎週破壊してるから、そんなに若々しいのか」

確かに逆三角形の上半身を誇る明男は、ぱっと見には、実年齢よりかなり若く見える。しかし先ほど、明男が自分のグラスにビールを注ぐために伸ばした右腕を間近で見た際、皮膚に一面ちり緬《めん》のようなシワが寄っているのを、わたしは見逃さなかった。

笑った時の目尻の小ジワも、半端ではない。それに明男の肌は妙な黒ずみ方をしていた。きっと若い頃から、無理な日焼けを繰り返してきたせいだろう。

不自然に膨らんだ筋肉とは対照的に、長年の無理が祟《たた》ってか、表皮はむしろ同世代より疲弊《ひへい》している印象すら受けた。

「まあ、今風に言えばアンチ・エイジングというやつかな」

明男はまた盛大に「がははは」と笑った。どうにも笑い上戸のようだ。それとも酒が入ったせいか。少年時代は、こんなに笑う男ではなかった。

「筋肉鍛えると、成長ホルモンが出るっていうよな」

弘の言葉に明男は大きく頷いた。

「その通りだ。この年になっても出るんだよ。どくどく脳から流れ出る音が聞こえるくらいだ」

「嘘をつけ」

「うあははは」

豪快に笑っている明男のグラスに、ビールを注いだ。

「いったいいつごろから、筋トレやってるんだい」

「十八のころからだよ。進駐軍兵士の立派な体を見て、やっぱり肉食人種は違うなあってため息ついてたら、おれの親戚が——そいつあ年の離れた従兄弟《いとこ》で、医者なんだが、日本人もああいう体になれないことはないって言ったんだ。冗談じゃない。あんな体になるにゃ、肉を毎日何十貫も食わなきゃいかんだろうって反論したら、大豆でいいって。大豆を沢山食って、ともかく重いものを毎日、限界まで持ち上げて、三ヶ月も経てばアメリカ人のような体になるって言うんだな。

半信半疑だったけど、従兄弟は地元では有名な町医者で、くだらん冗談を言うような奴じゃなかったから、騙《だま》されたと思ってやってみることにした。何せ、おれは子供の頃から肉体的コンプレックスが強かったからな。

食糧難の時代とはいえ、聡や弘なんかはそれなりに大きな体してたじゃないか。それなのにおれときたら、どんだけ芋や麦を食ってもガリガリのまんまだ。やる気は人一倍あったんだが、如何《いかん》せん体がついていかない。この体には随分と泣かされたもんだよ」

バットを不器用に振っていた幼き頃の明男の姿が、再び記憶に甦った。もう少し親切にバッティングを教えてあげればよかったと、わたしは六十五年ぶりに後悔した。

「大豆ってのは重要なタンパク源で、『畑の肉』って言われてるだろ。食って運動すれば、筋肉に変わるんだ。戦災を免れたおれんちの庭には、ちょうど大豆畑があってね。これだけ食ってりゃいいってんなら、安上がりだった。

当時はダンベルやバーベルなんてしゃれたものはないから、近所の廃屋から材木を盗んできてな。毎日そいつを両手で振り回したり、持ち上げたりしてた。本当に筋力の限界までやったよ。青筋立ててな。アメリカ兵みたいな体を手に入れたい一心で、歯を食いしばった。

一週間したら、すぐに効果が分かった。腕は太くなってるし、肩のあたりもなんだかモコモコしてきてな。三ヶ月やったら、周りから太ったって言われた。一年やったら、別人に間違われた。その時はすでに今のおれの原型みたいな、シルエットになっていたね」

「なるほどな」

「しかし、その体型を維持するの大変じゃないか」

「なんの。いつまでも若くありたいという、確固たる意志があれば大丈夫だよ。お前さんたちを目の前にして、こういうことを言うのはナンだが、どうもおれと同世代の年寄りは、努力が少しばかり足りないような気がするな。いや、お二人は違うよ。色《いろ》艶《つや》もいいし、健康そうだし、いろいろと気を遣ってるのはよく分かる」

その実明男は、優越感を含んだ眼差《まなざ》しで、わたしと弘を見た。

「みんな腰が痛いとか、膝が痛いとか、歯がボロボロになったとか言ってるけど、あいうのは普段の心がけ次第で、どうにでもなると思うな。年だから仕方ないって、投げやりにならないで、日々精進せにゃいかんよ」

「ああそうかい。で、そんな健康的なおめえが、こんなところでガバタレ酒くらっていいのかよ」

歯がボロボロになったから、総入れ歯にしたに違いない弘が、額《ひたい》にシワを寄せた。こういう顔にねじり鉢巻きをしたら、さぞかし似合うだろうなと想像し、噴き出しそうになった。それじゃまるで、縁日のタコ風船だ。

「毎日飲んでるわけじゃないさ。週にせいぜい一日か二日だよ」

「食べ物にも注意してるのか」

「炭水化物は控え目にしてるかな。甘いもんは御法度《ごはっと》だ。それから、こういうものを飲んでる」

明男はポーチの中をごそごそやると、なにやら口臭スプレーのようなものを取り出した。

「まあ、飲んでいるというより、かけているといったほうがいいかな」

「なんでえ、そりゃあ」

弘がシャツのポケットから老眼鏡を取り出したので、わたしも自分のものを掛けた。

「加齢臭止めか」

「違うよ。これは成長ホルモンのスプレーだ」

「成長ホルモン!?」

弘とわたしの声が、同時に裏返った。

「おいなんだいそりゃあ。成長ホルモンってのは、そんな香水みてえに振りかけるもんなのかよ」

「まあ、そういうなよ。確かにこの手の紛《まが》い物が、世の中広く出回ってるよ。だけど、こいつはホンモノだ。効き目は折り紙つきだよ」

「しかしよう、そんなもん飲んで若返るくらいなら、何も苦しい思いして、重たいダンベル持ち上げる必要なんてねえじゃねえか」

「両方やるから効果倍増なんだよ。残念ながら、もうダンベルだけでは、ちとキツイ年齢になってきたからな」

「なるほどな」

わたしは老眼鏡越しに、小さなスプレーを愛《いと》しそうに眺める明男の横顔を見た。

「そいつは幾らするんだい」

弘の質問に、一瞬明男はためらいの表情を見せた後、「十万」と答えた。

「何、十万で若さを買えるのなら安いものさ」

「随分小さい壜《びん》だが、一壜使い果たすのにどのくらいかかるんだ」

「まあ、一ヶ月くらいかな」

「毎月十万円の出費かよー」

明男はコホンと小さく咳《せき》払いした。

「貯金はしておくべきだな、まったく。年食うと何に金がかかるか分かりゃしねえや」

その時、仲居さんに連れられた二人の男性が、どやどやと部屋の前に現れた。

「おっ」

二人ともわたしを見るなり、目を丸くした。

「いやはや」

「元気そうだね。白石くん。面影残ってるよ」

「本当だ。いや、驚いた」

二人の老人はまるで異なる外見をしていた。ひとりの小太りの方は、弘よりもさらに洒落《しゃれ》た格好をしている。ピンクのYシャツに真っ白なスラックス。片や白髪をキレイに刈り上げた老人は、ねずみ色の着流しに黒い帯という、前時代的ないでたちだ。わたしたちが子供の頃は、老人といえば皆このような格好をしていたものだが。

ピンクシャツは「よっこらしょっ」と気合を入れて腰を折り、掘りごたつに入った。

「いやあ、まいったまいった」と言いながら、黄色いハンカチでしきりに額の汗を拭う。

着物姿の方は涼しい顔をして腰を下ろした。後ろ帯にさした団扇《うちわ》を引き抜き、襟ぐりを摑《つか》んで、ぱたぱたと懐を扇いだ。

この二人の老人が誰なのか、まったく見当もつかなかったが、とりあえず二人のグラスにビールを注いだ。ピンクシャツは何度も小さく頭を下げながら杯を受け、着流しの方はムスッとした顔で注がれたビールを飲んだ。

「おい、聡。この二人が誰だか分かるかい」

「うーん」

光陰矢の如《ごと》し。

明男のときもそうであったが、六十五年の歳月というのは遡《さかのぼ》ることは難しい。弘は数少ない例外の一人だったのだろう。

「おれは渡辺正輝《わたなべまさてる》だよ」

渡辺正輝。

はて、誰であったか。

「ほら、勉強ばっかりしてた、ジミなガキがいたじゃないか。いつも後ろの方の席に座ってて、おれたちとちっとも遊ばねえで」

渡辺正輝、渡辺正輝……。わたしは記憶の糸を手繰《たぐ》っていった。

「おお、いがぐり頭の正輝だな。支那事変《しなじへん》の劇で死体の役をやった」

「わははは」と一同が破顔した。特に明男は、みんなが笑い終わった後も、ひとりひーひーと腹を抱えていた。

「お前も覚えてるか。そうだよ。国民政府軍に撃たれた一等水兵の役だ。舞台に出て三秒も経たないうちに死んじまったよな。いきなりパーンって撃たれて」

「上海《シャンハイ》への派兵を決定させた、重要な事変だぞ。無名戦士じゃない。わしが演じたのは、斎藤与蔵《さいとうよぞう》一等水兵殿の役じゃ」

　着流しの男――正輝が弘に言った。「わし」だとか「じゃ」だとか、妙なしゃべり方をする老人である。子供時代はほとんど無口で、しゃべっているのを聞いたことがない。休み時間にはいつも、後ろの席でひとりぽつんと勉強をしていたが、成績自体はパッとしなかった。

「あんときゃ白石くんは、陸戦隊長の役だったな」

　ピンクシャツの老人が言う。この男が誰なのか、未だ分からない。

「そうだったかな」

　当時の小学校の学芸劇も、軍事色一色だった。どこもかしこも戦争ごっこ。そんな時代だ。

「こいつはいつも、そういういい役ばっかりかっさらっていくんだ」

「仕方ないよ。聡くんは人気者だったから」

　ピンクシャツが人の良さそうな笑顔を見せる。

「あの……」

　失礼ですが、あなたはどなたでしたかな。そろそろ聞いたほうが良いだろう。

「お前、きょとんとしてやがるな。こいつの名前も思い出せねえのか。ったくじじいは、昔のこと覚えてるのだけが、取り柄だっていうのによ」

「いや、面目ない。失礼ですが、あなたは――」

「覚えていないですか。ほら、あなたによく殴られたじゃないですか」

わたしの意識がまるで吸い寄せられるように、過去に飛んだ。この間、コンビニの帰りに回想した情景が、再び意識の中にぱあっと甦る。

そうだ。あの時、弘にしきりに耳打ちし「やっちゃえよ」と煽《あお》っていた、色白でもち肌の少年が、六十五年の時を経て、今目の前に座っている。

「大谷《おおや》か。大谷博夫《ひろお》」

「ご明解」

「いや、確かに面影ありますな。笑った顔が子供の頃のまんまだ」

「嘘をつけ」

弘が唾《つば》を飛ばした。

「おめえ、こいつをぶん殴ってばかりいたじゃねえか。お前の前じゃ、こいつはいつもぶるぶる震えて、笑顔なんかひとつも見せたことたあねえぞ」

また全員が「わははは」と笑った。

「いや、それは――大谷くん。悪かったな。昔は乱暴で」

「あははは。まさか、こんな年になって、かの白石聡に謝られるとは思わなかったな。いいよいいよ。そんなこととっくに忘れてるから。今晩は楽しく飲もうよ」

「こいつは今やおめえ、総資産ン百億の大谷興産の大株主兼、相談役だぜ。おれたち庶民とはわけが違うんだ」

「ありがとう」

弘が博夫の肩に腕を回した。そういえば、昔からこの二人は仲がよかった。

「オヤジの会社を継いだだけだよ。今は息子に経営任せて、現役引退だ」

「遅れてすみません」

突然、女性の声が聞こえた。スミレ色のスカートに、小花模様のブラウスを着た、白髪の女性が個室の入り口に立っていた。

「おうマドンナのおでましだ。やっぱり来てくれたね」

弘が女性に向かい、手招きした。

第三章　マッチョ老人の提案

女性はわたしの隣の席に腰を下ろした。するりと、とても自然に、掘りごたつの中に脚を落ち着けた。

わたしは、コンビニで年老いた弘を認めた時以上のスピードで、この美しき老婦人が誰であるかを理解した。

綿谷規子《わたやのりこ》。

クラスで一番きれいな娘だった。おまけに成績も良く、運動も得意な優等生。男子たちの憧れの的だった。

その綿谷規子がまだこの町に残っていたのか。地元の人間と結婚したのだろうか。

規子は弘の酌を受け、ビールを二口ほど飲んだ後、今度は自ら男性たちにお酌を始めた。

「白石くん。お久しぶりです」

赤ん坊を抱いているようにビール瓶を持つ綿谷規子が、わたしに視線を向けた。

茶色みがかった大きな瞳は、娘時代と同じだ。瞼《まぶた》は弛《たる》んでいるが、その弛み具合がなんとも上品である。みんなと同じく、来年喜寿を迎える年齢のはずなのに、六十を少し出たばかりのようにしか見えない。明男と違い、正統的に若い。

「ああ……うん」

わたしは、彼女と目を合わせることに躊躇《ちゅうちょ》した。規子は笑いを堪《こら》えているような顔で、わたしのグラスに琥珀《こはく》色の液体を注いだ。

「おい、幹事。今日のメンバーはこれだけなのかい」

幹事というのはどうやら、弘のことらしい。

「ああ、これだけだ。茂木《もぎ》は坐骨《ざこつ》神経痛で歩行困難。吉田は人工透析《とうせき》を始めたらしい。ああそれから、高橋が逝《い》ったぞ。先月だったそうだ」

「やっぱりな」

「あいつ一度、退院したんじゃなかったのか」

「また再発したんじゃろうよ」

「癌《がん》ってえのはいつもそうだな。治ったと思って退院した途端再発、再入院、今度は手遅れですって。そういうパターンだ」

「しかしなんで連絡無かったんだ」

「密葬だったそうだよ。しかしまあ、あいつは賀状もろくに書かない、横着者だったからな。遺族がおれたちの存在なんか知らなかったのも、無理はねえ」

「高橋って、あの、背の高いひょろっとした高橋か。のらくろの絵が得意だった」

わたしが口を挟むと、一同が頷《うなず》いた。

「ああそうだ。半年前から入院してたんだ。直腸癌だってよ」

「そうか」

「やっぱり逝っちゃったのね。去年はあんなに元気そうだったのに」

規子が眉をひそめる。

「わしなんかな、ちゃんと死亡通知リストを作って、電話の横に貼《は》っておるよ。わしがくたばったら、このリストのやつ全員に連絡しろと嫁には言ってある。嫁は、おじいちゃん縁起でもないって言うけどな。かっかっかっかっ」

正輝が水戸黄門《みとこうもん》のように笑った。

「おい、お前もう死ぬつもりかよ。おれたちゃまだ平均寿命にもなってねえんだぜ」

「備えあれば憂《うれ》いなしじゃ。まさかのことが起きた後では遅いわ。たわけ者め」

「平均寿命って幾つだ」

「確か男は七十八。女が八十五だろう」

「それは簡易生命表の平均寿命じゃな。その他に、平均余命表っていうのがある。各年齢ごとの余命が出ている表じゃ。それによると確か、平成十六年に七十五歳の男性は、あと十一年とちょっと生きることになる。つまり八十六ということじゃな」

正輝が得意げに言う。

「しかし、そんな数字本当に当てになるのかな」

博夫は懐疑的である。

「当てになるだろうよ」

「ならないような気がするけどな」

正輝たちがわいわいがやがややっているのを、綿谷規子は口を挟まず眺めていた。

そんな彼女の弛んだ頬肉を見ながら、わたしは少女時代の規子の容姿を思い起こした。

いつも、おかっぱ刈りにきのこ帽をかぶり、擦り切れたランドセルを背負って登校してきた。ランドセルに押しつぶされるように、前のめりに歩く痩せた女子の中で、
規子だけがしゃきっと背筋を伸ばし大股《おおまた》で歩いていた。

講堂で行われた「肋木体操《ろくぼく》」の時も、規子の脚だけが誰よりも高く上がった。そんな規子を涎《よだれ》を垂らさんばかりに眺めていた弘を筆頭に、他の男子連中も意識していた。女が苦手なはずのわたしも、彼女の小鹿のような脚にはやはり目を奪われた。なぜこんなに細く長く、美しいフォルムをしているのか、素直に驚いたものだ。

規子は男子たちの視線など完全に無視して、一番上の肋木にぶら下がり、ラインダンサーのように脚を上下させていた。

規子はわたしの視線に気づくと、ぷいと横を向いた。怒ったような顔だった。しまったと思った。こちらの方こそ彼女より先に、ぷいと横を向くべきであったと悔やんだ。

そんなことがあって以来、わたしの視線はなぜか規子の方を向くようになった。意識して彼女を探していたわけではない。吸い寄せられるオーラのようなものを感じ、目を向けると、その先に必ず規子がいたのだ。

こういう時は、心臓が小さく跳ねた。そして規子はそんなわたしを見て、怒ったように目を剝《む》き、すぐぷいと横を向く。またしても先を越されたと、わたしは地団駄を踏んだ。勝手に人の視界に入ってきやがって、迷惑してるのはこっちのほうだぞ。

転校し、中学に上がる頃になって、規子がなぜあんな態度を取ったのか、ひとつの仮説を立てることに成功した。規子はわたしを無視していたというより、無視しようとする自分の姿を見せつけたかったのではないのかと。

「いやあね。みんなして寿命の話ばっかり。ねえ、聡くん」

いきなり規子がわたしの顔を覗き込んだ。今度こそわたしは、彼女の顔を正面から見据えるしかなかった。生まれて初めての経験だ。無論、もうとっくに照れるような年齢ではない。

「いやだわ。しわくちゃのばあさんの顔、そんなに見つめないでよ」

「えっ……ああ」

わたしが瞳をずらすと、口角泡を飛ばしながら何やらがなり立てている弘の横顔が見えた。

わたしはビール瓶を取って、乱暴に規子のグラスに注いだ。規子は「ありがとう」と言い、儀礼的に一口だけビールを飲んだ。

「それにしても、聡くん。昔の面影残ってる。弘くんが電話で言っていた通り」

「よせやい。何年前の話だよ」

「ほら、そうやってはにかむところなんか、昔のまんま。いくら皮膚が弛んで、シワが出来ても、表情っていうのはそうそう変わらないものなのね」

「んなこたあないよ。腹黒い大人になったんだから、子供時代の表情が残ってるわけがない」

「あら、聡くん腹黒い大人なの」

規子が目尻にシワを寄せ微笑《ほほえ》んだ。

「おれだけじゃない。大人になれば、みんな腹黒くなるのは当たり前だ。社会がそうなってるんだから仕方がない。清廉潔白じゃ出世できん」

「そういうものなのかしらね。確かに多感な時期に終戦を迎えたあたしたちは、ぐれちゃったものね。大本営の発表なんか、嘘ばっかりだったのバレたし。これからは大人の言うことになんか盲目的に従わず、自分で考えて生きてかなきゃいけないって、あたしだって思ったもの。でもそれは、腹黒くなることとは、少し違うんじゃない」

「あんた仕事はしてたのか」

「やったわよ、若いころは。父が空襲で脚を怪我《けが》して、仕事できなかったし」

「そうか。苦労したんだな」

「まあ人並みにはね。確かに社会には腹黒い人たちがいたけど、そうじゃない人も沢山いたわ。聡くんは、そうじゃない人たちの部類に入るとあたしは思うな」

「六十五年ぶりに会うのに、そんなこと分かるのか」

「分かるわよ」

規子はまた破顔した。目尻に寄るシワが、なかなかチャーミングだった。

「聡くんのその表情を見ていれば」

「よせやい」

「百歩譲って、聡くんが腹黒かったとしても、現役退いてからはまた子供時代の気持ちに戻ったんじゃない」

それはそうかもしれない。責任から解放され、随分と心がおだやかになった気はする。

博夫が甲高い声で笑った。規子がみんなの話に注意を移したので、わたしも彼らの方に顔を向けた。

「お前まだ車の運転してるの？」

「ああ、車はやっぱり便利だからね」

「こいつの乗ってるのはベンツのGシリーズだぞ。おまけに500の方だ」

弘が自分のことのように得意げに言う。

「なんじゃそりゃあ。知らんぞGというのは。詳しく説明せんかい」

「Gってのはなんだい？　Sクラスより上なのか」

「いやSのが上じゃろ。Gってのはスポーツカーか」

「いや違うだろ。Sと同じくらい高級セダンあったじゃないか。ほら目ン玉のくっついたやつ」

ろくに運転できない年齢になっても、男というのはつくづく車好きなのだ。

「目のくっついたのは、Cじゃなかったかしら」

規子も会話に加わったのには、ちょっと驚いた。

「ブー。全員不正解」

「きったねえな。ツバ飛ばすなよ」

「Gってのはな――ほらあれだ」

「なんだ」

「あれじゃ分からないわよ、弘くん」

「お前さんボケたんじゃないのか。ちゃんと指の運動しておるか」

「うるせえやい、糞《くそ》じじい」

「4WDだよ」

当のオーナーである、博夫が代わりに答える。

「そそそっ、そうだよおめえ」

弘が口を尖《とが》らせた。

「4WDってったって、ワンボックスのあんなやつじゃないぞ。装甲車みたいにでけえやつだ」

「クロカンタイプだよ」

「そう。そのばかでけえクロカンを、白内障のこいつが、昔ながらの細い路地ばっかりのS町で乗り回してるわけだ。危ねえに決まってるよな。いつおじいちゃんが、通園中の幼稚園児の群れに車で突っ込むかと思うと、家族はおちおち眠れねえだろう」

「だけどよ、認知症になっても運転免許の更新はできるっていうぜ」

「嘘だろそんなの。危なくてしょうがねえじゃないか」

「強制的に剝奪《はくだつ》する権利は今の法律にはないそうだ」

「そんなことあるのかよ」

「ボケたくはないよな」

博夫がしみじみと言う。

「まったくじゃ」

正輝が同意した。話題は車から、徐々にまた暗い話に戻ってゆく。

「人に迷惑はかけたくない。たとえ身内でも。おれはそれが一番嫌だ」

わたしがこう言うと、みんな「うんうん」と同意した。いつの間に頼んだのか、規子はウーロン茶を飲んでいる。

「さっき寿命の話をしたじゃないか。七十八とか八十六とか。だけどさ、健康寿命ってのもあるんだよな。WHOが発表しているやつだ。健康寿命ってのは、健康にすごせる人生の長さのことだよ。平均寿命から、日常生活を大きく損ねる病気や怪我の期間を差し引いて算出するんだ。それによると確か、女性は七十五、男性が七十一だったかな」

博夫が言うと、しばしの沈黙が流れた。

「なんでえ、おれたち全員やばいじゃねえか」

「うむ。茂木は坐骨神経痛で、吉田は人工透析じゃろう。去年は矢島《やじま》が脳卒中で半身麻痺《まひ》。それから……」

「七十五から八十までの五年間っていうのが、一番やばい期間らしいぞ。これを乗り越えて八十になっちまったら、また暫《しばら》くは平穏らしい。ほとんどみんなボケてるがな」

「もうやめろよ」

「わしら真《ま》っ只中《ただなか》じゃないか」

「長生きはしたいけどな。でも死ぬんならポックリいきてえよ」

弘にしては珍しく気弱な声だった。

「布団に入って目瞑《つぶ》って、翌朝起きたら、あの世だったたってのが一番かな」

またみんなが黙りこくってしまった。

「おい、みんなもうやめようぜ」

ずっと黙っていたマッチョ老人の明男が、声を上げた。

「どいつもこいつも、しけた話ばっかりしやがって。おい、飲め。飲め」

こう言うと、自ら焼酎のロックをグビリとあおった。

「そうだ、面白いこと思いついた」

グラスを置いた明男の目が据わっている。

「賭《か》けをしないか」

「賭け？」

「なんの賭けじゃ」

「この中で誰が一番長生きするかって賭けだよ」

皆が沈黙した。グラスを口に運ぶ手も、焼き魚をつつく箸《はし》も、一瞬静止画像のように止まってしまった。そんな中、規子だけが平然とウーロン茶を飲んでいる。

「そりゃあみんな、自分に賭けてえんじゃねえのか」

「そりゃ、そうだろうが」

「みんなで賭け金を供託するんだよ。それでな。最後に生き残ったやつが、それを全額独《ひと》り占めする。みんな自分が一番長生きすることに賭けるわけだろ。最後までがんばったやつが、ご褒美を貰《もら》えるって道理だ」

「生き残りバトルか」

「そうだ」

明男が頷く。

「はははははっ！」

突然弘が大声で笑い、両手を叩いた。

「こいつあいいや。そうだよ。こりゃバトルだよ。バトル・ロワイアルだ」

「老人版バトロワだな」

明男がポロシャツの腕をまくり、見事な上腕を露《あらわ》にした。

「バトロワって、殺し合うんだろ」

「んな必要なんかねえんだよ。おれたちゃ放っておいても死ぬんだから」

弘が答えた。

「どうだい、みんな」

「あんまりいい趣味とは、思えんな」

わたしが言うと、博夫も正輝も頷いた。

「人の命を賭けの対象にするのは良くない」

「じゃあおめえ保険屋はどうなるんだ。癌保険なんか見てみろ。毎月せっせと積み立ててしてるやつは、自分が将来癌になるって賭けてるわけだろ。でなきゃ、アホらしくてそんなもんに金払えるかよ」

「聡が真っ先に賛同してくれると、思ったんだけどなあ。あんた年食って丸くなっちまったな」

明男はしきりに太い腕を擦った。

「だけどなあ」

「だいたいお前らは、意気地がないんだよ」

明男が袖《そで》を下ろし、自分のグラスに「里の曙《あけぼの》」をどくどくと注いだ。

「ボケたくないだの、病気が怖いだの、八十まで生きるのが大変だの。どうしてそんな後ろ向きの話しかできないんだ」

焼酎をあおりながら、さらに明男の気勢があがる。

「長生きしたいんだったら、そうできるよう努力すりゃいいじゃないか。もっと肉体と精神を鍛えろよ。百を超えるまで絶対生きてやるっていう、強い意志を持てよ。それが可能となる強靱《きょうじん》な肉体を手に入れろよ。

わざわざ金を賭けるってのは、そういう気持ちを起こさせるってことだ。賭けを負けるためにやるやつは、いないだろう。みんな賭けに勝ちたいだろう。だったら生きろよ。石にかじりついてでも、長生きしろよ。おれは百歳超えても絶対生きてやるからな。しかもボケず、五体満足でいるからな。

そのために日々精進してるよ。体鍛えてるし、頭だって使ってる。おまえらパソコン使えるか。おれはやってるぞ、インターネット。ブログだって書いてる。それと司法書士受験用の練習問題も解いてるぜ。別に今から試験なんぞ受けるつもりはないが、おれ一応法学部出てるからな。民法はパズルみたいで、頭使うぞ。ボケ予防にはうってつけだ」

「じゃが、一体幾ら賭ければいいんじゃ」

「それ相応の額じゃないと、意味がないよな。まあ生命保険で下りる金額くらいは最低限欲しいところだが」

「そんな大金、わしには払えんよ。しがない年金暮らしじゃからな」

「おれだってそうだよ」

「よし。じゃあこういうのはどうだ。まず賭け金の単位は二桁《けた》の四で統一する。つまり四万四千とか、四十四万とか——」

「やっぱり悪趣味だな」

「でも面白えじゃないか」

「確かにここには、大金持ちもいれば貧乏人もいる。だから、賭け金に差を付けるってのはどうだい。具体的にはそうだな——一口を四万四千円としよう。だが二口は八万八千じゃない。四十四万だ。口がひとつ増えるごとに、桁が一桁上がるんだよ。三口が四百四十万、四口が四千四百万って具合にな。貧乏人は一口、つまり四万四千円だけでいい」

正輝が「貧乏人で悪かったな」と口を尖らせた。

「だが金を持ってるやつ、まあ博夫なんかには最低三口は入れてもらいたいものだな。勿論《もちろん》これは強制じゃないよ。あくまでも任意だ。趣旨に賛同して、なおかつ金銭的余裕があるのなら、沢山賭けてほしいというおれからの願いだ」

「そういうお前は、いったい幾ら賭けるつもりなんだ」

わたしは明男に質問した。

「おれかい。まあ三口は賭けてもいいと思ってる」

「大きく出たな」

「言いだしっぺはおれだから。セコイ金額なんか出せるかよ」

「しかしお前、羽振りいいじゃねえか」

「そのくらいの貯金、みんなだってあるだろう。それとも何か？　まだ将来のことが心配なのか。この年になってまだ先憂で、後楽じゃないのか。よせやい。おれたちゃ来年喜寿を迎えるんだぞ。もう貧乏臭い考えはいい加減やめたらどうだ」

「わしゃ、そんな大金持っとらんよ。しかも国が段々年寄りイジメをするようになったからのお。住民税は上がったし、これから医療費も上がるじゃろう。わしらに後楽なんてありえんよ。先憂がくたばるまで続くんじゃ」

「だからそういうやつは、一口だけでいいんだって。四万の小遣いくらいあるだろう。それに金がないんだったら、懸命に生きて、最後まで生き残って、賭け金をぶんどりゃいいじゃないか」

「ねえ、その賭けには女性も参加できるの」

今まで会話に口を挟まず、じっと耳を傾けていた規子が、おもむろに口を開いた。

「勿論さ」

「女性の平均寿命って、男性より七年も長いじゃない。みんなのハンディにならない？」

「なんのなんの、大歓迎だよ規ちゃん。女性にハンディをあげるのは、勝負の世界では当たり前のことだ。規ちゃんが賛同してくれるんなら、おれもうれしいよ」

明男の鼻の下が伸びている。

「そうだよな。女の子が参加してくれると華やいでいいな」

弘もうれしそうだ。

みんなの前では、規子は永遠の「女の子」のようである。それにしても、華やぐというのは何だ。人が自分より先に死ねば、喜ぶというゲームなのに。

「本当に参加するかい」

「うん。ちょっと考えさせて」

否定とも肯定とも取れる物言いだった。

「まあみんなにも、すぐ決めろとは言わないよ。せっかく聡も帰ってきたんだ。来月またここに集まらないか。それまでにこの賭けに賛同するか否か、各人考えておいてくれ。無論やりたくないやつは、辞退して一向に構わないよ。ある程度の賛同者が出てくれることを、おれは期待してるけどね。やっぱり、こういうことは大勢でやったほうが、盛り上がっていいからな」

第四章　哀悼　深作欣二《ふかさくきんじ》

翌日未明、明男は倒れた。

そして戻らぬ人となった。

脳卒中だという。

弘から連絡を受けたわたしは絶句した。昨晩はあんなに元気だったのに、いきなり死亡するとはいったいどういうことだ。何かの間違いではないのか。

「本当に死んだのか。気絶してるだけじゃないのか。だいたい脳卒中で死ぬなんて、今時珍しいだろう。麻痺《まひ》が残るってのは分かるけど。おれの元同僚もそうだった。それでもリハビリがんばって、今では歩行できるまでに回復したぞ」

「いや、おれもよく分かんねえけどよ。ともかく即死なんだってよ。通夜は明日の夜七時から。場所は――」

翌日わたしは、マンションの集会場で執り行われる、通夜に出かけた。明男はマンションで奥さんと二人暮らしだった。

多分マンションの管理組合が運営しているであろう、大きな集会場に集まった会葬者の数は、それほど多くない。しかし、現役を引退した老人の通夜なら、この程度でも多い方かもしれない。明日の告別式にだけ来るという人間だっているだろう。

自分が死んだら、一体どれだけの人が弔問に訪れるかと、ふと考えてしまった。

通夜には、規子を除く、一昨日《おととい》「蓮華」に集まったメンバーが全員そろっていた。

「急なことで彼女、都合が付けられなかったんだ」

弘がそっと耳打ちする。

「忙しいのか」

「いろいろと大変なんだよ。あの子も」

焼香が終わったわたしたちは、葬儀会社の人間に「通夜ぶるまい」の席に案内された。

喪主の奥方がビールを注ぎに来たので、慌てて立ち上がり、哀悼の辞を述べた。

「主人も、死ぬ直前に皆様と楽しいお酒の席をご一緒できて、さぞかし幸せだったと思います……」

見る見る奥方の目に涙が盛り上がってゆく。わたしは彼女の顔をまともに見ることができず、俯《うつむ》いた。

老齢とはいえ、あんなに屈強で、殺しても死にそうにない羆《ひぐま》のような男が、コロっと逝《い》ってしまったのだ。長患《ながわずら》いの末に息を引き取った場合と違い、遺族は覚悟などできていようはずがない。

奥方が去った後、わたしたち四人は小さく固まって、まずいビールを飲んだ。

「やっぱり、年には勝てないね」

暫《しばら》く沈黙が続いた後、博夫がぼそっと言った。

「だけどよお。あんにゃろう、あんだけ元気だったじゃねえか。腕なんか丸太みてえにふてえし、ゴリラみてえな胸だってしてたのに！」

「それがいけないんじゃよ」

弘の言葉を正輝が遮《さえぎ》った。

「あいつの腕には、あちこちぶっとい血管が浮き出ておったではないか。わしゃ最初、ゴム管か何かと思ったぞい。あれは動脈硬化じゃないのか」

「そうだ。確か筋トレをやると、普段の何倍も活性酸素が出るっていうぞ」

わたしは明男の若々しい筋肉の割に、傷《いた》んだ皮膚のことを思い出した。

「活性酸素って、体をサビつかせるっていうあれかい」

「ああ。活性酸素は脂質が大好きで、脂とくっつけば過酸化脂質になるんだよ。そんなもんが血管流れてりゃ、血がドロドロになっちまう。それに、重いものなんか持ち上げると血圧だって上がるだろう」

「すぐに動脈硬化じゃな。それで血管詰まって、脳梗塞《こうそく》。まさに殺人フルコースじゃ」

「筋トレやれば、成長ホルモンも出るっていうのにな」

「筋肉にストレスを与えるからだろう。いわばもろ刃の剣《つるぎ》じゃないか。確かに、おれたちの年齢でも、ある程度筋肉を鍛えた方がいいというのは分かる。足腰が丈夫になって、転倒を防げるからな。おれたちが転倒したら、そのまんま寝たきりになっちまう。だけど、やりすぎはいけないんだ。無理の利かない体に、無理させると、つまり――ああ、もうよそうぜ。しかし、脳卒中なんだろ。何故助からなかったんだ。発見が遅かったのか……」

知らず知らずのうちに声が大きくなっていることに気づき、わたしは慌ててトーンダウンした。

「いや――」

わたしの質問に博夫が口を開く。

「これはさっき小耳に挟んだんだけど、脳卒中でも、明男の場合は脳幹出血だろ。脳幹ってのは、呼吸をコントロールしたり、内臓を動かす神経の中枢らしいじゃないか。そんなとこやられたら、そりゃあ、一発でお陀仏《だぶつ》だよ」

「そうなのか」

改めて、明男に対する哀悼の気持ちがこみ上げてきた。

「よりによって、何でそんなところの血管がなあ……。おれたちと昨晩、酒を飲んだのが崇《たた》ったのかなあ」

一同は再び黙り込み、まずいビールを啜《すす》った。

ゴーゴーと、古い型のクーラーが音を立てていた。年寄りには少しばかり冷やし過ぎの、館内だった。

「ところでよお、あれどうする」

弘がしかめ面でビールを飲み干すと、おもむろに言った。

「あれってなんだ」

「だから、あれだよ」

「あれじゃ分からんじゃろ」

「だからほら、あれだ。飲み屋で話したじゃねえか」

「だから、あれじゃ分からんと言ってるだろうに。具体的に説明せんかい。おぬしボケとるのか」

「糞《くそ》じじい。あれって言ったら、ちゃんと分かれよ。てめえこそボケてんじゃねえのか」

「静かにしゃべれ」

わたしは弘と正輝をたしなめた。

「弘が言いたいのは、長生き競争のことだろ。またの名を老人版バトル・ロワイアルだな」

「そ、そ、そっ、そうだよ聡！　それだ。それ」

「唾《つば》を飛ばすな。もっと声を潜めろ」

「あれって、バトロワってんだろ。ぼくDVD観《み》たことがあるよ。孫が持ってたからな。なんつーか、凄《すご》い話だったな。滅入《めい》るよなあ」

博夫が言った。

「あれを撮ったのは、確か深作欣二《ふかさくきんじ》だろ」

「深作ってあの『仁義なき戦い』の深作か？」

「あの人、わしらとおない年くらいじゃったろう。ちょっと前に死んじまったな」

「よくあの年であんなもの、撮れたなあ」

「それでよ。たしかパート2撮影中に逝っちまったんだ。癌《がん》だったんだよ。満身創痍《そうい》で仕事に挑んだらしいな。しかし、志半ばで倒れた。後を継いだのは息子だよ。息子が親父の遺作を完成させたんだ。泣ける話じゃねえか」

物忘れの激しい弘でも、一度回線が繋《つな》がると、このようにすらすらと情報を伝達できるようになるらしい。

「そうか——」

一同、再び黙りこくる。

「やっぱり、故人の遺志ってのは、尊重してやるべきじゃねえのか」

弘の言葉は、重い響きを持っていた。

「深作欣二には息子がいたように、明男にはおれたちがいる。そうは思わねえか」

わたしは大きく深呼吸した。

「七十にして心の欲する所に従いて矩《のり》を踰《こ》えず」

「なんだいそりゃあ」

「孔子だろ」

「七十まであったのか。おれは五十までしか知らなかったぜ。五十にして天命を知るだったけか。それ、どういう意味だい」

「七十にして欲望のまま行動しても、道を踏み外さないってことじゃよ。貴様本当に学校出ておるのか」

「うるせえやい、糞じじい」

「故人の遺志を継ごう」

わたしがこう言うと、正輝が無言で頷《うなず》いた。

「仕方がないね」

博夫も肉付きのいい顎《あご》を撫《な》でながら、頷く。

「よし決まりだな。ちょっと待ってろ」

突然弘が立ち上がり、表に出て行った。しばらくして戻ってくると、わたしの横にどかりと腰を下ろし、もう生ぬるくなってしまったビールをあおった。

「いやあ、表は蒸してるな。こうじめじめムシムシするとやってらんねえ。早く梅雨が明けねえかな」

「何してきたんだ」

「ちょっとばかし規ちゃんと、電話でおしゃべりしてたんだよ。あの子はＯＫだぜ。メンバーはおれたち五人だ。但し条件があるらしいけどな」

「どんな条件だ」

「一口を四百四十円から始めてほしいってよ」

弘が「わはは」と笑いかけ、慌てて口をつぐんだ。

「ったく、女ってのは現金な生き物だぜ」

「自分は四百四十円のリスクだけで、あとはわしらの金を、ごっそりくすねようとする魂胆じゃな」

「女の方が長生きするからな。本人はもう、自分が金もらったつもりになってるかもしれねえ」

「負けないよ、ぼくは。規ちゃんには悪いけど」

博夫が鼻の穴を丸く膨らませた。

「みんな一体いくら賭《か》けるつもりじゃ。まさか四百四十円じゃないだろうな。もしそうならわしは降りるぞ」

「そういうお前は、いったいいくら賭けるつもりなんでえ」

「かなりな額を考えておる。自分の命の代償だからな。できるだけの金額を出す。酔狂といわれればそれまでだ。人生最後の酔狂じゃよ」

「なんでえ。この間と随分言ってることが違うじゃねえか」

「覚悟を決めたんじゃよ」

「よしこれで決まりだ。とりあえず、どこかの銀行に供託口座を作ろうぜ。そこにみんなの賭け金を振り込むんだ。それで誰か代表を決めて、そいつに口座を管理してもらおう」

弘が提案した。

「さすが、元銀行員。うちの会社のメインバンクだったもんな、お前んところ。口座管理はお前に任せるよ」

博夫が同意した。

弘は銀行員だったのかと驚いた。こんなべらんめえ口調で、ネクタイ締めて融資なんぞをやっていたのか。

「ちょっと待て」

　わたしが二人を遮った。

「大層な金額が動くだろう。贈与税の心配とかはないのかな。口座振替はよくないよ。現金でやったほうが安心だ」

「そうじゃな」

「確かにそうかもしれない。現金のほうがいいね」

　たった今、供託口座に賛成していた博夫も、コロリと態度を変えた。

「そうかい。そうですかい。昔からリーダーシップを取ってたのは聡だったからな。おれはおめえに比べて、足ものろかったし、野球も下手だったし――」

「だが、勉強はお前のほうができたぞ」

「勉強なんて、ちっとばかしできたって、何の足しにもなりゃーしねえや。上には上がいるんだよ。よっしゃ分かった。現金でやろう。当然聡が預かってくれるんだろう」

「おれでいいのなら、預からせて頂くよ」

　一同は無言で頷いた。

「これで明男もきっと、草葉の陰で喜んでるだろうよ。ひとつだけ運がいいとすれば、あいつは金を賭ける前に逝っちまったってことかな」

第五章　ムツゴロウ　ハゼ　ダッコちゃん人形　または、ちびくろサンボ

翌日は告別式に出席し、野辺送《のべおく》りには参列せず、帰宅した。規子の姿をちらりと見かけたが、焼香が終わるとすぐに帰ってしまったようで、話す機会はなかった。

家に帰り、玄関で靴を脱いでいると、台所の方から水音と鼻歌が聞こえてきた。

「はんなびいらの～　よおに　散りゆくなあかでえ～　夢みたいに～　キミに出会えたあ奇跡い～」

リビング・ダイニングに足を踏み入れると、流しのところに、小さな背中が見えた。一瞬泥棒かと思ったが、どうやらそうではないらしい。小柄な女である。

女は勝手に人のうちに上がりこみ、皿洗いをしている。今朝葬儀のために家を出る際、ばたばたしてしまい、台所の後片付けをしている時間がなかったのだ。

しかし、どこかで見覚えのある後ろ姿だと思った。

気配を感じたらしい女性が、首を捻《ひね》った瞬間、洗っていた食器がシンクの中に落ちた。パリンと陶器が割れる音がした。

「びっくりしたあ」

わたしは慌てて、流しに駆け寄った。ロイヤルコペンハーゲンのティーカップが割れている。二年前智子がイタリアで購入し、大事に持ち帰った、夫婦カップ。カップは暫《しばら》く「友達」の家に置いてあったらしいが、別れたのを機に実家に帰還した。新しい友達ができても、智子はもうこのカップを持ってゆこうとはしなかった。

「それは、こっちの台詞《せりふ》だ」

「えっ、ああ、ごめんなさいっ！　カップ割っちゃった。高いんでしょう。弁償します」

女があせった声で答えた。若い女性だった。

「いいよ。そこをどいてろ。片付けはおれがやるから」

「いえ、そんな。あたしがやります。ヘマしたのはあたしですから」

「いいったら。人のうちで勝手に皿洗いなどせんでくれ」

「いいえ。あたしが――」

わたしと女性が同時に、割れたカップに手を伸ばそうとしたので、お互いのおでこがゴンとぶつかった。

「いったあ～」

「大丈夫か」

「はい――いえ、何とか。それにしても石頭。いったあい～」

「それはこっちの台詞だ」

ムカっとなったが、女の瞳にみるみる涙が盛り上がるのを見て、怒りが引いた。

「ふえ〜ん」

女は、ぽろぽろ涙を流し始めた。小学生なのか、こいつは。

確かに背はさして高くはないが、小学生には見えない。いや、もしかしたらやはり、小学生なのかもしれない。孫のいないわたしには、今時の娘のサイズなど、てんで分からない。

しかし、娘はすぐに泣きやむと、わたしがカップの破片を入れたビニール袋を奪い取り、台所脇のゴミ収納スペースに持っていこうとした。

「おい、それは――」

「ビン・缶でしょう。分かっています。収集日は明日。この空きビンの袋に一緒に入れておけばいいでしょう」

ゴミ袋の口を結び、立ち上がった娘を見て、やっと彼女が何者か分かった。

先日背の高い男に追われ、わたしの背中に隠れた、あの座敷犬のような顔の娘だ。

いや、よくよく見ると、犬というよりは、魚に似ているかもしれない。それもカツオとかイワシとか、ああいう魚ではなく、どちらかというと、ハゼやムツゴロウの系統だ。大昔に流行《はや》った「ダッコちゃん人形」にも似ている。「ちびくろサンボ」にも。

あの時娘は、お礼もそこそこ、男とは反対の方向へ逃げていった。わたしはその後ろ姿を見届けてから、家の中に入った。娘もそんなわたしの背中を、振り返って見ていたのかもしれない。

「あっ、この間はどうもありがとうございました。あたしまだ、きちんとお礼言ってなかったから、今日はお礼言いにうかがいましたあ」

娘はペコリと頭を下げた。ミニスカートからにょきりと出た太い脚が、こんがりと綺麗に日焼けしている。

「お礼はいいがな。人の家に勝手にあがるとは、いったいどういう了見だ。どこから入ってきた」

「玄関には鍵がかかっていたんで、お庭に入っちゃったんです。そしたら、あそこの窓が開いていて」

娘が指さしたのは、居間の掃き出し窓だった。

鍵をかけ忘れていたのか。いくら引っ越したばかりで、まだ家の構造に慣れていないとはいえ、窓の鍵をかけ忘れるとは。そろそろボケてきたのだろうか。

「それで、窓からこう首を伸ばして中を見たら、お台所に汚れたお皿があったから、じゃあちょっと、洗っちゃおうかなって思って――」

「洗ってくれたことには一応礼は言うが、そういうことはせんでいい」

「白石さん、一人暮らしですか」

　名前を知っているのは、きっと表札を見たからだろう。

「娘がいるよ。ほとんど家には戻らんが」

「じゃあ一人暮らしですね」

　娘の瞳がぱっと輝いたような気がした。いや、気がしただけだ。

「あっ、申し遅れました。あたし山田エリっていいます。この先にある、モン・シェール大月ってマンションに先週まで住んでいました」

「モン・シェール大月っていうと、階段昇ったところにある、港が見渡せるあれかね」

「はい」

　高級マンションだ。階段を昇った丘の上には、高額所得者が多い。

「先週まで住んでいたというのは？」

「あの――おやつ買ってきたんです。誠心堂のフルーツケーキ。ここのが一番おいしいです。食べませんか」

　エリは質問をはぐらかし、テーブルに置かれた白い箱を指し示した。わたしが答える前に「紅茶入れますね」と、食器棚からポットを取り出した。まるで、随分前からこの家に住んでいるような態度だった。何か言わなければと思ったが、結局口をつぐんだ。

まあいい――。

悪い娘ではなさそうだ。それに、細かいことにいちいち目くじらを立ててもしょうがない年齢のようだから、暫く好きにさせてやろう。今時の子供の精神年齢は、昭和の時代に比べ、少なくとも十歳以上は後退しているのだ。

「おでこの方はもう、大丈夫かね」

「ええ大丈夫です。白石さんて優しい」

優しいと言われ、年甲斐《としがい》もなく胸が高鳴った。そんなことはここ数十年、言われたことがない。

「どこが優しいもんか。泣かせたじゃないか」

照れ隠しにこう言い、テーブルに腰を落ち着けた。エリはくすくす笑いながら、出来上がった紅茶をカップに注いだ。

「あたし痛いことがあると、つい涙出ちゃうんですよお。でも一番軽度で後を引かない涙だから、ぜんぜん気にしないでください」

エリはわたしの前に座り、先ほどぶつけたおでこの辺りを指でさすった。

「あっ、なんかコブができてる」

「大丈夫か」

「白石さんは大丈夫ですか」

「うん。おれは大丈夫なようだな」

わたしは自分のおでこに触れてみた。

「やっぱり石頭なのかな」

「ずるい」

エリが飛び出た大きな瞳で、わたしを見据えた。

「おそろじゃない」

こう言うと、エリは黙々とケーキを食べ始めた。もともとふっくらした顔のエリが、ケーキを頬張ると、ぱんぱんに膨らんだ毬《まり》のようになった。エリは口の周りをクリームだらけにしながら、くちゃくちゃと散漫に口を動かした。口を閉じて咀嚼《そしゃく》することを、親から教わらなかったとみえる。あるいは親も、こんな感じで物を食べているのかもしれない。

わたしがそんなエリを観察していると、こちらを見つめ返してきた。相変わらず、頬袋に木の実をめいっぱい詰め込んだリスのような顔で、咀嚼も止めることはなかった。こういう顔を人に見られても、特段恥ずかしくはないのだろう。

わたしはコホンと軽く咳《せき》払いをして、紅茶を飲んだ。

ケーキを食べ終わると、エリは再び台所に立った。わたしが「放っておきなさい」と言っても、構わず汚れた食器を洗い始めた。

食器洗いが終わると、今度は台所周りも念入りにスポンジで拭いている。

「おい。もういいったら」

「ダメ。梅雨時は黒カビが発生しやすいんですよ。こんなものが体内に入ったらそれこそ毒です。きちんと取っておかないと。カビキラーありますか」

「風呂場の戸棚に入ってるが、それにしてもそんなに汚れているかね」

心外だった。いつもちゃんと掃除はしているつもりでいる。

「男の人の一人暮らしにしては、よく片付いている方だとは思います。でもやっぱりちょっと、目に見えないところなんかがね。ほら、ここだって、油汚れこんなについちゃってるし。早めに取っておかないと、黄色い膜ができちゃいますよ」

エリは風呂場からカビキラーと専用スポンジを取ってくると、台所のタイルをがしがしと拭き始めた。わたしは三杯目の紅茶を啜《すす》りながら、そんなエリの後ろ姿を所在無く眺めていた。

「さて、ここはこんなものでいいかな」

拭き掃除が完了したらしいエリは、右手の甲で額《ひたい》の汗を拭った。

「あっ、何だかますますコブが大きくなってきたような気がする」

「大丈夫か」

「大丈夫じゃないです。頭ふらふらします。あっ！」

エリの体がゆらゆらと揺れた。

「おい」

わたしは慌てて、テーブルから立ち上がった。

「なんてね」

エリが破顔した。笑うと、豊満な頰の肉が、目尻に大きく盛り上がった。

「驚きましたあ？」

言葉がすぐには出てこなかった。

「大人をからかうんじゃない」

エリはわたしを無視して、ばんと手を叩いた。

「あっ、そうだ。ついでにお風呂場のタイルも磨かないとね」

「もういいよ」

「いいえ。さっきカビキラー取りに行くとき、見ちゃったんです。お風呂場は黒カビだけじゃありません。クモノスカビとか赤カビとか、オレンジカビなんかも生えてました」

「気味の悪いこと言わんでくれ。ちゃんと風呂場の掃除はしてるぞ」

それに、そもそもそんな名前のカビが、本当に存在するのだろうか。

「生えてるんです。角っこのところなんかに。目、近づけて見ないと見えないんです。

若い人にしか見えないんです。さあ、お掃除お掃除」

「おい」

エリはわたしを無視して、風呂場に向かった。暫くするとまた、「はんなびいらの～」という例の歌声が、廊下の向こうから聞こえてきた。

時計を確認すると、午後の三時半だ。

まだ何者かはっきり分からぬ娘を放りっぱなしで、奥の書斎に閉じこもるわけにもゆかず、リビングのソファに腰を下ろし、テレビを点《つ》けた。お風呂場では、相変わらずの素《す》っ頓狂《とんきょう》な歌声に、シャワーの水音が加わった。

梅雨の晴れ間に、やっと布団を干せたと思ったら、サソリがくっついていたとか、警官が痴漢の現行犯で初老の男を逮捕したら、自分のところの警察署長だったとか、酔っ払い運転のトレーラーが隅田川に転落したとか、そんな類《たぐい》のニュースを見ているうちに、いつの間にやら掃除機を持ったエリが傍らに立っていた。

「なんだ今度は？　どこからそんなものを持ってきた」

「階段の下の納戸にありました。さあさあ、悪いけどちょっと席外してください。軽くかけちゃいますから」

「もう、いいよ。そんなことせんで。掃除くらい一人でできる。掃除機は明日の朝、おれがかけるから」

「いけません」

わたしが掃除機に手を伸ばそうとすると、エリが身をよじって抵抗した。

「何がいけないんだ。もう人んちを勝手に掃除するのはやめてくれ。それに――」

用が終わったらさっさと帰ってくれと、言いたかった。

「ハウスダストや、ダニの死骸《しがい》や、カビなんかは吸い込むと危険ですよ。特にお年寄りにとっては」

エリがわたしを遮《さえぎ》るように言った。

「おれはそんな年寄りじゃない」

年寄りには違いないが、こんな小娘に言われるとムッとくる。

「ごめんなさい」

エリは意外にも素直に謝った後、ハウスダストやダニの屍骸は、歯周病菌が体内に入ってしまうのと同じくらい危険なのだと、自説を展開した。

「ひどくなるともう、内臓なんか溶けちゃうみたいです。骨も溶けるそうです」

「嘘をつけ」

「だから毎日ずっと吸い込んでいて、症状が悪化するとそうなるんですよ。まあそこまでひどくなる人は、稀《まれ》みたいですけどね。でもそんなリスクがあるから、掃除機は頻繁にかけなければいけないんです。内臓が溶けるのは嫌でしょう」

デタラメを言っているのだが、そうまでして何故掃除機をかけたいのか。いや、掃除機だけの問題ではない。この娘は、他人の家で片っ端から家事をやりまくることに、わけの分からん執念を燃やしている。

「さあさあ。悪いけどそこどいて下さい。すぐに済みますから」

わたしは仕方なく立ち上がり、居間をエリに空け渡した。エリがスイッチを押すと、耳障りな機械音が家中に響き渡った。掃除機というのは、自分でかけるときはそうでもないのに、他人がかける音を聞くと、たちまちイライラしてくるのはどうしてだろう。

居間を出て、さっきエリが磨いたばかりの風呂場に向かった。

ガラス戸を開け、中に入るなり驚いた。

タイルの目地は、まるで昨日張り替えたばかりのように、真っ白で染みひとつない。どうしても黒ずみが取れなかった窓枠も、新品のようにピカピカだった。いったいどうやったら、こんなことが可能なのか。そんなに長時間、風呂場に閉じこもっていたわけでもないのに、何かコツでもあるのだろうか。

男にしては綺麗好きだと自負していた自分が、あのパンパンに張った頰っぺたの小娘の前では、単なる不潔な年寄りに思えた。

エリはテキパキと掃除機をかけ終わると、今度は拭き掃除を始めた。

もはやわたしは口を挟まなかった。挟んだとてこの娘は、驚くべき機動力で、自分のやりたいことをやり続けるのだろう。

「さて、そろそろ夕方ですね」

家中の大掃除をしてしまったエリが、まるで疲れの滲《にじ》まない声で言った。

「白石さん。もうお風呂入っちゃってください。今お湯沸かしますから」

「何？」

「その間にあたし、食事作りますから。少し早いですが、晩御飯にしちゃいましょう」

「おい、ちょっと待て。晩御飯って――」

「背中流してあげてもいいですけど、そういうのってやっぱ、少しエッチだと思うから、一人で洗ってください」

「風呂くらい一人で入れるわ。いや、そもそもなんでこんな時間に、風呂に入らにゃならんのだ」

「もう五時過ぎましたから、そんな早い時間じゃないです。早くお風呂に入って、早くご飯食べて、早く寝て、明日の朝は五時に起きて乾布摩擦しましょう」

「梅雨時にそんなことするか。あれは真冬にやるもんだぞ」

「そうでしたか。でもあたしの行ってた小学校では、夏も冬も関係なくやらされましたから。さあさあ、お風呂入りましょう」

急《せ》き立てられ、脱衣所に向かった。完全に小娘にペースを握られている。

服を脱ぎ、沸いたばかりのお湯に体を埋めた。自然にため息が漏れる。首の付け根のツボを親指で刺激しながら、いったいおれは何をやっているのだと天井を見上げた。

おしかけ女房というのは聞いたことがあるが、おしかけ家政婦というのは聞いたことがない。いや、むしろおしかけ介護士といったほうがいいか。

こう考えて我ながらムッとなった。

介護だと？

おれにそんなものは必要ないぞ。

お湯を勢いよく蹴って、浴槽から出た。

今度こそ、あの娘には帰ってもらうつもりだった。

しかし、甚平《じんべえ》に着替えを済ませ、台所に勇《いさ》んで出かけたわたしの気力は、またもや削がれた。

「おっ」

テーブルの上には小さな寿司と、海苔巻きが載っていた。小さな丸い寿司は、精巧なガラス細工のようであり、表面にゴマをまぶしたピンクと黄色の海苔巻きは、野に咲く花のようだった。

近くのコンビニにこんなものは売っていない。まさかわたしが風呂に入っている間に、デパートの惣菜売り場に出かけていったわけでもあるまい。

「これは——山田さん、あんたが作ったのかい」

「エリでいいですよ。そうです。あたしが作りました。悪いけどさっき冷蔵庫の中確認させてもらって、サーモンとかエビとかタクアンがあったから。それに盤台《ばんだい》もあるし、これはおすしだなと思って。白石さん、男性の一人暮らしの割には、冷蔵庫の中身充実してますね——」

エリがどことなく懐疑的な眼差《まなざ》しを向けてきた。

「すし飯なんかいつ炊いたんだ」

「掃除機をかける前、さっとお米を研いで炊きました。お掃除が終わるころ、炊き上がってましたから、白石さんがお風呂入ってるとき、お寿司握ったんです」

この娘は少し頭が弱いのかもしれぬと疑っていたが、そうでもないらしい。どうしてテキパキと要領よく動くではないか。

「白石さん。本当に一人暮らしなんですかあ」

冷蔵庫の中身や、盤台のことを言っているらしい。盤台など持っている男やもめは、確かに珍しいだろう。

「本当だよ。さっきも言ったとおり、娘と二人暮らしだが、娘はほとんど家に寄り付かん。男の所に入り浸りだ」

ムキになってこんなことを言っている自分に、心のどこかで驚いているもう一人の自分がいた。むしろ智子が毎晩帰ってくると嘘をつけば、エリはもうお節介を焼くのを諦《あきら》め、出て行くかもしれないのに。しかも、男の所に入り浸っているなど、この小娘にはまるで関係ないことまでしゃべっている。

「おれは料理が趣味なんだ。寿司だって自分で握る。だから盤台があるんだよ。それにしてもあんた——」

「エリです」

「エリさん」

「エリって呼び捨てでいいです。その方が自分の名前呼ばれてるって感じします」

「器用だな。手まり寿司だろ、これ。海苔巻きもまるで形崩れがない。もしかしたらあんた、プロかね」

「エヘヘヘ」

エリはちょっと知恵の足りない子供のように笑った。

「プロじゃないですよお。まだまだ修業中です。さあ、咽《の》渇《ど》いてるでしょう。とりあえず座ってください。スーパードライ冷えてますから」

冷やしたのはおれだぞと思いながら、食卓に着いた。

エリは用意した大小のグラスにビールをとくとくと注ぎ、「さあ乾杯しましょう」と自ら大きい方のグラスを手に取った。

「かんぱ〜い！」

エリは一気に、グラスを飲み干した。

「くは〜っ！　やっぱひと仕事終えたら、これっすねえ」

「おい」

「なんですか」

「いいのか」

「何が」

エリが、餌《えさ》をカモメに横取りされてもキョトンとしているアザラシのような顔をする。

「小学生がビールなんか飲んでいいのか」

「小学生？　あたしって小学生に見えますかあ。ひどいっ、白石さん」

今度はトラフグみたいに膨れた。表情も顔の大きさも豊かに変わる、面白いやつだ。

「あたし二十歳ですよお」

「嘘をつけ」

といって二十歳といわれれば、まあそうなのだろう。今時の娘はみんな年齢不詳だ。

「本当ですったら」

エリは小さなピンク色のバッグの中から、がさごそと手帳のようなものを取り出した。

「ほら、見てください」

原動機付き自転車の運転免許証だった。驚いたように飛び出た大きな目で、口をぱかっと半開きにした、下膨れ顔のエリの写真が載っていた。決して美形ではないが、なかなか愛嬌《あいきょう》のある顔だった。

「いやだあ。そんなに見ないでください。その写真変だから」

エリがわたしの手から免許証を奪い取り、そそくさとバッグにしまう。

「うむ。確かに成人だな」

生年月日から逆算すると、この娘は去年二十歳になったばかりだ。

「そう。だからお酒は大丈夫なんです」

エリは冷蔵庫から、二本目の缶ビールを取り出し、プルトップを開けた。

二杯目のビールを大きくあおると、エリは「白石さん」と、怒ったような顔でわたしを見据えた。鼻の穴が丸く膨らんでいる。

「実は、お願いがあります」

そら来たかと、わたしは身構えた。何かあるに決まっていると思っていた。

「あたしをここに置いてください」

エリは、おでこがテーブルにくっつきそうな勢いで、頭を下げた。グラスを手に持ったままそんなことをするので、真面目なのか不真面目なのか、判断がつきかねた。

「家出か」

「はい。先週から家に帰っていません」

「モン・シェール大月かね」

「はい。でもあそこのマンション、本当はあたしの家じゃないんです。ホラ、この間あたしを追ってきた男いるでしょう。あいつの家です。でもあいつの両親は別のところに住んでいます。親が金持ちで、実家の他に、あのマンションも持ってるんです」

「まだ、喧嘩《けんか》は続いているのかね」

「あたしの中ではもう終わってますから」

エリは冷めた声で答えた。先ほどからずっと、グラスを握ったままだ。僅《わず》かに中に残っているビールは、もうとっくに生温かくなってしまったにちがいない。

小柄な女は、温まった液体を飲み干し、少しだけ眉をひそめた。

「あたしあれ以来、もうあいつの家に戻ってないんです。あいつまだ若いし、将来あるし、あたしなんかに固執《こしつ》する必要ないし――」

エリの瞳が大きくうるうると揺れ始めた。

「仲直りしたらどうかね」

この娘はまだ、男のことが好きなような気がする。それに二人の仲が丸く収まれば、こちらも厄介事を背負い込まずに済む。

「いいえ。もう決めましたから。あいつ学年であたしより二個下なんです。だからまだガキで、我がままだし、デリカシーないし、浮気するし、すぐブチギレて暴力振るうし。あたしいつも、あちこち青タンだらけなんです。それで、この間もまた思い切りひっぱたかれて。もう絶対イヤだ、もう絶対あんな奴のところに戻らないって、心に決めたんです」

先ほどと打って変わり、険しい表情で断言する。確かに暴力を振るう男の許《もと》には、戻らないのが賢明だろう。

「先週から友達のところに居候《いそうろう》させてもらってるんですけど、そこは1LDKの小さなアパートで、おまけにその子の彼もいるから、長くいられる雰囲気じゃないんです」

「ご両親は、どうしておられるのかね」

「いないんです。あたし孤児なんです」

わたしはエリの目を見た。エリが大きな真っ直ぐな瞳で、見つめ返す。

「あたしには母親の記憶なんか、おぼろげにしかありません。三歳になる前に施設に預けられたんです。父親はまったく分かりません。誰もあたしの本当の父親が誰か知らないみたいです。母親でさえ知らないんじゃないですか」

「そうか——」

わたしも生温かくなってしまった残りのビールを飲み干した。泡立ちの消えた、小水のような色をした液体は、うまいとは言いがたかった。

「高校卒業したら施設を出て、工場で働き始めたんです。結構大きな部品メーカーだったんで、独身寮とかもあって、そこにずっといました。でもやっぱりあたしには、なんてか、ああいう仕事合わなくて。結局一年とちょっとしかいませんでした。

それで会社辞めてからはずっと毅《たけし》――あたしの元カレです。フルネームは下田《しもだ》毅――のマンションにいました。あいつが一人で住んでるマンションです」

近頃の親は、高校生の息子にマンションを買い与えるらしい。

「あたしも最初ビックリしちゃって。毅は税金対策とか言ってたけど、どんな税金対策なのか、本人もさっぱり分かってなかったみたいだし」

「その毅っていう子供の父親が会社経営者か、もしくは青色申告をしているなら、住宅ローンの金利と、建物の減価償却費が損金算入できるんだよ。そうすればその分だけ、所得税が安くなる」

「うわあ凄《すご》い。白石さんて、あったまいいんだあ」

「サラリーマンやってたら、誰でもこんなことくらい知ってるよ」

「白石さん」

ふたたびエリが真剣な顔をして、わたしを見つめる。

「あたしをここに置いてください」

「急にそんなこと言われてもなあ」

「あたし今、コンビニでバイトしてるから、お金なら少しだけあります。光熱費とか払えますし、それにお掃除とかお料理とか、あたし得意なんです。絶対一緒に住めば便利だと思います」

確かにこの娘は、掃除も炊事もできる。先住者時代からの汚れが、なかなか落ちなかった風呂場を、短時間であれだけ綺麗にしてしまったのには舌を巻いた。

「お風呂場は指と爪をじかに使って擦《こす》ったんです。その方が、ぬめりとかが無くなる感覚が伝わってくるんです。この爪で引っ搔《か》くと、ブラシより数倍汚れが落ちますよ」

エリが笑いながら小さな手と、その赤ん坊のような指には不釣り合いに長く伸びた鉤爪《かぎづめ》を見せた。

「お願いします白石さん。置いてください。あたし時給八百五十円のバイトだし、保証人もいないから、なかなかアパートとか見つからないんです」

エリがまたペコリと頭を下げた。

「頭を上げてくれ」

「いいえ。よいお返事がもらえるまで上げません。今のあたしには白石さんしか頼れる人がいないんです」

そう言われると弱い。しかし、なぜわたしなのだろう。一度だけかばってもらった、見ず知らずの老人に頼らなければならないほど、この娘には知り合いが少ないということなのか。

「いいだろう」

エリがぱっと顔を上げた。飛び出しそうな瞳が爛々《らんらん》と輝いている。

「本当ですか」

「本当だよ」

「本当に本当ですよね」

「本当に本当だ」

「うわあい！」

エリは興奮した顔で、パチパチと拍手を始めた。こんな喜んだ顔を目の当《ま》たりにしては、もはや後戻りすることはできまい。後はこの娘が、邪《よこしま》な考えの持ち主でないことを祈るしかない。もっともそうではないと踏んだからこそ、わたしはエリの願いを聞き入れる決心をしたわけだが。

そのうちエリは「やった、やったあ！」と万歳しながら、居間でフラダンスのようなものを踊りだした。

免許証は偽造で、やはりこの娘は小学生なのかもしれない。

第六章　サザエさんのご隠居　屁のカッパの銀行員　一桁《けた》ずれた金持ち

エリはその日の晩からどこから荷物を運び込み、二階の一部屋を自室として使い始めた。二階には二部屋あり、そのひとつは十二畳の大きな部屋で、智子が使っている。

その隣が八畳間で、エリをそこに案内してあげると、小さな悲鳴を上げた。

「気にいったかね」

「こんなに広い部屋でいいんですか」

「大月マンションはもっと広かっただろう」

「それが、そんなに広くなかったんですよお。1LDKでしたから。リビングはそこそこの大きさだったけど、部屋なんてもう狭くて大変でした。ベッドひとつ置いたら、身動き取れなかったもの。ここは凄《すご》いですよお。広いし、窓大きいし。あっちが東の方角でしょう」

「ああそうだが、ここからは港は見えんよ。高台ではないからな」

「そんなのぜんぜんOKですよ。それにこんなに沢山収納スペースだってあるし」

そういうエリの荷物は、大き目のリュックサックに、四角い無用心な鞄《かばん》（トートバッグというのか）だけだった。

「他の荷物、マンションに置きっぱなしなんです。もう戻る気ないし。取りに帰ったところ見つかったら、また面倒なことになりそうだし。だからそのまんま」

「そうか」

翌日エリがバイトに出払った直後、訪問客があった。正輝である。相変わらず着流しなんぞ着て、真っ黒な鞄を小脇に抱えていた。

「なんじゃ。こんなところに住んでおったのじゃな」

正輝はわたしが玄関を開けると、断りもなく家の中にずかずかと上がってきて、天井を仰いだ。

「ふむ。まあまあ新しい家じゃ」

「築十年だそうだ」

「風呂場もなかなか広くてよいのう。やっ、便器は最新式のウォシュレットではないか」

正輝は家中の扉という扉を開閉し、いちいちそこに何があるのか確認して回った。

「おお、ご婦人用の靴があるのう。ヒールが細いから若者向けじゃ」

「娘はもう四十一だよ」

「もっと若い娘がおるだろう」

「何だって」

「たった今、この家から出てゆくところ見たよ。弘から聞いたが、おぬしの一人娘はまだ独身なんじゃろう。ということはあれは孫娘ではないな」

正輝の目が、みかんの房のような形になった。

「なんだよその目は。それよりいい加減座ってくれ。あちこちふらふらするな。落ち着かなくてかなわん。今茶を入れてやるから。それともビールがいいか」

「いいや。茶でよい。昼間から酒はやらんよ。それに冷えた飲み物は体にこたえるのじゃ」

正輝はどかっとソファーに腰を下ろし、黒鞄をテーブルの上に置いた。

「前々から気になっていたんだが」

わたしは正輝の前に出がらしの番茶を置いた。

「何でそんな変なしゃべり方なんだ。わし、とか、じゃとか、何だよそれ。それにその格好、お前は助六か」

「助六がこんな格好をしておるわけがないわ。おぬし、歌舞伎を観《み》たことないな」

「ああ確かにないね。興味ないから。まあ格好はいいとして、しゃべり方のほうだよ。

水戸黄門みたいだぞ。もしくはあれだ。サザエさんに出てくる、裏のご隠居」

　正輝はフーフーと吹いてから、大きな音を立てて番茶を啜《すす》った。

「だから、そういうことじゃよ」

「そういうことって、どういうことだ」

「お前さん、孫はおらんのじゃろう。うちにはわんさかおるよ。今わしは長男夫婦と一緒に住んでおるが、ここに孫が三人。歩いて五分の距離に住んでいる次男夫婦の孫が同じく三人。大きいのはもう中学・高校生じゃが、チビどもの方はまだ、小学校低学年やら幼稚園でのう。チビは三人おるわ。男の子二人。女の子一人。この三人がえらく可愛くて、器量よしで――」

　しばらく孫自慢が続いた。目を細めながら、「ジイジ」と抱きついてくる孫の顔がいかに愛らしいか、敬老の日に書いてくれた孫の作文が、いかに心温まる表現に満ちていたか、人の顔色も窺《うかが》わず、延々と自慢し続ける正輝の話が本筋に戻るのを、わたしは辛抱強く待った。

「で、なんの話じゃったかな」

「そういうことって、どういうことか聞きたかったんだが」

「そういうことって、どういうことかなんて、んなもの、わしが知るわけないだろうが」

「分かった。最初から質問し直そう。なぜ〝わし〟とか、〝じゃ〟とか言うんだ」

年寄り相手の会話は、時として恐るべき回り道を辿ることがある。

「それは孫とおるとな、自然にそうなるのじゃ」

「そうなのか」

「そうじゃよ。わしゃ、孫と一緒にアニメやら時代劇を見るのが好きでな。そこに出てくる老人が、例外なくわしのような言葉遣いなんじゃ。じゃから、孫どもの頭の中には、白髪で白髭《ひげ》の人間はこのような言葉遣いをするものと刷り込まれておる」

こう言うと正輝は、綺麗に刈られた白髪を撫《な》でた。顎《あご》や口の周りには、頭髪と同じ色の無精髭が伸びている。

「わしゃ、あいつらにとってジジイ言葉でしゃべるジイジなんじゃよ。わしがずっと前、ついうっかり間違って、お前のような口調でしゃべったら、孫どもはショックで泣いておった。こんなのジイジじゃない、どっかのオッサンだって。それからわしは決めたんじゃ。もう、年寄り言葉しか使わんとな。格好もほれ、このように真正年寄りになった。お前さんがさっき言うとった、裏のご隠居ファッションじゃよ。かっかっかっ」

平成の世になっても、子供たちにとっての年寄りのイメージは、明治・大正時代とさしたる違いがないのかもしれない。その鋳型《いがた》に自らはまっている正輝は、たいしたものだと感心する。

　わたしにはとても、そんな真似はできない。わたしのこのしゃべり方は、多分三十代くらいからほとんど変わっていない。古希《こき》を迎えたからといって、いきなり「おれ」から「わし」に変わるなんて真っ平ゴメンだ。

　しかし、わたしたちもいつの間にやら、こんな年齢になってしまったらしい。白髪、白髭。明治生まれをこの糞《くそ》じじいと罵《ののし》ったのは、つい昨日だったような気がするというのに。

「なるほどよく分かったよ。あんた、孫想いのいいじいさんなんだな」

「いいじいさんかどうかは分からんよ。偏屈じじいと、嫁には陰口叩かれとるみたいだしな。それはそうと持ってきたぞ」

　正輝は黒鞄を差し出し、中を確認しろと迫った。

　わたしは鞄の中に手を突っ込み、五枚の茶封筒を取り出した。

「その四つには百万ずつ、残りのやつには四十万が入っておる」

「合計四百四十万か。凄いな」

「偽札じゃないぞ。ちゃんと数えてくれ」

　わたしは指に唾《つば》をつけ、札束を一枚一枚丁寧に捲《めく》った。こんな大金を手にするのは、何年ぶりだろう。運輸会社の経理部に配属された時以来だ。かれこれ三十年以上も前の話である。

「確かに四百四十万、預かりました。今、受領証を書くよ」

正輝は満足そうに、もうすっかり冷えてしまったに違いない茶をずずっと啜った。

帰り際、正輝はにやにやしながらわたしを振り向いた。例のみかんの房のような、目をしている。イヤらしい顔つきだ。

「おぬしも隅に置けんのう」

「何のことだ」

「孫みたいに若い娘と。元気でよいのお。さすが色男は違うのお。いくつになっても現役とは、うらやましい限りじゃのお」

まだそんなことを言っているのか。

「確かに家《うち》には若い娘がいるが、あれは親戚の子だ。地方から大学受験のために出てきたんだ」

面倒くさいので、こう嘘をついた。

「おぬしは昔から、婦女子には人気があったからのお」

まるで人の言う事を聞いていない。年寄りとはこういう生き物なのだ。

「人気があったのは弘のほうだろ。おれなんかハナも引っ掛けられなかったぞ」

この話が完結しないと帰ってくれそうもないので、仕方なく少し付き合ってやることにした。

「弘など、単なる勘違いのマヌケじゃったろ。女子の前でいつもこう、気だるそうに前髪なぞ掻《か》き上げおって」

正輝は髪を掻き上げる仕草をした。掌と一緒に首もカクッと大仰《おおぎょう》に仰《の》け反《ぞ》らせる、小学生時代の弘の十八番。

六十五年前の情景が、またもや鮮明に甦《よみがえ》り、わたしは大笑いしてしまった。確かに似ている。弘は少なくとも一日に十回は、こんなことをやっていた。現在のイイダコのような頭からは、想像もつかないだろうが。

「虱《しらみ》の卵がぽろぽろ机の上に落ちて、不潔だったわ。おまけにああいうキザなことしておきながら、魚屋みたいな口調でしゃべりおる。あんなマヌケな男に女は寄り付かん」

「おい、それはあんまりだろ」

そう言いつつ、わたしはまだ笑っていた。

「じゃあわしゃ行くよ。金の管理、しかと頼んだぞい。それから、今度紹介しろよ、その彼女」

正輝は「かっかっかっ」と笑いながら、帰っていった。

翌日の午前には弘が現れた。

「なんでぇ、おれが一番乗りじゃないのか。あのじじいがおれより先に来たって？　ったくよお」

弘は正輝と同じく、四百四十万の賭《か》け金を持参した。

「あのドケチな正輝も、覚悟決めたってわけか。スゲエな。これだけで既に八百八十万か。高級スポーツカーが買えるぞ」

「これを受け取るやつが、そんなものを運転できる年齢だと思うか」

「何シケたこと言ってやがるんだよ。八十過ぎたって、車の運転なんざあ屁のカッパだよ。八十過ぎた船乗りだっているぞ。タンカーだって、飛行機だって、スペースシャトルだって、まだまだ操縦できるぞ」

「まあ、そういう気持ちで長寿を目指すのが、この賭けの趣旨だったな」

「そんな、甘っちょろいもんじゃねえ。人を蹴落《けお》としてでも、自分が生き残ろうとしなけりゃいけねんだ。実際平均寿命超えても心も体もピンピンしてる連中ってのは、そのくらいの覚悟で生きていると思うぜ、おれは」

その意見には若干の違和感を覚えたが、わたしはとりあえず頷《うなず》いた。

「ところで聡おめえ、毎日何やってんだ」

弘は正輝と違い、昼間からビールを飲んだ。わたしも彼に付き合い、弱冷房の効いた居間でグラスを傾けた。エリは朝からバイトに出かけている。

「何をやってるって、特段何もやってないな」

「再就職とかしなかったのか」

　終戦直後から働きながら、学校に通った。日雇いの港湾労働で、米軍物資の陸揚げ作業をやり、一日五十円の賃金をもらった。やがて朝鮮特需が起こり、海運も造船も活況を極めたので、賃金も上がった。

　このように港湾の現場を経験し、夜間の大学も出た甲斐《かい》あって、わたしは地元では大手の運輸会社に就職することができた。それからは高度経済成長の波に乗り、家計は随分と豊かになった。

　若い頃はがむしゃらに働き、低成長時代に入ってからは現場の仕事を部下に任せ、バブル到来と同時期に子会社に出向、周りから好々爺《こうこうや》と陰口を叩かれながら、六十五歳で退職した。

　十五の日雇い時代から数えれば、まるまる五十年働きづめの人生だった。だからもうこれ以上、会社勤めをするつもりはない。

「なるほどな。じゃあ、十年この方ずっと家ん中閉じこもってるんだな。退屈はしねえのかよ。株とかやってんのか」

「いや。株はやらんよ」

「だっておめえ、会社では経理とか財務やってたんだろ」

「会社の経理や財務と株とはなんの関係もないよ。それよりお前は若い頃、何やってたんだ。銀行屋だったんだろう」

「聞きたいか」

「ああ」

「まっ、ぜんぜん面白い話じゃねえけどな。聞きたいんなら聞かしてやるよ」

弘は残りのビールを飲み干すと、大きなゲップをした。

弘は戦後の混乱の中、得意の勉学で立身出世する道を選び、がむしゃらに勉強した結果、見事東大に合格した。

「大蔵官僚になりたかったんだ。ところが上には上がいるんだよ。国家公務員上級職に上位合格するやつらの知能なんざ、普通の人類とは違うんだ。東大の中でも、金時計組でな。いくら勉強してもああいうやつらには、歯が立たなかった。おれは大学では落ちこぼれだったよ。だから民間へ行った。お前、日本長期債券銀行って知ってるか？　今は都銀と合併して、みかん銀行だかオレンジ銀行だか、そんな名前のメガバンクに変わっちまったけどな」

「長債銀だろ。知ってるよ勿論《もちろん》。産業金融の要《かなめ》だったじゃないか。高度経済成長を陰で支えた日本経済の立役者だ。あそこの行員だったのか。どこが落ちこぼれだよ。りっぱなエリートじゃないか」

「そういうおめでたいこと言う奴が、二十一世紀の今も生き残ってるんだからな。おめえは天然記念物並みに珍しい人類だよ。おい、ビールもう一本持って来い」

弘はまた大きなゲップをした。

「日本長期債券銀行ってのはな、カテゴリー的には都銀じゃねえ。長期信用銀行ってやつだ。短期的に収益を上げられない製造業なんかのために、長期資金を貸し付けるって名目のな。当時は長債銀の他に二行、こういうのがあった。

終戦直後GHQは、長期信用銀行なんてものは、いらねえって言ってたんだ。だけどよ、おれたちより上の世代の連中がヘタクソな英語で、デタラメな報告書作って、戦後の日本の復興のためには是非とも残すべきだってハッタリかまして、結局GHQは折れたんだな。で、特権階級の維持が可能になったってわけよ」

「特権階級というより、産業復興のためには長期貸付が必要だったんだろ」

「そりゃまあそうだけど、長期貸付ってのは楽でいいぞ。なにせ一度貸し付けたら、最低三年は利払いが保証されるんだからな。黙ってたって金が入ってくる。やることなんて、何もねえ」

「だが、そうは言っても忙しかっただろ」

「忙しくなんかねえって。行員どもはな、朝出勤すると、いの一番で何やるか知ってるか」

「会議か」

「まあ、好意的な見方をすれば会議だな。だけど議題は毎日同じなんだぜ」

「どんな議題だ」

「『天下国家』を語るんだよ。毎日毎日、仕事と言えば、天下国家を語ることだ。国策銀行だとか、産業金融の雄《ゆう》とか、企業の野戦病院だとか、さんざっぱら周りからおだてられて、自分たちが日本経済を動かしてるような錯覚に陥って、御託《ごたく》をうだうだ並べたてるのがてめえらの仕事と勘違いしてる、精神を病んだ連中の集まりだった」

「だが、長債銀のおかげで、潰れそうな会社が持ち直した例はいくらでもあるだろう。長債銀は逃げない、儲《もう》けより産業育成を優先させるって、当時から言われてたじゃないか」

「なに、気が弱いだけだよ。結局誰も悪者になりたくなかったんだ。お願いします、融資を打ち切らないで下さいって泣き付かれりゃ、無下に断りたくねえのが人情だろ。てめえのポケットマネーじゃねえんだ。それに仮に貸した金が焦げ付いても、誰も責任を取らねえ。何せ、半官半民みてえな国策銀行だ。それをマスコミが野戦病院だなんだって持ち上げて、騒ぎ立てるから皆ますます慢心しちまったんだよ」

「お前なんだか露悪的だなあ」

「おれは本当のことを言ってるまでだ。日本が高度経済成長に入って、いざなぎ景気が終わる頃まで、おれたちの銀行は正に我が世の春を謳歌《おうか》してたよ。給料だって、信じられんくらい沢山貰《もら》ってた。ところがオイルショックがあって、日本経済が低迷する辺りからだんだん雲行きが怪しくなってきてな。企業は社債を発行して、自己資金を調達するようになったから、もう長期信用銀行の役割は終わったなんて声も、囁《ささや》かれはじめた。そこにドカンと現れたのが、バブルだ。土地神話だよ。行き場を失った銀行の金は、ほとんどすべて土地に流れた。あれだけプライドの高かった、長債銀、投機目的の融資になんて絶対手を染めちゃいけねえはずの、天下の国策銀行たる日本長期債券銀行も、悲しきかな例外じゃなかったんだ。

おれはそのころ既に片道キップで関連会社出向になってたけど、なりふり構わず土地を担保に、金貸すのは危険だと思ったよ。だから、古巣の後輩に苦言を呈したことがある。だが誰もおれの言うことなんか、聞いちゃいなかった。株は上下に変動するけど、地価は下がることがないんだそうだ。んなこたあねえ、下がることがないんじゃなくて、まだおれたちは地価の下げを経験してねえだけだって言っても、誰も真剣に耳を貸さなくてな。

結局バブルは崩壊したじゃねえか。不良債権の山をあんだけ残してよ。それで国民にさんざっぱら迷惑をかけた挙句、銀行再編だとよ。なんでもかんでも無節操にくっつけまくって、あちこちでメガバンクの誕生だ。世界一だか二だか三だかの資産規模の銀行が、ばかすか立ち上がって、もうこれで大丈夫ですって、んなわけねえだろ。総資産が世界一なら、総負債だって世界一だろうが。ちゃんと貸借対照表読めって」

弘は二本目の缶のプルトップを開け、ゴクリと大きな音を立て、中の液体を飲んだ。

「そうだ。おい、ちょっと見てろ」

弘は缶を応接テーブルに置くと、自ら持参した札束を手に取り、枚数を数え始めた。酔っ払っているためか、やけにゆっくりと丁寧に札を捲っている。

「言っとくが、おれは酔っちゃいねえからな。わざとこんなにゆっくりやってるわけでもねえ。これがおれの通常のスピードだ。驚いただろ」

確かにそれは、銀行の窓口の女性がよく見せる、プロ然とした指さばきから比べれば、素人《しろうと》丸出しのぎこちなさだった。

「おれはあの銀行に入行してこの方、札束なんかまともに数えたことがねえんだよ。まあ、金の計算くらいはやったがな。だがおれの先輩はもっと凄いぞ。札束に手を触れたことも、算盤弾《そろばんはじ》いたこともなかった。一見難しそうで、実は内容なんてなんにもねえ報告書を、鉛筆舐め舐め捏造《ねつぞう》してただけだ。それで報告書通りに事が運ばねえと、また別の報告書捏造して、問題をすり替えていやがった。

こういう銀行におれは、三十年近く世話になったわけだな。関連会社出向を含めりゃ四十年だ。仕事は驚くほど暇で、社会的ステータスは高くて、傍《はた》からはエリートとうらやまれ、高収入で、日本経済を破綻《はたん》させて、それでも年金は最高水準を貰って、だから四百四十万なんて金は屁のカッパだ。どうだ。おれの人生悪かねえだろ」

それから二日後には規子がやってきた。

玄関を開けると、目の下に隈《くま》を作った規子がいきなり両手で封筒を差し出し、中を確認してくれと言った。

三和土《たたき》で立ち話をするのもなんだから、上がるよう促しても、規子は急いでいると、靴を脱ごうとはしなかった。エリも出かけているし、二人きりでちょっとした思い出話でもしようと思っていたわたしは、落胆した。

「ゴメンね。今ちょっと忙しいのよ」

疲れた顔の規子は、前回見た時とは打って変わって、年相応に見えた。それとも太陽光線の加減で、このように映るのだろうか。

規子が渡した封筒の中身を確認すると、中には四万四千円が入っていた。わたしの顔色を読んだらしい規子が、力ない笑みを浮かべた。

「四百四十円のことでしょう。やあねえ。あれは冗談よ。明男君の遺志ですものね。尊重するのは当たり前よ。あたし、皆さんの心意気に賛同したから。本当はこれより一桁《けた》多い数字にしたかったんだけど、やっぱりちょっと難しくて。皆さんもっと大きな金額を置いているんでしょう。ゴメンなさいね」

「いや、これで十分さ。余計な気を遣わなくていい」

四百四十円でもよいと言おうとして、慌てて口をつぐんだ。そんな言葉を軽く受け流してくれそうにないほど、差し出された四万四千円の重みは大きいような気がしたからだ。

そういえばこの間の「蓮華」で、規子から差し出された札を、幹事の弘は頑として受け付けようとしなかった。

「ああ――」

「何」

「その、なんだ。何かあったら、連絡くれよ。おれに出来ることがあれば、何でも手伝うから。遠慮はしないでくれ」

規子は一瞬目を伏せた。が、僅《わず》かな沈黙の後、再び顔を上げた規子の口元は緩んでいた。はにかむようなその笑顔（勝手にそう解釈しているだけかもしれないが）は、先ほどの自嘲《じちょう》的な笑みとは打って変わって、華やいでいた。

「ありがとう。そうするわ」

規子は、かたかたと白いサンダルの踵《かかと》を鳴らして去っていった。

規子と入れ替わりに現れたのは博夫だった。まるでこれから泊まりがけの旅行にでも行くような、大きなボストンバッグを提げている。

「ぼくが一番最後か。いやそれは失敬したね」

博夫はわたしが出した麦茶を一気に、ゴクゴクと飲んだ。

「いや、最後はおれだよ。おれはまだ現金を引き出してないからな」

「それはいいんじゃないかな。幹事なんだから」

「いや、そういうわけにはいかないよ。みんなと同じように現金引き出して、一括管理しなきゃ。おれが真っ先にくたばったらどうするんだ。おれの個人口座は凍結されちまうぞ」

「まあ、それもそうだな」

博夫は小さなタオルで、顔の汗を拭った。白地にバナナとメロンの絵柄がプリントされたタオルだ。博夫がタオルを動かすごとに、お供え餅のような腹が、だぶだぶと波打った。

「ところで聡。おまえは一体いくら賭けるつもりなんだい」

「男どもの相場は、もう決まっちまったんじゃないかな」

「そうなのか」

「四百四十万だよ。おれも明日銀行行って、定期を解約してくるよ」

博夫は持参した大きなボストンバッグをテーブルの上に置き、おもむろにチャックを開けた。露《あらわ》になった内容物を見て、わたしは仰天した。

「おい。これは」

「細かくて悪いんだがな。この方が数えやすいだろう」

博夫は帯掛けされた札束をバッグから取り出し、応接テーブルの上に重ね始めた。厚さからして、百万円の束だ。しかし一体何束入っているのか。

札束の山が二十センチを超えそうになっても、博夫はまるで異次元ポケットのようなボストンバッグから、次々に大枚《たいまい》を掴《つか》み出しては重ねた。

こんな大金など目の当《ま》たりにするのがはじめてだったので、わたしたち二人以外誰もいないはずの家の中を、きょろきょろ見渡してしまった。智子は相変わらず男の家だし、エリは今バイトに出ている。

札束の山が崩れた。五十センチ近く積まれたのだから、無理も無い。博夫は床に落ちてしまった札束を「よっこらしょ」と腰を屈《かが》めて拾い、まるで古新聞か何かのように、テーブルの上に放り投げた。

「数える必要はないんだがな。まあ一応数えてくれや」

「勿論数えるさ」

先日弘が披露してくれた、長債銀式数え方より、遥《はる》かに速く正確に、わたしは札束を捲っていった。

「おお、さすがだね。札を捲る手つきが堂に入ってるよ。やっぱり聡を幹事にしておいてよかったなあ」

これだけ量があると、全部数え終えるのに、三十分以上かかった。最後は、指の感覚がほとんど麻痺《まひ》していた。

「締めて、四千四百四十四万円だな」

わたしはいつの間にか流れ出ていた、額《ひたい》の汗を拭った。

「で、これは何かの冗談なんだろう」

「冗談じゃないよ」

「会社の金、手をつけるのは横領だぞ。早く返してこい」

「自慢じゃないけどな。ぼくは親父の興《おこ》した貿易会社を受け継いで、小さいながらも堅実な経営を五十年間続けてきたんだ。つらい時期が何度かあったけど、その都度なんとか乗り越えて、今では年商百億円規模に成長した。息子に会社を任せて、現役引退してからも、ぼくが筆頭株主なのには変わり無い。そんなぼくが、会社に傷をつけるような真似はしないよ。それはぼくのポケットマネーさ」

「持ち株を売っちまったのか」

「そんなことしないよ。すぐ身内にばれるし、変な奴らが入ってきたら大変じゃないか。ヘソクリを取り崩したんだよ。女房も知らない口座を持っていてね、そこからこっそり引き出したんだ」

「やばい金じゃないんだな」

「違うよ。やばい金じゃない」

「分かった。それじゃ、それはいいとして、他の男三人の賭け金は、さっき言ったとおり、これの十分の一だ。女子に至っては千分の一だぞ。お前が勝たなきゃ、まるで割に合わない賭け金じゃないか。こんな金が自由にできる身分なら、村山ファンドにでも投資しろよ。そうすりゃ十倍になって還《かえ》ってくるぞ」

「そういう問題じゃないよ。何て言おうかなあ、こう言ったらイヤミに聞こえるかもしれないけど、そんな金、大したことないじゃないか」

「大したことないのかよ。四千万だぞ。ドブに捨てるかもしれない四千万が、大したことないのか」

「ドブに捨てるのは死んだ時だろう。死んじまったら捨てるも捨てまいも、関係ないじゃないか。じゃあ生き残って、その金を使えといわれても、家を建てるには半端な額だし、家はもう三つ持ってるからなあ。ここと、軽井沢の別荘と、ハワイのコンドミニアムがあるし。それなら車はどうか。でもその金額で買うのは、ランボルギーニかマクラーレンクラスだろ。そんなもん日本で運転できないよ。すぐに盗まれちゃうかもしれないし、路駐なんて怖くてとてもできないや。結局中途半端な金なんだよ。

だからって、それより一桁上の金額は、さすがに出せないからね」

それなら、みんなと同じ四百四十万にしたらどうだ、と言おうと思ったがやめた。多分この男の金銭感覚は、常人とは一桁ちがうのだ。我々が三百円のラーメンを啜る時、博夫は三千円の高級ランチを食べるのだろう。三万円の、替えズボン付き背広ではなく、三十万円の英国製オーダーメイドの男なのだ。

「分かったよ。それだけ言うならありがたく預からせていただく。但し端数は余分だよ。四はふたつでいいんだ。だから四千四百万。四十四万は返す」

「そうか」

意外にも素直に、博夫は四十四万円を懐に納めた。

「これで、みんな長生きできるようになるといいね」

「ああ、その為《ため》にやっているんだからな」

「でも、ぼくたちの誰かが先に死んだら、勿論悲しいけど、やっぱり心のどこかでニヤリとしちゃうようになるんだろうかね」

「お前自身はどうなんだ」

「う～ん。分からないなあ。これは言うなれば、長生き勝負でしょう。勝負というのは、経営にはつき物だからねえ。こんなぼくでも何度か真剣勝負、経験したことあるよ。胃に穴が開く思いしたけど、勝ったときの達成感は、何ごとにも替えがたかったなあ。それでライバル会社が倒産しちゃったこともあるし。だけど、それが勝負ってものだから。でも今回のは、倒産どころじゃなくて、死んじゃうんだもんなあ」

「年寄りが死ぬことほど、自然なことはないぞ」

「それはそうだけどさあ。それを言ったら、なんだかなあ。聡はどうなんだよ。やっぱりニヤリとしちゃうの」

「おれか」

わたしは、決して健康には見えない、博夫の腹の辺りに注目した。

「分からんな。その時になってみないとな」

第七章　誕生！　南極一号

エリがわたしの家に居座って、一週間が過ぎた。

彼女が初日に見せた、抜群の家事能力は一過性のものではなかった。エリが来て以来、水回りや、窓枠などの、どうしても汚れがちなところが、随分と清潔になった。

晩御飯は三日に一遍はわたしが作った。

エリはいつもキノコ料理などヘルシーなものばかり作るので、わたしはお返しに、こてこてのカルボナーラや、ハンバーグを作ってあげた。

エリはそれら洋風料理を「おいしい、おいしい」と言いながら、ばくばく食べた。例によって、頬っぺたを風船のように膨らませ、口の中身を派手に見せながら、くちゃくちゃと音を立てた。口の周りはいつも、ソースか脂でギトギトになっていた。

「ホント。白石さんて、料理上手ですね。でも、こんなにこってりしたもの、お年寄りは大丈夫なんですか」

おれはそんな年寄りじゃない、と言いかけて口をつぐんだ。エリに年寄りと言われると、過剰に反応してしまう自分が、いつもながらひどく子供っぽい。

「あっ、でも白石さんって若いですものね。元気だもの。頭にこぶだってできないし」

そう言われて、頬が緩むのがはっきりと分かった。若いと言われ、すぐさま顔に出る自分は、さらに子供っぽい。

「若いかどうかは知らんが、年寄りは多少カロリーのあるものを食べて、体力をつけたほうがいいと主張する学者もいるんだよ。無論食べ過ぎはいけないが、粗食ばかりがいいとも限らない」

「ふ～ん」

エリが仕事休みの日には、二人で散歩に出かけた。

区役所から貰《もら》った、例のS区三十六景を散策しようと玄関で靴を履いていたら、いきなりエリが「あたしも行くう」と廊下をどたばたと駆けてきたのだ。

「ひどい。一人で置き去りにしないでよお」

「単に街中を散歩するだけだぞ。面白いことなぞ何もないぞ」

「いいの」

いきなりエリがわたしの左腕に、自分の腕を絡ませたのでギョッとなった。こんなことをされるのは、智子が子供の時以来だ。まだ小学生の智子は、よく父親の腕に抱きついて甘えた。きっとエリは、このように愛情を受け止めてくれる相手がいない、薄幸な子供時代を過ごしたのだろう。

　エリの腕を振り払うような野暮な真似はしなかった。道行く人々はきっと、仲のいいおじいちゃんと孫として、わたしたちに好意的な視線を寄せていることだろう。

「ねえねえ、白石さん。どこへ行くの」

「町内の名所巡りだよ」

「町内の名所？　S町に名所なんてあったの」

「名所というのは、言ったもん勝ちなんだよ。古い社やら、ダイコン畑やら、松林やらなんでも名所といった途端、名所になる」

「ふうん。そういうものなんだ。でもあたしは、パリとかローマの名所のほうがいいなあ」

「パリやローマに行ったことあるのか」

「ううん。ない。白石さんは？」

「あるよ」

「本当？　凄《すご》い。ねえねえ、どんな所？　やっぱりヨーロッパって素敵なんでしょう」

「まあ二十年以上前に出張で行っただけだが、なんと言おうか、街中がすべて美術館のような所だよ。向こうはすべて石造りだから、長持ちするんだろうな。ローマなんか街のど真ん中に、古代ローマ帝国の遺跡があったりする。古代から中世、ルネッサンスから近代まで、すべてテンコ盛りの街だ。圧倒されたね。片やパリは未来都市だ」

「未来都市?」

「そうだよ。ナポレオン三世の時代だから、十九世紀の後半か。ともかく、当時中世の街並みだったパリを全部ぶち壊して、新しい巨大な建物を建てまくった。高さをすべて統一してね。だから、出来上がった当初は未来都市と呼ばれていた。ヨーロッパであそこまで大規模な都市開発をやった例は、珍しいんじゃないかな。昔の建物を、簡単には取り崩したりしない国民性なのにね」

「そうだったんだあ。パリって新しい街だったんだね」

「ヨーロッパの他の都市と比べればな。彼らの歴史は半端じゃないから。勿論《もちろん》歴史の浅いアメリカや、すぐ古い建物を壊して新しくしてしまう日本に比べれば、十分古いだろうけど」

「白石さんって、そういうことにも詳しいんだね」

「貧しかった少年時代の反動かな。ともかく洋行なんて、夢のまた夢の時代に育ったし。外国と戦争してたんだぞ。でも、ドイツとイタリアは同盟国だったたよ」

「えっ! イタリア人と同盟だったの。信じらんない。日本と全然違うじゃん。あたしずっとイタリア人に憧れてたの。あたしって何でイタリア人に生まれなかったのって、神様ずっと恨んでたもん」

口角泡を飛ばして興奮しているエリを尻目に、わたしは先を続けた。

「八〇年代の後半頃から、海外出張の仕事が増えた。好景気だったんだな。それで、これは本当はやっちゃいけないことなんだが、出張の合間に休暇を取って、ヨーロッパのあちこちを小旅行して回った。石文化に惚《ほ》れ込んでしまったんだよ。名所旧跡なんかに行かなくても、石畳の街並みを歩いているだけで、ため息が漏れた。なんて重厚な景観なんだ、それに比べて日本の街は、なんともちっぽけで、みすぼらしいと思ったね」

「行きたい、行きたい～っ。ねえ、白石さん。今度あたしをイタリアに連れてってよお」

エリが子供のように、わたしの腕をぶらぶらと揺する。

「だがな。いつ頃からか、日本の街並みも、そんなに悪くないんじゃないかって思うようになったんだ。有名な観光地ばかりじゃない。何の変哲もない、ごちゃごちゃした普通の住宅街なんかにも、それなりの美しさがあると、そんな風に感じるようになった」

「ふうん」

「風情や、たたずまいの良さが分かるようになったのかな。つまりは年を取ったんだ。

日本の風景には、ルーブル美術館にあるルネッサンス絵画のような壮麗さはないが、日曜画家が出品する田舎の小さな展覧会のような味わいがある」

「そうなんだ。あっ、可愛い」

一匹の野良猫が道端で、背中を路面に擦りつけ、のたうちまわっていた。エリがわたしの腕から離れ、近づいて手を差し出すと、さっと身を起こし、逃げていった。

「無理やり付き合わんでもいいぞ」

わたしは戻ってきたエリに言った。

「若い人間には、こういうのが退屈なのは分かってる。おれだってそうだったさ。若い頃はキラキラ輝いた最先端の場所で、同世代の仲間と群れているのが一番楽しい」

「同世代の仲間なんか、どうでもいいの」

エリが頰っぺたを膨らませ、土ぼこりを上げながら、脇を通り過ぎてゆくトラックの荷台を睨《にら》んだ。

「あたしは、白石さんとお散歩に来たんだから」

地図を見ながら路地を曲がると、アスファルトの割れ目からぺんぺん草が生えている駐車場に出た。そこをまっすぐ横切ると、閑静な住宅街がある。赤い屋根の民家の脇に、ステンレス製の小さな看板が立っていた。

「S区三十六景・あじさいの小径《こみち》だって。ここだよ白石さん。ここを右へ曲がったところが、あじさいの小径なんだよ」

「うむ」

わたしたちは、人が二人並んで歩くともう一杯になってしまいそうな、細い路地に入った。

「おっ」

「なんか、不思議なところだねえ。でもキレイ」

エリが何故不思議に思ったのか、よく分かる。アスファルトで舗装された道の両脇には、灌木《かんぼく》が植えられ、その更に外側に、民家が軒《のき》を連ねていた。本来であれば、この灌木は民家の庭の中に存在してもおかしくない。なぜこんな中途半端なグリーンベルトが、道と民家の狭間《はざま》に存在しているのだろうか。

「思い出した。たしかこの辺りにはその昔、小川があったんだ」

「どうしてなくなっちゃったの。埋め立てちゃったの」

「そうだ。埋め立てられたんだ。それがまさに今おれたちが歩いている、この道じゃないのかな。そうか、分かったぞ。周りにあるこの木々は、昔の土手だよ。埋め立てる時、土手の一部を残したんだ。粋なことをするじゃないか」

「あっ、見て見て！」

灌木の中に、満開のあじさいが姿を現した。そればかりではない。赤や黄色の可憐《かれん》な花々があちこちで、小さく息づいている。

「ステキ。庭のすぐ外にお花畑があるみたいだね」

「そうだな」

道路の脇に、何の実用性もない、小さなグリーンベルトをあえて確保しようとした区の担当者に、わたしは敬意を表したい。

恐らくこんな場所は、区民でさえほとんど知らないだろう。普通の住宅街にある、普通の路地の周りに咲いた、ほんの僅《わず》かな花々。区が配布しているパンフレットを頼りに、わざわざ訪れる酔狂な人間は、わたしたちぐらいかもしれない。

「こんなところがあったんだねえ」

「日本の郊外の住宅街も、そんなに悪いもんじゃなかろう」

「そうだね。白石さんといると、いろいろ新しい発見があって、新鮮」

「新鮮なものか。もうおれは、老い先短い、萎《しな》びた年寄りだ」

エリが「そんなことはない。白石さんは若い」と言うのを、心のどこかで期待していたが、当の本人は突然路地に現れた白猫にダッシュで近づき、今度こそ撫《な》でることに成功してご満悦の笑みを浮かべていた。

美しいあじさいの小径は二百メートルほどで途切れ、大通りに出た。

「次のポイントは、あの上にある」

わたしは道路を隔てて反対側にある丘の上を指さした。

「今度は何？　お社《やしろ》か何か」

「いや、大学だ」

「大学かあ」

エリは明らかに落胆した表情を見せた。

「なんで大学なんかが、その何とか景に入るの」

「大学のキャンパスは、綺麗に造成されたところも多いからな」

「他のところないの？」

「そりゃあるが、ここからは遠いぞ。今日はあじさいの小径と、それに隣接する新神奈川福祉大学のキャンパスを散策に来たんだ。他のところは、また別の日のために取っておこう」

「分かったわよ。付き合うわよ」

大学に上る坂道は、エリと同じ若い男女で溢れていた。福祉大学の学生だ。

エリはもう、わたしの腕を取って歩くような子供じみた真似はしなかった。むすっとした顔で、路面を見つめながら黙々と歩いた。

そんなエリに、男子学生が時折チラチラと視線を寄せていることに気づいた。エリがほんの腰巻程度の、短いスカートを穿《は》いていたというのもあるだろう。しかし、それだけではなく、やはりエリは同世代の男子から見れば、そこそこ魅力的な風貌をしているのだ。

わたしは彼女の容姿のことを、ダボハゼだのダッコちゃん人形だのと形容したが、決して揶揄《やゆ》していたわけではない。例えば、ダボハゼにふさふさのまつ毛をつけ、口の周りをピンク色に塗ってみれば、それなりに愛らしくなることに人は気づくだろう。エリはそんな女性だ（どうも彼女の容姿に関しては、誉《ほ》めているのか、茶化しているのか不明の言い回ししかできないようなので、この辺でやめておく）。

しかしエリは、男どもの視線を完全に無視し、怒ったような顔でズンズンと歩いた。大学に行っていないエリは、大学生を目《ま》の当たりにすると、どこか居心地の悪い気分にでもなるのだろうか。

「あたし、若い人嫌いなの」

自ら十分若いエリが、いきなりこんなことを言った。

「そうか——」

それ以上深入りするつもりはなかったが、エリは堰《せき》を切ったように自分から話し始めた。

「あたし、元カレと一年近く一緒に暮らしてきたし、元カレの友達なんかとも一緒に遊んだりしたけど、やっぱりダメ。ああいう人たちにはもう付いていけない」

エリは小さな鼻に小じわを寄せた。

「今の若い連中のことはよく分からんが、そんなにヒドイもんでもないだろう」

「ひどい、ひどい、ひどいの。あたしもう、ああいう人たちの許《もと》に戻るつもりはないの。あの人たちとあたしとはもう、住む世界が違うの」

エリは無理をして言っているように見えた。

「本当にもう、あの背の高い男とは吹っ切れたのか」

「もう、うるさい白石さん」

エリはダーっと駆け出した。気がつくと上り坂は終わり、平坦《へいたん》な道に変わっている。丘の頂上に着いたのだ。眼前には、新神奈川福祉大学の雄大なキャンパスと、近代的な校舎があった。

「うわあここ、眺めいいねえ」

エリは大学には背を向け、眼下の景色に見とれていた。

「ここ、凄くいいところだよ。大学なんか建てるのもったいない」

「昔この辺はお屋敷町だったんだが、面影がまるでなくなってる。戦災でみんな焼かれちまったのかな」

「戦災？」

エリがわたしを振り返った。口をぱかっと開けている。いつもながら、分厚い唇だと思った。O型になったそれは、まるでドーナツのようだ。

「そう。おれは当時、もう少し東京寄りのところに引っ越していたんだが、この辺りも空襲の被害はあったんだよ」

「ふうん。その時白石さん、いくつだったの」

「確か中学の頃かな」

「空襲って、飛行機が爆弾落とすんでしょう。白石さん、そういうの見たことあるの」

「あるよ。爆弾じゃなくて焼夷弾《しょういだん》だけどね。焼夷弾っていうのは、地上を焼き尽くす兵器のことだ。高熱を帯びた爆弾が、空中で細かく弾《はじ》けて、人々や建物に、火の雨を降らせるんだよ。サイパン島を取られてから、あそこがB-29の発進基地となったからな。ああ、B-29っていうのは、その焼夷弾を落とす爆撃機のことだよ。その頃から本土は頻繁に空襲を受けるようになった」

「じゃあ、白石さん。死体とか見たことある」

「あるよ。黒こげになった死体とかね。逃げ惑う格好のまま、炭化してるんだよ」

「うわあ」

エリは眉をひそめた。

「ねえ白石さん」

「なんだね」

「人は死んだら、どうなっちゃうんだろう」

「死んだら、無に還《かえ》るだけじゃないかな」

「そうなの？」

　エリがやけに真剣な目をしてわたしを睨んだ。

「本当にそうかどうかは、解釈の問題だ。誰も死んだ後のことなど分からないからな。まだ死んでないんだから」

「あたしは違うと思うな。死んだら生まれ変わって、新しい人生が待っているんだよ。生まれ変わったら、前世の記憶は原則ないんだけど。ところどころ生きてるの。それで、あっこれ、なんか前に見たことあるとか思ったりするの。そうそう。デジャヴュってやつ。そうやって人は、何度も何度も生まれ変わるもんだと思う。この世が存在する限りね」

「じゃあお前はそのデジャヴュというのを経験したことあるのか」

「えへへへ」

「何笑ってるんだ」

「秘密だよ～。ねえねえ、今晩何食べる」

　エリがまたわたしの腕を取ってブラブラ揺らし始めた。

「久しぶりに中華にしようかあ。五目炒めなんかどう？　蟹玉《かにたま》とかもいいね。だんだん暑くなってきてるから、精力つけなくちゃ。ねえ、お買い物して帰ろうよ」

「大学のキャンパスには寄っていかないか」

「いい、あんなとこ、面白くないもん。ねえねえ、もうおうち帰ろうよお」

「そんなにブラブラ揺するな。おもちゃじゃないんだぞ、おれの腕は」

「おもちゃだもん」

道行く学生が、老人に甘える自分たちと同世代の娘をちらちらと見ていた。

「それに、なんか空だってヤバくなってきたし」

西の空に黒雲が立ち込めていた。

「そうだな。ひと雨来る前に退散するか」

わたしたちは、丘を下って地元の商店街を目指した。

市場で中華の食材を買い、帰宅してから、すぐわたしは風呂に入った。エリは台所で自慢の腕を振るっている。

軽く石鹸《せっけん》で体を擦り、シャワーを浴びただけで、早々と風呂を出た。もう浴槽にのんびりと浸かっているような季節ではない。玄関の戸がガチャリと開き、廊下を伝う誰かの足音が聞こえた。

咽《のど》がカラカラに渇いていたので、急いで体を拭き、甚平《じんべえ》を身に着けると、とりあえず冷蔵庫へ向かった。エリがこの家に来てから、猿股《さるまた》一丁でブラブラできなくなったのが、不便といえば不便だ。

台所には暫《しばら》く見ていない顔があった。

疑わしそうに、炒め物をしているエプロン姿のエリに眉根を寄せていたその顔が、わたしを認めると、さらに非難するような表情になった。

「おとうさん。これはいったいどういうことなの」

「あたし、この家に居候《いそうろう》させてもらってる者です」

コンロの火は消したが、まだ中華箸を握っているエリが答える。

「あんたに聞いてないよ。何あんた、居候なの？　人の家に勝手に上がりこんで、食事なんて作って。おとうさん、この子誰なの？　知り合い？」

「ご近所だ」

こうとしか答えようがない。

「ご近所？　居候じゃなかったの？　勝手にご飯なんか作っちゃってさ。うちの父親にそんなの必要ないから。料理うまいんだから」

「でも、あたしだってうまいです。それに、白石さんが毎日毎日料理を作るなんて、かわいそうです。誰かが作ってあげなきゃ、かわいそうです」

「あんた何様？　余計なお世話だっつーの」

智子がつかつかとエリに歩み寄り、顔を思い切り近づけた。

実は智子は、高二の夏休みから高三までの一時期、グレていたことがある。髪を茶色に染めて雷様のようなパーマを掛け、真っ赤な口紅を引いて、踝《くるぶし》が隠れるほど長いスカートを穿いていた。

わたしと妻を、ジジイ、ババアと呼び捨て、所構わず唾《つば》を吐いては「タルイんだよ」とくだを巻いていた。

幸い高三の三学期にマトモに戻り、一浪してなんとか都内の大学にもぐりこむことができた。

今、エリに対峙《たいじ》しているのは、久しぶりに見る、グレていた当時の智子だ。エリは陸《おか》に打ち上げられた魚のように、飛び出た目で口をパクパクさせながら、「なななななっ、なんですか」と必死に抵抗していた。

「なんですかじゃねえだろ、テメー」

「ひいいっ」

「エリ、二階に上がってろ。智子やめんか、大人気ない。二十も年下の子供だぞ」

わたしが言うなり、エリは智子の脇をすり抜け、どたどたと二階へ上がっていった。

中華箸を手に持ったままだった。

「何？　二階のあの空き部屋を使ってるわけ」

智子はフンと大きな鼻息をついて、テーブルに腰を下ろした。

「帰ってくるなら、連絡すればいいのに」

「あら。さいざんしたわね、おとうさま。お楽しみの最中、いきなりお邪魔して申し訳ございませんでした。無粋な娘ですみませんわねえ。でも、これも親譲りなんでございますのよ。オホホホ」

「何をわけの分からんこと、言っておる」

「あたし、今日からまたこっちで生活するから」

智子は立ち上がり、冷蔵庫からビールを取り出すと、ふたつのグラスにとくとくと注ぎ分けた。そして、小さい方のグラスをわたしに押し付け、自ら大きい方を確保すると、わたしをぐっと睨んだ。彼女が手にしているのは、初めてエリが我が家を訪れた時に、ビールを一気飲みしたグラスだった。

智子は、あの時のエリより更に勢いよくグラスをあおると、小さなゲップをした。二度目のゲップをしながら、このいつまで経っても家を出て行こうとしない、薹《とう》が立った一人娘は再びわたしをねめつけた。

目が据わっている。

ヤンキー時代にはよくこんなキツネのような目で、親を睨む娘だった。睨みながら「ざけんなよ。バカヤロー」と低い声で凄むのが定番だった。

あれから二十余年。瞼《まぶた》は幾分重たくなり、目じりに三本の皺が寄るようになったものの、同じ眼差《まなざ》しが健在の智子は「ざけんなよ」の代わりに「説明しなさい」と静かに言った。

グレていた当時の智子より、今の方が怖いと思った。きっとまた「友達」と別れてしまったのだ。

一通り説明をする間に、智子は三百五十ミリリットルのビールを三缶飲み干した。台所には、エリが作りかけの、イカの五目妙めが冷たく置き去りにされている。エリは先ほどこっそりと一階に下りてきたが、目ざとく見つけた智子に睨まれ、再びすごすごと二階に退散した。「あ〜あ。冷めちゃうのに」というエリの小さな声が聞こえた。

「まあ、ここまで聞いた限りじゃ、まだ過ちを犯したわけじゃないようね」

「過ち？　なんの過ちだ」

「男の人っていくつになっても現役っていうじゃない。七十過ぎた俳優が再婚して、子供まで産ませたことあったでしょう。アメリカなんかじゃ、八十超えた大富豪が、ひ孫ぐらいの年の女の子と結婚した例もあるし」

「一体なんのことを言ってるんだ」

「だからさ。こういうことは言いたくないけど、おとうさんだって男なわけだし——」

「お前の言ってるのは、わんこソバを三百杯食べた男がいるとか、身長二メートルの女がいるとか、そういうことと同じだよ」

「何それ？　意味わかんない」

「すべての男が、わんこソバを三百杯も食えるわけがない。今女子の平均身長は一体どのくらいだ？　二メートルを超える女がいるから、一メートル九十八くらいか。ばかを言っちゃいけない。年寄りが全員、ひ孫の年齢の娘と結婚しだしたらどうなる。世界は崩壊するぞ」

「まあ、あたしももう十九や二十歳の娘じゃないから、あんまりぎゃあぎゃあ騒ぎ立てるつもりないし、それにここはおとうさんの家だし、あたしこそ居候みたいな身分で、未《いま》だに親の脛《すね》かじり状態だから、大きなこと言えないのは分かってるけど。だけど、おとうさん。お金にだけは注意しなよ。若い子がおじさんやおじいさんに近寄ってくるのは、悪いけど目当てはそれなんだからね」

「分かってるよ。だからタダ同然で、二階の一部屋を貸してあげてるんだ。その見返りに炊事、洗濯、掃除、すべてやってもらってる。お互い合意の上の取引だ。他意はないよ。お前が考えてるようなこともない」

「なんで取引なんかしたのよ」

「頼まれたからだ」

「それだけ？　おとうさんって頼まれれば、なんでも引き受けちゃう人だったの？」

「無論頼まれたからだけじゃない。言うなれば、酔狂かな」

　こんなことを言っていたのは正輝だったか。

「酔狂？」

「ああ、人生を足し算ではなく、引き算して、残りの耐用年数を考える年齢になるとな、時として酔狂なことをしたくなるものなんだ。だけど、心配するな。七十過ぎたら道を踏み外すことはないから。お前はまだ若くて分からんだろうが、おとうさんはもう、そういう年齢なんだ」

「だけどさ。よりによってなんで、あんな子なのよ」

「あんな子？」

「なんか口をぱかっと半開きしててさ、アッタマ悪そう。あの子あれに似てるよ。ほらほら、そう！　ダッチワイフ」

「お前ダッチワイフなんか、見たことあるのか」

「イヤだな。ないわよお。テレビとかでチラッと観《み》たことあるだけ。でもあの子はさあ、どちらかと言えばダッチワイフでも思いっきり初期のさあ、ぷーって浮き輪みたいに膨らますセコイやつにそっくりさんだね。名前は確か、ほら、あれよ、南極一号」

　こう言うと、智子は噴き出した。

「おとうさん。なんで家に南極一号なんか囲ってるのよお、エッチい。ぎゃははははっ！」

腹を押さえて屈《かが》みこみ、目に涙まで浮かべている。

「分からんな。きっと神様の思《おぼ》し召しだろう」

わたしは醒《さ》めた声で答えた。

いきなり神様などという単語が口から出てきたのには、我ながら驚いた。

「へえ。いつからおとうさん、神がかりになったのよ。宗教なんて全然信じてなかったのに」

「全然信じていなかったわけじゃない。インチキ宗教が嫌いなだけだ。そろそろエリを呼び戻すぞ」

「エリエリ。呼び捨てになんかしちゃってさ。いやらしい」

「おいエリ！　もう話は済んだから、下りてきてもいいぞ。エリ！」

わたしはわざと大声で、ダッチワイフにされてしまった哀れな娘の名前を呼んだ。

エリが、階段の端から恐る恐る、小さな顔を覗かせた。

「心配しなくていい。こっちへ来い」

エリは相変わらず、エプロン姿で中華箸を持ったままである。

「あの、早く炒めちゃわないと、味が逃げちゃうと思うんですけど」

「いいの、いいの。とりあえずここに座りなさい」

智子が酒臭い息を吐く。

「あんたのことはだいたい分かった。まあ、仲良くしよう。あたしも今晩からここで寝泊まりするから」

エリが不安そうな目をわたしに向けるので、頷《うなず》いて返した。

「娘の智子だ。改めて紹介する」

「今日からあたしは、あんたのお姉さんみたいなもの。だからお姉さんって呼んでいいからね」

智子は四本目の缶ビールのプルトップを開けると、そのままゴクゴクと飲んだ。明らかに酔っ払っている。

「いい？　お姉さんだよ、お姉さん。おばさんって呼んだら殺すからね」

「はっ、はい」

「で、アンタはエリちゃんなんだろうけど、あたしは違う名前で呼びたいな」

「違う名前ですか」

「そう。例えば南極一号なんてのはどう？」

「おい」

智子は必死に笑いを堪《こら》えながら、口を挟もうとするわたしを右腕で遮《さえぎ》った。

「南極一号ですか？」

「そう。あんた知ってる？　南極一号」

「知らないですけどお。なんでそんなに笑ってるんですかあ。ちょっとヘンな名前。南極一号だなんて。なんの名前ですか」

「南極一号ってのはね。つまりそのお、なんていうか、そう！　サイボーグだよ」

「サイボーグ？」

「そう。サイボーグ。だから連番がついてるの。ほら、サイボーグ009ってあったじゃない、って言ってもアンタの世代じゃ知らないか。確かドラゴンボールとかにも出てきたじゃない。ドクターなんとかが造ったサイボーグ」

「はいはい。ドクター・ゲロですね。そういえば十七号と十八号っていう男女双子のサイボーグが出てきました。あたし、女の子のサイボーグ好きだったなあ。すんごく強くて、クールで、カッコ良くて、悪役キャラなんですけど、案外優しいところもあるんです」

「そうそう、それよそれ」

「おい、エリ。この酔っ払いの言ってることなんか、真に受けるな。南極一号っていうのはな――」

「悪い名前じゃないでしょう」

智子が再びわたしを遮った。

「でもなんであたしがサイボーグなんですかあ。ちょっと微妙」

「それはさ。父があんたのこと、家事をロボットのようにこなすって言ってたから。でもロボットってのはあんまりじゃない。なんかガソリンで動いてるみたいでさ。あんた人間でしょう。人間だけど、人並み外れて働き者っていうんだったら、ロボットと人間の真ん中とって、改造人間。つまりサイボーグならどうってこと」

エリはくるりと瞳を一回転させ考えていたが、やがてコクリと小さく首を動かした。

「よしこれで決まりだね、南極一号」

「でもなんか違和感ある」

「平気、平気。慣れれば、んなもんは。南極一号。悪くない名前じゃない」

智子はまたビールをぐびぐびとあおると、特大のゲップをした。

第八章　ジジ専

　エリと智子は、比較的うまくやっていると思う。

　エリが、気を遣っているのだろう。家の中で傍若無人《ぼうじゃくぶじん》に振る舞うのは智子の方で、エリはそれを器用にやり過ごしているような感じがする。

　ある日エリに、無理をしなくてもいいんだぞと言ったら、無理なんかしてませんけど、という答えが返ってきた。溢れ出しそうになるものを、必死に堪《こら》えながら言っている様子はなく、キョトンとした質問口調だったので、本当に無理をしていないということがよく分かった。

　智子に「南極一号、ビールが冷えてないぞ」「シャツにちゃんとアイロンがかかってないぞ」「ベッドのシーツは毎日取り替えろ」「水虫の薬を買い忘れるな」と文句を言われても「はいはい」とうまく受け流している。こういうのを、今流行《はや》りの「いじめられキャラ」とでも言うのだろうか。

　ついこの間など、台所で智子がエリに、ヘッドロックを掛けている場面に出くわした。智子の、少しばかり肉付きの良くなってきた腕に頭を絞《し》め上げられたエリは、両腕を飛行機の翼のように広げ、もがいていた。

「こら、やめないか！　喧嘩《けんか》するんじゃない」

　父親に気づいた今年四十一になる娘が、ロックを外し、でれでれと笑った。

「いやだあ、おとうさん。本気でなんかやってないよお」

「そうです。ぜんぜん痛くなかったもん」

　やっと束縛から抜け出した、どす黒い顔のエリが、静電気でばらばらになった髪の毛を撫《な》で付けながら言った。

「何？　ぜんぜんかよ。じゃもう一度やってやるか」

「きゃあ」

「やめんか。大人気ない」

「この子がまた、買い物間違えたからだよ。あたしは『激辛』のハバネロサルサ買って来いって言ったのに、『辛口』なんか買ってくるから」

「だって辛口のそのまた上があるなんて、知らなかったから」

「だからちゃんと、激辛って言ったじゃない。会社であたしの部下がこんな凡ミスしたら、即減俸だよ」

「ここは会社じゃないもん」

エリは小学生のようにダーっと駆け出し、台所から消えた。

しかし――。

智子は我がまま放題に育ったが、妻が病に倒れて還《かえ》らぬ人となり、わたしが定年退職した頃からは、さすがに年相応の分別と、落ち着きを身につけるようになった。男関係ではまだ若干だらしない所はあるものの、世間に出してなんら恥ずかしいところの無い、壮年女性に育ったはずである。

ところがどうだ。

エリがこの家に来てから、智子はまたスケ番に逆戻りしてしまった。

「会社でいろいろストレス溜《た》まってさ」

その晩、エリがシャワーを浴びている時、智子は片付けの終わった食卓で、一人しつこくビールを飲みながら、くだを巻いた。

「お前近頃飲みすぎじゃないのか」

「飲みすぎてないわよ。それより、たまにはおとうさんも付き合いなさいよ」

「いや、年寄りは冷たいものを取り過ぎるのはよくないからな」

「何よ、都合のいい時だけ年寄りぶってさ。あたし見ちゃったわよ。『白石さん若いですね』とか、あの子に言われて、でれでれ鼻の下伸ばしてるおとうさん。ホントいやらしい」

智子は貧乏ゆすりをしながら、ビールを飲んだ。

以前血液検査の結果を貰《もら》うため医者に行ったとき、担当の若い女性看護師に、「お若いですね」と言われた。検査の結果を診て、年齢の割に良好だったから若いと言いたいのか、見た目は百歳近いのに、七十六というので驚いたということなのか、七十六など平均寿命前だから、まだまだお若いという励ましの言葉なのか、いずれにせよ、そんなことを言われても嬉しくもなんともなかった。わたしも遂《つい》に、偏屈ジジイになってしまったのかと、その時はため息が漏れたものだ。

ところが、エリがこの家に来てからはどうだ。

エリに「若いですね」と言われると、素直に嬉しい。鼻の下をいちいち測ったことはないが、伸びていると言われれば、多分そうなのだろう。

わたしは冷蔵庫から缶ビールを取り出し、智子に付き合った。

「しかしな、お前。あの子にもう少し優しく接してやったらどうだ」

「優しいわよお、あたし」

智子が不満そうにビールをあおる。

「今の若い女の子ってすごいんだよ。会社の年下社員のことだけどね。年下ったって、あたしは中途だから、あの会社で一番の新参者はあたしなんだけどさ。この間、部長に呼ばれて、部の女子社員の総括役になってくれって頼まれちゃったの。人事・総務だけじゃなくて、経理・財務も総括してくれなんて言われて。女の子合計で二十人もいるんだよ」

「信頼されて良かったじゃないか」

「何がいいもんですか」

智子は中身の少なくなった缶ビールを、かさかさと揺らした。

「要は、厄介なものを押し付けたかっただけじゃない。来春の昇給時には、実績を考慮するからとかなんとか、調子いいこと言っちゃってさ。来春まであんな会社に残ってるかどうかなんて、分かりませんよって」

「お前の年齢で、あれだけの給与をくれる会社はもうないぞ」

「日本経済は好調なんだから」

智子は冷蔵庫から、新しいビールを取り出した。

「経済の伸びは、いざなぎ景気を超える勢いなんだから。デフレは脱却する寸前なんだから。悲観的に考える必要なんてない」

「そういう大役を任されたのなら、逃げないできちんとやれ。お前はもうそういう年齢なんだ」

「分かってるわよお」

智子はプルトップを開け、缶から直接ビールを飲むと、顔をしかめた。

「不味《まず》い。でも酒でもかっくらわないとやってらんないのよねえ。近頃の女の子ってさ、どういうんだろうね。欧米の影響なのかしらね。それともフェミニズム？　そりゃあ、あたしだって、女性の地位向上には大賛成だよ。でもさ、企業には企業の論理ってものがあるじゃない。まあ、責任と義務と言い換えてもいいかな。これは男女関係なく、企業人ならとりあえず持っていてしかるべきものだと思うのね。あたしたちは、企業に帰属して、そこからお給料貰って、生活しているわけだから。だから、権利を主張するなら、まず企業人としての義務をきっちり果たしてからじゃなくちゃさあ。

仕事もろくすっぽできないで、女子は搾取《さくしゅ》されてます、なんて話振られてもねえ。ぜんぜんおじさん連中の肩なんか持つつもりないけど、でもこれじゃ、おじさん達だってまともに取り合ってくれないだろうなってこと、多すぎるんだよあの会社。女の子は、なんでもかんでもぴーぴー騒ぎ立てれば、聞いてもらえるって思ってるんだとしたら、それこそ男女差別でしょう。

あたしの言いたいのは、『とりあえず仕事はきちんとしようよ。文句はそれからだよ』ってことだけなんだけど、それを実践してると、女子連中から総スカン喰《く》らっちゃうの。おじさんの犬とか陰口叩かれてさ。あんたたちがちっとも覚えようとしない仕事、あたしが残業までしてやってやってるんだからね、そういう自己中な態度ばっかり取っている間に、あんたのしわ寄せが誰かに行ってるんだからね、みたいなこと、もっとずっとソフトに言ってやったら、眉ひとつ動かさずに『わたしは社畜ではありませんから』だって。もお、信じらんない」

「そうか。いろいろ大変なもの背負い込んでるようだが、さっきも言った通り、ある程度の年齢になれば、そういうのも仕方ないんだよ。組織に属している以上はな」

「年のことなんかもう言わないでよ。あたしは、まだまだ若いんですからね。あたしはねえ、ずっと一介の現場作業員でいたかったのよ。そっちの方が、どんだけ気が楽か。マネージメントなんて、面倒で、気ぃ遣って、思うように自分の仕事できなくて、好きじゃないんだ、本当は。でもやれって言われれば、やってあげますよお。親切ですから。あの気の弱い課長くんと、現場の仕事なんか、なあんにも知らない部長のおじいちゃんに、うちの小煩《こうるさ》い女の子たちまとめるの、絶対無理だって分かってるから」

「しかし、お前、昔はスケ番だったじゃないか。人をまとめるのは得意だろ」

「いやだ、おとうさん。いつの時代の話してんのよ。それにあたし、スケ番じゃなかったよ。序列からすれば、三番か四番だった。ああいう世界は軍隊と同じで分かりやすいからね。生意気な奴いたら、焼き入れりゃよかったから。それが怖くて、みんな規律を重んじたし。会社じゃそうはいかないからね。

そうそう。それで南極一号の話に戻るけど、あの子の前では確かにあたし、高校時代に戻ってる。ああいうキャラの後輩がいたのよ。それでよく、コブラツイストとかかけたりして、遊んであげたの。向こうは半べそかいてたけどね。やっぱ、会社のストレスがあるから、家に帰るとこうなっちゃうのかね。

あの子くらいの年の新卒の子が、先輩女子社員に入れ知恵されてさ、『白石さんの言ってること、分からないわけじゃないんですけどお、ちょっと古くありません？』なんて、しゃあしゃあと言ってくるんだから。ったく、首絞めたろうかって思ったわよ。だから南極一号の頭絞めたんだろうね。そういう意味じゃあの子に感謝しなきゃ」

「あんまり、いじめるなよ」

「だから、いじめてないったらあ。ああいうのは挨拶みたいなもんなんだよ。あの子今二十歳でしょう。じゃあつい最近まで、こういう世界経験してたんじゃないのかなあ。あたしみたいな先輩が高校にいて、いろいろ可愛がってもらってたんだよ。そういうキャラだもん、あいつ」

「しかしお前、二十歳も年下なんだぞ。お前の娘の年齢じゃないか」

「娘とか関係ないよ。他人なんだから。それに、あたしが二十くらいの時は、子供産もうなんて全然考えなかった。子供は三十くらいでいいやって思ってて。でも三十どころか、もうひとつ上の大台超えちゃったね。あははは。あ〜ヤバ。超高齢出産の壁が待っていますね。まあ、子供なんてあたし、いらないんだけどさ」

「ともかく、エリはお前のおもちゃじゃないんだからな」

「分かってるったら。エリエリって、本当にいやらしいんだから」

「親に向かって、いやらしいとはなんだ」

「南極一号は、確かに悪い子じゃないと思うけど、あたしまだ、全面的には信用してないよ。おとうさん」

智子は缶ビールを置き、わたしをぐっと見据えた。

「どうしてだ」

「だって、おかしいもの。お金目当てだったら、もっとお金持ちのおじいちゃん、世の中いっぱいいるし、何もこんなにシケた家に住み込まなくたっていいじゃない。おとうさん丸め込んで、骨抜きにしてるし。一体何狙ってるのかしら。おとうさん、隠し資産とかないよね。それを何かの拍子にあの子が知って、この家に探しに来たとしたら。埋蔵金とか、裏庭に埋まってないよね」

「何ばかなこと言っとる」

押し入れの奥に隠した皆の賭《か》け金のことが、ちらっと脳裏をかすめた。

まさか――。

「とすれば何？　純粋におとうさんを気に入ったっていうわけ。う～ん。二十歳と七十六でしょお。ちょっと現実味がねえ。そりゃ、若い頃のおとうさんはハンサムだったわよ。でもねえ。もしかしたら、ジジ専とか？　そんな子いるかなあ。二十歳で。う〜ん」

「どうしてそう、ひねくれた考え方をするんだ。あの子が別れた彼氏に付きまとわれて、困っていたところに偶然通りかかったんだよ。家の前の路地で、エリが小走りにこちらに来て、おれの背中に隠れたんだ。あいつのデカイ彼氏が、しきりに戻って来いと言うんだが、当人は嫌がっておれの後ろに張り付いたままだった。無視しようにも、できない状況だったんだよ。

　それで仕方なく、痴話げんかの仲裁なんぞやるはめになった。だから、頼りがいのあるおじいちゃんに映ったんだろう。エリはその後、彼氏の家を出て、友達の家に居《い》候《そうろう》してたけど、そこにも居づらくなって、うちの門を叩いたんだ。あの子はもともと孤児で、身寄りがなかったらしいからな」

「それは前にも聞いたけどさあ。でもねえ。白馬に乗ったオジイ様っていうのもなんだかなあ」

「あ〜、すっきりした」

　つやつやした顔のエリが、食堂に現れた。ダボダボのTシャツを着て、下は生脚だった。多分別れた彼氏のシャツだろう。彼女の未練がまだ、完全に断ち切られていないのは分かっている。しかし、何故エリは意固地になって、あの電柱のような若い男を遠ざけようとするのか。

「今シャワー浴びてて、ぱっと思いついたんですけどお、白石さん、アルバムとか持ってませんか」

「アルバム？」

「そう。それもできるだけ昔の。白石さんが若い頃の写真がいい」

エリが小首をかしげ、濡れた髪の毛をタオルでしごくように拭いた。

「なんでそんなものが必要なんだ」

「別に〜。ただちょっと見てみたかっただけ」

「昔の写真なら、八畳間の桐のタンスに入ってるよ。一番上の引き出しの中だ。茶色い表紙のやつがある。しかし、会社員になってからのやつだぞ」

「うん。それで十分。桐のタンスだね」

エリは子供のように、駆け足で食堂を出て行った。智子が肘《ひじ》でわたしを小突く。

「ねえ、さっき、おとうさん若い頃はハンサムだって言ったの、聞いてたんじゃない」

「さあ。どうかな」

「これだね。うわあ、なんかドキドキするなあ」

アルバムを片手に戻ってきたエリが隣に腰掛け、太くて長い脚を組んだ。

「ご対め〜ん」

厳かに、表紙を開ける。

「あっ」

「どうした」

エリが見ているのは、わたしの上半身を撮ったスナップ写真だった。

「すごい。あたしが思ってた以上だ」

「何か変か、その写真」

「ぜんぜんヘンじゃないよ。超イケメンじゃない。速水《はやみ》もこみちに似てる」

「もこみち〜？　似てないよ」

智子が身を乗り出してきた。

「でも佐田啓二《さだけいじ》にはちょっと似てるって、おとうさん言われてたんでしょう」

「昔のことだ」

「この写真、白石さんが幾つの時ですかあ」

「それは確か、二十三か四の時じゃないかな」

「でも面影ある。鼻とか、顎《あご》のラインなんてそっくり」

エリはアルバムを捲《めく》った。

「あっ、この角度から見たら、オダギリジョーにも似てるかも」

「もこみちとオダギリジョーって、全然似てないじゃない。あんた、イケメンならみんな同じ顔に見えるんでしょう」

「へへへ。あっ」

エリの目は、ひとつの写真の上に静止した。

「ツーショットだ」

「そう。この人があたしのおかあさん。どう、似てるでしょう」

エリは顔を上げて、智子を一瞥《いちべつ》すると、興味なさそうに、また下を向いた。

「これが、奥さんだったんですね。死んじゃったんですよね」

「死んじゃった、じゃなくてさ、お亡くなりになった、とか言ってごらんよ。もう子供じゃないんだから」

軽くあしらわれて不服そうな智子が、口を挟む。

「確かにお姉さん、この人に似てます。全体の雰囲気なんかが。でも目元は、おとうさん似ですよね。白石さん、こういう人がタイプだったんですね」

「タイプと言うか、同じ課に配属されていたからな。お互いそろそろ結婚を考える年齢だったし、他に適当な人間がいなかったから、まあ、くっついたわけだ」

これは照れではなく、本当のことだった。周囲の人間が勝手に囃《はや》し立て、気が付いたら結婚していた。終戦直後の産めよ増やせよの時期は終わっていたが、妙齢の男女が独身でいると、まだまだ白い目で見られるような時代だった。

「そうそう、うちの父はね、鋭角的な顔の人が好みなんじゃないかな。ぷくっとしたのは、あんまりタイプじゃないかもね」

エリが飛び出た目で智子を睨《にら》んだ。


翌日の夕方、わたしは書斎で書き物をしながら、エリのことを考えた。

エリがもし「賭け金」目当てで、わたしに近づいたのだとしたら、明男の通夜の時の会話を聞いていなければならない。あの集会場で、わたしたちの近くに、真っ黒に日焼けした若い女性などいただろうか。

エリは明男が逝《い》ってしまう前に、わたしのことを知っていた。わたしからなんらかの臭《にお》いを嗅《か》ぎ取り、密《ひそ》かに通夜の会場まで付けてきて、会話の内容を盗み聞きしていたのだとしたら。

いや——。

そんなのは、安手の推理ドラマより陳腐《ちんぷ》だ。何故そのようなことをする必要がある。

しからば、わたしたち五人の中の誰かがエリを知っていて、今回の賭けのことを漏らしたというのはどうだろう。

しかし、それも現実味に欠ける。

玄関が開き、誰かが帰ってきたのが分かった。

智子だろう。エリは今日、遅番の仕事に出ている。

智子は着替えもせず、わたしの書斎にずかずかと入ってきた。

「なんだ、いきなり」

わたしは、老眼鏡の上から娘を見据えた。智子は無言で桐のタンスに近づくと、中にあったアルバムを取り出し、その場で捲り始めた。

「やっぱり、そうだ」

「なんだ。どうしたんだ」

「ほら、この間見たおとうさんの写真。上半身のスナップのやつ。なくなってる」

智子が開いたページを、わたしに見せた。

「本当だ」

「これ盗んだの、南極一号だよ。あの子今日遅番でしょう。さっき駅でばったり会ったの。ちょうど改札抜けるところで、何気なくあの子の定期入れ見たら、なんか白黒の写真が入ってるじゃない。はっきり見えなかったけど、おとうさんのスナップだって直感で分かったのね。そしたら案の定」

「なんでそんなものを、定期入れになんか入れてるんだ」

「女の子が定期入れに入れる定番は、好きなアイドルの写真、もしくは彼氏と一緒に撮ったツーショットだね。おとうさん、はっきり言って、本当にあいつに気に入られてるみたい」

「ばかな」

と言いつつ、わたしの心に、ぽっと何かが灯《とも》った。

「ほらあ。また鼻の下伸ばしてる〜。みっともないからやめなよ、その顔」

「鼻の下など伸びてない！」

わたしの声は、少しばかり裏返っていた。

「まあいいけどさ。でも、あの子が恋してるのは、今のおとうさんじゃなくて、多分昔のおとうさんだよ。ああいうバーチャル世代には、そういう恋愛も可能なんだねきっと」

「訳が分からん」

「あたしだって分かんないよ。だって、生きている若い男なんて、腐るほどいるじゃない。それにあの子、男好きする外見してるでしょう。背は小さいけど、スタイルいいし。なんていうか、ちょっと頭が足りなさそうな魅力があって、そういうのって男の人にはたまらないんじゃないの。だから新しい彼氏作ろうとすれば、いくらでもできるはずだよ。何もバーチャルな世界なんかに、埋まってる必要はないよ」

エリの頬っぺたはパンパンに膨れているが、案外と小顔だ。頬っぺたの膨らみが奇異に映らず、むしろキュートな印象を見るものに与えるのは、そのバランスのよい肉体のせいであろう。小さくともエリは、八頭身以上のスタイルを誇る。

脚は太いが、ボンレスハムのように寸胴ではなく、足首のあたりできっちりと締まっている。おまけに長い。腰は大きく、反対にウエストは細い。胸は小さすぎず、大きすぎずといったところ。

福祉大学の学生たちが、エリにチラチラと視線を寄せていたのも分かる。エリはそこそこ魅力的な娘であり、その気になれば、男など選《よ》り取り見取りのはずだ（ああ、やっと彼女の外見をきちんと描写することができた）。

ふと、エリが故意に避けている、背の高い男の顔が頭に浮かんだ。

「いずれにせよ、やっぱ気を抜かない方が、あたしはいいと思う」

智子がアルバムをしまいながら言う。

「あの子の本当の目的が何なのか、見極めが付くまで、おとうさん、あんまり鼻の下伸ばしすぎちゃだめだよ」

「分かってるさ」

ずり下がった老眼鏡を指でつつき、わたしは再び書き仕事に戻った。

第九章　家出　煩悩に身を委ねろ

久しぶりに洗面所の鏡で、自分の年老いた顔をじっくりと観察した。

若い頃は二重だった上瞼《まぶた》は、今や無残に垂れ下がり、見る影もない。下瞼は脂肪のストックにでもなってしまったのか、ぶよぶよと不気味な半円形に膨らんでいる。

頬や顎《あご》の肉が垂れ、真一文字だった唇は、への字に結ばれるようになった。

いや、このように垂れているのは、肉というより、むしろ皮なのだろう。顔面が薄皮一枚で、しゃれこうべにへばりついているような感じだ。コラーゲンとかエラスチンとか、そういう物質がもうほとんど残存してない証拠だろう。

弘や規子、エリまでもが、こんな顔でも昔の面影があると言ってくれたが、無論お世辞に相違ない。

顎を上げ、微笑《ほほえ》んでみた。

いや——。

この笑顔には確かに、若い頃の面影がある。

今度は逆に顎を引き、上目遣いに睨みを利かせてみた。また年寄りに戻ってしまった。わたしは深くため息をついた。

——何をやってるんだ、おれは。

そういえば「ボケ予防」には恋をすることと、どこかの学者がテレビの健康番組で言っていたっけ。

自分はエリに恋をしているのだろうか？

鼻息が漏れ、首を左右に振った。鏡に映るその顔が、我ながらとてもマヌケに思えた。

突然玄関のチャイムが鳴った。

ドアホンをつけると、どこかで見かけたような顔がそこにあった。

エリの彼氏だ。

「エリのことで来ました」

ぶっきらぼうな物言い。送話器の前では、声を一オクターブ上げ、まず自ら名乗った後で、来訪意図を告げるという基本を知らない、子供の所為《しょい》。

わたしは何も答えず玄関へ行き、扉を開けた。

横幅はないが、縦に恐ろしく長い生き物が立っていた。この男、また身長が伸びたのではないのか。

「大きいな。一体何センチあるんだ」

まず名を名乗れと言おうと意気込んできたのに、実際出た言葉は、これだった。

「百八十六です。あっ、おれ下田毅って言います。坂上がったところにある、マンションに住んでます。えっと、白石さんですよね。はじめましてじゃないっすよね」

「ああ。そうだな」

「エリのことで、ちょっと」

「まあ、こんなところでも何だから、上がれ」

「うす」

智子もエリも、今家にはいない。昼間なので仕事に出かけている。この若者は仕事をしていないのだろうか。それとも学生だから、暇があるのか。

下田毅を居間のソファーに座らせ、麦茶を入れてやった。大きな男は、出されたコップを一気に飲み干すと、ため息をついた。額《ひたい》に汗が光っている。梅雨は相変わらず明けず、むしむしする嫌な天気が続いている。

「エリのことが好きなんだろう」

単刀直入に言うと、毅は小さくこくりと頷《うなず》いた。

「エリとは表で何度か話してます。帰って来いって言ってるんですけど、本人は意地張ってます」

「話してくれんかな」

わたしは毅のコップに二杯目の麦茶を注いでやった。毅はそれも豪快に飲み干すと、ぽつりぽつりと語り始めた。

「なれそめっつうんですか、それは高校ん時です。同じ工業高校通ってて、あいつは二個上で。おれ、学校は途中でやめちゃったけど、やめるちょっと前から付き合い始めましたから、かれこれ二年以上付き合ってることになりますか。最初は凄《すご》くうまくいってたんです。でも暫《しばら》くしてから、ちょっと嚙《か》み合わなくなって。まあそれには、おれの責任もあるんすけど――」

「浮気をしたり、殴ったりしたんじゃないのか。エリが言ってたぞ」

わたしの言葉に、毅は一瞬瞳を動かしたが、再びわたしをその切れ長の目で見据えた。黒目の小さな、なかなか精悍《せいかん》な面構えだった。

「そうです。確かにそんなことありました。隠しません。でもあの頃、おれはまだガキだったし。でも今年で十九ですから、もうそんなことしません。その事はきちんとエリに説明して謝って、もう許しはもらってるはずなんです。それなのに――」

「原因はあったはずだろ。家出した直接の原因が」

「それが――ほんと、分かんないんすよ、おれ」

「じゃあ、エリが家を出る前に起きた出来事を、順次思い出してみろ」

毅は長い前髪を搔《か》き上げ、そのついでにぽりぽりと頭を搔いた。

「ちょうど三ヶ月くらい前の話なんすけど、前のバイト先で知り合った女の子と、偶然街中で会ったんです。それで、世間話始めたら、なんだか盛り上がっちゃって。ヒゲの店長が、女子中学生が店に入ってくると、必ずしゃがんで棚の整理を始めるのは、必死こいてスカートの中を覗き込もうとしてるからだとか、店長の奥さんがレジ打ちしてるときは、必ず客の股間《こかん》をチラチラ盗み見してるとか、まあそんなこと大笑いしながらしゃべってるうちに、ずっと立ち話もナンだから、どっかでお茶でもしながら続きやろうってことになって。

でも時間見たらもう夕方で、じゃコーヒーというよりもうビールの時間だなってノリになって。気が付いたら、中ジョッキ三杯空けてました。その彼女も酒、めっちゃ強くて、飲むほどに話がどんどん面白くなって、おれたち、大笑いしてました。でも浮気とか、そんなんじゃなかったんです。ただなんか、気が合って。『んじゃ、おれそろそろ予定あっから』って言い出せない雰囲気続いて。で、気が付いたら夜の七時過ぎてたんです。やべえと思って。

その日は、おれとエリが初デートした記念日で、エリがご馳走《ちそう》作るって言ってたんですよ。後で調べたら携帯何回も鳴ってたらしいけど、サイレントにしてたし、話に夢中すぎてぜんぜん気づかなかったんです。

それで八時ごろ、さすがにやべえと思って、店出てじゃあバイバイって別れようとしたら、彼女んちがおれんちの方向だったんですね。回り道して帰れとも言えないし、結局マンションの前まで二人一緒に歩いて、そこで別れました。でも、ばっちし見られちゃってたんです。エリにベランダから。それで、問い詰められて、おれ、なんにもやましいところないから、素直に答えて、それでも『嘘だ。嘘だ。また嘘ついた。お前また浮気したんだ』って派手に泣くし。それで、つい殴っちゃったんです。本気じゃないっすよ。こんな感じで、ポカリとやる程度」

毅は軽く握ったグーの手を、招き猫のようにスナップさせて見せた。

「そしたら、もっと激しくぎゃんぎゃん泣きわめいて、家出てっちゃったんです」

「呆《あき》れたやつだな。はっきり理由があるじゃないか。そういうことするの、何度目なんだ」

「っていうかあ、おれ、確かに二回浮気しましたけど、その都度土下座して謝って、一応許してもらってたんです。でも、三度目はもうないってこと知ってましたし、おれエリのことやっぱ好きだし。だから、その彼女との間にはホント、何もなかったんすよ。先方に彼氏もいたし。

で、さっきの続きなんすけど、そん時家出たのは、今回よりひとつ前の話なんです。それから二週間くらい家戻ってこなくて。エリの女友達の家とか、必死こいて捜したんすけど、みんなどこにいるか知らなくて。隠してる風でもなかったし。

それで二週間経ったら、ひょっこり戻ってきたんです。なんか、疲れた顔してました。おれはきちんと、受け入れてやりましたよ。『どこ行ってた！』みたいに怒鳴ったりしなかった。ただ、優しく『おかえり。殴ったりしてゴメンな』って。それでおれは、その誤解された彼女に電話かけて、彼氏と一緒に家に来てもらうことにしたんです。彼女と彼氏は結構ラブラブで、おれたちの前でベタベタくっつきながら、子供は三人は欲しいねとか、そういうのやってくれたから、エリの誤解は完全に解けたようでした。最後は疑ったりしてゴメンって謝ってくれて、おれも殴ってゴメンってもう一度謝って。仲直りしたんです」

「ということは、その事が原因じゃなかったんだな。その後にまた何か起きたのか」

毅は両手で顔を覆った。指の長い繊細な手だった。

「分かんないっす」

「分かんないということはないだろう。また喧嘩《けんか》でもしたんじゃないのか」

「いえ。もうハデなやつはなかったっす。ただ仲直りして二ヶ月くらい経った頃から、エリが急に暗くなって。ホント、死体みたいに真っ青になって、何も話そうとしないんですよ。シクシク泣いてばかりで。おれが、どうしたんだって聞いても、黙って首振るばかりでした。

そんな状態が二週間ばかし続いたかな。あいつ いきなり、もうここにはいたくないって言い出して。浮気したり、暴力振るう人とはもう一緒に住みたくないとか、またそんなこと蒸し返して。おいおい。その話はもう終わってんだろって。でも、やっぱりいろいろ考えた末、ここから出て行くことに決めたとか、訳わかんねーこと言い出して」

「それで、この間の事態になったわけだな」

毅は黙って頷いた。

「だから、ホント直接の原因分かんないんすよ。おれ、あれからまた、あいつの友達の家捜しまくったけど、やっぱ見つからなくて。実家にでも戻ったのかなって思ったけど、あいつんち行ったことねえし」

「実家？　エリは孤児で施設にいたんじゃなかったのかね」

「えっ？　それは初耳っす」

毅は身を乗り出した。

「いや、孤児じゃないでしょう。母親がヒステリーで困るとか、よく愚痴ってたし」

頭裏に、灰色の霧が立ち込めた。エリは孤児ではなかったのか。

「それで、そうそう。これホントにホント偶然なんすけど、横浜のコンビニ行ったら、エリが制服着て、いらっしゃいませなんてやってるじゃないですか。おれ、客で行ったんで、向こうは逃げることできなくて。それで仕事終わったら、とっ捕まえて、いろいろ問い質《ただ》したんです。そしたら、やっとここに住んでるって吐いたから。どうしてだって聞いたち、もうそれ以上は押し黙っちまったんで、おれ、ピンと来たんです。これは男ができたなって。そうそう。それでおれ、この家に乗り込んできたんだった。白石さん。白石さんの孫とかが、うちのエリと付き合ってるでしょう。隠さないでください。正直に答えてくださいよ」

「うちに孫なんておらんよ」

「じゃあ息子とか」

「息子もいない。家にいるのは、おれと行き遅れてる一人娘だけだ」

「ってことは、まさか――」

毅の目が大きく見開かれた。

「何を考えておる」

「ありえねえか。いや――」

毅は下を向いてぶつぶつと独《ひと》り言を言った後、再びわたしの顔を覗き込んだ。

「ありえるかもしんねえ。白石さん、よくよく見ると、結構シブくてイケてるもんな」

独り言の延長のような口調で、毅が続ける。

「何が言いたいんだ」

「じゃあ言います。白石さん、エリと付き合ってるでしょう」

「馬鹿なことを。おれは来年喜寿を迎えるんだぞ。喜寿って知ってるか？　ゾロ目だ。七が二つってことだぞ」

「でも死んだうちのジイさんなんかも、七十過ぎてもまだ現役とか言ってましたしね。男って幾つになってもあっちの方は大丈夫だって、聞いたことありますし。白石さん。正直に答えて下さい。おれも正直に、恥忍んでこんな話したんですよ。そっちもマジに喋《しゃべ》ってくんないと、不公平っすよ」

「お前の言うこともっともだ。だから、はっきり言っておる。おれとエリとの間には何もない」

「今なくても、将来あるかもしんないじゃないすか」

一瞬どきりとなったが、すぐさま「ない」と答えた。

「おれの将来って、一体幾つのこと言ってるんだお前。ありえない」

「じゃあなんで、エリはこの家にいるんですか。なんで白石さんは、エリを囲ってるんすか」

「囲ってなどいないよ。居候《いそうろう》させてくれと頼まれたから、受けたまでだ。家事の得意な、働き者のようだったからな」

「本当にそれだけっすね」

「それだけだ。他に何がある」

「分かりました。どうも、麦茶ご馳走様でした」

毅がすっくと立ち上がった。いきなり電信柱が生えたような、その大きさに、今さらながら驚いた。

玄関で腰を屈《かが》めて靴紐《くつひも》を結んでいた毅は、見送りに出たわたしを振り向いた。

「おれ、負けないですからね」

「あ?」

「やっぱエリ、白石さんのことが好きなような気がするんです。だから白石さんは、おれのライバルです。おれ、負けないですから。エリのこと、世界で一番愛してるのはおれしかいないっすから。おれ、絶対彼女の心取り戻してみせますから」

「……」

「それじゃ」と毅は大きな体を屈めて、鴨居《かもい》をくぐると、セミの声がうるさい表の路地を、大股《おおまた》で去っていった。

毅が帰ったすぐ後、智子から電話があった。

今晩は遅くなるから、晩御飯はいらないという。何時ごろになりそうだと聞くと、「泊まりになるかもしれない」と抑揚のない声で答えた。また友達と密会でもするのかもしれない。それにしては、あまり嬉しそうな気配ではないが。

やがてエリが帰ってきたので、今晩智子は外泊するから、晩飯《ばんめし》は二人分だけでよいと伝えた。昼間毅がわたしに会いに来た件に関しては、伏せておいた。

「え？　じゃあ今晩は久しぶりに二人っきりですかあ」

エリが近寄ると、わたしの腕を両腕で抱くようにした。

「ラッキー」

そして、おでこをわたしの肩に埋める。麝香《じゃこう》性の香水と、汗の入り混じった、強い香りがした。

わたしはコホンと咳《せき》払いし、エリからゆっくり離れた。

食事中のエリは、いつになく饒舌《じょうぜつ》だった。決して、しゃべりが得意ではなく、発音もべったりして聞きづらいし、ボキャブラリーも驚くほど貧困なのだが、瞳をキラキラさせ、ご飯粒が口から飛ぶのも厭《いと》わず、話し続けた。

コンビニの客に、すごく太ったおばさんがいたとか、交差点のところで頭の禿《は》げている黒猫を見かけたとか、どこそこのモナカアイスクリームが一番美味《おい》しいとか、そういうどうでもいいようなことを、際限なくのろのろとしゃべりまくるのだった。

わたしはエリの言っていることに適当に相槌《あいづち》を打ちながら、飯を食べた。疲れていたので、早く床につきたかった。

「白石さん。聞いてますか～」

「うん。聞いてるよ」

「じゃあ、あたしが今何言ったか、言ってみてください」

「それはだな、コンビニに来る幼稚園児の話じゃなかったかな」

「それは、ちょっと前にしゃべってたことでしょう。今は幼稚園の送迎バスのこと話してたんじゃないですか。座席がおもちゃみたいに小さくてビックリしたって、全然聞いてなかったでしょう」

「いや、聞いてたよ」

「嘘。嘘ばっかし」

エリがわざとらしく、ふくれっ面をしてみせる。わたしは「ご馳走様」を言って立ち上がり、食べ終わった食器を流しへ運んだ。

その晩夢を見た。夢など見るのは久しぶりだった。

夢の中でわたしは、一人の若い女性を追いかけていた。若い女性は小鹿のような優雅さで、わたしの前を駆けている。スローモーションのようなスピードにもかかわらず、追いつけない。その不甲斐《ふがい》なさに、年甲斐もなく股間が熱くなった。いい年をして、何をやってるんだと呆れている、もう一人のわたしの意識まで、夢の中では健在だった。

あれは一体誰なのだ。

うなじにかかった髪の感じが、死んだ妻の若い頃に似ている。しかし、あの脚は「肋木《ろくぼく》体操」をしていた、規子の引き締まった長い脚にそっくりだ。だが、膝丈のスカートから時折覗いて見える太ももは、なかなか肉感的で、エリのそれを彷彿《ほうふつ》させる。

女性は笑いながら駆けている。わたしが追ってくるのを、分かっているのだ。誰を追っているのかさえ定かではないのに、足腰の弱った老体に鞭打《むちう》って、追わざるを得ない、あわれな年寄りを嘲笑しているのだ。

突然女性がわたしを振り返った。

後ろから強い光が射《さ》しているのだろう。目鼻立ちは陰になって見えなかったが、あざ笑う白い前歯だけは、くっきりと浮かび上がった。

「白石さん」

目を開けると、眩《まぶ》しい光が飛び込んできた。その光をバックに、人影が立っている。

「白石さん」

目を瞬かせ、人影を見つめる。

エリだ。

夢の中ではない、現実のエリが、大きめのTシャツ一枚で、生脚のまま、わたしの部屋の前に突っ立っている。バックに光っているのは、居間の明かりだ。エリがつけたのだろう。

「あたし、凄く怖い夢見たの」

時計を確認すると、午前零時を少し回った時刻だった。エリがパチリと明かりを消した。あたりが闇に包まれる。しかし、一秒も経たないうちに、エリの肉感的な体が、闇の中にひと際濃く浮かび上がった。

「白石さ～ん」

エリがもぞもぞと、わたしの隣に身を横たえた。すえた若い肉の臭《にお》いがした。胃がきゅるきゅると音を立て、何かがこみ上げてきそうになった。

わたしはエリの肩を突き飛ばし、蛍光灯の明かりをつけた。再び瞼《まぶた》を何回も瞬かせ、相手の顔を確認しようとした。

眩しさが通り過ぎると、大きな目を、さらに大きく、飛び出しそうになるほど見開いている、エリの丸い顔があった。

「冗談はやめろ」

「だって……あたし本当に怖い夢見て、本当にもう、一人で寝るの怖かったから……」

「小学生のようなことを言うな。今日の午後、おまえの元の彼氏が訪ねてきたぞ」

「え?」

エリのビックリ眼は、落ち着く暇がない。

「何しに来たんですか。あいつ、白石さんになんて言ったんですか。どうしてすぐ、あたしに教えてくれなかったんですか」

「あいつのところに帰ってやったらどうなんだ。何故そんなに意地を張る。そんなに悪いやつじゃなさそうだったぞ」

「白石さんはもう、あたしにここに居てほしくないんですか？　あたしに出て行ってほしいんですか」

「何故孤児などと、嘘をついたんだ」

薄暗い蛍光灯の中でも、エリの顔色がパッと変わるのが分かった。次の瞬間、その瞳に涙が盛り上がった。

エリは立ち上がると、大股で寝室から出て行き、ぴしゃりと襖《ふすま》を閉めた。襖の端が勢いよく柱にぶつかり、反動でまた五センチほど開いた。

エリの残り香がまだ部屋の中に充満していた。先ほどこれを嗅《か》いだ時、図らずも急に気分が悪くなった。

自分は男として、もう完全に終わっているのだろうか。

いや、それでは先ほどのあの夢はいったいなんだったというのだ。

次の日の朝、目覚めるとエリは家にいなかった。

彼女の部屋から私物は、きれいさっぱりなくなっていた（といってもエリの荷物はリュックサックと、トートバッグだけであったが）。

エリは毅の許《もと》に戻ったのだろうか。

それならそれでよい。

あの背の高い青年には、どことなく憎めないところがあった。エリを今でも愛している気持ちも、ひしひしと伝わってきた。彼ならエリを幸せにするだろう。若い二人を祝福してやるべきだ。年寄りの出る幕は、もはやない。

その日の晩、家に帰ってきた智子に事情を説明した。

「そう」と智子は、軽いため息をついた。

「やっぱり邪《よこしま》な考えがあったんだろうね。じゃなきゃ、孤児とか嘘つかないだろうし」

「そうなのかもしれんな」

と言いつつ、その邪な考えの具体的イメージがあったわけではない。エリが賭《か》け金のことを知っていたと考えるのは、非現実的だ。

「いい子だったんだけどね。家事もきちんとやったし、人の言うこともちゃんと聞いたし」

「ああ、そうだったな」

智子は遠い目をして、ビールを飲んだ。エリの話をしているが、心ここにあらずといった風情だった。友達との関係修復に失敗したのだろうか。

智子は深いため息をついた。

「ともかく、忘れることだよ、おとうさん。忘れるのが一番。いつまでも引きずってるの、精神衛生上よくないから。すぐ老けちゃうから」

「分かってるよ」

――お前も早く、友達のことは忘れろ。ずるずる関係を続けるだけで、結婚にも踏み切れんような奴は、こっちの方から三行半《みくだりはん》をくれてやれ。

翌日もエリは帰ってこなかった。

きれいに整頓《せいとん》された、彼女の部屋がなんとも空虚だ。エリの若鹿のような残り香は、もうどこかに消え失《う》せてしまった。

午前中にまた、三十六景巡りをした。セミのうるさい鳴き声や、アスファルトの照り返しもなんのその、地面からフライパンのようにあぶられ、こんなことをやっているのも、やはり酔狂なのだろうか。炎天下に、曰《いわ》く付きの「身投げ地蔵」や、雨風に長年さらされ、原形を留めていない狛犬《こまいぬ》に守られた、朽ち果てる寸前の神社を訪れる観光客など、自分を除けば一人もいない。

神社を出たところで、目の前に車が停《と》まった。

中型のベンツだった。

サイドウインドウが下り、中からサングラスを掛け、妙ちくりんなチューリップハットを被《かぶ》った男が顔を覗かせた。

趣味の悪い黒眼鏡を取ると、見慣れた顔が現れた。

その顔が手招きした。乗れという合図なのだろう。脱水状態になりつつあったので、申し出に従った。車の中は驚くほど冷房が効いていた。弘が車を発進させた。

「年寄りは冷た過ぎるの、嫌うみたいだがな。おれは好きだぜ。ビールだって、キンキンに冷えたやつがいい。ところでお前、こんなクソ暑い中、一体何やってんだ」

わたしは、S区三十六景巡りのことを弘に話した。

「三十六景? なんでえ、そりゃあ。おれは若い頃の異動の時期を除きゃ、六十年近くここに住んでんだぜ。聞いたことねえな。町興《まちおこ》しか。地方財政も今はぐたぐただからな」

「いや、そういうことでもないらしい。金儲《もう》けのためじゃないだろう。単なる役所のPRじゃないのか」

「そのPRの尻馬に乗って、お前はこのクソ暑い中、神社や仏閣巡りをしているってわけか」

「神社・仏閣だけじゃないさ。お地蔵さんとか、大学とか、住宅街の路地とか、そういう名所だってある」

あじさいが満開の頃、エリと一緒に住宅街の小径《こみち》を散歩したことを思い出した。

「路地？　さっぱりわからねえ。お前毎日そんな所を回ってるのか」

「毎日じゃない。週に二回くらいかな。そういうお前はどこにいくつもりだ。こんな高級車に乗って」

「高級じゃねえよ。ベンツのBだ。勝ち組のやつなら、こんな車買うなんざ、屁のカッパだ。博夫の装甲車みてえなやつに比べりゃ、こんなのミニチュアだろ。どこに行くって、今から家に帰るところだよ。株屋に行ってたんだ」

「株か」

「そうだよ。おれが定年になってからもずっと続けてるのは株とゴルフと、後は例の六年一組の会の連中と飲んだり、温泉旅行ぐらいなもんだな。おめえも株でもやったらどうだ。おもしれえぞ」

それから、暫く弘は、信用取引だの、ＩＰＯだの、空売りだのという話をした。わたしの知っている用語もあれば、知らないものもあった。

「――だから通常取引と、空売りを並行してやれば、損はしねえんだ。それに――」

弘の言葉が、窓の外の景色のように流れてゆく。

「株は実体経済を反映してないと思う」

わたしがこう言うと、弘は運転中にもかかわらず、ジロリとわたしの横顔を睨《にら》んだ。その拍子に、車が大きく右に流れる。対向車が慌ててハンドルを切るのが分かった。

「おい、気をつけろよ。お前と心中なんてゴメンだぞ」

「分かってるよ。こっちだって嫌さ。あの金はおれがいただくんだからな。株価が実体経済を反映してないって？　じゃあ何が反映してるんだい。一旦公開されちまったら、株式は市場の原理で動くんだよ。株式市場だって、れっきとした日本経済だろうが」

「まあ、おれだって会社の資産をファンドで運用させてたことがあるから、株を全面否定してるわけじゃないんだ。ただ、あまり好きじゃない。それだけだ」

「変わったやつだな。聡、おめえ、今さら言うのもおかしいが、随分と大人しくなったな。小学校時代のあの喧嘩っぱええ聡からは想像もつかないぜ。いつからそうなった。中学からか。それともジジイになって、怒気が抜けちまったか」

「さあな」

弘が言うように、思春期を迎える頃から、自分の性格には変化が起きたように思う。まず喧嘩をしなくなった。力にばかり頼るやつはいつか、より強い力にねじ伏せられてしまうということが理解できるようになった。アメリカと戦争を始めたせいもあるかもしれない。

だから喧嘩は最終手段とし、避ける方法をまず模索した。そんなことをしているうちに、弱者の気持ちも分かるようになった。弱者は、本当に弱者なのではなく、自らの感情を抑え込むことのできる、強い意志を持っているということも。

「まあいいや。それよりお前、なんで株が好きじゃないんだ。言ってみろよ」

「それはだな——」

わたしは弘に説明を始めた。

昨今、会社は株主のものであるという主張が、幅を利かせている。しかし、わたしはこの考え方には基本的に反対だ。

企業の育成を長期的視野で見据える株主こそ、本来の意味での株主である。こういう人々は、出資している会社が自分のものなどとは考えていない。資本と経営の分離は、きちんと行われている。

これに対し、会社を私物化したがる「似非《えせ》株主」は、企業の短期的収益だけに目を向ける。何でもいいから儲けて、売り逃げたいというのが本音だからだ。彼らが通った後は、草の根も残らない。企業は食いつぶされ、競争力を失う。

だからわたしは、投機目的の株が嫌いだ。

「けっ」

弘がベンツのクラクションを、けたたましく鳴らした。

「どけどけ、国産車」

「おい、もっと安全運転してくれよ」

「おれがお前の家に送ってやってるんだ。文句言うな。おめえの話聞いてたら、なんか背中がムズムズしてきてよ。おめえは、なんだ。あれだ。あれ――」

「なんだ」

「ほら長いヒゲ生やして、霞《かすみ》食って生きてる」

「仙人か」

「そそ、それだ。仙人みたいな野郎だよ、おめえは」

「誉《ほ》められていると思っていいのか」

「それは、てめえで考えやがれ。ああ、それから来週また例の場所に集まるぞ。勝手にくたばってるやつが居るかもしれねえから、頻繁に会おうって、博夫と話したんだ。おめえ、都合の悪い日あるか」

「いいや。いつでも大丈夫だ。隠居の身だからな」

「それは、みんな同じだよ。ばかやろう」

「じゃあ来週の火曜日なんかはどうかな。週末は混むから」

「分かった、じゃあおれの方からみんなには連絡しておくよ」

家の前の路地でわたしを降ろし、弘は、排気音を撒《ま》き散らして、去っていった。

翌週の火曜日、予定通り例のメンバーでまた「蓮華」に集まった。

無論明男はもういない。

「なんかよ。明朝また誰かがぶっ倒れて、還《かえ》らぬ人になるかもしれねえな」

弘の言葉に、誰も笑わなかった。

「冗談はやめろ」

「まあ、飲みすぎには注意しようよ」

「なんでえ、みんな。急に辛気臭くなってよ。おれたちゃ、飲んで騒ぐために集まってんじゃねえのかい。怖いやつは、家ん中閉じこもって、ずっと点滴でも打ってろ。寝たきりでいりゃ、転倒してくたばることもねえ。しかし、そんなことやって生き残っても、反則だからな。賭け金を貰《もら》う権利なんかねえからな」

「誰がそれを阻止することができる。ライバルはみんな死んどるんだぞ。どんなことしてでも、生き残ったモンが勝ちだわ。ばかめ」

「なんだと」

「まあまあ」

わたしは、今にも摑《つか》みかからんばかりの弘と正輝を、引き離した。この二人は会えば、反目ばかりしている。それでいて、長年一緒に酒を酌《く》み交わしてるのだから、まったくもって不可解な間柄だ。

「やめろよ。恥ずかしくないのか。いい年をして」

「あら、違うわよ。聡くん」

口を挟んだのは規子だった。

「いい年だから、怒りっぽくなるのよ。だって、老化に伴って、前頭葉が機能低下してるんだから。前頭葉っていうのはね、怒りを抑制する働きをするの」

「そうだよ、おめえ。規ちゃんの言うとおりだ。だいたい、そもそも好々爺《こうこうや》なんてえのは嘘っぱちだ。そんなものは存在しねえ。年食うと人間、逆にブチギレやすくなるんだよ。なんだ、あれだ、NHKの特集でこの間やってたぞ」

「違う。あれは民放じゃ。確かフジテレビじゃな」

「違うよ、てめえ。NHKだよ。だいたいどうしておめえは、いつもいつも、人の言うことに反論ばかりしやがるんだ」

「反論してるんじゃない。真実を言ったまでじゃ。おぬしがボケたことをぬかすでな」

「なんだと、この野郎」

「もう、やめろよ。NHKでも日本テレビでも、そんなことどうでもいいじゃないか。喧嘩するほどのことか」

「違うぞい聡。フジテレビだ。人の言うことはキチンと聞いてもらわにゃ困るな。おぬしもボケておるのか」

カチンと来たが、落ち着け、落ち着けと、逸《はや》りそうになる心をなだめた。

「こいつはボケすぎて、霞食って生きてるんだよ」

弘が焼酎を大きくあおって、わたしを見た。

「ボケで煩悩《ぼんのう》の機能障害を起こしてるんだ。だから俗世間の一切に興味がねえ」

「なるほどそうか。そいつあ大変なことじゃ。医者にはかかっておるのか。煩悩は前頭葉なんかの百倍大切じゃからな。かっかっかっ」

いつの間にか、弘と正輝が結託し、わたしを攻撃している。まったく、年寄りというのは訳が分からない。

チラリと博夫と規子の方を窺《うかが》い、救いを求めた。しかし、二人はわたしたち三人を完全に無視し、何やら楽しそうに話をしながら、ケタケタ笑っている。

「ホルモン注射を打て。テストステロンじゃ。もう一気に人生変わるぞい」

「こいつにゃ、一リットル投与しても足りねえよ。一ガロンか、いや一バーレルは欲しいな」

「なるほど、タンカー並みに必要ということじゃな。かっかっかっ」

耳の奥が熱くなり、耳鳴りが始まった。わたしは、先ほどの弘より更に豪快に焼酎をあおった。

「ん？　いや待てよ。この間、聡の家に出かけた時、わしゃ妙齢の女性を見かけたぞ」

正輝の言葉に、規子が顔を上げた。

「何、ホントかよ。説明しろ。正輝」

「年の頃なら、二十歳前後の可愛らしい娘じゃったよ。腰布みたいに短いスカートを穿《は》いておった」

「なんだと。嘘だろ、それ。こいつにそんな甲斐性があるわけねえやな。孫か何かじゃねえのか。いや、聡に孫はいなかったか」

「本人は親戚の子とか言っとったけどな」

正輝と弘は、話題になっている当のわたしが、まるでここにいないかのごとく、口角泡を飛ばし合った。

「じゃが、ぜんぜん似ておらんかった。奥さんの親族かもしれんがの」

「こいつが親戚っつーなら、親戚だろ。だいたい聡にはよ、ぴちぴちギャルも枯れ木も、同じに見えるんだ。なにせ煩悩がねえんだからな。こいつに女がいるわけがねえ」

「おれの女だよ」

ボソリと小声で言ったのだが、全員が沈黙した。生ぬるく重たかった空気が、一瞬高原の朝のように、張り詰めたのが分かった。

「さて、あたしそろそろお暇《いとま》しなきゃ」

「えー。もう行っちゃうの、規ちゃん」

「そう。今日はボランティアの学生さん、一時間しか時間取れないって言ってたから。来る前にそう言ったじゃない」

「仕方ねえな。今日はどうもありがとな。ゴメンな。忙しいところ、ご足労いただいちゃってよ」

幹事の弘が立ち上がり、規子を見送ろうとした。

「いいわよ。座ってて。みんな今日は本当に楽しかったわ。来月もまたやりましょうね」

規子はわたしたちに笑顔を振りまいて、帰っていった。頬を緩めて見送っても、規子はわたしには一瞥《いちべつ》もくれなかった。

「もう、帰っちゃうのか。忙しそうだな」

わたしは、皆の関心を、先ほどの失言から遠ざけるため、話題を変えようと画策した。しかし、これが逆効果だったのが、すぐに判明することになる。

「忙しいんだよ。規ちゃんは。なんでか分かるか?」

「いいや。なんでだ」

「直接本人に聞いてみればいいじゃねえか。何故そうしねえ」

弘がギロリとわたしを睨んだ。

「おれの口からは言えねえよ。本人はあんまり、他人に知ってほしくないようだからな。それよりよ、聡。今まで言わなかったけど、聡がこっちに引っ越してきたみてえだから、今度の六年一組の会に来るよって、規ちゃんに言った時、あの子、瞳をキラキラ輝かしてたんだぞ。おれはその顔にはっきりと、六十五年前の規ちゃんの面影を見たね。あの子今でもそうだが、昔は本当にべっぴんさんだった」

「そうだね。綺麗だった」

「じゃな」

博夫も正輝も頷いた。

「なのに、この大馬鹿野郎はよ、あの子があれだけ熱い視線送ってもぜんぜん気づかなくてよ、とっとと転校していきやがったんだ」

「あ?」

「あ、じゃねえよ馬鹿野郎」

「そうだよ聡。聡は冷たかったよ」

「じゃな。おぬしは冷血動物じゃった」

「おれたちガキの頃はみんな、規ちゃんに惚《ほ》れてたんだ。正輝だって、博夫だって。な?」

正輝と博夫が同時に頷いた。

「今でいう、学園アイドルみてえなものだったからな。そのアイドルがよ。クラスで一番相撲がつええガキ大将に惚れてるようだって分かった時、おれたちゃ地団駄踏んでくやしがったよ。くそー、あいつじゃ敵《かな》わねえってな」

「そうじゃな。当時の聡には誰も歯向かえなかったからな」

「それなのに、この鈍感野郎はまるで気づかねえんだ。規ちゃんが熱い視線を送ってる先に、いつもお前がいたのを、胸が焼ける思いで遠くから眺めてた、おれたちの身にもなってみやがれ」

「おいおい。小学五年の頃の話だろ」

「だから、なんだって言うんでぇ」

「そんな昔の、ガキの時代の事を蒸し返されてもなあ――」

「年寄りが昔話しなくて、どうする」

「そうだよ、聡。ぼくは、親父の書斎から盗んだ舶来品の万年筆なんかを、規ちゃんにプレゼントしようとしたけど、規ちゃん、頑として受け取ってくれなかったんだぞ。なんでか分かるかよ。お前に一途《いちず》だったからだよ。彼女のそんな切ない気持ちにも気づいてやらないで、とっとと転校しちゃうなんて、あんまりだよ」

博夫が弛《たる》んだ下顎を震わせながら言った。

例えば現役バリバリの頃に、こんな話題が持ち上がっていたら、単なる子供の頃の懐かしい思い出話として、一笑に付されていたに違いない。しかし老境に入ったわたしたちの心は、完全に少年時代に戻っている。

「まあ、それはいいやな。さっきの話に戻るけど、本当にお前の女なんだろうな」

しまったと思った。だがもはや後戻りはできない。わたしは、ゆっくりと頷いた。

「話してみろや」

仕方なく、エリとのいきさつを一から、年寄りどもに話して聞かせた。三人の老人は、一言も口を挟まず、酒を飲むことさえ忘れ、わたしの話に聞き入った。

「おめえ、そりゃ一体どこのお伽話《とぎばなし》だよ」

弘が軽く息を吐いて杯を持ち上げると、残りの二人も、各々飲み物に口をつけた。

「そうだな。お伽話と言われても仕方ないな。だが嘘偽りはないんだよ」

「けっ。どうしてお前ばかりが、いつもいつもそんないい思いばかりしやがるんでえ。その女の子は、今でもおまえんちで甲斐甲斐しく家事をやってるってわけか。けっ」

「いや、もう出ていった」

「そりゃまた、どうしてだ」

わたしはあの晩、エリとの間に起きたことを話した。

見る見る、弘の顔色が変わっていった。

「馬鹿じゃねえのか、おめえ」

「そうじゃ、聡は大馬鹿者じゃ」

「そうだよ。馬鹿だよ聡は。もうとんでもない馬鹿」

三人の老人に馬鹿馬鹿馬鹿と罵《ののし》られ、同じく老人のわたしは、息巻くこともできず、ただ黙って酒を飲んだ。

「行って奪い返して来い。そのノッポのガキの家に。そいつが、お前のことライバルだって言ったんだろ。その通りだよ。お前はそのガキのライバルなんだ。ライバルなんだから、戦え。彼女を取り戻せ」

「いや、あの青年のマンションに帰ったかどうかは分からないよ」

「御託《ごたく》を並べるな。行ってみなきゃ分かんねえだろうが」

「そうじゃ聡。行け。行って居なかったら、別のところを捜すんじゃ。ともかく草の根を掻き分けても、捜すんじゃぞ。でなきゃおぬしは、人間のクズじゃ」

「ところで聡さあ、本当にその子を愛してるんだよね」

「それは――」

わたしは口ごもった。誰かを愛していると、衆目の集まる中、告白したことなど、長い人生の中で未《いま》だかつて、一度も無い。

「往生際の悪いやつだな。おめえさっき、おれの女だって言ったばかりじゃねえか。おめえは愛してもいねえ奴を、女にするのかよ。愛してんだろ。はっきり認めろ」

わたしは観念して、ゆっくりと頷いた。

「そうか、よし。飲め。飲んで心を決めろ。煩悩に身を委ねて行動してみろ」

弘がわたしのグラスにどぼどぼと焼酎を注いだ。わたしは、グラスに口をつけた。黒糖焼酎特有の、甘臭い香りが鼻をついた。

翌日わたしは、三人に言われた通り、毅が住んでいるマンションに行ってみることにした。モン・シェール大月という名前の、高台に建つ、高級マンションである。家の前の路地を右に行くと、坂道になり、さらにそれが階段になる。階段を上りきったところにあるのが、件《くだん》のマンションだ。

急な階段を上りながら、もし本当にエリが毅のマンションに囲われていたら、どうしようかと考えた。

いずれにせよ、突き飛ばしたことは謝らなければいけない。何故嘘をついたのかと、詰め寄ったことも。ほじくり返されたくない過去は、誰にでもあるものだ。エリが孤児であろうとなかろうと、一体わたしになんの関係がある。

彼女に正式に謝罪した上で、また戻ってくる意思があるのなら、喜んで受け入れてやろう。この場合は、いくら毅が騒いでも、エリを連れて帰る。

しかし、わたしが謝罪しても、本人が帰ってくるのを躊躇《ちゅうちょ》した場合は、無理強いはせず退散しよう。奪い返すなどと大層な真似は、無論できない。暇な年寄りどもが、他人事《ひとごと》だと思って、面白おかしく囃《はや》し立てているだけだ。

階段を上りながら、自分は来年喜寿を迎えることを思い出し、苦笑いした。

――一体何をやってるんだ、おれは。

しかし、「七十にして心の欲する所に従いて矩《のり》を踰《こ》えず」と孔子は言った。これが本当なら、欲望の赴くまま行動しても、わたしは道を踏み外さない。

坂を上りきり、後ろを振り返ると、横浜の「MM21」が一望できた。ひと際高くそびえ立っているあのビルは、ランドマークタワーだ。その周辺にも、様々な高層ビルが立ち並び、大観覧車も見える。ここからの夜景は美しいに違いない。

こういう高台に位置しているモン・シェール大月は、掛け値なしの高級マンションだ。自動扉を抜け、エントランスに入ると、その正面にはガラス張りの扉があった。しかし、こちらは最初の扉と違い、押しても引いても動かない。

ホールの脇に、各階の住人のコード表があり、その下にはプッシュホンが設置されていた。プッシュホンで、住人を呼び出し、二番目の扉のロックを外してもらい、中に入るという仕組みらしい。

しかし、ここにきて、わたしはあることに気づいた。毅の苗字を忘れてしまったのだ。コード表には名前がなく、苗字しか載っていない。下村や上田、下田などがあるが、どれもが毅の苗字のような、そうでないような気がした。

躊躇しているうちに、以前思っていたことが再び頭をもたげた。

いくらわたしと喧嘩したからといって、エリが毅の許に戻っている可能性はやはり低いのではないだろうか。エリは、毅との仲はもう終わったと言っていた。

そもそも、エリが毅の家を飛び出したのは、わたしと一緒に住むためではない。彼の許から逃げ出すためだ。従って、わたしの家に住めなくなったからといって、毅の家に舞い戻るという理屈はおかしい。

マンションを出て、しばらく歩いていると、前方から背の高い男が歩いてくるのが見えた。

毅だ。

毅はわたしを認めると、カクンと首を振って挨拶した。

「うす」

そしてそのまま、通り過ぎようとする。礼儀を心得ていないわけではないが、なんともぶっきらぼうな男だと思った。

「エリは元気かね」

毅に鎌《かま》をかけてみた。

「エリっすか？　しばらく会ってませんよ。こっちが聞きたいくらいっすよ」

毅が立ち止まり、わたしを不審そうに振り返った。

「そうか。確かにその通りだ。エリはまあ、元気にしておるよ」

失踪したとは、言いたくなかった。わたしもどこかに、男のプライドがあったのかもしれない。

「エリに伝言しといてください。今度また会いにいくからって。今度は白石さんの家のほうに」

「ああ、いつでも来ればいい」

じゃあ、と言ってわたしたちは別れた。暫《しばら》く歩いて、何気なく振り返ると、毅もこちらを見ていた。軽く手を挙げると、先方は長い首をまたカクンと動かした。

階段を下り、家に向かうとき、毅にエリの働いている場所を聞いておけばよかったと後悔した。毅は確か、エリが横浜のコンビニで働いているところを、偶然見かけたと言っていた。

しかし、横浜といっても広い。横浜駅周辺が無論横浜だが、広義では「みなとみらい」や元町・中華街の辺りも横浜なのだ。

しかし、今から慌てて毅の後を追いかけ、エリの勤め先を聞くというのも、不自然だ。何かあるのかと、勘ぐられる。

仕方がない。

散策を趣味としているので、足腰には自信がある。

わたしは家の前を素通りし、駅に行って電車に乗った。次の横浜駅で降り、最寄のコンビニを探したが、デパートばかりで一向に見当たらない。

やっと探し当てたのは、「コンビニ」という看板が出ているも、ブランド物のバッグも売っている、雑貨商のような店だった。

中に入り、店内をざっと見渡した。エリらしき人影はない。いるのは、黄色いエプロンをした、わたしより背が高く、横幅もある健康優良児風の娘と、同じエプロン姿でチョビヒゲを生やし、ウルトラマンのような眼鏡を掛けた中年男性、それに若い女性客だけだった。

わたしはチョビヒゲを捕まえ「山田エリ」はここに勤めているか、と尋ねた。チョビヒゲはわたしの風体をじろりと観察した後、「さあ、そういう子はここにはいませんねえ」と答え、すぐに商品の陳列に戻った。

「この近くに、他のコンビニはないかね」

「デパート街ですからねえ。もっと駅から離れたところじゃないと」

チョビヒゲが、こちらもろくに見ずに答える。取り付く島もないので、コンビニを出た。

チョビヒゲが言うように、駅から離れた国道沿いを歩いていると、コンビニが二軒ほどあった。だが、このいずれにもエリが働いている形跡はなかった。

仕方なくその日は、駅前のデパートで晩のおかずを買って帰った。智子は近頃仕事で忙しくしているので、今晩も一人で夕飯を食べることになるかもしれない。

翌日また、横浜駅周辺のコンビニ巡りをしたが、エリが勤めている店は見つからなかったので、「みなとみらい」の埋立地の方まで足を伸ばした。しかし、巨大な新都市にはコンビニは無く、その代わりに大規模なショッピングセンターや、ホームセンターなどがあった。

電気ノコギリや、セメントまで扱っているホームセンターや、フランス産の高級ワインを揃《そろ》えているショッピングプラザは、たとえ二十四時間営業していても、やはりコンビニとは呼ばないだろう。

汗だくになって帰宅し、ざっとシャワーを浴びた後、冷やしたビールを飲んだ。苦い液体が、じわっと咽《のど》の奥に広がり、むせた。と、同時に下腹がきゅるきゅると悲鳴をあげる。もう若い頃のような五臓六腑《ごぞうろっぷ》をしていないのだ。

わたしは慌てて、トイレに駆け込んだ。自分がみじめで、情けなかった。

翌日には雨が降った。

考えてみれば、関東にはまだ梅雨明け宣言が出ていない。

毅のマンションに行って、エリが勤めているコンビニの場所を聞き出そうと思った矢先、まだあの男の苗字を確認していなかったことに気づき、舌打ちした。なんたる愚か者なんだ、おれは。

これでは電話帳で、番号を調べることもできない。

いや、植山だか下山だか下田だかの名前を、片っ端から調べればよい。そして名前が毅で、住所が「モン・シェール大月」の人間を見つけ出すまでだ。

しかし、いくら頁を捲《めく》っても、電話帳には毅の名前も、モン・シェール大月の文字もなかった。

——さっきから何を、無駄なことやってるんだ。

電話帳を閉じ、わたしは立ち上がった。

また、あのマンションに乗り込めばいい。そして片っ端から内線を押しまくって、毅の住戸を確認すればいいではないか。

傘を手に取り、表に飛び出した。門を抜け、マンションがある階段の方へ向かうと、我が家の塀の中を覗き込もうとしている、小さな人影があった。

エリだった。

傘もさしていなかった。

第十章　山田エリの秘密　ここに集え、黄泉《よみ》の国へ旅たつ戦士たちよ

「エリ」

わたしが呼ぶと、その小さな丸顔がこちらを向いた。前髪がワカメのように額《ひたい》に張り付いている。

「ずぶ濡れじゃないか。風邪をひくぞ」

「白石さん。あたし、なんだかちょっと変な気分」

エリに近寄ると、いきなりしなだれかかってきた。慌てて傘を捨て、彼女を抱きとめた。エリは決して体重がある方ではない。しかし、重かった。

足を踏ん張ってエリを支えながら、その額に手を当てた。

燃えるように熱い。

わたしはエリの腕を肩に背負い、引きずるようにして家の中に入れた。二十年前であれば、こんな小柄な娘、ひょいと担《かつ》ぎ上げることができただろう。

エリは気を失いかけているようだが、脚だけは本能的に動かしてくれた。寝室に

連れて行き、部屋の端に畳んで置いてあったマットレスを広げ、その上に寝かせた。バスタオルと、智子の洗いざらしのTシャツを持ってきて、水滴の滴る髪の毛を拭き、濡れた袖《そで》なしシャツを脱がせた。エリの、ピンクのブラジャーに包まれた乳房は、思ったより重たそうだった。

智子のTシャツに着替えたエリは、マットレスに横になったまま、こんこんと眠った。熱を測ってみると三十八度五分あった。アイスノンを額に乗せ、わたしは暫《しばら》くエリの傍らから動かなかった。エリはドーナツのように、丸く開いた口から、くーくーと寝息を立てた。

このまま暫く、安静にさせておこう。

いずれにせよ、この娘はまだ二十歳だ。風邪をこじらせ、大病にかかることもないだろう。

熱があるにもかかわらず、エリは健康的な肌の色艶《いろつや》をしていた。つっついたら、突き指をしてしまいそうな、頬の張りも健在だ。長くカールしたゲジゲジのようなまつ毛が、下瞼《まぶた》全体をばっさりと覆っている。そのまつ毛から、口の両端まで薄墨が流れていた。多分マスカラとかいうやつが、雨に溶けたのだろう。

そのうちにわたしも、ウトウトしてしまったらしい。

いつの間にか添い寝していたわたしは、エリのうめき声によって、目が覚めた。

「死にたくないよお」

エリは額をゆがめ、首を左右に振った。アイスノンが枕元に落ちていた。

「死ぬものか」

アイスノンを額に乗せてあげたが、エリがまた首を振って払い落とした。

「怖いよお。死ぬの嫌だよお」

「大丈夫だ。風邪ごときで死にゃせんから」

わたしはアイスノンは諦《あきら》め、エリの手を握った。エリが思いがけない強い力で、握り返してきた。

「心配するな。おれがついている。だからぐっすりと休め」

やがてエリの手の力が弱まり、かすかな寝息の音が聞こえてきた。それに呼応するように、裏庭で虫たちがリーリーと鳴いた。

しばらく経ってわたしは立ち上がり、台所へ行った。

とりあえず熱燗《あつかん》をつけ、次に生卵を割って、砂糖と一緒によくかき混ぜた。濾《こ》し器に通した卵の上に、熱燗をゆっくりと注ぎながら、再びかき混ぜ、湯飲みに移す。

仕上げに、少量の生姜《しょうが》を入れた。

これで卵酒の出来上がりだ。

薬効があり、栄養も補給できる、便利な飲み物。市販の風邪薬などより、こちらのほうが効く。

エリの上半身を起こし、酒の匂いを嗅《か》がせると、うっすらと目を開けた。

「どうだ。飲めるか」

わたしが湯飲みを鼻に近づけても、エリは嫌がる素振りを見せなかった。

「甘くてうまいぞ。飲め」

エリが蛭《ひる》のように口を伸ばしたので、わたしはゆっくりと湯飲みを傾けた。最初はおっかなびっくり、やがて自分で湯飲みを摑《つか》んだエリは、ごくごくと咽《のど》を鳴らし始めた。首を仰《の》け反《ぞ》らせ、見る見る黄色い酒を飲み下し、湯飲みを離すと、大きなため息をついた。腹も減っていたのだろう。

卵酒を飲み終わったエリは、ばったりと横になった。そして、さっきまでの弱々しい寝息とは対照的な、凄《すさ》まじい鼾《いびき》をかき、ついでにオナラもした。

多分これでもう大丈夫だろう。

次に起き上がるときは、熱も下がり、ピンピンしているはずだ。生温かくなってしまったアイスノンも、もはや用済みである。若いということは、真《まこと》にうらやましい。

暫くして、智子が帰ってきた。相変わらず疲れた顔をしている。

智子は奥の座敷で、大の字になって鼾をかいているエリの姿を見つめ、目を丸くした。

「戻ってきたんだ」

「みたいだな」

智子はエリの枕元に行き、かがんでその小さな鼻をつまんだ。エリはフガフガと、もがいた。

「おい、やめろ。病人なんだぞ」

「まあ、よかったじゃない」

振り返った智子の顔は、存外うれしそうだった。

「これであたしも退屈しないで済むし。でも、なんで孤児なんて嘘ついたのかは、一応問い質《ただ》した方がいいよ。まあ、同情を引きたかっただけなんだろうけどさ」

その晩は珍しく、智子が食事を作ってくれた。カレーライスだった。

「その子には、カレー雑炊作っておくから。目が覚めたら、温め直して食べたらいいよ」

食事が終わると、風呂を浴び、エリの隣に布団を敷いて寝た。智子はそんなわたしをとがめることもなく、早々と自室に引き上げた。


雨戸の隙間から漏れる強烈な朝日に瞼を焦がされ、目覚めた。目を瞬かせながら、時計を確認すると、朝の九時だった。普段わたしはこんな朝寝坊ではない。エリが帰ってきて、緊張の糸がほぐれたせいだろうか。

しかしそのエリの姿はなかった。隣にあったはずのマットレスもタオルケットも、きれいさっぱり片付けられている。

あわてて飛び起き、襖《ふすま》を開けると、以前何度か聞いたことのある歌声が、廊下の方から聞こえてきた。

「はんなあびらの～　よおに　散りゆくなあかでえ～　夢みたいに～　キミに出会えたあ奇跡い～」

エリがひょっこり居間に現れた。わたしを認めると、声量が小さくなったが、それでもしつこく歌いながら、大きな瞳でじっとこちらを見据える。

「その歌、好きなんだな」

「大好きい。映画のテーマなんですよ。若くて綺麗な奥さんが死んじゃう話。でもそんな悲しくないの。なんか元気が出てくる話なんです」

エリは嬉しそうに喋《しゃべ》った。口の両脇に、白い唾液が溜《た》まっていた。

「もう。体のほうはいいのか」

「ええ。もう全然ＯＫです。心配かけてすみませんでした」

「それはよかったな。こちらのほうこそ――」

突き飛ばしてしまったことや、毅の家に帰れと言ったこと、エリの生い立ちに触れたことなどについて、素直に謝った。

「あたしが孤児だって嘘ついたこと、謝ります。でもあたし、本当に孤児みたいなものだったから。あたし一人っ子で、父の記憶はほとんどありません。三歳の頃、どっかに蒸発しちゃったみたいです。それから、母と二人で、すごくボロいアパートに移って。いつもお金なくて、お腹《なか》減らしてました」

「別に、無理やり説明しなくていいんだよ」

「いえ。聞いてください。あたし、やっぱり白石さんには、あたしのこといろいろ知っておいてほしいから」

エリがテーブルに腰をかけたので、わたしも彼女の正面に座った。

「母はあたしのこと嫌いだったんです。朝起きてからずっと、がみがみ叱られてばかりいました。後片付けができない、靴を脱ぎっぱなしにしている、うろちょろして、掃除の邪魔――。

それで使ったおもちゃなんかを片付けていると、男の人が来たりするんです。そうしたら母は、急に猫撫《な》で声になって、その人の腕にすがりつくの。どうして、あたしにはああいう声で話しかけてくれないんだろうって、とても悲しかった。母はあたしの方に向き直って、表で遊んできなさいって、男の人にしゃべるのとは全然違う、いつものキツい声で言うんです。あたしは、おもちゃ片付けなさいって言われたから、片付けていたのに、グズとか追い立てられて。

自分の娘を橋から突き落として、殺害した母親がいたでしょう。あたしの母は、あたしを階段から突き落としましたよ。スーパーの二階から。あたしがお菓子買ってくれって、うるさかったのが原因だったんでしょう。その時は何とか転倒しないで踊り場まで駆け下りたけど、もし足を踏み外して転がっていたら、あのかわいそうな女の子と同じ運命になってたかもしれない。

こんな母親だったから、あたし中学生の頃からよくプチ家出してたんです。先輩のアパートとか、離れのプレハブに住んでる友達の家とかに居候《いそうろう》させてもらってました。母は捜そうともしなかったですよ。男がいるときは。でも男がいなくなると、あたしを捜し当てて、ごめんね、ごめんねって涙流しながら、家に帰ってくるよう説得するの。仕方なく家に戻るんだけど、優しくしてくれるのは、最初の二日くらい。三日目からヒステリーの発作が始まって、一週間後には別の男が家に来て、あたしはまた邪魔者みたいに扱われて。高校へは一応いったけど、早く働いて家を出たくてしょうがなかった。

昔の人はいいですよね。中卒でもOKだったんでしょう。今はどこ行っても、せめて高校くらい出ておけって言われるから。毅とは高三のときに知り合いました。でも当時あいつは、親元から通ってたから、家に泊まるわけにはいかなかったし、嫉妬するから友達の家とか外泊できなくなったし、もう地獄でした。でもその頃になると、あたしも大きくなってたから、さすがに母のガミガミも減ってきたんですけどね。

卒業して就職して会社の寮に入ったけど、どうもしっくりこなくて、そのうち毅がマンションに住むようになって、ラッキーって会社辞めて引っ越したんです。それからはずっと母に会ってません。向こうからも連絡ないし。だからあたしは実質孤児みたいなものなんです。それで、孤児って言ったんです。勿論《もちろん》、白石さんの同情引くために言ったっていうのも、少しありますけど。その点については謝ります」

「いやいいんだよ。誰にでも人に言いたくないことはあるだろうから」

「そうですね。誰にでも人に言いたくないことって、ありますよね」

エリが目元を緩め、わたしを見た。彼女の笑顔がどこか、艶っぽいような気がするのは、気のせいだろうか。

「あたし、見ちゃいました。ダメですよ、白石さん。押し入れなんかにあんな大金隠しちゃ。すぐバレちゃいますよ」

「やっぱりあれを見たのか。いつ見たんだ」

わたしはみんなから預かった賭《か》け金を大風呂敷の中に入れ、押し入れの奥に隠していた。

「今朝。天気がいいから、お布団全部干そうと思って、押し入れ開けて、お布団出してたら、奥の方にでっかい風呂敷包みがあるじゃないですか。結び目のところからなんか、本みたいなものが見えたから、なんだろうって思って、ちょっと中覗いてみたら、もうビックリ。あたしあんなに沢山の一万円札、見たことないです。白石さん、銀行強盗でもやったんですか」

「いいや。犯罪はしとらんよ」

仕方なく、わたしはエリに「長生き競争」のことを話した。エリは目を丸くしながら、わたしの話に耳を傾けていた。

「それじゃ、賭け金で四千万とか出した人がいるから、あんなお札の量なんですね。賭け金って自己申告制なんですか。幾らから可能なんですか」

エリはこの話に、興味を覚えたようだ。

「一口最低四万四千。いや――」

わたしは弘が規子の要望を受諾していたことを思い出した。

「四百四十円から可能だよ」

「あたしも参加させてください」

「なんだって?」

「あたし超ドビンボーだけど、四百四十円だったらあるから」

「だめだ、だめだ。二十歳の人間は、あと一体何年生きると思ってるんだ。お前が勝つに決まってるじゃないか。これじゃ勝負にも賭けにもならんだろ」

「心配しないでください。あたし、あと三年で死にますから」

「おいおい。悪い冗談はやめろよ」

「冗談じゃありません。本当のことです。今度はあたしの秘密、全部バラします」

エリは空白の二週間について語りはじめた。

毅がまた浮気をしたと勘違いし、マンションを飛び出して二週間放浪していた時の話だ。

自暴自棄になっていたエリはコンビニで酒を買い込み、公園で一人酒盛りをしてから、夜の繁華街をフラフラさ迷っていたのだという。当然男たちが声をかけてきたが、エリはその一切を無視して、何処《どこ》へともなく歩き続けた。

飲みすぎだった。酒は弱い方ではないが、やけになって、缶チューハイを三缶も一気飲みしたのはさすがにマズかった。

気がつくと、電柱にもたれ、戻していた。内臓そのものを、口から吐き出しているのではないかと思えるほど、苦しかった。

いきなり小さなドリンクが目の前に差し出された。

「飲むと楽になるよ」

顔を上げると、爽《さわ》やかな長髪の青年だった。自分が吐しゃ物の上に立っていることが恥ずかしくなって、目を逸《そ》らせた。

長髪青年は、ドリンクを握らせ、すぐにその場を立ち去った。

「あの――」

引き締まったヒップと長い脚が、どんどん離れてゆく。お礼を言える距離を、とっくに越えてしまった。

エリはドリンク剤のキャップを開け、飲んだ。ほろ苦い液体が、咽に心地よい。飲み終わると、少しだけ気分が落ち着いた。

さて、これからどうするか。

どうするもこうするもない。自分は家出してきたのだ。家出など何回も経験している。なるようになるものだ。

エリは再び繁華街を、あてもなく歩き始めた。

暫く行くと、「あれっ」と声をかけられた。さっきの長髪青年だった。

「もう大丈夫なの？」

「うん。ドリンク効いた。ありがとう。お酒呑《の》み過ぎたみたい」

「ドリンクはいつも持ち歩いているんだ。酒、弱いからね。まだ顔色悪そうだけど大丈夫？」

「まだ少しだけ気持ち悪いかな」

「家どこなの」

「S町、三丁目。八幡様の近く」

「結構遠いじゃん。おれんち来て、ちょっと休んでったら。すぐそこのアパートに姉貴と一緒に住んでっから」

　爽やかにドリンク剤を手渡し、爽やかに去っていった青年に、下心があるようには思えなかった。それに姉貴と一緒に住んでいる、という言葉がエリの警戒心を緩和させた。

　そろそろどこかに座りたかったこともあいまって、エリは長髪青年の後についていった。

「尻軽女とは思わないでください。ホント、ちょっと休ませてもらおうと思っただけなんですから。でも、家にはお姉さんいなくて、今晩は彼氏のところに泊まりで帰ってこないかもしれないって言われて。それで、酔い覚ましにって、また別のドリンク飲まされて。気がついたら、裸にされてました。抵抗したけど、体が言うことききかなくって。

　でもそのうち、毅だって三回も浮気したたし、もうあんなやつの所には戻らないって決めたんだから、なるようになれって感じになって。それでそういうことになっちゃったんだけど、白石さん、こんな話聞いてあたしのこと嫌いになった？」

「いいや」

「この先、まだあるんだけど、それでも嫌いにならないって約束してくれる？」

「約束しよう」

「なんだかんだ言って、その長髪の男、うまかったんです。優しいし。エリちゃん、綺麗だとか可愛いだとか、繰り返し言ってくれたし。ルックスだってまあ良かったし。だからホント、普通はナンパなんかで絶対こんなことにならないんだけど、これはそもそも普通のナンパじゃなくて、あたしの容態を気にかけてくれているうちに、過ちでこんなことになってしまっただけなんだって、自分に都合のいいように言い聞かせて。

　事実、あれが終わった後、その男、目に涙浮かべてゴメンゴメンって謝ったんです。『酔った子にこんなことするなんて、オレ最低の男だ。でもエリちゃんが、あまりにもドストライクだったたから、自制することができなかったんだ』とか言われて。あたしバカだから、『泣かないでよ。謝る必要なんてないよ。あたしだって、その気になってたんだから』なんて答えちゃった。その時は愛に飢えていたんだと思います。それで天から舞い降りて来たような、長髪の爽やか青年に、コロッと騙《だま》されてしまったんですね。

　気がついたらあたし、毅のグチ、うだうだしゃべってました。男は眉を八の字にして、あたしの話にじっと聞き入った後、『それなら、オレのアパートにいればいいよ』って言って。あたし、うんって頷《うなず》いてました。

その時は、お姉さんのこと、どうするのとか――そもそも1DKの狭いところだったのに、姉と二人で住んでいるなんて不自然だったりしたわけですけど――そんなことには一切目を瞑《つぶ》って、彼を信じたんですね。今から考えれば、グッドタイミングでドリンク剤手渡したのは、あたしが戻していた場所のすぐ正面がコンビニだったからとか、二度目にまた出会ったのは、偶然を装っただけで、実はあたしの後、ずっとつけてたんじゃないかとか、不審な点がいっぱいあったんですけど、その時はもう目がハート状態で、一緒に住もうって言われて、もう勝手に舞い上がっちゃって。

バカですね。でもその男、最初の三日くらいは、すんごく優しかったんです。エリちゃん、エリちゃんてあたしにまとわりついて。五分おきに優しい言葉、耳元で囁《ささや》いてくれたりして。恋人同士のようにデートもしました。

いいえ、あたしその時、本気で彼のこと恋人だと思ってたから。手を繋《つな》いでデパート巡りしたり、水族館行ったり、アイス・カフェラテ一杯で、三時間喫茶店で粘って、お互いの子供の頃の話とかしたりして。もう完全恋愛モードです。彼との将来のこと考えたりするほど、あたし感覚的に麻痺《まひ》してました。お姉さんは、相変わらずアパートに帰ってこなかったけど、そんなこともう気にしなかった。

それである日、彼がひとつの提案をしたんです。その提案っていうのが、つまりそのお、複数でアレをやってみたいっていうやつだったんです。当然あたしそんなの嫌で、断りました。ところが彼、執拗《しつよう》だったんです。『おれとエリとは心で繋がってる。だから心配する必要なんかないんだ』『でも、そういうのってしたことないし。知らない人といきなりそんなことするの、やっぱり怖いし』『心配することない。慣れれば全然大丈夫さ。プレイなんだよ。遊びと割り切ればいい』

あたし彼のこと本気で好きだったし、嫌われるの絶対嫌だったから、一回だけという条件で、頷いてました。あたし、男の人にいろんな趣味あるの知ってたし。殺だって、あたしのこと縛ったりすることもあったし。あっ、ハードなやつじゃ全然ないですよ。細い赤い紐で、手足とかちょっとだけ縛るんです。力入れたら、すぐ解けちゃうくらい、緩く縛るだけなんですけど。

それで、最初に来た人があたしたちと同じくらい若くて、まあそこそこ見栄えもマトモだったから、なんとかやることができて。所謂《いわゆる》3Pってやつです。後で彼に、『やればできるじゃないか』って凄《すご》く誉《ほ》められたら、なんか、やっぱ頑張ってよかったのかな、とか思ったりして。あ〜っ、白石さん。あたしのこと馬鹿娘って叱ってください。本当にあたし馬鹿です。馬鹿なんです。大馬鹿者です――」

エリは言葉を詰まらせた。見る見る瞳に涙が盛り上がってゆく。

「もうその辺にしておくか」

わたしが言うと、エリが洟《はな》を啜《すす》りながら、首を左右に振った。

「いえ、最後まで聞いてください」

エリはわたしが手渡したティッシュで大きく洟をかみ、再び話しはじめた。

「一回って約束だったんだけど、やっぱり一回じゃ済まなくて。次に来たのが、ちょっと勘弁な、体臭のキツイ人だったんですけど、彼に嫌われるの嫌だったからなんとか頑張って。

でも、ふと気がつくと、一生懸命やってるのはあたしと、その勘弁な人だけで、彼は柱にもたれてタバコなんか吸いながら、ぼーっと天井を眺めてたりするんですね。だから終わった後、もうやめたいって言ったら、彼、人が変わったみたいに急に怒り出して。あたし、ビックリしちゃって。あわてて、もう少しだけ頑張ってみるからって、取り繕って。

それでまたやりました。嫌で嫌でたまらなかったけど、我慢して。でも最後に相手したお腹の出っ張ったおじさんが、帰り際に財布から抜き取ったお札、彼に渡してるの、見てしまったんです。あたし、そのお金がなんなのか、怖くて聞けなかった。おじさんが居なくなった後、彼はまた優しい彼に戻って、エリちゃん可愛いよとかいって、優しく抱きしめてくれたけど、あたしの心は既に凍て付《い》いてました。

おじさんが彼に借りてたお金を返しただけとか、納得できるように解釈しようとしたけど、どう考えても一番しっくりくるのが、アレの報酬をあげてたってことでした。泣きわめいて、真実を問い質しても良かったんだけど、もうそういうの、毅で疲れちゃってたし。考えてみればあたし、その長髪の一見爽やか彼のことなんか、ほとんど何も知らなかったわけだし。そんな奴の誘いにホイホイ乗って、馬鹿なことしまくって、今さら文句なんか言ったってミジメになるだけだし。あたしの精神状態やっと、まともに戻りました。それで帰る決心がついたんです。彼との修羅場も、ちゃんと避けましたよ。言い合いになって暴力振るわれたら怖いし、キレると結構凶暴になるの、気づいてたし。で、彼がコンビニに買い物行っている間、あたしこっそり抜け出しました。もうぜんぜん余裕だった。向こうはあたしのこと信頼しきってたから、監禁とかそういう状態じゃなかったから。

それで、帰るところ、毅のマンションしかないから、戻ったんです。そしたら、あいつ目に涙溜めて、帰ってきてうれしいって、言ってくれて。それから少しして、この間毅と一緒にいた女が、自分の彼氏連れてきて、四人で焼肉パーティーやったんですよ。彼女、彼氏にラブラブってことよく分かりました。だから毅、今回だけは浮気してなかったんだなって。嫉妬して家出したあたしがホント、大馬鹿でした」

「それで一旦丸く収まったと聞いたよ。それがまたなんで――」

「ああいうことあったんで、あたし一応検査受けました。体がなんかダルかったし。

もしかしたらって、とっても怖かったんです。そしたらやはり、貰《もら》ってました」

「何を貰っていたんだ」

「ＨＩＶ。つまりエイズです」

いとも簡単に、とんでもないことを口にする。

この娘はまた、嘘をついているのではないのか？

エイズとは、かくも簡単に感染してしまう病気なのか？

「何かの間違いじゃないのか」

「間違いじゃありません。ＨＩＶの感染って、以前薬害エイズの問題とかもあったから、しっかりと告知されるみたいです。あたし、もう成人だし、親なんかいないも同然だから、お医者さんから直接すべて聞きました。ああいうのがあってから、二ヶ月後に保健所で検査受けたんです。ＨＩＶの抗体が体内にできるのは、だいたい八週間後ってこと知ってましたから」

エリは検査を受けるまでの八週間、キスを許しただけで、毅との性交はかたくなに拒否し続けたという。

睨《にら》むようにわたしを見つめるエリを、わたしは睨み返した。息が詰まりそうだった。

彼女の真剣な眼差《まなざ》しは、冗談を言っているようには到底見えなかった。

「そうなのか……。だが、よく知らんがエイズというのは、発病するまでかなり時間がかかるんじゃなかったのか」

「あたしの場合は数年だと言われました。ＨＩＶの量が普通より多いんだそうです。つまり急速進行型のエイズです。だから昨日風邪を引いた時、あたしもうダメだと思ったんですよ」

それでエリは、死にたくないなどと、うなされていたのか。

「ところが助かって、あたし今ホントびっくりしてるんですけど」

「診察の間違いじゃないのか。もう一度今度は別の病院に行って、セカンドオピニオンを貰ってきたらどうなんだ。医者だっていろいろいるから――」

「白石さん」

エリがわたしの言葉を遮《さえぎ》った。

「白石さんは、自分が後三十年生きると思いますか」

「いいや。それは無理だな」

「あたしも自分が、そんなに長く生きられるとは思いません。自分の体ですから、感じるんです。ああ、もうあと残り少ないんだなって、体の細胞が教えてくれるんです。今回の風邪からはうまく生還したけど」

「しかし、まだ発病はしとらんだろ」

「いずれ発病します。あたしは、さんざん泣き喚《わめ》いて、運命の神様を呪いました。でも、ある日偶然テレビで、あたしよりずっと幼い女の子が、実の母親に、橋の欄干から下の川に突き落とされて殺されたっていうニュース見てから、泣くのやめて、いろいろ考えてみたんですよ。

子供が殺された事件って、結構ありますよね。同級生に刺されたり、変態に暴行されたり。死体だけ見つかって、犯人はまだ不明っていうのもあったじゃないですか。

事故だってあるでしょう。エレベーターに挟まれて死んだり、つい最近じゃ、プールの排水溝に吞み込まれたっていう悲惨な出来事も。みんなあたしより、もっと小さな子どもたちです。

あたしなんか、はっきり言って自業自得なのに、彼らはなんの罪もないのに、突然あっちの世界に持っていかれちゃったんでしょう。自分がこの世に生まれてきた意味や、何故自分がもうすぐ死んでしまうのか、考える余裕すら与えられず、いきなりさらわれちゃったんです。どうして、こんなことが起きるんだろう。あまりにも理不尽じゃないですか。

あたしは、死んでいった子供たちのためにも、ホント頭痛がするくらい、いろいろ考えました。白石さん、前にも聞いたと思いますけど、人間が死んだらどこに行くと思いますか」

人が死んだら、無に還《かえ》るだけというのがわたしの持論だが、今回それを言うのは控えた。

「さあ、分からんな」

「あたしは、生まれ変わるんだと思います。宗教とか、あまり勉強してませんけど、あたしたちの魂って、この世が存在する限り、永遠に続くものだと思うんです。但しその魂にくっつく肉体には寿命があるんで、何回も衣替えが必要になるんです。つまり輪廻《りんね》ってやつですか。

魂というのは、大いなる意思に左右されてるんですよ。神って表現でもいいかな。あたしたち魂は、みんな神の子なんです。魂自体はその大いなる意思の力によって、何百年も何千年も、何万年も、何かの目的のために存在してるんです。その目的ってのが、あたしにはまだよく分からないんですけど、ともかく絶対目的があるに決まってるんです。

でも魂に比べて、肉体は消耗品だから、大いなる意思の力には左右されない。だから時にはまだ新品同様の肉体が、あっけなく壊れてしまうこともある。子供たちが不幸な死に方をしたのも、あたしがＨＩＶに感染してもうすぐ死んじゃうのも、つまりはこういうことなんじゃないかと思うんです。でなきゃ、説明がつかないもの。どう思いますか、白石さん」

「エリの考えていることも、間違いではないと思うよ」

人それぞれの死生観がある。それぞれがみな異なり、それぞれがみな正しい。

「そう考えたら、やっと吹っ切れたんです。それで、とりあえず毅のマンションは出て行かないといけないって思って。だって、あいつとあたしじゃもう住む世界違うから。あたしの魂はもう別のところへ飛ぼうと準備しているのに、あいつはあと半世紀以上はここで生きる人間でしょう。それにあいつ若いし、求めてくるから。毎晩拒否するのも疲れるし、それで悪いけどもう、終わりにしようって」

「後悔はないんだな」

「だって、どうすることもできないじゃないですか」

エリが声を荒らげたので、わたしは沈黙した。ばかな質問をしたと後悔した。

「すまなかった」

「いいんです。でも、吹っ切れてはいたんですけど、あたし凄く淋しかったんです。もともと淋しがり屋で、友達とかいないと生きていけない性格だから。

で、一旦毅の知らない女友達の家に転がり込んだけど、彼女だってまだ二十歳で未来があるし、彼氏ととても楽しそうに暮らしていたし、そこにあたしの居場所があるかっていったら、勿論ないことは分かっていた。

あたし一応、夜逃げみたいな形じゃなくて、毅に、今までどうもありがとう、でもやっぱりあんたは、あたしが一生一緒にいる男じゃないから出て行くって、挨拶したんです。そしたら、あいつまた暴れだして『浮気のことは何度も謝ってるし、前回のやつは疑いが晴れたはずなのに、いったいどういうことだ！』って怒鳴るから、『あんたの、そういう風にすぐ興奮して、大声出すところが嫌い』って答えたら、横っ面張られて。それですぐ、家飛び出したんです。あたし心のどこかでこういう別れ方するの、実は期待していたのかもしれない。だから、あんな煽《あお》るようなこと、言ったのかもしれない。ともかく、ジメジメしたのだけは嫌だったから。

それで殺に追われながら、道を走っていた時なんですよ、初めて白石さんに遭遇したの。あたし、とっさに白石さんの背中に隠れたじゃないですか。見ず知らずの白石さんに助けを求めたのはどうしてだろう、単なる偶然なんだろうかって考えたんですけど、いや、絶対そうじゃないって思って。それであたし、友達のアパート出て、ここに来たんですよ。ある確信を得るために。そしてあたし、確信を得ました。やはり白石さんって、あたしの思っていた通りの人なんだって」

「どういうことだ」

「こういっちゃナンですけどお、あたしたちに残された命って似たようなものじゃないですか。だから、仲間っていうかあ、そういう意識がまずあったんですね。でも、それだけじゃないんですけどね。へへへ」

「どうした。何故笑う」

「だって照れるんだもの」

「お前さっき、秘密、全部バラすって言っただろう」

「さっき魂の話をしたけど、永遠の魂っていうのは、いつの世にも同じ魂と結ばれると思うんです。つまりそれが、永遠の愛ってやつです。あたし白石さん見たとき、既視感っていうんですか、なんか大昔、何処かで会ったことあるような気がしたんです。白石さんも、あたしを見た時、そう思いませんでしたか」

「う〜ん。どうかな。確かに小学生の頃、エリみたいな頰っぺたをした子はいたがな。頰が霜焼けで赤くて、よくクラスのみんなにリンゴみたいな顔だと、からかわれていたよ」

「そういう昔じゃなくて、もっともっと昔。つまり前世の記憶みたいなものですよ。思い出してくださいよ」

エリが膨れっ面をする。

思い出せといわれても、前世の記憶など、どうやって引っ張り出せばよいものやら分からない。

「どうかな。まあ言われてみれば、エリみたいな子に遠い昔、会ったような気もしないではないが――」

「でしょう、でしょう。会ったことあるの、当たり前ですよ。だって前世であたしたち、夫婦だったんだもの」

「なんだって？」

わたしは目を丸くしていたと思う。

「魂はいつの世にも、同じ魂と結ばれるんです。たとえ各世で肉体の様相は異なっても、魂は同じなんです。これは大いなる意思が決めたことなので、あらがうことはできません。

あたしと白石さんの魂は、この世でも結ばれる運命にあったにもかかわらず、何かの手違いで、あたしの肉体だけ再生がちょっと遅れたんです。だから年齢的なズレが生じて、肉体的に結ばれることは不可能だった。

白石さんはあたしを待ちきれず、別の人と結婚しちゃった。でも、大いなる意思はやはり考えてくれてたんです。だってあたしたち、生まれた時代は違っても、死ぬ時は一緒だから。大いなる意思の力が、あたしの肉体が白石さんと一緒に朽ちるよう、こんな病気に感染させたんです。

それで次の世でほぼ同時期に生まれ変わるあたしたちは、出会い、恋をして、結婚するんです。あたしと白石さんは、絶対にそうなる運命なんです」

一体どうして、ここまで飛躍した発想になるのか。――だが、わたしにはエリがこんなことを考える理由が、なんとなく分かった。

「だからエリは、もう死ぬのが怖くないんだな」

「ええ。もう吹っ切れました。一時は自分の不幸を呪って泣いてばかりいて、自殺だって考えたけど、今はもうそんなことはありません。それに自殺って、大いなる意思に反目する、いけない行為だと思うんです。

ほら、キリスト教なんかでも禁止されてるじゃないですか。自殺した魂は、もう大いなる意思に相手にされなくなる。だから見捨てられ、目的を失ってさ迷うだけです。あたしそんなのは絶対イヤ。だから残された短い時間は、きっちり生きようと思います。

白石さんたちも、そういうことで、こんな競争始めたんでしょう。弱音を吐かず、限られた時間内で、できるだけ長生きするよう努めた肉体を、大いなる意思も尊重してくれるはずです。白石さん。あたしも白石さんたちの競争に参加させてください」

「分かった。今日からエリもおれたちの仲間だ。みんなに紹介するよ」

「それから白石さん。これはとても大事なことですけど、あたしが今言ったこと、白石さんは信じてくれますか」

「ああ、信じる」

わたしはエリの肩に手を置いた。

「おれたちの魂は昔から結ばれていたんだ。心配するな。お前は一人で逝《い》くわけじゃない」

翌日わたしは、みんなを臨時招集した。

とても大切な話があると言ったので、忙しくしているらしい規子も、時間を調整してわたしの家までやってきた。

わたしは、四人の老人の前で、エリを紹介した。そして、彼女が親戚ではなく、近所に住んでいた娘で、現在泊まり込みで家事をやってもらっていること、HIVに感染し、数年以内に発病するといわれていること、われわれの賭けに参加したがっていることを説明した。但し、エリがHIVに感染した経緯、わたしたち二人の魂が永遠に結ばれているらしいという件《くだり》は、黙っておいた。この二件に関しては、わたしとエリだけの秘密だ。

話が終わると、どこからともなく深いため息が漏れた。

「なるほどな――」

弘が首をコキコキと鳴らす。

「こんなに若い子がねえ。でもあたしは、あなたが仲間に入ってくれること、とっても嬉しく思うわよ。今まではたった一人の女性だったんだから」

規子が言うと、エリが「ありがとうございます」と頭を下げた。

「なんか華やいでいいね」と博夫が言うと、正輝が頷いた。

「そうじゃの。今まで女と言えば、バアさんひとりだけじゃったものな」

規子が「ひどいわねえ」と笑う。だが気分を害している風ではない。

「でも華やぐっていうの、失言かもしれない。ごめんね、エリさん。もう少しすれば医学も進歩して、エリさんが助かる可能性だってあるのにね。そうだよ。きっと助かるよ、エリさん。希望を捨てちゃだめだよ」

「いいえ」

エリがきっぱりと否定する。

「既にわたしの運命は決まってるんです。わたしはこの運命を素直に受け入れます。今さら、ありもしない希望にしがみつこうとは思いません」

博夫が黙って目を伏せた。弘がコホンと咳《せき》払いした。

「いずれにせよ、赤信号、みんなで渡れば怖くないじゃないけどよ。みんなであの世行くんだから、怖くはねえよな。だけど、おれたちゃ、ひねくれモンだから、ばらばらに三途《さんず》の川渡ろうってあがいてるんだ。そんなおれたちに付き合うつもりかい」

「付き合います。どうせ、みんなゴールの先で一緒になるんですから。マラソンみたいなものだと思います」

「よっしゃ。お前さんは、今日からおれたちの仲間だ」

第十一章　一緒の墓に入らんか

それから二年が経ち、わたしたち男子が無事平均寿命に達した時、最初の変化が訪れた。

正輝が霊園にお墓を買った。

正輝は、お寺が嫌いだ。

「お布施《ふせ》ばかり要求しおって。お布施の額が、信仰の深さを表すなど、中世カトリックの免罪符《めんざいふ》顔負けじゃの。あんなことをやっておったから、宗教革命が起きて、プロテスタントが台頭してきたのじゃろう。戒名料《かいみょうりょう》って知っておるだろう。人が死んだら、慌てて戒名なんぞつけおって、たわけが。あれは本来、生きているうちにつけるものだ。その戒名料の相場が幾らか知っておるか。五十万だぞ。院号がつくと百万じゃ。くだらん。それでわしゃ、霊園を買ったんじゃよ。直系の墓は、死んだ兄貴の息子夫婦が管理しておるからな」

「霊園というのは、宗教は関係ないのか」

　わたしは正輝に質問した。

「ない。仏教でもキリスト教でも、無宗教でも構わん。どうじゃ、今度見学に行ってみるか。ところでおぬしの墓はどうなっておる」

「うちか。うちは兄貴が南方で戦死したんで、おれが守ってるよ。東京都の外れのほうにある」

「引っ越したらどうだ。改葬というやつじゃよ。お布施や、戒名料に悩まされなくて済むぞ。無論、墓所使用料や管理料は取られるよ。しかし、ビジネスライクだから透明性がある。お布施の額で来世に差がつくなどと脅され、金品を巻き上げられるのとはわけがちがう。まあ、実際行ってみないと判断できないのお。どうじゃ。興味があるなら、わしが買った墓所を案内してやってもよいぞ」

　わたしは考えた末、正輝の申し出を承諾した。いろいろな墓所を見ておくのも悪くはない。エリが一緒に行きたいと言うので、連れていくことにした。

　出発したのは、六月最後の週の月曜日。昨日まで降り続いていた雨がやみ、カラッと晴れ渡った一日だった。

　わたしたちは正輝の運転するミニバンで出発した。視界がだんだん狭《せば》まってきたので、運転は今年で引退すると正輝は言った。わたしが持っている中古のセダンは、もう随分前から埃《ほこり》をかぶっている。

カーラジオからニッポン放送の演歌が流れていた。エリが後部座席でひとり、スナック菓子をがりがり齧《かじ》りながら、窓の外を眺めていた。

演歌が終わり、ＣＭになると、エリがいきなり歌を歌い始めた。ミニスカートを穿《は》いた、桃色ぷりぷり子豚娘がどうのこうのという、陽気な歌だ。エリに、以前好きだった、花びらのバラードはどうしたのか聞くと、もうああいう歌は歌わないと答えた。

霊園は富士の裾野《すその》にあった。

よく整備された、巨大な霊園だった。墓所というより、自然公園に近い。メインの大通りが裾野を上り、その両脇に形を整えられた灌木《かんぼく》が規則正しく植えられている。灌木の中には満開のあじさいもあり、水色やピンクの大輪をそこかしこに咲かせていた。

大通りの脇が盛り土され、その上に鐘突き場と遊歩道があった。遊歩道にもゆるやかな傾斜がついている。富士山の頂上に向かって伸びているのだ。

わたしたちは、その遊歩道を歩いた。わたしや、正輝がぜえぜえと息を切らしているのに、エリは妖精のように軽やかな足取りで坂を上った。

「あっ、見て見て。富士山があんな近くに見える」

遊歩道の終わりには展望台があり、眼前に日本で一番大きく美しい山が迫っている。

わたしと正輝は、近くのベンチに腰を下ろし、汗を拭いた。その間エリは、後ろ手を組み、右足で地面の上に、しきりに何かの模様を描いていた。

木漏れ日を浴びながら、「まいった、まいった」と汗をぬぐっている正輝のこめかみには、沢山の老人斑《はん》が浮いていた。前もこんなだったろうか。唐突に、自分の顔面も鏡で確認してみたい衝動に駆られた。

「わしが買った墓石はあの辺りにあるよ」

正輝が肉の落ちた腕を、下方に伸ばした。

一休みしたわたしたちは、ここからではまるで田んぼのように見える墓所へ向かうべく、階段を下った。

「ありゃ、こっちじゃないわな」

正輝は、自分の墓所を失念してしまったらしい。

「うむ、ここでもない。たしか三区の七号だと思ったのじゃが」

わたしとエリは、無言で正輝の後をついて回った。これが弘ならとっくに、「おめえ、ボケてんじゃねえのか」と、息巻いていたことだろう。しかし、わたしにそんなことは言えない。本当にボケているかもしれないからだ。

「あの、渡辺さん。あたし、霊園事務所へ戻って地図を取ってきましょうか」

エリがTシャツの襟をつまみ、パタパタと風を送りながら言う。

「いやいや。そんな必要はないよ。事務所まで遠いじゃろう。ここら辺にあるのは間違いない」

正輝は意固地になって、あちこち探しまわった。エリが無言でその後に続く。若いエリの背中は、汗でぐっしょり濡れていた。

途中で自動販売機を見つけたわたしは、スポーツドリンクを三本買った。エリに手渡すと、ほとんど一気飲みで、ペットボトルを空けた。

「あった、あった。ここじゃ」

三十分近くあちこち歩きまわった末、正輝はやっと自分が永眠する場所を探し当てた。

この霊園の墓石は、お寺などで見かける長方形ではなく、台形で背ももっと低い。墓石の横には、同じく白みかげ石でできた墓誌があり、正面には花立てや線香立てがある。

エリが何処《どこ》からか、水を入れたバケツと柄杓《ひしゃく》を持ってきた。こういうところは素早く、よく気がつく子だといつもながら感心する。

「どうじゃ。綺麗なもんじゃろ。こんなに清潔で近代的だと、お化けとか人魂も出そうにないじゃろ」

たしかにきちんと均等に並べられた、真新しいみかげ石に、おどろおどろしい雰囲気はない。死者の新興集合住宅のような所だ。

　エリが住宅のひとつに、柄杓で水をかける。

「この間九歳と八歳になる孫をここに連れてきての。ジイジはこの中に入るが、お前たちもいずれジイジと一緒に入りたいかと訊《き》いたら、うんうん、ぼくらも入りたいって、答えてくれてのお」

　まだ二桁《けた》の年齢にも達していない子供にそんなこと言うなよ、と突っ込んでやろうかと思ったが、正輝の嬉しそうな顔を見てためらった。結局この男も、寂しいのだ。

「あっ、十字架だよ。こんなところに十字架が彫ってある」

　エリの指さす方に目を向けると、斜め前の墓石の背に確かに、くっきりと白い十字架が刻み込まれていた。

「キリスト教徒の墓なのだろうよ。ここはなんでもありなんじゃ。人種、宗教を問わず、みんな仲良く永眠しておる」

　その隣の墓石の背には、大きく「夢」という文字が刻まれていた。向こうには「光の国へ」というのもある。「みんな、ありがとう」というのも。何かの詩篇《しへん》が刻まれている墓石もあった。

「みんな、それぞれ思い思いのことを刻んだんだね。この世に最後に残しておきたい言葉だったのかな。こういうのって、いい。縛られてなくて」

エリはこの霊園が気に入ったようだった。

「そうだろう、そうだろう。エリちゃんも、わしと一緒の墓に入るか。わしゃ大歓迎だぞ」

「え、それって結婚してほしいってことですか」

「結婚？」

「だって、そうじゃないですか。ひとつ屋根の下にずっと一緒にいるんですから」

「まあ、そうじゃな。じゃ結婚しよう。わしゃ六年前から、やもめじゃての」

「きゃあ、プロポーズされちゃったあ。どうしよう」

エリがわたしのわき腹を肘《ひじ》で小突いた。正輝が「かっかっかっ」と豪快に笑う。

「こんな脂の抜けた、乾燥芋のような爺さんより、わしのほうが遙《はる》かによいぞ。かっかっかっ」

「そうですね。考えておきます」

エリがこちらに流し目を送った。

その晩、智子が風呂に入っているときに、わたしとエリは昼間見た霊園のことをこっそり話した。智子はエリの余命が短いことや、長生き競争のことをまだ知らない。

「エリは霊園に入りたいのか」

「いやだ、白石さん。嫉妬してる？　心配しないでよ。あたしたちの魂は永遠に一緒なんだから」

「そうじゃなくて、もっと現実的な意味でだよ。もし、エリが死んだら、お墓とかどうするんだ。先祖の墓があるのか」

「知らない」

　エリは膨れっ面をして、バナナの皮をむき始めた。

「おかあさんは知らないのか。そうだエリ。前にも言ったと思うが、お前母親に病気のこと伝えたのか。電話番号くらい知ってるんだろう」

「知りません」

　エリがバナナを持ったまま、猿のように食卓から飛び下り、居間の方にダーっと駆けていった。

「おははっか、ぬぐうぐだもん」

「なんだ。バナナを食いながらしゃべるんじゃない」

「お墓なんか、関係ないもん。母親からはこの三年間、一切連絡がない。向こうもあたしがいないほうが都合いいんでしょう。まあ、あたしはこれから、本当にいなくなるんだけど。って、洒落《しゃれ》になんないよね。

だからおかあさんに看取《みと》ってもらうつもりなんかない。もしあたしが先に死んだら、白石さん。後に死んだらお姉さんに、あたしの骨拾ってもらう。それでね、ばら撒《ま》いてもらうの。散骨っていうの？　若い女の子が死ぬと、みんなそうするんだよ。だから、あたしにお墓なんかいらない」

「散骨でいいのか。しかしどこに撒いたらいいんだ」

「本当は世界の中心がいいんだけど、そこまで贅沢《ぜいたく》は言いません。飛行機代だって高いし。どこに撒いてもらいたいかは、これから考える」

「正輝が知ったら失望するだろうな」

「しかたないよ」

第十二章　白石聡の戦争と平和

その正輝の話は更に続く。

しかしその前に、毅とわたしがこの二年の間に、奇妙な友情を育んだことも言い添えておかねばなるまい。

毅はあれから、もう一度わたしの家を訪れ、家にいたエリに無視されて肩を落とし、帰って行った。そのすぐ後、わたし宛てに「話がしたい」と電話がかかってきたので、二人で表で会うことにした。

駅前の喫茶店に姿を見せた毅は、再びライバル意識をむき出しにするかと思いきや、一転して「おれ、もうわかんないっす」と頭を抱え、泣き言を言い始めた。その姿が哀れだったので、結局、毅のエリに対する熱い想いを二時間近く聞いてやり、別れた。座りっぱなしで腰がひどく痛かった。

「そういえばあたし、ひとつだけ気にかかることがある」

ＨＩＶ陽性であることをカミングアウトしてから、二週間ばかり経ったある日、エリが真剣な瞳でわたしに言った。

「白石さん。毅と二人で話したりすることあるんでしょう」

「ああ」

「良かったら、もう一度あいつに会って、HIV検査をするよう、さりげなく勧めてやってみてください。あんなことがあって以来、毅とは一切あれをしてないですけど、実は彼からウイルスを貰《もら》ったっていう可能性だってあるじゃないですか」

「そうか。分かった」

今度はわたしの方から毅を誘った。毅は二つ返事でついてきた。

駅前の「蓮華」で初めて彼と酒を酌《く》み交わした。

いきなりHIVなどと切り出しては不審に思われるので、さりげなく、一般論としての、近頃の若者の男女関係の話題を振ってみた。毅は出された天ぷらをがつがつ食べながら、わたしの質問に答えた。

「いや、一般論っていっても、女だっていろいろタイプいますから。何か今の大人って、女の子はみんな中学生くらいで経験済みとか、勝手に思ったりしてませんか。二十歳過ぎて処女の子だって、実は沢山いるんすよ。みんな隠してますけどね」

「そうなのか」

毅の杯に酒を注いでやった。毅は軽く頭を下げ、わたしの酌を受けた。

「そうっすよ。身持ちの固い子もいれば、めちゃくちゃなのもいますけどね――」

それから暫《しばら》く毅は、現代女性の生態を詳しく解説してくれた。話の中には、わたしを唖然《あぜん》とさせるものもあれば、ほっとさせるものもあった。人間とはやはり各々個性が違い、一筋縄ではいかない生き物なのだ。

「白石さんの若い頃は、どうだったんすか」

いきなりこちらに振られ、口ごもった。

「おれたちの若い頃か。当然今とはぜんぜん違うよ。みんな食うのに手一杯だったからな。恋愛なんてしてる余裕はなかった」

「ホントっすか。そういう状況だからこそ、人間って恋愛するんじゃないですか」

「それはするが、今のようにすべて自由にとはいかんよ。男はともかく、女には貞操観念が要求されたから、今みたいに、男をとっかえひっかえというわけにはいかない。恋愛はだから、一世一代の大事だったわけだ。

恋愛する機会に恵まれない娘たちは、年頃になると、さっさと見合いをして身を固めたもんだ。でなきゃ、行き遅れと揶揄《やゆ》されたからな。離婚して実家に戻ってきても、出戻りと呼ばれ、周囲の目は冷たかった。だから別れる夫婦も少なかった」

「でも体売ってる人とかはいたんでしょ。パンパンって言うんでしたっけ」

「そういう人たちはいつの世にもいるが、彼女たちはプロだからな」

「そうか。昔はプロとアマって、きっちり境界線があったわけっすね。今は渋谷でたむろしてる女子高生が、帰りの電車賃欲しさに、男と寝る時代ですけど。ところで、白石さんはやっぱ恋愛結婚っすか」

「職場結婚だな。死んだ女房は同じ会社の同じ課にいたんだ。そこには独身の男女はおれたちだけだったから、自然にそんな関係になった」

「そうっすか。白石さんって結構女泣かしてたんじゃないですか。若い頃はもてたでしょう」

「そんなことないよ。昔は、そういうことができたのは、一部の特殊な男たちだけだった。一般男性は玄人《くろうと》と遊ぶことはあっても、素人《しろうと》の娘とそうそう遊びまくることなんて、できない時代だった。それに引き替え今は――」

そろそろだと思い、性病の感染に無理やり話を持っていった。

「そうですよね。クラミジアとかやばいっすからね」

「それは軽いやつだろう。せいぜい尿道に炎症ができるくらいじゃないのか。それよりもっと怖いのは――」

「ＨＩＶっすね。あれ貰ったら、洒落《しゃれ》になんねえ。おれもこの間検査しましたよ」

「そうか」

拍子抜けしてしまった。

「で、どうだった」

「陰性です。当たりまえっすよ」

「そうか。それはよかったな。しかし、どうして検査を受けようと思ったんだね」

毅は「へへへ」と笑いながら、後ろ頭を掻《か》いた。

「彼女できたんです。その彼女が潔癖症で、やる前には、ＨＩＶの抗体検査を受けてくれって。自分自身も検査してましたよ。それで『あたしは陰性だから心配しないで。あんたも早く受けて、あたしを安心させて』って言われて」

なんとこの男は、つい二週間前まで「エリをあきらめきれない」と泣いていたのに、もう新しい彼女を作っていたのだ。

帰ってからこの話をしてやると、エリは泣き笑いのような顔をした。

「ほら、そういう奴なのよ。まあ、若いから仕方ないけど。でもホント良かったね。感染してなくて、新しい彼女もできて——」

それから家の近所でちょくちょく、長身の毅と折り合うくらい背が高く、髪の長い女性を見かけるようになった。多分、毅の新しい彼女だろう。エリとは正反対の外見をした、毅より年上に違いない、落ち着いた雰囲気の女性だった。

毅は道端でわたしを認めると、子供のように手を振り、一緒にいた彼女を紹介した。

「今度是非家に呼んで、彼女の手料理をご馳走《ちそう》します。この間はすっかりご馳走になっちゃったから」などと言われた。

その彼女とわずか一ヶ月で別れた毅は、すぐさま次の彼女を見つけ、またわたしに紹介した。

「この人、おれのおじいちゃんみたいな人。ってか、いろんなこと相談できる唯一の大人」

毅は新しい彼女に、わたしをこんな具合に紹介した。

「ご両親がおるだろうに」

「おれ、親父とかお袋とは、ほとんど絶縁状態っすから。昔から仲悪いんです。親父はガンコだし、お袋はぴーぴーうるせえし。だけど、母方のおじいちゃんとだけは、おれ、すんごく仲良かったんです。

そのおじいちゃんは、おれがまだ小学生の頃死んじゃいましたけど。白石さんには、なんてか、そのじいさんの面影あるんです。いや、おれが言ってるのは内面のことで、外見は白石さんの方が断然イケてますよ。なあ、直子。この人渋いだろう。――ああ、こいつ、直子っていうんです。おれとタメで、こう見えても日本食とか結構得意なんすよ。今度是非食べに来てください」

直子と呼ばれたちょっと太めの彼女は、赤い顔をして、ペコリと頭を下げた。

その彼女とは二週間で別れたらしい。

このように、わたしと毅はちょくちょくと会って、話をする間柄になった。

そんなある日、わたしの携帯電話に毅から連絡が入った（エリに無理やり、老人向けの簡単携帯を持たされていた）。正輝と敬老会館で、将棋を指した帰りのことだった。

「ちょっとやべーことになっちゃって、迎えの人呼べって言われてるんです。場所はS警察署です。青田橋の交差点を越えたところにある」

「場所は知ってるよ。迎えに行けばいいんだな」

「恩に着ます。両親には頼みたくないんで」

「わかった。ここからだと、今から三十分くらいで着けると思う」

「恩に着ます」

毅はもう一度同じ台詞《せりふ》を繰り返し、電話を切った。

「ちょっと緊急の用が入ったので、ここで失敬するよ」

「警察署か」

「なんで分かる」

「相手の声が聞こえたからじゃよ」

驚いた。みんな耳が遠くなっているのに、この男だけは地獄耳なのだ。

「わしも連れて行け」

「なんだって」

「なんか面白そうじゃないか。そもそもなんで警察なんじゃ。娘さんが窃盗か何かで捕まったのか」

「違うよ」

わたしは、毅のことを話した。

「そりゃ、お前とライバルじゃった、のっぽの男じゃな。今はそんな風に付き合っておるのか。おぬし、若い男にもモテモテじゃのう。しかし、そののっぽは一体何をしでかしたんじゃ」

「分からん。これからそれを確認しにいくんだ」

通りかかったタクシーを停《と》め、わたしと正輝は中に乗り込んだ。タクシーから見る西の空は、赤みを帯び始めていた。

警察署に着くと、毅の他に三人の少年たちがいた。皆毅に比べ幼い顔をしている。

少年のうち二人は、目の端や口元を赤く腫《は》らしていた。

「白石さん。お忙しいところ済みません。恩に着ます。こいつら、おれの高校の後輩です」

三人の少年は、挨拶もせず、そっぽを向いたり、傷口を撫《な》でたりしていた。

「こいつはおれの小学校の同輩だよ」

正輝が、ジャイアント馬場の空手チョップのように右手を振り上げ、挨拶した。

「どうしたんだ」

「喧嘩《けんか》ですよ。暴走族とね」

若い警官が、穀の代わりに答える。

「それはどうも、ご迷惑をおかけしました」

わたしはとりあえず謝った。警官はわたしたちに、身内の人間かと尋ねた。面倒くさいので、そのようなものだと答えておいた。

「通報があって暴走族はすぐ逃げましたがね、きみたちは捕まっちゃったわけだ。だから言っただろ、学校さぼって繁華街なんかうろうろしてちゃいけないって」

「うろうろしてねえし。しゃきっと歩いてたしい」

「今日は開校記念日だし。学校休みだしい」

「嘘をつくな」

若い警官は、灰色のバインダーで少年たちの頭をパンパンと叩いた。

「いてえ。暴力警官」

「頭の骨折れた。署長呼んでくれ」

「おれんちの親戚、朝日新聞だからな。言うぞ」

警官はフンと鼻息をついて、わたしを見た。どうやら、彼らはここの常連らしい。

「お前も喧嘩したのか」

毅に尋ねた。

「まあ、そうなんですが、おれ偶然現場を通りかかっただけなんすよ。相手は族っぽいやつらで、五人いて、こいつら三人じゃないですか。止めようと思ったんだけど、もう殴り合ってるし、ああいう派手な喧嘩におれみたいな奴が止めに入るってのは、なんてか、ちょっと難しいんすよ。相手、絶対おれにも殴りかかってきますから。んで、一番手っ取り早いのが、加勢することだと思ったんです。こいつら劣勢でしたから、あのまま放っておいたら、もっと怪我《けが》する人間出てたはずです。

そいで、相手の頭っぽい奴とっつかまえて、二、三発ぶん殴ってやったら、向こうが引き始めて。そん時、サイレンの音聞こえて、あいつらあっという間に、車に乗って逃走しました。こっちはカズが（毅は目の周りに赤タンを作っている少年を指さした）やられちまって、突っ走って逃げるなんて、とてもできない状態だったから、大人しく捕まって、ここまで連れてこられたってわけです」

「えらい」

と一言、正輝が言った。

「おれたちだって、喧嘩したかったわけじゃないぜ、なあ」

ひとりの少年が言うと、他の二人が「そうだ、そうだ」と答えた。

「あいつら、真っ赤なシャコタンのウインドウ全開で、がんがん洋楽かけて、細い路地、ものすげえスピードでぶっ飛ばしてきて。子供がいたんだよな。女の子二人。小一くらいの。その脇、徐行もしねえで通り過ぎんだぜ。女の子跳び上がって驚いてたよ。あと、十センチずれてたら、ぜってえ事故ってた」

「おおよ。確実に死んでた」

「だからおれたち、『あぶねえじゃねえか！』って怒鳴ったんすよ。普通怒鳴るよな」

「怒鳴る、怒鳴る。だっておれら、正義の味方っしょ」

「そしたら、いきなり車停まって。中から五人も出てきやがって。よくあんな平べったい車に、五人も乗ってたって驚いて。で、『あ？　おめえら今なんか言った。誰だよ。もしかしてK工業？』とか、もう、訴状バレバレで」

「訴状じゃねえよ、素性」

「そう、素性バレバレで。Kなら見過ごすわけいかねえな、なんだと？　悪いのはテメエらの方だろ、殺人未遂だろうが、あ？　なんだと？　やる気かよコノヤローって、もう即戦闘モード突入みたいな」

「えらい」

正輝がまた同じことを言うと、警官が顔をしかめた。

「まあ、それはさっき聞いたことだがな。しかし、いかなる場合も暴力はよくない。昼間から学校サボって街中うろつくのも、隠れて煙草《タバコ》吸うのもよくない」

突然、バーンと薪《まき》が弾《はじ》けるような音が響いた。

カズと呼ばれた少年の前に、五十がらみの男性がいた。その後ろには、四十くらいの細身の女性が控えている。多分カズの両親だろう。息子を迎えにきたのだ。父親がカズの頬を張った音だった。

ただでさえ痛々しい顔のカズに、容赦ない一撃だった。

「おとうさんに謝りなさい」

母親の声が飛んだ。こういう場合は、母親が父親の諌《いさ》め役なのに、これではカズの逃げ場がない。

「また親に恥をかかせやがって、一体何度目だと思ってるんだ」

「なんだよう」

カズが反抗的な目を父親に向ける。

「さっき、シゲが言ったじゃねえか。女の子ビックリして泣いてたんだよ。だからおれら、一言言ってやりたかっただけだ。別にこっちから喧嘩売ったわけじゃねえし」

もう一発平手打ちが飛んだ。

「口答えするな」

わたしと警官が止めに入るより先に、正輝が割って入った。

「まあ、まあ。待ちなさい」

父親がギロリと正輝を睨《にら》む。敵意に満ちた表情だった。

「わたしは自分の息子を躾《しつ》けているんです。口出しはしないでもらいたい」

「そうは言っても、殴るのはよくない。それも公衆の面前で。この子だってメンツがあるじゃろうに」

「殴るのは、言って聞かせても分からないからですよ。もう何度もこんなことやってるんです。人前で殴られて恥をかくのが嫌なら、もう金輪際警察の世話になるような真似をしなけりゃいい。だいたいあんたはなんですか――」

男の薄くなった前頭部が蛍光灯の光を受け、ギラギラと光った。額《ひたい》に浮き上がった静脈が、影を作っている。女房の方も、思い切り人相の悪い目で、正輝を睨んだ。

「さっきから聞いてりゃ。えらい、えらいって。暴力を奨励してるのはそっちじゃないか。あなた、保護者ですか」

「いや、単なる通りすがりの者じゃよ」

「だったら黙っていてください」

女が耳障りな金切り声を出す。

「失礼ですが、あなた大正生まれ」

「いいや、昭和一桁《けた》じゃが」

「一桁のどのくらいですか」

「ちょうど真ん中じゃな」

男は天井に視線をさ迷わせ、なにやら考えていたが、すぐにまた正輝の方に向き直った。蔑《さげす》んだ瞳の色をしていた。

「うちの父親は、大正生まれでね。戦争に召集された。南方の激戦地ガダルカナルです」

正輝の瞳が動いた。

「大変なところにおられたのじゃな。あそこには確か日本軍の飛行場がありましたな。それを米軍が奪おうとして、戦闘が勃発《ぼっぱつ》したのじゃ。補給路が絶たれ、飢えと病気で沢山の兵隊が命を落とした」

「だが、あんたはその頃戦場にいなかったでしょう。だって、まだ子供だったんじゃないですか。だからそれは、後になって本かなんかを読んで得た知識でしょ。うちの父親は違いますよ。その場にいたんですからね。食料を絶たれ、それこそヤシの根っ子を食《は》んで飢えをしのいだそうです。銃弾も尽きて、飢えとマラリアに苦しみ、米軍の空爆と射撃に怯え、ジャングルをさ迷った。歩けなくなった戦友は、次々に自決したそうです。目の前を歩いていた戦友が、敵の機関銃掃射を浴び、頭がザクロのように噴っ飛んだのも目《ま》の当たりにした。

その戦友のおかげで父はあわてて伏せたから、命拾いして、復員できたんです。部隊の八割以上が壊滅状態だった。生きて帰れたのは奇跡だと言ってましたね。

お袋も満州からの引き揚げ組でね。ソ連兵の暴行や略奪に怯えながら、まだ小さかった弟を背負って、三十八度線を越えたんだ。一歩間違えば、残留孤児になっていたところだと本人は言ってました。ふたりともちょっと前に亡くなりましたがね。息子のわたしが言うのも口幅《くちはば》ったいが、気丈な年寄りだった。やっぱり若い頃死線をさ迷った人間ってのは、覚悟が違いますね。彼らこそ、本当の戦争を知っていた世代だ。敵《かな》いませんや。だけどね――」

男は正輝を見た後、わたしにも視線を寄せた。小ばかにしているような、目つきだった。

「あんたらみたいな昭和一桁の、それも中盤以降の人間ってのは、戦地にも行かず、のんびり疎開してたんでしょう。田舎の学校で、のん気に竹やり訓練してたら、いつの間にか終戦になってたんじゃないですか。

それで戦後になった途端、今まで天皇陛下万歳だったのが、コロッと変わって自由平等、民主主義万歳だ。変わり身の早さは天下一品ですね。わたしはね、戦後の日本をこんなくだらない国にしちまったのは、あんたがたの世代の責任が一番大きいと思ってるんだ」

戦後の日本がそんなに悪いものとは思えないが、どうやらこの男は腹に一物持っているらしい。

「本当の戦争を体験した人間はね、敗戦したからって、ころころ変わることなんてできなかったんだ。そんなに簡単に信条曲げたら、死んでいった戦友に顔向けできない。だから敗戦の知らせを聞いて、自決する人間もいた。

でもあんたらは違うだろ。ギブミー・チョコレートって、昨日まで鬼畜米英って怖がってた、敵兵の後追いかけ回して、アメリカ人は親切な人たち、帝国軍人は悪魔の犯罪者って、刷り込まれたんじゃないんですか。まったく節操ないよね」

今が現役として、もっとも脂が乗りきっている時期に違いない、五十がらみの男は、既に廃兵であるわたしと正輝を、更に蔑んだ目つきで睨んだ。

「大学卒業したら、エスカレーター式にどんどん出世できた時代でしょう。何せ、上の人間は沢山戦争でおっ死《ち》んじまったんだから、ポストなんて腐るほどあった。次から次へと後輩が入ってきて、無能でもやる気がなくても、押し上げられて、あれよあれよという間に、係長、課長、部長、平取、常務、専務だ。

年功序列だもんな。実力主義とは無縁のぬるま湯でしょう。ただ会社に忠誠尽くしてりゃ、それでよかった。今の日本じゃ考えられないパラダイスだよ。仕事なんて真面目にやったの、若い頃の一時期だけで、あとは全部部下がやってくれたんじゃないの。団塊の世代が山ほど入社してきたしね。

おまけに、戦後の復興期だから、やることには事欠かなかったでしょう。今みたいに市場は飽和状態で、無理やり頭絞って新企画を生み出さなきゃならないご時世と違って、仕事はすべて天から降ってきたんだ。ある意味、ビジネスとしては、すごく楽チンだったといえるね。

高度経済成長の波に乗って、三種の神器も手に入れて。マイホームも土地が安かったから、簡単に建った。働けば働くほど——って言うより、会社に長くいればいるほど豊かさが実感できる時代を、あんたらはのうのうと生きてきたんだ。バブル時代にサラリーマンとしての頂点に立ち、さんざっぱらいい思いをした挙句、バブル崩壊と共に、定年退職ですか。

バブルの後始末も責任も取らず、後は悠々自適の年金生活ですか。それでもって、大人しく隠居してると思いきや、戦後はもうとっくに終わった、これ以上外国にヘイコラする必要はない、憲法九条を改めよって。また戦争でもおっぱじめそうな気炎上げてる連中がいる。

あんたらもその口じゃないんですか。有事になっても、自分たちが兵隊行くわけじゃないから、言いたい放題だね。まったく、子供の頃と根本的に何も変わっちゃいない。いつも蚊帳《かや》の外から物事を見るクセは、未《いま》だに抜けてないと見えますな。

本当の戦争を体験した世代は、そんな世迷言《よまいごと》は言わんよ。わたしの親父もお袋も反戦主義者だった。そんなあんたらが今、のほほ〜んと年金生活してられるのも、わたしたち現役が必死で働いて税金払ってるおかげなんだ」

周りはシーンと静まり返り、子供たちも、若い警官も男の話に聞き入っていた。

まさに男の独壇場だった。女房の方がさも得意げに、頷《うなず》いた。その目つきが癇《かん》に障った。

「おぬし、何も知らんくせに、よくもそこまで……」

詰め寄ろうとする、正輝の肩をわたしが抑えた。筋肉の落ちた薄い肩だった。

正輝が驚いた顔でわたしを振り返った。少しばかりきつく握りすぎたかもしれない。

わたしは正輝を押しのけ、男の目の前に進み出た。男は頭半分、わたしより背が高かった。

「われわれの年代に疎開はなかったよ。疎開はわれわれより、三つ下からだ」

後ろで正輝が頷く気配がした。

「かといって、兵隊になるにも小さすぎたので、勤労動員された。戦場に行って留守にしている大人の代わりに、工場で働いてたんだよ。終戦直前には学校なんてモンは、ほとんど機能していなかった。おれは、ここをずっと先に行った造船所で、魚雷のスクリューを造っていた」

わたしが窓の外を指さすと、みんながそちらの方に首を捻《ひね》った。

「偶然だな。ここいらには、思い出があるよ。忘れもしない思い出だ。大きな空襲があったんだよ。昭和二十年の五月二十九日のことだった。B−29の編隊が、まるで黒い絨毯《じゅうたん》のように空を覆っていた。

やつらはスコールのような焼夷弾《しょういだん》の雨を降らせやがった。焼夷弾というのは、ドカンとくるもんじゃない。豆がはじけるような、パチパチした音がするんだ。気がつくと、辺り一面火の海になっていた。高射砲の音も鳴り響いたが、そんなものは何の役にも立たなかった。B−29の編隊は、ありったけの焼夷弾を撒《ま》き散らした挙句、無傷でサイパンに引き上げていった。

おれはその時、造船所で働いていた。突然警戒警報が鳴って、ラジオで大本営発表があった。B−29らしき大編隊が北上中、警戒を要すと言っていた。空襲が始まっても、造船所は運良く大した痛手を受けずに済んだ。おれには、川崎の家のほうが心配だった。

編隊が去ってしばらくたった後、この辺りまで歩いてきた。周りはまるで焦熱地獄《しょうねつじごく》だったよ。剝《は》がれたトタン屋根がな、こう、熱風に煽《あお》られて、オレンジ色の空をくるくる舞ってるんだ。黒こげ死体もあった。駆けている格好のまま炭化している、母親らしき死体だった。その隣には、むずかった姿の、真っ黒な赤ん坊が転がっていた。生きている連中は皆、夢遊病者のように歩いていたよ。無論交通機関は、すべてストップしていた。

これは線路沿いに家まで歩くしかないと、方向を変えようとした時、『学生さ～ん』という、絞り出すような声が聞こえた。振り返ると、下半身が瓦礫《がれき》の下敷きになった女性が、鬼のような形相でこちらを睨んでいた。『学生さ～ん』女は救いを求めている。辺りには通行人もいたが、みんな自分のことに手一杯で、女性のことを構ってやる者はいなかった。おれは真っ黒な手をこちらに伸ばし、救助を乞《こ》うている女のそばまで駆け寄った。彼女はそうだな――あんたくらいの年齢だったかな」

わたしが男の女房に視線を向けると、彼女はぎょっとした顔になった。

「いいや。もっと若かったかもしれない。年はよく分からなかった。何せ、頭の毛はちりちりに焦げ、顔は煤《すす》を被《かぶ》ったようだったから。その中で、飛び出た目の白さだけが、異様に目立っていた。おれは後にも先にも、あんな目を見たのは一回きりだ。恐怖と悲しみと怒りと驚きと苦しみに満ちた目だった。

おれはその眼差《まなざ》しに耐えきれず、目を伏せ、女の両脇に腕を入れた。炭と血の臭《にお》いがした。女の上腕は、皮が剝げ、ドロドロになっていた。腰に力を込め、女を引っ張り上げた。意外に軽かったので、驚いた。だが軽いのは当たり前だった。その女には下半身がなかったんだよ」

ヒッと、女房が小さな悲鳴を上げた。

「思い出した。あそこだよ。昔米屋があった、あの角っこのところだ。見ろ。今はコンビニが建っているあそこだ」

わたしは窓辺に歩み寄り、地べたに座って菓子パンを頰張っている若者の、すぐ後ろにあるコンビニを指さした。大人たちは、胸焼けを堪《こら》えているような顔で、その建物に一瞥《いちべつ》をくれた。シゲとカズと、もう一人の少年（名前は知らない）だけが、窓辺にヤモリのようにへばり付き、問題の場所をじっと見ていた。

「おれは女を突き放して、尻餅をついた。尻餅をついたまま、後退《あとずさ》った。女はまた、絞り上げるような声で、『学生さ～ん』と腕を伸ばした。その必死な形相に吸い込まれ、地の底まで持っていかれるような気がした。

『学生さ～ん。水……』水という単語を聞いた時、やっとおれの体にスイッチが入った。この女の真っ二つに割れた体をくっつけてやることは不可能だが、水を与えることならおれにもできる。そう思ったら、抜けていた腰が元に戻った。おれは立ち上がり、『待ってろ』と言い残し、青田川の方へ駆けていった。女がおれの背中に、何度も『学生さ～ん』と呼びかけていた。

今はもう埋め立てられちまったが、当時はここから五百メートルほど歩いた所に川が流れていたんだ。だが、川辺にたどり着いた途端、おれは絶句した。川一面に、黒焦げ死体がぷかぷか浮いていたからだ。みんな水を飲みにきて、そのまま息絶えたんだろう。

あんなに沢山の死体を目にしたのは、初めてだった。一瞬自分が現世ではなく、地獄をさ迷っているのかと思った。異臭が漂っていたよ。腐り始めた遺体があったんだろう。もう限界だった。おれはひざまずいて、胃の中にあったものをすべてぶちまけた。吐いても吐いても、吐き気は波のように押し寄せてきた。やっと嘔吐《おうと》が治まると、その場に大の字にへたり込んだ。動けるような状態じゃなかった。オレンジ色の空がぐるぐるとぐろを巻いていた。

その格好のまま暫く目を閉じた。どのくらい大の字になっていたのか、定かではない。数秒かもしれないし、数時間かもしれなかった。川の水は飲めないだろう。あんなものを飲んだら、腹を下す。だが、水を欲しがった女は、胃も腸も既に失っていることに気づいた。

躊躇《ちゅうちょ》したが、やはり気になって、女のところに戻ってみることにした。あたりには陽炎《かげろう》が立ち、おれはぐっしょりと汗をかいていた。女がいた道は、新たに倒壊した家屋で塞《ふさ》がれていた。あの向こうで女はまだ生きているのか、それとも下敷きになって息絶えてしまったのか、不明だった。諦《あきら》めて、踵《きびす》を返した。残酷なようだが、正直ほっとした気分だった。

それにつけても、あの女には何故、あんな生命力が残っていたのか。家路を急ぎながら、おれは考えた。無論自分自身が生き残りたいというのが、第一にあっただろう。

だが下半身が千切れても尚《なお》、あれだけの生命力を維持できたのは、まだ生きてやり遂げなければならないことが、あったからではないのか。もし女に子供がいたとしたら、母親としての憂《うれ》いは、想像を絶するものだったに違いない。子供の無事が確認できるまで、体が真っ二つになろうが、意地でも生きていなければいけないと、あの壮絶な眼差しが物語っていたのではなかったのか。

中学生だったおれは、線路を歩きながら、あの女のために涙したよ。そして、もう金輪際、戦争なんてゴメンだと思った。その年の八月十五日だ。終戦を迎えたのはな」

わたしは男にぐいと歩み寄り、その小さな目の玉を覗き込んだ。男は慌てて目を伏せた。

「だがな」

わたしは男の弛《たる》んだ胸を、中指でつついた。

「あんたは二十世紀の終わりに、コソボやルワンダで何が起きたか知ってるだろう。今世紀のイラクでは何が起きた。兵隊同士の撃ち合いだけだったか。覚悟を決めた兵士だけが、戦死したのか。そうじゃない。武器も持たない住民まで殺されたんだ。ルワンダでは女も子供も老人も、斧《おの》で伐《き》り殺された。村人は生きたまま、焼き討ちされた。昭和二十年当時の日本と、何も変わっちゃいないじゃないか。いつの時代も戦争とはそういうもんだ。一旦始まれば、狂気に支配される。理性なんてどこかに消し飛んでしまう。平和を唱えるのは大切なことだ。だが、あんたは、たとえいくら唱えても、平和が維持できない有事のことを、まるで考えていない。どの国にだって悲惨な戦争の歴史があるのに、未だに世界中のあちこちで、懲りずに戦争は繰り返されている。悲しきかな、これが現実なんだ。

こういった具体例に目を瞑り、日本だけは違うと考えるのは、それこそあんたがさっき言ってた蚊帳の外の発想だろう。意図的な思考停止だ。嫌なものは、平和というお題目の裏に隠し、あえて見ようとはしないのではないかな。

あんたは、もしどっかの国の兵隊が日本海から上陸してきて、自分の家族に銃を向けたら、いったいどうするかね。平和、平和と唱えているだけか。それで家族が殺戮《さつりく》から逃れられるのか。あんたが聖職者なら、おれは何も言わんよ。しかしな、あんた、キリストの十二使徒がどのように死んでいったか知っているか。ペテロは師と同じ磔《はりつけ》、しかも逆さ磔の刑により、失血して息絶えた。バルトロマイは生きたまま生皮を剝がれ、シモンは四肢をノコギリで切断され、想像を絶する苦しみの中、殉教した。こんな壮絶な拷問を受け、それでも、汝《なんじ》の敵を愛せよ——つまり平和を祈りながら昇天したんだ。

あんたにそれだけの覚悟があるか。あるのなら、真の平和主義者だ。とてもじゃないがおれは敵わない。今までの失言もすべて取り消させてくれ」

男は相変わらず、下を向いたままだった。

「おれは聖人じゃない。ごく普通の人間だ。だから、もし兵隊がおれの娘に銃を向けたら、躊躇《ためら》わず竹槍《たけやり》でそいつの心臓を貫く。おれは戦争賛美者かね。もう一度、あんたの意見を聞きたい」

男は一言も発せず、毅を連れて、女房と息子を連れて、こそこそと部屋から出て行った。

警官に挨拶し、毅を連れて警察署を出た。残りの少年たちもそれぞれの親に引っ張られ、不貞腐《ふてくさ》れた顔で帰っていった。少年たちは帰り際、意味ありげな視線をこちらに送ったが、親達は挨拶せず、目も合わせようとしなかった。

「教育が必要なのは、何も子供だけではないようじゃのお」

正輝がそんな親子の後ろ姿を見送りながら言う。

「それにしても聡。久しぶりに凶暴なおぬしを見たぞい」

「凶暴じゃないだろ」

「おぬしに掴《つか》まれた肩が、まだジンジンしておるよ。往年の白石聡を見てるようじゃった」

「あの親父、一言も反論できなかったっすね。かっこよかったすよ。白石さん」

毅が親指を立て、片眉を吊り上げた。

第十三章　三バカトリオ　最初の戦死者

それから暫《しばら》く経って、わたしと正輝は毅のマンションに招待された。

この間のお礼がしたいのだという。

「りっぱなところに住んでおるのお」

正輝が、モン・シェール大月のエントランスを見上げて言った。

教えられたコード番号を押し、エントランスを抜けてエレベーターに乗り、三階で降りた。毅の住戸は外廊下の突き当たりにあった。インターホンを押すと、大きな背を丸めるようにして毅が扉を開け、わたしたちを招き入れた。エプロンなんぞを掛けている。

中はエリが言ったように、案外こぢんまりとしていた。あの時の三人組がソファに座って宅配ピザを頬張りながら、ビールを飲んでいるところだった。

「おお、やっておるな」

正輝が声を掛けると、三人が口からピザをはみ出した顔を、ニッと歪めた。

「オラ、おめえら立って挨拶すんだろ」

毅が今まで聞いたこともない、ドスの利いた声を上げると、三人が慌ててソファから立ち上がった。

「この坊主頭がシゲ、こっちの細い目がカズ。この病人みてえなのがシローです」

紹介された三人はペコリと頭を下げた。

「未成年ですけど、今年十八なんで酒飲ませてます。発泡酒ですけど」

この三人と一緒にいるときの毅は、普段より大人びて見えた。

「よいよい。昔は十八といったら、りっぱな大人じゃったからな。じゃが酒はよいが、クスリはやるなよ」

「おれら、クスリはやってねえよな」

「ああ」

「やってねえ、やってねえ」

「お前ら、ちゃんと敬語で話せ」

毅はいちいち厳しかった。

「ぼくら、クスリはやってませんよね」

「おっしゃる通り」

「やっていません。やっていません」

「そうか。それならよい。昔は十八で戦争に行ったもんじゃ。お国のために行くというのに、酒は飲んじゃいかんというのは理にかなっておらん。まあ、今と昔は多少違うがの。かっかっか」

「それそれ。おれたち、戦争の話、もっと聞きてえ」

カズがわたしの方を振り向いた。敬語は三秒と続かないとみえる。カズの顔の怪我《けが》はもうすっかり良くなっていた。新陳代謝が活発なせいだろう。若い人間がうらやましい。

「じっくり話してやろう。じゃがその前に、わしもお相伴《しょうばん》にあずかるぞ」

正輝が少年たちの前のソファに腰を下ろした。シローと呼ばれた、一番下っ端そうな少年（この少年は喧嘩《けんか》のときも無傷だった）が慌てて台所にグラスを取りに行く。

三人の少年たちは、正輝が引き取ってくれ、正直ほっとした。わたしには、毅の年齢がリミットだと思う。子供丸出しの彼らとは、どう接したらよいのか分からない。その点正輝は、孫が沢山いるので、あの年齢の扱いには慣れているのだろう。

気がつくと、毅が一人台所で何やら作っていた。

「単なるサラダっすよ。ピザとか唐揚げとか、そんなもんばっかりだと、栄養のバランス崩れますから」

「作ってくれる彼女は、まだ見つからないか」

毅によれば、わずか二週間で太めの彼女と別れた後、三人目の彼女ができかけたが、結局また振ってしまったのだという。

「まあ、なんていうか、よく分かんないんすよね。つまり、フィーリング合わないんです。合いそうで、付き合ってみると、やっぱ違うっていうか」

毅はまな板に載せたトマトに、包丁を入れた。

「まだ、エリのことを忘れられないのか」

「いや、そういうことはもうないっすよ。あっ」

毅が包丁を放り出した。左の人さし指が、見る見る赤く染まっていく。

「水で洗って、傷口を押さえてろ。血が止まったら、絆創膏《ばんそうこう》を貼《は》ってやる」

エリのことを問われ、動揺して指を切ったのだ。

この時わたしは、いずれ毅にも、真実を知らせてやらねばと思った。

食堂では、既に赤い顔の正輝が、少年たちを相手に、何やらしきりにしゃべっていた。

「三八《さんぱち》式歩兵銃というのはな、一発ずつこう弾を込めてじゃな、撃鉄を下ろして、ガチャン、パーン。ガチャン、パーンってな。わしゃ軍事教練で撃ったことがある。中学生でも撃てる、負担の少ない銃じゃった。明治時代の銃じゃよ。その昔、アラビアのロレンスも使ってたらしい。片や、アメリカ兵は自動小銃を持っておった」

「マジでアメリカなんかと戦争してたわけ？　おれ冗談かと思ってた」

「そうだよな。勝てるわけねえじゃん」

「頭おかしかったんじゃねえの」

「お前は鋭い。そうだ。みんな頭がおかしくなっていたんだ」

「だけど、なんで戦争なんかしたの？　最初に攻撃したのはどっち？　どっちが良いモンで、どっちが悪モンだったの」

「中国との戦争を始めたのは、日本じゃ。アメリカの場合は、まあ、はめられたといっていいかな。日本は攻撃せざるを得ない状況に追いやられた。だから、真珠湾に奇襲をかけた」

「だったら、やっぱ、日本が悪いじゃん」

「一義的には日本が悪い。じゃが、世の中もっと複雑に出来ておる。つまるところ、戦争に良いモンも悪モンもない」

「わかんね」

「最初に始めた方が悪モンっしょ」

「そうそう。やっぱ、先に暴力振るった方がいけねえんじゃねえの。お巡りさんとかも、そう言ってるよ」

「そう思うのなら、お前たちの世代が、戦争のない、平和な国家を作ればよい」

「そういえば、原爆とか落とされたのも、その戦争でだったよな」

「ああ。あれはひでえ」

「おれ写真とかで見た。廃墟だったじゃん」

「原爆投下により、広島では十四万人の人たちが命を落としたという。無論、女子供や年寄りを含めてじゃよ。放射能被害で、今でも苦しんでいる人々も沢山おる。日本は悪モンだから、これも仕方ないのかな」

「……」

それから一変して、正輝は、低空飛行で飛んでくる敵の戦闘機と、竹槍《たけやり》で戦ったなどと、訳の分からないことを言い始めた。

「ギャハハハ。ありえねえよ、そんなの」

「いや。ただの竹槍ではない。七節棍《しちせっこん》と言っての。節の所が金具で繋《つな》がっておるのじゃ。金具は竹筒の中に隠されておるから、普段は単なる竿竹《さおだけ》にしか見えんがの。そいつを思いっきり振り下ろすと、竹槍が七倍に伸びるのじゃ。孫悟空の如意棒《にょいぼう》のようにな」

「なんだよそれ」

「ウソくせ～」

「それをこう、地面すれすれに飛んでくるグラマンのプロペラ目掛け、えいやっ、と突き放つ。嘘ではないぞ、何せ戦争末期のこと、兵器や弾薬なんて物は底をついておった。わしらは玉砕覚悟で、七節棍を振り回したのじゃ。うまい具合に、プロペラに当たるとの。敵戦闘機はバランスを崩して地面に激突した。十機に一機ぐらいはこうやって叩き落としてやったわ。かっかっかっ」

嘘だ、とわたしは毅に目配せした。毅は笑っていた。

「でもよ。機関銃とか相手は撃ってくんだろ」

「だから玉砕覚悟と言っておるだろうに」

「玉砕ってなんだ」

「死ぬ覚悟で突撃ってことだろ」

「ありえねえ」

「ありえるよ。お前たち神風特攻隊は知っておるだろう」

「竹槍で特攻かよ」

「マジかよ」

「かっ、かっ、かっ」

それからもずっと、シゲやカズやシローはフライドチキンをかじりながら、正輝の話に聞き入っていた。正輝は真面目に史実を伝えながら、大ボラも吹いた。正輝の語り口は、三人の少年たちのハートを虜《とりこ》にしたようだった。

「さて、わしら年寄りはそろそろ失礼するよ。あとは若者だけで騒げ」

正輝が腰を上げると、少年たちは演技ではなく、本当に寂しそうな顔をした。

「じいちゃん。また会おうぜ」

「おう」

「おれら三人みんな、じいちゃんいねえし。じいちゃんの話おもしれえし」

「おう。じゃまたみんなで会うか。早い方がよいぞ。死んじまうかもしれんからのお。かっかっか」

「じいちゃんたち、いくつなのよ」

「もうすぐ平均寿命を超えるよ」

「すげ～」

「それでも、まだ生きてんだ」

毅がカズの頭に鉄拳《てっけん》を振り下ろした。結構本気でぶん殴っている。

「いってえ～」

カズが頭を抱えた。

「おめえら、口の利き方に気をつけろよ」

「よいよ、よいよ」

この日から、正輝と、粗野であまり頭が良さそうではないが、どことなく純なところのある少年たちの交流が始まった。

彼らと正輝が会うときは、わたしや毅が一緒だったが、わたしたちはどちらかといえば外野にいて、三人の少年たちと、キレイに白髪を刈り上げた老人が、わいわいがやがややっているのを、静かに見守っていた。

カズもシゲもシローも、戦争の話を聞きたがった。彼らの大東亜戦争に関する知識は、驚くほど貧弱で、時の流れを感じずにはいられない。家庭でも学校でも、戦争を語れる大人が、もういなくなった証拠だろう。

戦争に対する彼らの興味はおそらく、「怖いもの見たさ」からきている。だが、今はそれでも構わない。俗な興味から出発するのは、すべての事柄に共通することだ。

正輝が三人に沖縄のことを話してやると、口々に「ありえね〜」の声が飛んだ。

「お前たち、ひめゆり学徒隊のことを聞いたことがあるじゃろ」

「しらねーな」

「何それ」

「戦争に動員された沖縄の女子学徒たちじゃよ。お前さんたちよりもっと若い、師範学校や高等女学校の学徒たちで構成された部隊の名前じゃ」

「部隊ってったって、まさか、戦場に行ったわけじゃねえんだろ」

「だから、沖縄にはアメリカ兵が上陸したと、さっき言ったばかりじゃろ。沖縄本島すべてが戦場だった。我々本土の人間は空襲の恐怖に怯えていただけじゃが、沖縄では兵隊や民間人が一丸となって、上陸してきたアメリカ兵と戦ったのじゃ。無論女子学徒は、怪我人の看護や、壕掘りなどが主な任務で、銃を手にして戦ったわけではないがな。じゃが彼女たちは皆、手りゅう弾を持っておったんだよ。何故だか分かるか」

「敵を攻撃するためじゃねえの」

「それもあるが、本来の目的は自決用じゃ」

「自決？」

「そうだ。生きて虜囚《りょしゅう》の辱《はずかし》めを受けず。つまり、敵に捕まるくらいなら、自ら命を絶つということじゃよ。特に女子はアメリカ兵に捕まれば、丸裸にされ、恥辱を受けると教え込まれておった」

「まさか、そこまではやらねえだろ」

「実際は、アメリカ兵は日本人捕虜を人道的に扱ったと聞く。だがそんなことを知らない学徒たちは、追い詰められ、自決した。手りゅう弾の信管を抜いたり、崖から海に飛び込んだりして幼い命を絶ったのじゃ。それだけではないぞ。年寄りや乳飲み子を抱えた家長は、自ら斧《おの》で家族を殺してから、自決したんじゃよ」

「ありえねえ。そんなのぜってえ、ありえねえって――」

カズもシゲもシローも絶句していた。

「ありえなくない。それが戦争というものじゃ。あっちのジイサンがこの間、お前さんの父親に言ったように、戦争というものは、一旦始まれば、人々は狂気に支配される。理性など、どこかに消し飛んでしまうのじゃ」

「おれ、戦争なんてぜってえしたくねえ」

「でもよ。おれたちがしたくなくても、敵に攻められたらどうすんの」

「そりゃ、殺されそうになったら反撃するっきゃないっしょ」

「おめえ、戦争してるじゃん」

「いや、それは何てか、生物の防衛本能みたいなもんで」

「じゃあ、結局したくねえと思っても、本能がやっちゃうわけか」

「白旗揚げりゃ、いいんじゃねえの」

「でも爆弾落とされたら、白旗もクソもねえじゃん。あっという間に死ぬよ」

「落とす前に揚げりゃいいんだよ」

「んなもん。いつ落とされるかわかんねえだろ」

「だったらよ。日本の国旗を白旗にしちゃうってのはどう？」

「なさけね～」

「それはちょっと嫌だな」

「ああ。分かんね」

「よいよい。分からなくて当たり前じゃ。おまえたちには未来がある。じっくりと考えておれ」

わたしたち「長生き競争」のメンバーが「蓮華」で会食した帰り、偶然毅と三人の少年たちに道端で出会ったことがあった。

エリは一瞬毅と目を合わせたが、すぐプイと横を向いた。毅はそんなエリの横顔をじっと見ていた。

正輝は嬉しそうに少年たちのグループに近寄ってゆき、何やら話し始めた。

「なんでえ。随分仲良さそうじゃねえか。正輝の孫かよ」弘が言った。

後日、少年たちと毅のマンションで再会した日のこと。

「おれたちも賭《か》けに参加してえ」とカズが切り出した。

「それはダメじゃ。これはわしら当事者同士の賭けだからな」

「何かそれってさ、競走馬が競馬に賭けてるのと同じようなもんじゃね」

「おぬし、うまいこと言うの。まさにその通りじゃ」

「だったら、おれらは傍観者として、おれらだけの賭けをすりゃあいい」

「それを止める権利は、わしらにはないな」

なんと、正輝はわれわれだけの秘密である、長生き競争のことをこの少年たちにバラしてしまったのだ。

「おい。正輝」

「おい。おめーら」

わたしと毅が同時に口を開き、お互いの顔を見つめた。毅がわたしに言葉を譲る。

「呆《あき》れたやつだな。お前あのことを言っちまったのか」

「この間、道端で偶然こいつらに会った時、なんのメンバーだって聞かれての。ついつい口を滑らせたのじゃ。だが心配するな。全部バラしたわけじゃないから」

全部バラしたわけじゃないというのは、エリのことを言っているらしい。

「おめーら。人の命を賭けの対象なんかにするんじゃねえよ。白石さんや渡辺さんに失礼だろうが」

毅も正輝から、このことを聞いていたのだ。

「なんの。わしらだって賭けているんじゃからの」

「だって、それは自分の命でしょう」

「自分が一番長生きするために、他人に先に死んでほしいと願う賭けなのじゃよ。傍観者として賭けるより、こっちのほうがよっぽど人の道に反しておる。だから、わしらは彼らの賭けのことをとやかく言えた義理じゃない。そうだな、聡」

「勝手にしろ」

「あのデブとハゲのじいさんと、ばあちゃんだろ。やっぱばあちゃんじゃねえか。普通女のほうが長生きすんべ」

三人の少年は、スナック菓子をばりばり頬張りながら、すでに具体的な詰めを行っている。

「いや、そりゃわかんね。うちのばあちゃんなんか、じいちゃんより十年も前に死んだっていうしよ」

「あのハゲの人なんか、案外長生きしそうだったな」

「まあ、おれら的には、渡辺さんと、白石さんに一番長生きしてほしいところだけどよ。こういうのって、そういった希望的観測排除して、客観的に見ねえといけねっから」

「すみません。あいつらまだ子供で、おまけに低能なんです」

毅がわたしにペコリと頭を下げた。毅が少年たちと一緒にいる時は、普段より大人になる。

確かに三人の少年は、ゲーム感覚でわたしたちの命をいじくることに、なんのためらいもないように見えた。命の大切さを理解していないと言われれば、それまでだ。

しかし、生《せい》あるものにはやがて死が訪れるという、誰にも避けられない現実を、少年たちは、当たり前に受け止めているだけかもしれない。

「いいよ。正輝の言うとおり、おれたちがとやかく言えた義理じゃない。年寄りが死ぬことほど、自然なことはないんだ。あいつらは無意識だろうが、きっとそれが分かっているんだよ」


それから暫く、わたしたちは疎遠になった。

三人が高校を卒業し、就職して一気に生活環境が変わったのだ。社会人になったら、学校をサボるように、仕事をサボるわけにもいかない。社会人一年生は、まだ要領がわからないため、残業することもあるだろう。

シゲもカズもシローも新しい環境や仕事のことに手一杯で、わたしたち年寄りのことなど構っている余裕が無くなったのだ。

そんな折、正輝が癌《がん》の告知を受けた。

食道癌だ。自覚症状はほとんどなかったらしい。高齢ゆえ、切開手術は不可。内視鏡での切除も、根本治療にはならないという。

正輝は入院し、抗がん剤投与と放射線治療を受けることになった。

入院の二日前、わたしたちは「蓮華」に集まった。

「なあに、大したことないよ。この通りピンピンしておる。酒だって普通に飲めるわ。

だから誤診じゃと思い、セカンドオピニオンも取った。まあ、できものが食道の下の方にあるのだけは、確かなようじゃがの。医者は放射線当てて根絶すると言っておった。なんだおぬしら。浮かない顔をしておるのう。わしがまだ、くたばりそうもないことに不満か。かっかっか。そう簡単に死んでたまるか。あの金はわしのもんじゃて」

「ああ、頭きてるよ。おめえ、くたばりそうにねえからな」

「そうだね。残念ながら正輝は、死なずに退院してくるだろうね」

「まあ、こんなに早く落伍者《らくごしゃ》が出るってのもつまらんからな」

皆で憎まれ口を叩き、正輝の壮行会とした。

店を出るとき正輝はわたしを捕まえ「このことは、あのガキどもには内緒にしといてくれ」と言った。

「いずれピンピンして退院するからの。余計なことは知らせんでもよい」

ところが、元気撥剌《はつらつ》だった正輝を、入院して十日ほど経ってから見舞いに行くと、かなり憔悴《しょうすい》した様子だった。抗がん剤や放射線の副作用で、食欲不振になり、体重が急激に減ったのだという。八十近い老人には、体力的に相当厳しい治療であることが、よくわかった。

「肉を切らせて骨を断つじゃ。わしがボロボロになっておるのは、癌細胞も死滅してる証拠じゃて」

正輝は痩せこけた頬をもそもそと動かし、自分に活《かつ》を入れるように話した。正輝の枯れ木のような腕から伸びた点滴チューブが、なんとも痛々しかった。

それからもわたしたちは、ちょくちょく正輝を見舞ったが、日に日に体力が落ちているのは明らかだった。毎日大量の放射線を浴びると、人間というのはこんなにも萎《しぼ》んでしまうものなのか。

正輝はわたしたちが枕元に現れても、静かに目を閉じているだけで、もう余計な口は利かなくなった。わたしたちは病室を訪れ、付ききりで看病しているお嫁さんに形ばかりの挨拶をし、見舞いのフルーツなどを置いて早々に退散するようになった。少年たちに入院のことを知らせるべきか迷ったが、最終的には正輝の意思を尊重することにした。

そんな正輝が退院したという噂が流れた。

とりあえず、快気祝いを「蓮華」でやろうと連絡を入れた弘は、正輝の代わりに電話に出たお嫁さんに、「まだ副作用がありますので、遅くまでの外出はちょっと」とやんわり断られた。

その言葉を聞いた時、わたしたちの誰しもが、ある予感を覚えた。

そしてわたしたちの予感は的中した。

退院して二週間も経たないうちに、正輝は逝《い》ったのだ。

癌の治療が終わったのではなく、終末治療のため、正輝は病院から住みなれた自宅へと、移動させられたのである。後に遺族から聞いた話によると、癌が発見された時点で、すでに余命は一年ないと言われていたらしい。だが遺族は、ただ静かに死を待つだけのターミナルケアより、抗がん剤と放射線治療に賭けたのだ。しかし、残念ながらそれらは正輝を衰弱させただけで、癌の根絶には至らなかった。

我が家に戻ってきた正輝は、モルヒネとドロレプタンを打たれ、苦痛や不安から解放された、安らかな顔で最期の時を迎えたという。

お嫁さんは、正輝に生前指示されていた通り、電話機の真上に貼ってあるリストに従いダイヤルを回し、舅《しゅうと》の訃報をわたしたちに伝えた。

毅には、わたしから連絡を入れた。電話の奥で重い沈黙があり、やがて「そうっすか」という低い声が聞こえた。

「悪いがあの三人にも知らせておいてくれ。明日の晩、通夜がある。場所は――」

翌日わたしはエリと一緒に、正輝の通夜が行われている斎場に出かけた。エリはどこから仕入れてきたのか、真っ黒なミニのドレスに身を包んでいた。エプロンをつければ、どこかのメイドにでもなれそうな恰好だ。

エリは正輝の棺《ひつぎ》の前で、目を閉じて手を合わせた。

「一番先に逝くっていうのは、やっぱり寂しいもんなのかな」

「それは当人にしか分からんよ」

わたしたちのお焼香が済んだ時、電柱のような男が体を折り曲げ、鴨居《かもい》をくぐって広間に入ってきた。

毅だ。

三人の子分を従えていた。

シゲとカズは、まるで似合わない紺のリクルートスーツに黒ネクタイ、シローに至っては、どう見ても高校の制服姿だった。

三人とも周囲をキョロキョロしながら、驚いたような顔で歩いている。いきなり正輝が死んだと聞かされ、動揺しているのだろう。

しかし、毅が棺の前で焼香を始めると、やっと現実が分かったのか、三人の顔が見る見る歪んでいった。

「じいちゃん、なんで死んじゃったんだよう……」

カズがいきなりその場に突っ伏して、号泣した。それに釣られ、シゲもシローもわんわんと大声で泣き出した。

「じいちゃん」

「勝手に死ぬなよ。死ぬ前に連絡くらいよこせよ」

遺族がビックリして、この三人を見ていた。孫と見まがう年齢の者たちが、こんなにも泣いているのだ。斎場にいた当の孫たちの方が、三人に比べれば、はるかにクールだった。

遺族はシゲやカズやシローが、故人と生前どういう関係にあったのか知らないに違いない。アカの他人の、しかも六十近く年の離れた人間が、これだけ仏のために泣いてくれるのを見て、明らかに戸惑っていた。

「泣くのはやめろ」

わたしが一喝すると、号泣が、嗚咽《おえつ》を堪《こら》えたすすり泣きに変わった。

カズもシゲもシローも、老人の命を賭博《とばく》の材料にする非情さがあるにもかかわらず、いざ現実の死を目の当《ま》たりにすると、こんな具合になってしまうのだ。やはり彼らは、生と死というものを分かっていない。いや、もうすぐ八十になろうとするわたしとて、分かっているとは言いがたいのだから、当たり前なのかもしれない。

三人に呼応するように、斎場のあちこちから嗚咽が漏れ始めた。正輝の孫たちも泣いていた。ふと横を向くと、エリもハンカチで目頭を押さえていた。

これは後になって知ったことだが、カズもシゲもシローも、正輝が一番長生きすると賭けていたのだった。

第十四章　神よ　邪魔をするな！

それから四ヶ月後に第二の戦死者が出た。

脳幹出血で死んだ明男の遺志をついで、二年余。わたしたちにとって、死がまだ現実を伴わない、平穏な日々が続いていたが、ここに来て、まるで何かのスイッチが入ったかのごとく、世界が動き始めた。そして、わたしたち老齢の戦士は、この目に見えない敵と戦うことすらままならず、次々に命を奪われていったのだった。

博夫は宗教に凝りはじめた。キリスト教だ。近所のプロテスタントの教会で、既に洗礼も済ませたという。

「聡も一回来てみないか。きっと心が洗われるよ」

神の存在を信じないわけではないが、それを擬人化し、教義を作り、集団で崇《あが》めるという行為が、わたしは苦手だった。無論それで救われる人々がいるのだから、宗教そのものを否定するつもりはない。一人一人の心の持ちようは、千差万別であってよいと思う。

わたしが誘いを断ろうとすると、エリが行ってみたいと言い出した。

「あたし、礼拝って一度参加してみたいと思ってたんだ」

「分かった。じゃあおれも一緒に行くよ」

このようにして、わたしたちはとある日曜日、博夫が通う教会に行ってみることにした。

博夫はもうかなり前から、ちょくちょくオブザーバーとして教会には顔を出していたようだが、正輝逝去の三日後、思うところがあり洗礼を決意したのだという。洗礼の後は「蓮華」で酒を飲むこともなくなった。プロテスタントは飲酒、喫煙を禁じられているらしい。

正輝は無宗教を貫き、戒名さえ拒否したが、博夫は外国の神にすがり、禁欲生活を送りながら、毎週礼拝に通う。

博夫が連れて行ってくれた教会は、むき出しのコンクリートに蔦《つた》の絡まった、なかなか味わいのある建物だった。入り口を入ると、右手が事務局、左手が礼拝堂になっている。

礼拝堂の正面には、大きな十字架と、ステンドグラスがあった。天井は吹き抜けで、二階にはパイプオルガンがある。

ヨーロッパの壮大なゴシック教会を見慣れていたわたしには、ここの装飾は極めてシンプルに見えた。やはりプロテスタントだからだろうか。ステンドグラスはごてごて飾られておらず、マリアやキリストの像も見当たらない。いや、新教ではマリア崇拝は認められていなかったか。

「お前どうしてプロテスタントにしたんだ」

まだ人影もまばらな礼拝堂の中で、わたしは小声で博夫に訊《き》いてみた。

「近くだったから」

博夫は磔刑《たっけい》になったキリスト像がない、すっきりした十字架を見ながら答えた。

「まあ、それだけじゃないけどな。カトリックは階級社会だからね。プロテスタントはもっと民主的だ。ぼくは、権威とかそういうものは、実は好きじゃないんだ」

「会社の社長だった、お前がか」

「だからちょっとだけ悔いているのさ、自分の人生をね。会社を発展させるにはちょっとだけ、悪いこともしなけりゃいけなかったから。その懺悔《ざんげ》もしたくてね」

「ちょっとだけか」

「うん。ちょっとだけだ」

「だんだん、人が集まってきたね」

エリが辺りを見回した。

礼拝開始まであと十分。古い木の長椅子は、ほぼ九割の人で埋め尽くされた。皆顔見知りのようで、挨拶を交わしたり、世間話をしたりしている。博夫も何人かに挨拶をし、重たい顎《あご》を揺すって破顔した。信者には高齢者が多い。

やがて世話役らしき人物が演壇に上がり、何やら内輪の報告をした後、礼拝が始まった。

パイプオルガンの音に、全員が黙禱《もくとう》する。次に世話役が聖書の一説を朗読した。

「わたしにとどまりなさい。わたしもあなたがたにとどまります。わたしはぶどうの木であなたがたは枝です」

次に全員で賛美歌（頌英《しょうえい》というらしい）を歌った後、交読に入る。これは世話役と会衆が、交互に詩篇《しへん》を読むことだ。礼拝素人《しろうと》のわたしやエリは、紙片を渡され、皆の後に続いて音読した。

「主よ思い起こしてください」と世話役が言うと、信者が、「あなたのとこしえの憐《あわ》れみと慈しみを」と続ける。

ふと隣を見たら、エリがまるで国語の時間の小学生のように、大きな口を開け、音読していた。

これが終わると、再び賛美歌を歌った。こんな歌など知らないはずのエリは、案外うまくみんなに合わせ、高い声を張り上げていた。祈禱の時も、臆せずアーメンと唱えた。アーメンを唱える時、十字を切らないのが、プロテスタントだ。

やがて、世話役が引っ込み、代わりに牧師が教壇に現れた。

穏やかな眼差《まなざ》しの、若い牧師だった。彼の風貌を見て、牧師以外の職業を割り当てようとすれば、さしずめ小学校の音楽か美術の先生といったところだろうか。

牧師の説教が始まった。近頃ビデオで観《み》たという、海洋パニック映画の話をした。

豪華客船が大津波を受けて転覆し、生き残った人々が脱出するため、海上に露出している船底を目指すといった映画だった。

生き残りの中には牧師が一人おり、この牧師は黙って神に祈るのではなく、脱出するためのリーダーシップを取ろうとする。

「神が求めるのは勇者だ。臆病者ではない。神は努力するものを愛する。戦うのだ、人のため愛するもののため、内なる神も一緒に戦ってくれる」というのが、この少々異端の牧師の説法だ。

逆さまになった船の中を、ひたすら船底に向け昇っていく過程で、生存者は次々と命を落としてゆく。そしてこの牧師も、最後に生き残った人々を救うため、自ら命を絶つ。「神よ、助けは請わない。だが邪魔をするな。いったい何人生贄《いけにえ》がほしいんだ」という言葉を残して。

穏やかな口調で説教する牧師は、この過激な牧師に深い感銘を受けたという。そして自らも、消極的な静の信仰ではなく、戦う積極的な信仰を目指したいと結んだ。

説教が終わると、祈禱と賛美歌があった。そして主の祈りを皆で音読し、献金があり、世話役からの連絡があった。もう一度頌英を歌い、牧師が祝禱《しゅくとう》を述べた。

この時、わたしとエリは会衆に紹介された。最後にオルガンの演奏で、礼拝の幕は閉じた。

教壇から降りた牧師はわたしたちの許《もと》に近づき、今度時間のある時、ゆっくりとお話しをしたいと言った。近くで見る彼は、第一印象通り、眉目《びもく》秀麗の好男子だった。

教会を出たわたしたちは、駅前の喫茶店で早いランチを取った。

「ねえ大谷さん。信者の皆さんは永遠の命って信じているの？」

エリが隣の席で、クラブサンドにかぶりついている博夫に尋ねた。

「永遠の命？　ああ信じてるよ」

博夫はナプキンで、唇にべったりとついたウースターソースを拭ってから答えた。

白いナプキンはたちまち、焦げ茶色の染みで汚れた。

「信仰により人は、時空を超えた命を享受できるんだ」

「じゃあ天国は」

「信じてるね」

「でもさ、信仰により時空を超えた命を享受できるのなら、天国っていう場所を特定する必要もないいんじゃないかな」

「う～ん。難しいことを言うね、サエちゃんは」

「あたし、サエじゃなくて、エリですけど」

博夫は瞳を宙に浮かせた。反射するものが何もない、まるで真夜中の沼のような漆《しっ》黒《こく》の瞳をしていた。

暫《しばら》く沈黙が続く。

「天国というのはね――」

まだソースがくっついている口元を引き締め、博夫が再び話しはじめた。たった今、何処《どこ》かから戻ってきて、スイッチを入れ直したようなしゃべり方だった。

「天国は、正確には場所ではないんだよ。場所ではなく、状態だね。それは至福直観と呼ばれるもので、ものすごく簡単に説明するなら、愛そのものと一緒にいる喜びの永続とでもいおうかな」

「難しいな。じゃあ永遠の命って何？」

「永遠の命は具体的に言うと、死んでも人は無になるわけではないし、他の存在に生まれ変わるわけでもない、一回きりのその人の存在が、いつまでも残るってことだね。それが天国として永続するか、地獄として永続するかの違いはあるけど」

「じゃあ地獄って何よ」

「これも正確には場所じゃない。愛に背を向けた状態の永続とでもいうのかなあ」

「でもあたし、ミケランジェロの最後の審判っていう絵、見たことある。あれにはちゃんと下に地獄が、上に天国が描かれていたよ。二つとも状態なんかじゃなくて、れっきとした場所だったよ」

「宗教絵画は、読み書きのできない人のために描かれたからね。分かりやすくしなけりゃいけなかったんだよ」

それから二人は暫く、生と死にまつわる宗教的、哲学的会話を交わした。博夫は熱心な信者らしく、こういうことにとても詳しい。理路整然としゃべるその横顔を見ながら、一見ヌボーっと見えるこの男も、若かりし頃は社員を集め、演説などをぶっていたのだろうなと思った。

しかし、ひとつだけ気になったのは、エリのことをサエと呼ぶのをやめなかったことだ。最初はエリも訂正していたが、そのうち面倒臭くなって、やめてしまった。

喫茶店の前で博夫と別れ、エリとわたしはブラブラと歩いて家まで帰った。

「どうだったねミサは」

わたしは、子供のように小石を蹴りながら歩いている傍らのエリに尋ねた。

「白石さん。あれはミサじゃないよ。礼拝だよ。ミサっていうのはカトリックだよ」

「詳しいじゃないか」

「ちょっとだけ勉強したからね」

「ほう。そうだったのか」

「人がこの世に生を受けた意味とか、知りたいと思ったから。ちょっとだけ、聖書とかも読んでみた」

「で、実際礼拝に参加してみてどうだった」

「白石さんは」

「おれか。おれはな、う〜ん。悪くはないと思ったが、どうも全体主義的なことが性に合わん、ひねくれた性格だからな」

「あたしも。ちょっと違うかなって思った」

「それにしちゃお前、大きな声で賛美歌を歌っていたじゃないか」

「礼拝の雰囲気は、嫌いじゃなかったから。牧師様のお説教とかもすごく分かりやすかったし、面白かった。でもやっぱり、自分の考えていることとは少し違うと思った。どこが違うのか、説明するのは難しいけど。大谷さんは、もうりっぱな信者になっちゃったね。でも何であの年で、いきなり洗礼なんて受けたんだろう」

「怖いからじゃないのか」

「怖いからって——死ぬのが？」

「ああ」

「そういう白石さんは、死ぬの怖くないの」

「怖くないと言ったら、嘘になるだろうな。エリはどうなんだ」

「あたしも怖い。自分では納得したつもりでいたけど、やっぱり怖い。凄《すご》く怖い。夜、眠れない時あるもの」

「それが普通だよ。死の恐怖を完全に克服できる人間なんて、そうそういるもんじゃない」

　それから暫く、博夫の顔を見なかった。博夫は「蓮華」にも顔を出さなくなった。弘が電話を掛けると、奥さんが出て「臥《ふ》せっておりますので」と答えた。弘が容態を尋ねても、多くは語らず、すぐに電話は切られたという。

「それからもう一度電話を掛けたんだが、また似たようなこと言ってやがって、まるで要領を得ないんだな」

　博夫の奥さんは後妻で、年は二十近く下なのだという。弘は、この奥さんのことが、あまり好きではないらしい。

「どうせ、金目当てで結婚したんだ。銀座のクラブのホステスか何かだったんだぜ」

　このままでは埒《らち》が明かないので、弘は抜き打ちで、博夫の家に行ってみることにした。

　しかし門前払いこそ食わなかったが、家の中に通されることはなかったという。

玄関まで出てきた奥方は「申し訳ございませんが、奥の部屋で臥せっておりますので」と、電話と同じことを繰り返した。

「面会謝絶なほど、重体なのですか。様子を見るくらいならできるでしょう」

弘も今回ばかりは食い下がった。お前などより、おれのほうがよっぽどあいつとは付き合いが長いんだ、と言わんばかりの顔をしていたに違いない。

奥方は一瞬瞳を泳がせたが「申し訳ありませんが、お引き取り下さい」と冷たく言い放った。

と、その時ひょっこり博夫が廊下に現れたという。寝巻き姿ではなく、ちゃんとした服装をしていた。弘が腕を挙げ「よお」と挨拶しても、博夫は気づかず、風呂場に入っていった。

奥方の目が急に吊り上がり、「あなた、そっちじゃありません！」と叫んだ。廊下を小走りに進んで風呂場に入り、しばらくして、肥満体の夫の背中を前かがみに押しながら、出てきた。

奥方は弘がまだ玄関に突っ立っていることに気づき、今度は強い口調で「お引き取り下さい」と言った。

「どうも、おじゃましました」

わざと大層に挨拶して、後ろ手に玄関の扉を閉める時、奥方が博夫をトイレの中に押し込んでいるのが見えたという。

「大谷さん、あたしのこと、ずっとサエって呼んでた」

弘の話を聞き終わると、エリがぽつりと言った。

「そうか」

弘は難しい顔をして、目を閉じた。

それからしばらく経って、偶然駅前の商店街で博夫を見かけた。小柄だが、なかなか整った顔立ちの五十がらみの女性に、腕をしっかりと取られ、どことなく宙に浮いているような足取りで歩いている。

わたしはエリと一緒に、買い物から帰るところだった。

博夫はわたしたちに気づくと、女性の手を振り払い、どたどたと駆け寄ってきた。

「あなた」とその背中に声を掛けながら、奥方が後を追いかける。

「サエちゃん。城ヶ島にカニ捕りに行こうよ。でっかいの沢山いる岩場見つけたんだよ」

「カニ？」

エリはにこにこしている博夫から、わたしに視線を移した。わたしは黙って頷《うなず》いた。

「うん。いいよ」

「今はカニ捕りのシーズンだからね。捕まえたカニを鍋に入れて食べるんだ。出汁《だし》がでるよ。カニも甲羅のまま食える。かりかりしてとてもうまいんだ」

博夫は傍らにいるわたしのことなど眼中になく、口角泡を飛ばしながら、エリにだけしゃべっていた。

「あなた。ほら、そろそろ行きますよ」

「今カニの話をしてるんだよ。カニは今がシーズンなんだから。とっても大事なことなんだから」

「はいはい」

奥方は済まなそうな顔で、エリとわたしに軽く会釈した。

「分かった大谷さん。今度一緒にカニ捕りに行こう。約束したから。ほら、もう奥さんが帰るって言ってるよ」

「絶対だよ」

「うん絶対」

奥方がまた会釈して、博夫の腕を取った。

「絶対に絶対だからね」

博夫が何度もエリを振り返り、子供のように言った。その顔には、つい一ヶ月前、永遠の命や天国について持論を展開した、叡智《えいち》に富んだ面影はもはやない。

絶対に一緒にカニ捕りに行くと答えたエリも、わたしも、それから博夫の姿を見かけることはなかった。

　博夫は入院してしまったのだ。

「あの奥さんは、内臓が悪いなんて言ってるけどよ。博夫が入れられたのは多分、病院というより特養だぜ。きっと私立のばか高《たけ》え所だ。でなきゃ、そんなに早くベッドに空きができるわけねえって」

　つまり博夫は介護を受けているのだ。おそらくは、死ぬまで出してもらえないのだろう。こうして、地元の優良企業、大谷興産の前代表取締役社長が認知症か何かであるという事実は、世間から隠蔽《いんぺい》される。

「お見舞いには行けないの」

　エリが悲しい目をして尋ねた。

「ここからかなり遠い、山奥の病院だそうだ。あの奥さんに何度質問しても、こういう答えしか返ってこねえ。つまり、のらりくらりとかわされてるんだ。面会は遠慮しろってこった。まあおれは嫌われてるからな」

　エリは「あたしが掛け合ってみる」と言い、自ら博夫の家に連絡を入れた。自分はこの間カニ捕りに誘われた、ご主人の幼馴染《おさななじみ》の孫で、小さい頃からご主人にはとても可愛がられた、と偽りの自己紹介をすると、奥方が「ああ、あの時の」と、電話の向こうで緊張を解く気配が伝わった。

「遠いところですのよ」

「それでも構いません。是非、お見舞いに行きたいんです。面会謝絶というほど、お悪いわけではないのでしょう」

「元気ですよ。ただ、少し驚かれるかもしれません」

奥方は相変わらず、博夫の病名をはっきりとは言わない。

教えられた施設は、S町から電車とバスを乗り継いで二時間以上かかる山間《やまあい》にあった。いわゆる高級別荘地だ。

ところが問題の施設は、瀟洒《しょうしゃ》な山小屋風建物が軒をそろえる駅前より、さらにバスで三十分ほど山奥に行ったところにあった。

フランスのアルザス地方でよく見かけるような、わざと梁《はり》の部分を外部に晒《さら》した設計の、屋根つきの大きな建物が、博夫が入所している施設だった。近くには湖があり、カッコーの鳴き声が聞こえた。

「なるほどな。空気はうまいし、環境は抜群にいいじゃねえか。周りには山鳥とイノシシしかいねえがな」

弘が、しきりにラジオ体操式深呼吸をやっている。ここにはエリと弘とわたしの三人でやってきた。規子は残念ながら、予定がつかなかった。くれぐれも宜しく、と言っていた。

中に入ると、高級ロッジの様相をしている。車椅子や、杖をついて歩く老人の姿が、あちらこちらにあった。

受付で来訪を伝え、博夫の部屋に通された。案内してくれた女性は、体育の先生のような格好をしていた。

博夫の部屋は四人の大部屋だった。金持ちだから当然個室にいると思ったわたしは、ちょっと驚いた。一人孤独に隔離されているより、仲間と一緒のほうがむしろよい、という配慮なのか。

わたしたちが部屋に入った時、博夫は同室の人間らしき誰かに、しきりに何か言っている最中だった。突然の来訪者などまるで眼中になく、口角泡を飛ばし、やたらとヒートアップしている。

「だから、ダメなんだよ、柴崎さん。本を借りたら、ちゃんとノートに記入しなきゃダメじゃないか。貸出日と返却日の二つね。ハンコも押せって言っただろう」

柴崎さんと呼ばれた小柄な老人は、反論するでもなく、黙ってうな垂れていた。

「あんたはいつもそうなんだ。言われたことをちっともやらない。返事だけはするから、分かってるのかと思いきや、いつも同じミスを繰り返す。ダメだよ。そんなんじゃ」

柴崎さんは、何か言いたげだった。だが、反論の言葉が見当たらないのだろう。くやしそうに俯《うつむ》く小柄な老人が、ちょっと気の毒になった。

「いいのよ、大谷さん。図書室の本はすべてバーコード管理されてるから」

わたしたちを案内してくれた介護士の女性が、助け舟を出す。

「大橋さん。またあんたはそうやって人を甘やかすんだから。あんたもダメだね」

女性の名札には、伊藤と書かれている。

「あんたの直轄なんでしょう。ちゃんと教育しなきゃダメじゃないか。あんたがやらないから、仕方なくぼくがやってるんだよ。本来ぼくはこんな仕事をするために、ここにいるんじゃない。もっともっと重要な案件で手一杯なのに、何でぼくにこんなことまでさせるの。言いたかないけど、ぼくは社長なんだよ」

「はいはい」

「なんだよ、その返事は。はいは一回だけでいいんだよ。ところで大橋さん。業務日誌付けろって言ったと思うけど、ちゃんと付けてるの」

「付けてますよ」

「じゃあ、見せてよ」

「また今度ね」

「今すぐ見せなさい」

「まだ途中ですから」

「途中でもいいから、見せなさい。っていうより、途中ってどういうこと。業務日誌は一日の終わりに、その日起きたことを書くんだよ。遅れたら意味ないんだよ。昨日までのことはちゃんと書いてあるんだろうね。見せなさい。ああ、心配になってきた。まったく、どいつもこいつも。ろくな人材がいないね、近頃は」

「おい、博夫」

弘の声に、やっと博夫はわたしたち三人を振り返った。博夫はどんよりとした瞳で、順繰りに、わたしたちの顔を見た。弘やエリを見ても、反応がない。つい一ヶ月前は、エリのことをサエちゃんと呼び、一緒にカニ捕りに行こうなどとはしゃいでいたのに、今やまるで関心を失ってしまったらしい。

その博夫の瞳が、わたしの目の前で止まると、見る見る大きく見開かれた。

「小竹じゃないか。久しぶりだなあ」

「え？　いや、ああ」

破顔してわたしの両手を握る博夫に、わたしは愛想笑いを返した。

「大阪に異動じゃなかったのか。いつ帰ってきた？　まったく人事部のやつらは、なんにも報告しないんだから。全員クビだな。今はどこにいる。営業一部か。あんなところでくすぶってないで、昔みたいに、ぼくの直轄になれよ」

どうやらわたしは、博夫が現役時代信頼していた部下にされてしまったらしい。博夫の興味がわたしに移っても、先ほどの小柄な老人は、反省猿のようにずっと俯いたままだった。介護士の女性はベッドメイキングを始め、エリがそれを手伝った。弘は面白くなさそうな顔で、鼻くそをほじりながら、わたしと博夫を見ていた。

「なあ、小竹。もう一度ぼくとやろうよ。ぼくにはお前が必要なんだよ。息子はまだひよっ子だし、後継ぐまでまだ何年もかかりそうだ。それまでになんとか会社を、立て直しておきたいんだ。不況なんかに負けてたまるか。

いいアイデアがあるんだよ、小竹。まだ誰にも言っていない、グッドアイデアなんだ。お前が坂本に可愛がられてるのは知ってるけど、近頃ボクはあいつのこと、あまり信用してない。役員集めてナンか裏でこそこそ動いているようだし。あいつは会社の乗っ取りを企んでるんじゃないか。

まさか、お前はそんなことに加担してないよね。ぼくはお前のこと、信じてるよ。昔からお前のことは目にかけてたんだ。ねえ、小竹。ぼくとまた一緒にやろう。悪いようにはしないよ。大谷のために、また一肌脱いでくれよ」

博夫はわたしの両肩を握り、前後にゆすった。太い指が結構な力で、わたしの肩に食い込んでいる。博夫の目は真剣そのもので、わたしは軽い恐怖を覚えた。

その瞳孔が急に宙をさ迷った。

同時に彼の体から、えもいわれぬ異臭が漂ってきた。

「あらあら、大谷さん」

介護士の女性がベッドメイキングの手を止め、近寄ってくる。

「なんだ、あんたは。なんの権限があるんだ！」

博夫は怒鳴って、わたしに背を向け、部屋から出て行こうとした。

「だめだめ、大谷さん。ほら、取り替えちゃいましょうね」

いつの間にか部屋の入り口に立っていた、男性介護士が博夫の行く手を塞《ふさ》ぐ。

博夫は脱糞《だっぷん》したのである。

さっきまで俯いていた小柄な老人が、げらげらと笑い出した。

「ぼくは大丈夫だ。なんでもない。無礼だぞ。手を触れるな。ぼくに触るな！」

「はいはい。大丈夫ですよ。すぐ済みますからね。ちょっとだけ辛抱してくださいね」

興奮している博夫とは対照的に、慈愛に満ちた女性介護士の言葉。百戦練磨の経験なくして、なかなかこのようにいくものではない。

なんとも居たたまれない気分で、わたしたちは部屋を後にした。

わたしもエリも弘も、一言もしゃべらず、タクシーに乗り、駅に向かった。電車に乗ってからも、無言だった。弘は怒ったような顔で、ずっと窓の外を眺めたままだ。

エリが売店で買った冷凍ミカンを頬に当て、「冷たい」と小さな声を上げた。

それから暫くして、博夫の訃報が流れた。

ベッドから転落し、尾てい骨を打って圧迫骨折し、専門の病院に運ばれたのだ。体力が低下した途端、免疫力が弱まり、今まで体の中で大人しくしていた、あらゆる病原菌が活動を開始したらしい。たちまち肺炎にかかり、いともあっけなく逝《い》ってしまった。

本来なら故人の信仰宗教に則《のっと》った葬儀が行われるべきだが、遺族は一番無難な仏式を選択した。葬儀は有名な斎場で執り行われ、黒塗りのハイヤーに乗ったお歴々が、次々と会葬に訪れた。市長や、著名な政治家から花輪が届いた。マスコミらしき人々の姿も、ちらほらとあった。博夫は地元の名士であったことを、改めて思い知らされた。

喪主である息子が、遺影を抱えながら、会葬者に挨拶していた。父親には似ず、スリムで背が高い。その隣には、あの小柄な奥方がいる。奥方は、機械的にお辞儀を繰り返していた。

それから暫くして、博夫の個人名義の定期預金やファンドがいつの間にやら解約され、四千万円を超える金額が消失してると、大騒ぎになったらしい。

「何、心配するこたあねえ。解約は博夫が正気の時、本人の意思で行われたんだ。どんな法律も過去に遡及《そきゅう》して、解約を無効にする権限なんてねえ」

弘が胸を張って言った。

「そうだな。それに、これだけじゃ警察は動けんだろう」

「四千四百万、長生き競争ファンドに積み立てたのは本人の意思だ。先にくたばりゃチャラになることを承知の上で、積んだんだからな。遺族に償還する義理はねえ。財産目当てに博夫をだまくらかした、あんなキツネ女なんかに誰がくれてやるか」

第十五章　南極一号芝桜の国へ

話はまた、エリがカミングアウトしたばかりの頃に遡《さかのぼ》る。

エリは様々な抗ＨＩＶ薬を飲み、同時に漢方治療も行っていた。薬代だけでも結構な額になるはずだが、その金額はバイトで稼ぎ出していた。わたしが援助を申し出ても、「白石さんには、住居の件で十分お世話になってるから」と、受け付けようとしなかった。

家事に関しては、わたしも分担するようになった。エリは「大丈夫です」と言ったが、「食事くらい作らせてくれ。おれの趣味なんだから。やらないとボケちまう」と台所の主導権だけは取り戻した。

エイズ関連の書籍を色々読み漁ったが、どの本にも根本治療はないと書いてある。特にエリのケースのように、ＨＩＶの量が多い場合は、数年以内に発病し、死に至ると無慈悲に綴《つづ》ってあった。「死に至る場合もある」ではなく、「死に至る」とはっきり表記されているのだ。

本によれば、エリの場合初感染時からすでに免疫不全の状態にあるらしいが、本人は至って元気だった。無論エリは、衛生には十分注意を払っている。外から帰ってくれば必ず、手洗いとうがいをするし、毎日シャワーを浴び、歯も三度の食事毎に磨く。住まいや衣服を清潔に保ち、肉や野菜にはできるだけ火を通した。

「あんた、毎日ガラガラうがいばっかして、コルゲンコーワの人形みたい」

と、智子にからかわれても「そうですかあ」と軽くいなしている。智子は相変わらず、エリの病気のことを知らないが、それはエリが悟られないように生活しているからだ。気丈な娘である。

が、しかし、わたしはエリが眠れぬ夜を過ごしていることを、知っている。眠れないと言って、布団にもぐり込んできたエリを、突き飛ばしてしまったわたしは愚か者だ。エリはあれ以来、夜わたしの寝室を訪れることはない。無論、智子の手前もあるだろうが。

エリの寝ている部屋は、わたしの寝室の真上にある。毎晩寝返りを打つ音が、二階から聞こえる気配がする。わたしは天井の一点を見つめながら、苦悩しているエリに思いを馳《は》せる。そして彼女が少しでも楽になれるよう、祈りを捧げる。礼拝で牧師がいっていた、内なる神に祈るのである。いつの間にか、わたしの内部には、そんなものが棲《す》みついていた。

エリの仕事がオフのときは、相変わらずふたりで、S区三十六景巡りをした。

三十六景は最新のパンフレットによると、五十五景に増えている。毅の住んでいるモン・シェール大月がある辺りが「ケヤキ並木の住宅地」と呼ばれ、名所に加えられていた。昭和初期に建てられた、しっとりとした和洋館が多く、横浜港も一望できる高台に位置しているのだからそれも頷《うなず》ける。

「凄《すご》い、凄い。あたしは昔、観光名所に住んでいたんだね」

エリが無邪気な声を上げた。

「終戦直後もこんな具合に、港を眺めたものだよ。もっと向こうの方からだったな。東神奈川の丘の上だ。アメリカの軍艦がいっぱいやってきてな。港一面に、鉄の塊が浮いていた。ペリーの黒船みたいなもんだよ。竹槍《たけやり》なんかで、あんなものに勝てるわけがないと思ったたな」

「ふ〜ん」

エリもわたしと一緒に、「ケヤキ並木の住宅地」から港を眺めた。

「竹槍で戦艦と戦わなくてよかったね。白石さん、絶対死んでたもん。死んでたら、あたしたちこうして出会えなかったし」

「でも、永遠の魂は、肉体を超えたところで結ばれているんだろ」

「それはそうだけどお」

エリは子供のように、ダーっと駆け出した。

「白石さん。早くおいでよ。あたしたちも名所、見つけようよ」

五十五景巡りをしながら、わたしたちは独自の名所を発掘しようと思いついた。それは野良猫の排泄《はいせつ》場所と化した砂場と、錆《さ》びた滑り台しかない、見捨てられた公園だったり、今にも朽ち果てそうな、トタン屋根の民家だったりした。わたしはそういったものに、昭和のノスタルジーを感じ、エリはわび・さびの世界だと、しきりにデジカメのシャッターを切った。

「お前、わび・さびなんかが分かるのか」

「うん。だってあたし自身が、だんだんわび・さびの世界に入ってるもん」

「そうか」

無論、新名所は「わび・さび」だけの基準で選ばれたわけではない。コンクリート打ちっぱなしのモダンな礼拝堂もあれば、広大なキャベツ畑もあった。やたらめったら野良猫の多い横丁や、変質者が潜んでいそうな竹林も、その特異性から、エリにより「名所」に認定された。

あちこち徘徊《はいかい》しているうちに、たまたまよい場所を見つけ、小躍《こおど》りすると、隣の区だということが判明し、がっかりすることもあった。わたしたちは、とにかくS区にこだわっていたのだ。

エリとわたしはこの「S区新名所発掘」作業に、のめり込んだ。エリが我が家に来た年の年末には、二人で作った「S区百景」が出来上がった。エリはデジカメで撮ったこれらの画像を、コンピュータに落とし、文章をつけてブログで配信した。

彼女はこういったことが、得意だった。

「ブログのコメント、沢山もらったよ」

エリが嬉しそうに、PC画面をわたしに見せた。

「本当だ」

よく分からないが、電子掲示板のようなものなのだろう。

「これはうちの近所で、ビックリ」「名所に選ばれて光栄」「今度百景巡りやります」「ぼくも自分の町でこれ、やってみます」「うちの家も名所に認定してください」等々。バラエティに富んだ書き込みがあって、なかなか楽しい。

やがて年が明け、寒い冬も過ぎ、春がやってきた。

桜の蕾《つぼみ》が吹き始めると、エリがしきりに「ねえねえ、白石さん。週末には咲くかな。それとも来週かな」と尋ねた。

満開になった時の、エリの喜びようといったらなかった。

「ケヤキ並木の住宅地」のある丘から、港を見下ろすと、あちこちで桜が咲いているのが一望できる。エリは「凄い、凄い」と感激し、時間の許す限り、丘の上から桜の花のパノラマを眺めていた。

ところがそれから二日もすると、「ねえねえ、白石さん。週末には散っちゃうかな。それとも来週かな」と心配するようになった。

「そんなにすぐ散りゃせんよ。あと一週間は持つだろう」

「でも、こんなに満開じゃないでしょう。徐々に花びらは落ちていくでしょう」

「それはそうだが」

道端に花吹雪が目立ち始めると、エリは塞《ふさ》ぎこむようになった。そして、桜がすべて散ってしまうと、部屋に閉じこもり涙を流した。

わたしは「私鉄沿線・花園巡り」なるパンフレットを駅で見つけ、家に持ち帰った。春から夏にかけ、電車に乗って、沿線のフラワーガーデン巡りをしようという広告だ。花園の最寄りの駅には、スタンプ台が設けられ、台紙代わりのパンフレットにスタンプを押せば、抽選で賞品が当たる仕組みになっている。

桜の花が散っても、別の花が咲く。その花が散れば、また次の花が咲く。真冬にだって咲いている花もある。エリにそういうところを見てほしいと思った。

エリは瞳を輝かせた。

「あたし、芝桜って見てみたい」

「芝桜か。だが遠いぞ。ここから二時間以上はかかるぞ」

「そんなのぜんぜん遠くないじゃん。ねえ行こうよ、白石さん。行こう」

エリはわたしの腕を摑《つか》み、ぶらぶらと揺すった。

「わかった。行こう」

その週の日曜日に、芝桜を見に行くことにした。土曜日にはエリのバイトが入っているので、日曜なのだ。

智子も誘うと、ぶつぶつ文句を言い始めた。

「え～っ!? やすらぎの森・フラワーガーデン？ そんなのここから、すんごく遠いじゃない。あたし、次の日会社だよお」

だが結局、智子は付いてきた。一人残されるのが、やはり寂しいらしい。

エリが全員の弁当を作った。いり卵とタコウインナーとプチトマトの、幼稚園児が食べるような弁当だった。

私鉄を三回乗り継ぎ、目的地へ向かった。

最初は電車の中で興奮してはしゃいでいたエリも、疲れたのか、やがて口をぱかっと半開きにして、寝息を立て始めた。

「なんだか、まったく、子供みたいだよねえ」

智子が珍しく優しい瞳で、エリを見ていた。

智子はもう、エリにヘッドロックやコブラツイストを掛けたりはしない。ある日、またそんなことをしてストレスを発散している智子を、きつく叱ったのだ。発病していないとはいえ、病人なのだから、許される行為ではない。もっとも、エリが病気であることは、相変わらず智子には秘密にしていたが。

後になって智子に、あんなに怖い顔で怒ったおとうさんを見たのは初めてと言われた。エリはわたしが智子を叱っている最中ずっと、「あたしは大丈夫ですから」とオロオロしていた。

「小さい頃よくさ、こんな感じで電車に乗って、家族で遊園地とか行ったよね。あたしはリュックに水筒持って、白いゴムで、顎《あご》の下で止める、麦わら帽子かぶらされてた。あれ、チクチクして本当は嫌だったんだ。靴脱いで座席に上がって、窓枠にへばりつきながら、ずっと窓の外眺めてたね。不二家のポップキャンディなんか舐めながら。メロン味のやつが一番美味《おい》しかったな」

「そうだったな。お前は女の子のくせに、電車が大好きだった」

「この子がさっき、はしゃいでる時、昔のあたし思い出しちゃった。って言っても、五歳のころのあたしだけどね。この子、幾つ？　もう二十一になるんじゃない。ホント、無邪気だよねえ」

無邪気にはしゃいでいるエリの、余命がいくばくもないことを、智子はまだ知らない。

ドア・トゥ・ドアできっちり三時間かかって、フラワーガーデンに着いた。

遠くの方に小さく見える、ピンクの大地を見て、エリが「何あれ、何あれ？　田麩《でんぶ》みたい。田麩があんなに広がってる」と興奮した声を上げた。

「ねえ、あれ？　あれがそうなの」

エリがいきなり、ダーッと駆け出した。

「ほら、車に気をつけるんだよ」

その背中に智子の声が飛ぶ。

芝桜のフラワーガーデンは、確かに素晴らしかった。

あたり一面、桃色なのだ。

いや、正確にいえば白や、紫も混じっていた。何十万株あるやもしれぬ花々が、地面が見えないほど、びっしりと咲き乱れている。開花面積は、優に一平方キロは超えていたのではないだろうか。ここまで来ると、フラワーガーデンというより、桃源《とうげん》郷《きょう》だ。

「凄い、凄い、凄いっ！」

エリが絶叫しながら、あたりを跳びまわった。

「アンタ興奮し過ぎだよ。恥ずかしいよ」

智子が言っても、エリは聞かない。他の花見客が、驚いた顔でこちらを見ていた。

鎖から解放された、一匹のミニチュアダックスが、エリの後ろで一緒になって、飛び跳ねた。飼い主らしき中年の太った女が、ぜいぜい息を切らしながら、さらにその後に続いた。最初はあっけにとられていた花見客の顔に、笑みが漏れた。子供たちなど、大声でげらげら笑っている。

突然エリはUターンし、ダッシュでわたしの許《もと》に戻ってきた。

「ねえ、ねえ白石さん。あたしたちはこういう所に行くんだよ。そうだよ、こんな感じの所だよ」

「何訳のわかんないこと、言ってるのよ」

智子が口を挟む。

わたしは黙って頷いた。

死後の世界がこういう所なら、死に甲斐《がい》もある。

しかし、わたしたちは事切れた刹那、オギャーと産声を上げ、別の肉体に納まっているのではなかったか。そこはやはり現世ではないだろうか。そうでなければ、わたしたちが死んだ後、結ばれることなど、不可能だろう。

わたしは、智子が売店でスポーツドリンクを買っている間に、このことをエリに質問した。

「こういった一面桃色の世界で、あたしたちは新たな肉体に生まれ変わって、契りを結ぶの。そこは戦争も、飢えも、病気も、事故もない理想郷なんだよ。それで、この世にいるときの何万倍、何億倍幸福に、あたしたちは生きていくの」

エリは即座にこう答えた。

それからわたしたちは、八月の終わりまで、あちこちのフラワーパークを巡り、スタンプを押しまくった。智子は「ええ〜っ、また行くの〜」とふてくされながらもついてきた。智子には近頃「友達」ができない。少し太ってきた。やはり女というのは恋をしないと、締まりがなくなってしまう生き物らしい。

「まあいいか。家ん中でブラブラしてるよか運動になるしね。近頃デスクワークばっかで、完全に運動不足だから」

彼女は勿論《もちろん》、自らの体型の崩れに気づいていた。

夏が終わり、秋になると、栗拾いや、みかん狩りに出かけた。

「ああ、あたしやっぱり日本に生まれてよかったあ」

県境にあるみかん畑に、三人そろって車で出かけたある日、夕焼けに映える、富士の裾野に目を細めながらエリがしみじみと言った。

「日本は美しい国だろ」

「うん。富士山も、みかん畑も、S区百景もみんな美しい」

そうか。

向こうの世界に旅立つ前に、この世界にある美しいものを、できるだけ心に留《と》めておくがよい。

「あたし今、とっても幸せな気分」

エリがいきなり体を預けてきたので、足場の安定しなかったわたしは、倒れそうになった。それを後ろから抱きとめたのは、智子だ。しかしバランスを崩したわたしたちは、三人もろともひっくり返った。周りの人間が驚いて、わたしたちを見ていた。

「お熱いのはもう、見慣れてますけどね。場所をわきまえてよね」

わたしの背中から這い出た智子が、ばらばらになった髪を撫《な》でつけながら言う。わたしの上に馬乗り状態だったエリは、暫《しば》くポカ～ンと口を開けていたが、やがてヘラヘラと笑い出した。

「何よ。笑わないの」

「だってお姉さん、髪の毛爆発してるんだもん」

なるほど智子のショートヘアーは、落雷に打たれたように四方八方に飛び散っている。わたしの着ている、ウールのジャケットのせいだ。智子の頭からパチパチと、静電気の火花が散った。

「そういうあんたのパンツは、泥だらけじゃないの。あんたさ、どうして秋になってもストッキングも穿《は》かずに生脚晒《さら》して、そんな超ミニ穿いてるの。パンツのお尻泥だらけなんて、昔の小学生みたいだよ。それも低学年。ほらおいでよ。泥落としてあげるから。おとうさん、ちょっとあっち向いてなさい」

言うなり智子が、エリのスカートを捲《めく》ったので慌てて目を逸《そ》らした。

「いやあ。エッチ」

とエリは言ったが、本当に嫌がってる風ではない。パンパンと布団を叩くような音が、みかん畑にこだました。

「あ〜あ。落ちないや。やっぱ洗濯しなきゃダメだね、こりゃ」

帰り際に智子はコンビニに寄り、女性用下着を買ってきた。

「ホラ、これに穿き替えなさい」

「え〜っ。やだあ。こんなオバサン臭いのお」

「こういう方が冷えなくていいの。あんた、膝上三十のミニ穿くってことは、下着を見せて歩くってことだからね。泥だらけの下着なんて、みっともないでしょう。みんなに笑われるよ」

エリはぶつぶつ言いながら公衆便所に行き、下着を穿き替えてきた。

帰りの車中で、後部座席に一人納まったエリは、カーカーと寝息を立てながら眠っていた。

「ほら、またパンツ丸見えじゃない。ホント、無防備なやつ」

助手席の智子が体を捻《ひね》って、そんなエリを見ていた。

「ったく、子供みたい」

「子供は嫌いか」

ハンドルを握ったわたしは、チラリと智子の横顔を見た。智子は暫く黙った後「ううん。そんなことない。好きだよ」と答えた。

エリが家に来た当初は、スケバングループの先輩後輩のような、ハードな付き合いをしていたのに、あれから一年以上経った今、様相は少しばかり異なっている。エリは相変わらずだが、智子の方に変化が訪れた。職場はともかく、家の中では傍若無人《ぼうじゃくぶじん》に振る舞っていた智子に、いつの間にやら母性が芽生えたらしい。智子はエリを後輩ではなく、子供として構うようになった。エリは、そんな智子を疎ましがらず、うまく甘えているように見える。

こんなふうにあちこちを飛び回るエリは、元気そのものだった。精神的苦悩は推し量るまでもないが、少なくとも肉体的には健常に見えた。だからわたしは、医者が危惧《きぐ》しているように、病状が短期的に悪化するなど、取り越し苦労ではないかと、未来に望みを持った。

ＨＩＶのキャリアでありながら、生涯発症しない人間もいると聞く。エリもそういった人々と同じではないのだろうか。惜しむらくは、エリには一生、発症の恐怖がついて回ることだ。

だがわたしは程なく、これが希望的観測であったことを思い知らされることになる。

その翌年の春、正輝が逝《い》った。

わたしたち「長生き競争」のメンバーは、哀悼のため、「蓮華」に集まった。

「あんなジジイ言葉でずっとしゃべってたから、真っ先に逝っちまったんだ。バカヤローめが」

弘が不味《まず》そうに酒をあおった。

脱落者が出れば、喜んでいいはずのゲームだが、無論喜ぶ者などいない。

弘と正輝は一緒になれば罵《ののし》り合ってばかりいたが、そんな関係が七十年近く続いたというのは、つまり仲が良かったということなのだろう。

「まっ、あいつは今頃あの世で、明男に会ってるころだろう。で、おめえの遺志はちゃんと継いだよとか、言ってるんじゃねえか」

「でもさ。明男はそれを聞いて果たして喜ぶかな。だって、自分が最後まで生き残るって自信があったから、あんな提案したんじゃないの。もしくは自分が長生きするための、張り合いが必要だったのかもね。でもその十時間後に、おっ死《ち》んじゃうんだもん。複雑な思いだろうな」

こういう博夫は、それから四ヶ月後に、明男や正輝のいる世界に旅立つことになる。享年七十八。りっぱなものじゃない」

「ねえみんな。湿っぽく語るのやめましょうよ。マーちゃんは天寿を全《まっと》うしたのよ。

規子がこう言った後、エリの存在に気づき、小さく「ごめんね」と謝った。

「いえ、いいんです。あたしがもうすぐ死んじゃうのも、天寿ってものじゃないかと思うから」

「しかしなんだな、エリちゃん。正直な話、一番先にゴールを切っちまうよりも、二番手、三番手のほうが安心するだろ。前例があるから心の準備もできるし。まあそういう意味じゃ、一番最後ってのも、あんまり気分のいいもんじゃねえけど。だからその為《ため》に賞金があるって理屈だな」

「それは素直に、はいって言えないですよ。なんだか渡辺さんが真っ先に死んで、喜んでるみたいじゃないですか」

「まあ、そうだけどよ」

弘はバツが悪そうに、また酒をあおった。

これを皮切りに、みんな黙りこくってしまった。

正輝の思い出話が、もう少し出るかと思ったが、皆仏頂面をして酒をあおるだけになった。普段は一番元気のいいはずの弘も、毒舌漫才の相方を失い、生気がない。

かくいうわたしも、物言わず焼酎ばかり飲んだ。博夫は怒ったように、刺身を次々に口に運んだ。口を開けば、エリを傷つけると思ったらしい規子は、その後貝のように押し黙ってしまった。エリは、そこに何か重要なものが隠されているかのごとく、テーブルの一点をじっと見つめていた。当然宴は早めに幕を閉じた。

その四ヶ月後、博夫が逝った後の集まりでは、対照的に皆陽気に振る舞った。わたしたち全員がいずれ向かうであろう世界に、少しばかり早く旅立った人間を哀しむのは、やはりおかしいということに気づいたのだ。

逆の立場に立ってみれば、自分が死んだ時、むっつり黙って見送られるのは、気分のいいものではない。ばか騒ぎをしろとは言わないまでも、あまり湿っぽくはならず、笑顔で門出を祝ってもらいたい。

新たなる旅立ちは、何も悲しいことばかりではないのだから。

そう。

死は旅立ちなのだ。

わたしが若い頃は、足し算で年を取った。それがいつの間にか、加齢を引き算で捉《とら》える年齢になった。だが男性の平均寿命に達した今は、引く年齢すら残っていない。少しでも気を抜くと、目の前を流れている三途《さんず》の川にはまり、冥土《めいど》まで持っていかれてしまうのである。

ちょっと前までわたしは、人間が死んだら無に還《かえ》るだけという考えを持っていた。しかし、無に還るより、芝桜の国で、赤ん坊に生まれ変わる方がよいに決まっている。だからわたしは、エリの言っていることを信じることにした。魂は無になぞならない。永遠なのだ。

宴が終わり、家に帰ると、智子は入浴している最中だった。

「白石さん。あたしもっとお酒飲みたい。たまにはいいでしょう」

エリが冷蔵庫の中を、がさごそやり、白ワインを取り出した。

「いいだろう。博夫のために乾杯しよう。博夫だけじゃなく、明男や正輝のためにも」

わたしたちはグラスを合わせ、程よい辛さの冷えたワインを口に含んだ。廊下の向こうからザーッという、シャワーの水音が聞こえてきた。

わたしたちは暫く、故人の話をした。「蓮華」で酒を飲み気炎を上げたこと。一緒に教会に行ったこと。カニのこと。施設のこと。

グラスに新たなワインが注がれると、今度は正輝の話になった。

「今だから言うけど、渡辺さんの入れ歯、臭くてたまらなかったんだ。それをずっと言おうか悩んでるうちに、死んじゃったの」

もう不謹慎じゃないよねと前置きした後、エリが破顔した。わたしもつられて笑った。

「もう怖くないよ」

エリが飲み干したグラスを、テーブルの上に置いた。

「あたしだってもう、覚悟できてるから」

「悪いのか」

「ううん。まだ兆候は出てない」

「最初に検査を受けてから、かれこれ二年以上経ってるだろう。検査ミスとまでは言わないが、そんなに急速に進むもんでもないような気がするがな」

「ううん。定期的に検査受けてるから。元々ウイルスの量多かったし、リンパ球の減少が普通より速いって。もう少し経ったら、あたし発症すると思う」

「しかし、お前はとても健康そうに見えるぞ」

「それにはあたしも驚いてる。あたしの体内では化け物が、あたしのリンパ球をどんどん食い荒らしているのに、あたし自体はまだまだ元気なんだから。この元気がどこまで続くか分からないけど、でも、できるだけがんばってみる。その為に賭《か》けをやってるんだもの。死ぬことなんていつでもできるから、なるべく生きながらえてみたい。白石さんも一緒にがんばろうよ。あたし最後まで生き残って、賞金手に入れて、世界一周旅行するよ。あっ、でもその時は、白石さんと一緒に行けないのかあ」

「ちょっと、一体なんのことしゃべってるの」

気がつくと、バスタオルを頭に巻いた智子が、ダイニングの入り口に立っていた。シャワーの音がいつの間にかやんでいることに、わたしもエリも気づかなかったのだ。

「ウイルスとか死ぬとか、一体なんのこと言ってるのよ」

智子はエリからわたしに、視線を移した。

「おとうさんも何か知ってるんでしょう。説明してよ。二人であたしに隠していることがあるのね」

エリが上目遣いにわたしを見た。いずれエリのことは、智子に打ち明けなければいけないと思っていた。今がいい機会なのかもしれない。

「おれから説明するよ。重要な話だから、つっ立ってないで、ちゃんとそこに座って聞け」

智子は自分のグラスを食器棚から持ってきて、ワインを注ぐと、わたしの正面に腰掛けた。

わたしは智子に話し始めた。

智子がワインを飲んだのは、最初の一杯だけだった。眼《まなこ》が見る見る開いてゆき、何か言いかけたが、言葉にならない。頭に巻いたバスタオルがはらりと落ち、ほんの一瞬だけ、床に視線を落としたものの、すぐさま瞳を上げ、再び挑むように、わたしを睨《にら》みつけた。顔面にまだ濡れた髪の毛が、海藻のようにへばりついたままで、それを掻《か》き上げることさえしなかった。エリがタオルを拾い、風呂場に掛けに行った。

「……本当なのね、それは」

「本当だ。誰がこんな嘘をつく」

智子は深いため息をつき、気がついたように残りのワインを飲んだ。

「ぜんぜん酔えないじゃないの」

エリが風呂場から戻ってきた。智子はエリを一瞥《いちべつ》すると、何も言わず、再びグラスにワインを注ぎ、乱暴にあおった。気持ちの整理が、まだできないのだろう。

「それで、その賭けっていうのは何？」

「それはな――」

長生き競争のことを智子に話した。先ほどとは別の、険しい表情が彼女の顔に刻まれた。

「何よ、それ。どういうことなのよ。ちょっとヒドイんじゃないの、それ」

智子の行き場のない感情は、とりあえず怒りという形を取ったようだ。

「誰が先に死ぬか賭けるなんて、そんなの絶対悪趣味だよ」

「先に死ぬかじゃなくて、生き残るかということだ」

「どっちだっておんなじだよ！」

「確かに、悪趣味には違いないが、これも故人の遺志で――」

「ひどいよ、おとうさんもエリも。なんで今までそんな重要なこと、隠してたのよ。それで死ぬグループに入って、みんなで仲良く向こうの世界に行くって？　エリまでさ。冗談じゃないわよ！　そんなのあたし、絶対許さないよ」

　エリが俯《うつむ》いた。

「あたしはどうなっちゃうのよお。あたし一人残れっていうの？　二人がいなくなったら、完全にあたし一人ぼっちじゃない。そんなのエゴだよ。死んじゃうなんて、ズルイよお」

　エリが沈痛な面持ちで、智子を見つめている。

「今まで黙っていたことについては謝る。だがエリの意思も酌《く》んでやれ。こういうことは気軽に話せるもんじゃない」

「だって、おとうさんは最初から知ってたんでしょう。あたしたちはもう二年以上一緒に暮らしていて、もう家族みたいなものだと思ってたのに。あたしだけ、仲間外れにされて。――ヒドイじゃない」

　智子はいきなり張り裂けるように、泣き始めた。

「泣くんじゃない」

　わたしが一喝すると、耳障りな声はピタリとやんだ。

「誰が一番、つらい思いをしてるんだと思ってるんだ。お前じゃないぞ」

嗚咽《おえつ》をこらえていた智子が、再び号泣した。わたしはもう、泣くなとは言わなかった。

「生あるものは、いずれ朽ちるんだ。お前とて例外じゃない。そんなに一人ぼっちが嫌なら、お前の家族を作れ。友達はもう卒業して夫を持て。そして、子供を産め。お前の年齢ならまだ大丈夫だ。現実から逃避するな。もうそろそろ、甘ったれた考えは捨てるんだ」

智子は暫く泣いていた。俯いた顔から、涙がぽたぽたとまるで雨だれのように、膝に落ちた。

「エリごめんね」

智子がティッシュを取り出し、勢いよく洟《はな》をかんだ。

「南極一号なんて呼んだりして。南極一号ってのはねえ——」

「知ってた」

「え？」

「すぐ、ネットで調べたから。写真見た。大笑いしちゃった。うまいこと言うなあって。だって確かにあたしそっくりなんだもの」

エリが破顔すると、智子も力なく笑った。そして、急に真顔に戻ると、エリの頭を抱き寄せた。きつく結んだ瞳から、再び涙が零《こぼ》れ落ちる。エリは頭を預けたまま、腕を智子の背中に回した。

二人は抱き合ったまま、かなり長い間石像のように動かなかった。

それから三ヶ月後に、最初の兆候はやってきた。

エリはだるいといって、朝寝坊をすることが多くなった。夏でもないのに、よく寝汗をかいた。それでもエリは、「バイトにいかなきゃ」と重い体を引きずり、起き上がろうとした。

わたしはバイト先に連絡を取り、直《ただ》ちに就労を中止させた。

「でも、お金稼がないと、お薬代が払えない」

「ばかなことを言ってるな。休んでろ」

エリの免疫力は明らかに低下している。もう少し経てば、日和見《ひよりみ》感染が始まるだろう。そうなれば入院を余儀なくされる。

家事はすべてわたしが受け持った。智子も夜遅くまで飲み歩くのをやめ、定時に帰ってきて、わたしの手伝いをしたり、エリの面倒をみたりした。

そんなある日の晩、毅から電話があった。

エリが食べたものをいきなり戻して、パジャマやシーツを汚してしまい、その処理に智子とわたしが、大わらわの時だった。

「エリ、バイト辞めちゃったんすか」

久しぶりに聞く毅の声。

まだエリのことを気にかけているのだ。そろそろエリの病気を、毅に打ち明けなければならない時期に来ていると思った。無論電話で簡単に済ませられるような話ではない。

「ああ。バイトは辞めさせた」

「どうしちゃったんすか。何かあったんですか」

「まだあのコンビニへ行っていたのか」

「時たま。相変わらずエリは、挨拶くらいしかしてくれませんけど」

「お前まだ、エリのことが好きなんだろう」

「……」

「話がある」

「なんですか」

ただならぬ気配を感じたのか、毅の声が低くなった。

「電話で話せるような内容じゃない」

「じゃあどっかで会いませんか」

「いや、今日はもう遅い。明日にしよう。あしたの朝一で、おまえのマンションに行くよ」

「なんの話っすか。エリのことですか。じゃあおれ全然ＯＫっすよ。今晩だって大丈夫です」

電話の声が、次第に熱を帯び始める。

「明日だ」

これだけ言うと、わたしは受話器を置いた。

汚れたシーツを洗濯場に運んできた智子が、誰なのと訊《き》いた。わたしは間違い電話だと答えた。

しかし、電話を切った僅《わず》か三分後に、毅が我が家にやってきた。

「どうしても気になったもんで」

毅は三和土《たたき》で、ぜいぜいと息を切らした。

「エリ、いるんでしょう。どうしてるんですか。何かあったんすか」

わたしの肩口から、必死に家の中の様子を窺《うかが》おうとする。

「あなた、毅君でしょう」

智子が玄関に姿を見せた。

「あたしはね、あなたのお友達の、このおじいさんの娘。白石智子って言います。はじめまして」

智子が眉ひとつ動かさず、女帝のような貫禄《かんろく》で言った。毅は小さく「うす」と挨拶した。

「何よ、そんな小さな声じゃ分からないわよ。きちんと挨拶しなさい」

「はじめまして。下田毅と言います」

「知ってるわよ。エリからいろいろ聞いてるから」

「エリは元気なんすか」

「ちょっと疲れてるようだけど、大丈夫だから心配しないで」

「会うことはできませんか」

「それは無理ね」

智子は即座に答えた。エリは智子にすべて話したのだろう。ＨＩＶに感染した経緯も。

「エリ、まだ怒ってるんすか」

「毅君」

智子が背の高い若者を、鋭い切れ長の目でねめつける。

「あんた、まだ若いんだから、ひとつの場所にうろうろするのはもうやめなさい。もっと広く視野を持ちなさい。もっといろいろな経験を積みなさい」

「どういうことっすか」

「二度乗り逃がした電車は、二度と戻ってはこないってこと」

毅は暫く言葉の意味を考えていたが、やがてガックリと肩を落とした。

「おれ、反省してるんです」

「とにかくエリは、あなたには会いません」

「どうしてもですか」

「エリはもう、あんたたちが住んでいるような世界の住人ではないのよ。悪いけど、引き取ってくれる」

これだけ言うと、智子は冷たく背中を向けた。毅が大きなため息をついた。

「送ろう」

わたしは毅を玄関から出した。

わたしたちは、無言で夜の住宅街を歩いた。

「一杯やりますか」

「ああ。だが、表はやめよう。お前のマンションがいい」

「おれ今、無茶苦茶酒飲みたい気分です」

「飲めばいいさ」

マンションに着くと、毅が冷蔵庫から冷えた酒瓶を取り出した。

「コルドンルージュじゃないか。スパークリングワインじゃない、本物のシャンパンだな」

「え？　そうなんすか。どうりでバカ高いと思った」

　毅が力任せに栓をぎりぎり捻《ねじ》ると、ポンと景気のいい音がして、コルクがロケットのように飛んでいった。天井に激突したコルク栓は、フローリングの床に落下し、くるくると回転した。毅は慌ててグラスを手に取り、溢れ出る泡を受け止めた。

「いいのか。そんなもんを飲んじまって」

「特別の日のために、ずっと取っておいたんです。でも、そんな日、ヤッパ、ありそうにないから」

　毅は泡立つグラスを、わたしに差し出した。自分のグラスにもシャンパンを注ぎ、乾杯しようと持ち上げたので、わたしは制した。

「とりあえず最初から話してやる。しっかりと聞けよ」

　毅は無言で頷いた。

　わたしはつい最近、智子に語ったばかりのことを、目の前の背の高い男にも話して聞かせた。智子には告げなかった、エリの提唱する永遠の魂の繋《つな》がりのこと、そしてわたしがその考えに同意していることもすべて、包み隠さず打ち明けた。

　毅の顔からは見る見る血の気が引いていった。

元々白い肌は、さらに白く透明になり、青い血管があちこちに浮き出て見えた。

「――本当なんでしょうね、それ」

こんな話を聞いた後の第一声は、皆似たり寄ったりなのだ。智子にも同じ質問をされた。

「すべて本当だ。こんな嘘をついてどうする」

真っ青だった毅の顔が、一転してどす黒く染まった。毅は立ち上がり、持っていたシャンパングラスを思い切り床に叩き付けた。

バーンと弾《はじ》ける音と共に、細かなガラスの破片が四方に飛び散った。

「その野郎は一体どこにいるんです」

毅の眉間には、深い縦ジワが寄っていた。

「どうするつもりだ」

「とっ捕まえて、エリと同じ目に遭わせてやります」

「どうやってそんな目に遭わせる。それにもう遅い」

「遅くないっす」

「遅いんだ。奴はもうとっくに、トンズラした」

エリは検査で陽性の結果が出た後、悩んだ末、男の所に出かけた。今さら男を責め立ててもどうなるものでもないが、この事実を知ったら、どんな顔をするか興味があったのだという。しかし、その時には既にアパートはもぬけの殻だったらしい。

「おい、どこへ行く」

「駅前ですよ。まだそいつは、遠くに行ってないでしょう。とっ捕まえてやる」

「無茶言うな。お前はその男の顔、知らんだろ。おれだって知らないんだ」

それでも毅は飛び出していった。わたしはため息をついて立ち上がり、床に飛び散った破片の後片付けをした。

それから小一時間しても、毅は戻ってこなかった。

すっかり気の抜けてしまった残りのシャンパンをシンクの中に流し、部屋の明かりを消した。

鍵をかけずに部屋を出ることになるが、このマンションはセキュリティがしっかりしているので今晩だけなら、まあ問題はないだろう。

家に戻ると、智子が食堂で一人、赤ワインのグラスを傾けていた。

「エリは？」

「もう、落ち着いたみたい。今はぐっすり休んでる」

「明日また医者に連れて行こう」

「あたしが連れて行くから心配しないで。それで、あの子の方はどうだったの？　分かってくれた」

「さあ、どうかな」

わたしは智子がくれたグラスに、口をつけた。随分と酸っぱいワインだった。それとも既に酔っぱらっているので、味が分からなくなっているのか。近頃、めっきり酒量が増えた。

翌日わたし宛てに電話がかかってきた。

駅前の総合病院からだった。

毅が怪我《けが》をして、入院しているという。エリのことは智子に任せ、取るものも取りあえず、病院に駆けつけた。

ドクターストップを受けたボクサーのような有様の毅が、ばつが悪そうに、わたしを迎えた。顔のあちこちに絆創膏《ばんそうこう》が貼《は》られていた。

「おい、いったいどうしたんだ、これは。大丈夫か」

よく見ると、胸に包帯も巻かれている。

「大丈夫っす」

毅が紫色に腫《は》れ上がった唇を、もごもごと動かした。

「ちょっとヤバイのは肋骨《ろっこつ》だけです。二本折れてます。でも肺には突き刺さってないんで。顔なんかこんなの、三日もすれば元のイケメンなオレに戻りますよ」

「喧嘩《けんか》したのか」

「まあ、そんなところっす」

「そんなところって、エリをこんな目に遭わせた奴が見つかったのか」

毅は、首の後ろをカリカリと、掻いた。

「エリがドリンク差し出されたところってのが、多分六角街道の角っこにある、ローソンの前じゃないかと思ったんで。そこ行って、じっと待ってたんすよ。爽《さわ》やか長髪男を。でもそんな奴はいなかったから、一応駅の反対側のコンビニにも行ってみて。やっぱりここじゃねえって、戻ってきて。またいねえんで、辺りを探しまくって。

その間に缶チューハイ買って、三缶くらいグビグビ空けてました。シャンパンろくに飲まないで出てきて、後悔しましたよ。で、再びローソンに戻ってきた時、入り口の前でウンコ座りして、タバコふかしてるキザな野郎を見かけたんです。女みたいなストレートの長髪で、それが首動かすたんびに額《ひたい》にかかって、いちいちこう、気だるそうに、掻き上げるんすよ。マジぶっ殺してやろうかと思いました」

「おいおい。そんなことで人殺しするな」

「そん時は絶対そいつが、エリをたぶらかした犯人だと思ったんです。ってか、確信があったんです」

「本当か。本当にそいつが犯人だったのか」

「いや」

毅が俯いた。

「本当のところは分かんないっす。でも、おれ、絶対こいつだって確信があったから、そいつに駆け寄って、胸倉摑んで、テメーだろ、エリにあんなことした奴はって締め上げて」

「で、どうした。答えたのか」

「黙ってビビってただけですよ。で、おれ、しらばっくれてんじゃねえよって、ブン殴っちゃったんです。そしたら、なんだなんだってコンビニの中から三人出てきて。どう見ても族の奴らでした。長髪の女みてえなのも、族だったんですよ。

今は随分変わっちまったんすね、単車転がしてる連中も。で、急に元気付いた長髪オカマが、『やっちまえ!』って殴りかかってきて。おれが構えたら、後ろから二人に羽交い締めされて。やっぱ、四対一は不利でした。後は説明するまでもないでしょう。この様《ざま》っす」

「結局、そいつらが犯人かどうかは分からなかったんだな」

毅は頷いた。

「単に暴れたかったわけだ。あまり感心することではないな。だからこういう結果になるんだよ」

わたしは、ベッドサイドにあった丸椅子に腰を落ち着けた。

「おれ、白石さんからあんな話聞いた時、もうどうしていいか分からなかったんです。家にいると暴れだしそうで。食器なんかもう、全部割っちまいそうで。白石さんにも怪我させちゃうかもしれないんで、とりあえず表出たんです」

「おれは、そんなヤワじゃないよ」

「結局すれ違いから、こんなことが起きたわけじゃないすか。おれは浮気なんかしてないのに、エリが勘違いして家飛び出して、その隙につけこんだ悪い男に引っかかって。最終的に、こんな最悪な事態になって。おれもう、爆発するしかなかったんすよ。今から考えれば、あいつらにも悪いことしたとは思いますよ。だけど、こんだけボコられたんだ。これでチャラでしょう」

「いや、そうではないだろ。彼らだって、意味もない喧嘩など、したくなかったんじゃないのか。それよりも、その長髪男が仲間と一緒じゃなくて、族でもない、真面目な普通の青年だったら、いったい今頃どうなってたと思うんだ。罪もないのにボコられて、お前みたいになっていたのは、その青年の方だったかもしれんのだぞ。もし、そんなことになっていたら、誰もお前のフォローなどせんぞ」

「うす」

「もう二度とこんな真似するなよ」

「もう二度とこんな真似しません。この間の警察といい、今日といい、白石さんには本当にご迷惑かけてます。面目ありません」

毅がベッドの上で頭を下げ、胸を圧迫し過ぎたのか「いてて」と顔をしかめた。

それから暫く、毅は人形のように、押し黙っていた。わたしはそんな彼の、変形してしまった横顔をじっと見つめていた。

「エリは白石さんに、本気で惚《ほ》れてるんすね」

「ああ、おれも本気で惚れてるよ」

毅がわたしを振り向いた。腫れ上がった瞼《まぶた》の奥の瞳が、一瞬揺らぐのが見えた。

「敵《かな》わねえや。あの世で一緒になるなんて。絶対おれ、敵わねえ」


エリの症状は改善せず、遂《つい》に入院することになった。

日に日に衰弱してゆき、五十キロ近くあった体重は、三十キロ台になった。ふっくらした頬や、肉付きのよかった太ももは、もはや見る影もない。

毅が見舞いに来たいというので、承諾した。もう会いに来るな、という時期は越えている。元恋人同士、最後の別れをさせてやるべきだ。

久しぶりにエリの姿を見た毅は、絶句した。目を伏せたまま、言葉を発しようとしない。エリが、小枝のように細くなってしまった腕を、ゆっくりと這わせ、そんな毅の頭に触れた。慰められているのは、毅のほうだった。

「ごめんね」

と一言、エリの口から言葉が漏れた。

毅は震えながら、必死に涙を堪《こら》えていた。エリの手を取り、自分の頬に当て「ううう っ」と唸《うな》り声を上げ、鼻水を啜《すす》った。

わたしと智子は席を外し、彼らを二人きりにさせた。

だが毅は、すぐに病室から出てきた。

「――もう辛《つら》すぎて、だめっす」

そして逃げるように、病院を後にした。

毅がその後再び、見舞いに訪れることはなかった。

エリの衰弱は進んだ。

「こわくないもん。こわくないもん」

とうわ言のように、エリは繰り返した。しかし終《しま》いには言葉も発しなくなり、わたしの姿を見つめると、僅かに瞳を動かすだけになった。

目は大きく窪《くぼ》み、ピンク色だった唇は真っ黒に変色し、体じゅうに斑点《はんてん》ができた。あばらが浮き出ているのに、腹水が溜《た》まり、臨月の妊婦のようにお腹《なか》が大きく膨れた。この頃になると、体重はもう二十キロ台に突入していた。

エリが「苦しい、苦しい」とベッドでのたうちまわるようになった時、わたし一人が病室から出された。

「用意できたら呼ぶから」

智子と看護師に言われ、わたしは廊下で待った。三十分ほどして呼び戻され、病室に入ると、パステルカラーのワンピースを着て、うっすらと化粧をしたエリがベッドの上で安らかな寝息を立てていた。

「この子の持ってる服の中で、あたしが一番気に入ってたやつ。唯一超ミニじゃないワンピース。きれいでしょ」

ワンピースはまつり縫いで、エリの棒切れのような体に合うよう調節されていた。それでもまだブカブカだが、お腹の部分だけはむしろ、はちきれそうだった。

エリはモルヒネを投与されていた。

こんな安らかなエリの寝顔を見るのは、久しぶりだった。

しかし、薬の効き目はすぐになくなり、エリは大声で、もがき苦しみ始めた。もがくほどに、腕や脚の関節が外れ、更なる苦痛がエリを襲った。わたしは、看護師の見よう見まねで、エリの関節を入れた。だが、入れるそばからまた外れ、絶叫を繰り返すのだった。

暴れるエリをなんとか押さえ込み、再び静脈に大量のモルヒネを投与した。エリの苦痛の発作は途端にやんだ。わたしと智子は、どっかりと椅子に腰を下ろし、安堵《あんど》のため息をついた。

エリはそれっきり、目を覚ますことはなかった。

エリの葬儀はひっそりと行われた。

会葬したのは、僅か三人になった我ら長生き競争の残兵と、智子、毅の五人。エリの母親は行方不明で連絡が取れなかった。

初七日の法要の日、エリの看護師が我が家を訪れた。まだうら若いその看護師は、お焼香を済ませると、「実はエリさんから、白石様宛てに手紙を預かっています」と一通の、縫いぐるみの熊が描かれている薄ピンクの封筒を差し出した。

「エリさんがまだ少しだけ元気だった時に、これを書いたのです。わたしが死んで、葬儀のごたごたも済んだら、白石さんにこれを渡してほしいと、ご遺言なされました」

すぐその場で読んでみたかったが、堪えた。夕食の後、書斎に閉じこもり、エリの遺骨の前に座り、ウイスキーを舐めながら、封を開けた。中には、封筒と同じ絵柄の便箋《びんせん》が一枚入っていた。

二つ折りの便箋を開くと、中からエリの見慣れた丸っこい文字が現れた。「の」と「わ」、「あ」と「め」の区別が難しい、特徴のある字体だ。

「白石さん。

あたしわそろそろもう、ダメそうです。

先に行きます。


それから白石さんに、あやまろうと思います。

今は百歳過ぎても、元気な人って、いっぱいいるじゃないですか。白石さんわ、まだピンピンしてるし、多分そういう人なんだと思います。

考えてみれば、他人の死を望む権利なんて、誰にもありません。

白石さんにわ、長生きしてほしいと思います。

あたしの分までぜったい、長生きしてください。

それで長じゅの新記録をじゅ立してください。

あたしのことわ心配しないで。

もう、こわくないから。

ひとりでだいじょうぶだから。

さようなら。白石さん。
今までどうもありがとう。とても楽しかったです。
それから、おねえさんにもお礼を言います。
お二人ともお元気で。
それから、吉沢さんや、木村のおばあちゃんにもさようならを言います。
お二人の幸せを祈ってます。
それから毅にも。
ホントにごめんね。
今までどうもありがとう。

最後にあたしの骨わ、色々考えたけど、お庭にまいてください。
よろしくお願いします。

エリ」

「こわくないもん。こわくないもん」とうわ言を繰り返していた、落ち窪んだ瞳のエリを思い出した時、彼女が病に臥《ふ》せってから、荼毘《だび》に付すまで、一滴も流れなかった涙が、もうとっくに枯渇したと思っていた涙腺《るいせん》から、次々と溢れ出た。

わたしは骨壺を開け、中からエリの遺骨を取り出し、その一片を口に含んだ。さすがに二十二歳の骨は硬かった。七十九歳のスカスカな歯で噛《か》み砕くのは、至難の業《わざ》だった。

それでもわたしは涙を流しながら、エリの骨を咀嚼《そしゃく》し、ウイスキーで胃の中に無理やり流し込んだ。

エリがわたしの体の一部となり、わたしと共に生きるために。

第十六章　木村規子の秘密　その①

さて、そろそろ規子のことを話さねばなるまい。

今から記述する内容が、エリに対する背徳と見る向きもいるかもしれぬが、わたし自身はそう思っていない。

しかしながら、確かにエリには秘密にしておいたことである。

その秘密を今、明らかにしようと思う。


まだ元気だったエリが、失踪から帰り、自身の身の上をわたしに明かした、その少し後のこと。

わたしは、直《ただ》ちに長生き競争のメンバーを招集し、エリを紹介した。皆エリの話に驚き、悲しみ、メンバーとして受け入れることを快諾した。

それから一週間ばかり経ったある日、わたしは一人、バス停に立っていた。

知っている日本画家が、デパートのギャラリーで個展をやるらしいので、観《み》に行こうとバスを待っていたのだ。といって、特別その画家に思い入れがあったわけではない。智子もエリも仕事に出かけていたので、退屈しのぎに表に出てきたまでだ。盆が過ぎ、日が暮れるのも随分早まったが、まだまだ暑さが厳しい、八月下旬のある日のことだった。

「暑いわねえ」

目を上げると、日傘を畳んでバス停の庇《ひさし》に入ってきた規子と目が合った。

「お出かけ？」

「ああ」

規子はわたしの隣のベンチに座ると、扇子を取り出し、パタパタと扇ぎ始めた。甘い香りが、わたしの鼻孔をくすぐった。停留所には、わたしたち二人以外、バス待ちの客はいない。

「どちら？」

「ちょっとデパートまで行こうと思ってな」

規子は、小花模様のブラウスに、鮮やかなスミレ色のスカートを穿《は》いていた。初めて彼女を「蓮華」で見た時の服装だった。

あの時は元気だった規子も、二度目にわたしの家で会った時は、なんだかやつれて見えた。「蓮華」の会食で、いつも中座する彼女のことを弘に尋ねたら「直接本人に訊《き》け」と叱られた。

「そっちはどこに行くんだい」

「興味ある?」

規子が目じりにシワを寄せた。

「別にそういうわけじゃないが。その、なんだ、あんたいつも忙しそうにしているから」

「いやだわ。あんたなんて他人行儀に呼ばないでよ。あたしが聡くんって呼んでるんだから、聡くんも名前で呼んでよ。あたしは規子っていうのよ」

「いや、かれこれもう、七十年近く会ってなかったから――」

「だからなんなのよ」

規子の大きな瞳に見つめられ、思わず下を向いた。この眼差《まなざ》しには遙《はる》か以前、出会ったことがある。子供の頃の規子は、わたしがこの視線に応《こた》えようとすると、わざとらしくそっぽを向いた。

だが応えなければ応えないで、応えるまで遠くからずっと、わたしの横顔に、穴の開くほど熱い視線を注いでいた。

「聡くん。ちっとも変わってないね」

「いや。変わっただろう。変わったけど、一回りしてまた戻ってきたんだ」

規子は「ほほほ」と上品に笑った。

バスが到着し、わたしたちは乗車した。

運転手が急発進したので、規子がわたしの腕にしがみついてきた。わたしはあわて
て吊り革に摑《つか》まり、何とかバランスを保った。わたしたちは、二人掛けのシートに腰
を下ろした。

「あのエリちゃんっていう子も、気の毒だわね。今は家でお休みしてるの？」

「いや。バイトに出かけてるよ。まだ発症してないし、親から仕送りがあるわけでも
ないから、働かなきゃならん」

「あの子、本当に聡くんのこと好きみたいね」

「親代わりが欲しかったんだろう」

「何言ってるのよ、バカね。そういうことじゃないでしょう。分かってるくせに」

「……」

「ねえ。デパートで何を買うの」

「買い物じゃない。日本画の展覧会を観ようと思ってな」

「それって、そんなに重要？」

「重要というほどでもないよ」

「じゃあそんな所行くのやめて、あたしと一緒に来ない？」

「どこへ？」

「ついてくれば分かるわよ。聡くん、辛気臭い顔してるわよ。そりゃあの子のことが、可哀そうなのは分かるけど、もっと笑顔にならなきゃ。聡くんの笑顔、とってもいいんだから」

次の停留所で、規子とわたしは降りた。規子がわたしを連れて行ったのは、赤レンガ造りの重厚な建物だった。国の重要文化財に指定されている、開港記念会館だ。

中に入ると、わたしたちくらいの年齢の老人が五〜六人、正面受付で列を作っていた。よく見るとご婦人たちしかいない。

規子が受付の若い女性と、何やら話した。

「ええ。構いませんよ」

若い女性がわたしを見て微笑《ほほえ》んだ。

「おい、いったいこれは——」

「いいから、いいから」

規子に急かされ、受付の横の大きな扉を抜け、中に入った。

そこは大きな講堂だった。

所狭しと椅子に腰掛けていた妙齢のご婦人たちが、わたしたちの方を一斉に振り向いた。わたしはその迫力に気圧《けお》された。何かの観劇だろうか。それにしては、客同士やたら一体感があるように見える。

「あらお久しぶり、木村さん」

一人の老婦人がこちらに手を振った。木村というのが、規子の今の苗字だということを、この時初めて知った。

「こっちにいらっしゃいよ。まあ、こちらの方、ご主人？」

「違うわよ。幼馴染み」

「へえ。どうも、はじめまして」

黄色いワンピースを着た白髪の婦人が頭を下げたので、あわててわたしも自己紹介をした。

落ち着かない気分で、規子の脇に腰を下ろし、あたりを見渡した。

白髪、銀髪、染めているのがはっきり分かる栗毛。ここにはやはり、女性しかいない。だいたいわたしたちと同じような年齢だが、明らかに年上と思われる老婦人の姿も、ちらほら混じっている。

正面に目を向けると演壇があり、中央にはグランドピアノが置かれていた。

やがて一人の若い女性が舞台裏から姿を現した。ピアノの椅子に座ったので、ピアニストなのかと思いきや、この女性はピアノを弾く代わりに、ストレッチ運動を始めた。一人でやるのではなく、わたしたちにいちいち指示を出し、手本を示すのだ。

「はい、今度は肩を上下させて。そうそう」

気がつくと周りの皆が全員、肩を上げたり、首を回したりしている。一人だけ何もしないわけにはいかないので、わたしも見よう見真似で、彼女たちに従った。ストレッチというのは、やってみると案外気持ちのいいものだった。

最後に両手をブラブラさせて、運動が終わると、女性はやっとピアノの方を向いた。

「それでは、わたしの後に続いて――」

女性がキーを叩く。

「あああああああああああ～」

発声練習だった。

若く澄み切ったソプラノの後に、少々痰《たん》がからまった感のあるアルト集団が「ああああああああああ～」と続く。

さすがにこれには付いてゆけず、押し黙っていると、規子に小突かれた。

「やらなきゃダメよ」

「いや、おれはいいよ」

「聡くん。音楽得意だったじゃない。ホラ、声出して」

「そんなモン、得意なものか」

「嘘。歌うまかったの知ってるわよ」

「そうかい。『浜千鳥』とかさ」

「そういう勇ましいやつじゃなくて、ホラ、『浜千鳥』とかさ」

「知らんな」

「いいから、ホラ」

仕方なく皆に合わせ、声を上げた。男の声が混じると目立つかと思ったが、そんなことはなかった。なかなかうまく周囲に溶け込んでいると、自分でも驚いた。すぐ隣から聞こえる規子の声には、張りと伸びがあり、彼女が普段から咽《のど》を鍛えていることが窺《うかが》えた。

発声練習が終わると、舞台裏からもう一人の女性が現れた。タクトを持った女性は、わたしたちに挨拶をし、ピアノの先生に何やら指示を出した。

どうやら、こちらが本当の歌の先生らしい。ピアノの若い女性は伴奏者だったのだ。

「それでは、『ヨコハマさわやかさん』を歌いましょう」

「知ってる歌だから大丈夫。一緒に歌いましょう」

規子が小声でわたしに言う。

「知らないぞ。『ヨコハマさわやかさん』ってなんだ」

「知ってるわよ」

「知らん」

「知ってるから」

「知らんて」

わたしたちより二十ばかり年下の先生が、タクトを大きく振り上げると、ピアノの前奏が始まった。陽気なメロディーが流れはじめる。

知っていた。

わたしはほぼ毎日、この曲を聴かされている。

これは横浜市のゴミ収集車のテーマソングだ。

「ほら、これ」

規子が楽譜をわたしに見せる。

「さわやかな　さわやかな　ヨコハマ　おはよ～」

老婦人たちの、さわやかな歌声が、講堂に響き渡った。

「みど～りの　そよ～かぜ　ジョギングしましょう　まっしろい　カモメも　と～んでます」

能天気な歌詞だが、妙に引きつけられるものがあり、気がつくとわたしも皆に合わせ、歌っていた。

ビン・缶や生ゴミを収集に来る清掃車のスピーカーから、雨の日も風の日も陽気に流れ続けるメロディーが今、百人近い老婦人たちにより、まるで小学唱歌のように歌われている。

それにしても、全員が座りながら歌うコーラスというのも珍しい。よく分からないが、やはり立って歌う方が、声に張りが出るのではないだろうか。しかし、われわれの年齢でずっと立ちっぱなしでいると疲労困憊《こんぱい》し、多分逆に声が嗄《か》れてしまう。

「港のか〜お〜り　ここはヨコハマ〜　きれい〜な町で〜す　みんなの町〜です〜」

全部歌い終わった時、もう一度歌いたいような不思議な感覚に捕らわれた。歌が良かったこともあるのだろうが、何よりも小学校以来の合唱というのが、こんなに面白いものであったことを、改めて思い知らされた。

規子が言うように、小学校時代、音楽はわたしの得意科目だった。体錬では誰にも負けないことを誇りに思っていたが、歌が得意なことは、こっぱずかしくてずっと隠し通してきたのに、規子はちゃんと見ぬいていたのだ。

だが歌が得意なわたしも、カラオケは嫌いだった。一度誰かから、ヘタクソな藤山一郎のようだと揶揄《やゆ》され、それ以来、流行歌や演歌を歌うのは一切やめた。しかし、こういう歌なら悪くない。わたしの歌い方に合っているような気がする。

「昔のゴミ収集車は『麦畑』のメロディーだったのにね。いつの間にか、これになったのよ。でもあたしは、こっちの方が好き」

「ヨコハマさわやかさん」を歌い終わると、今度は「赤い靴」を歌った。その次は

「水色のワルツ」。なんだかバラバラな選曲のようだが、楽しかった。

「どう？　たまには大きな声を出して歌うのもいいものでしょう」

「ああ。そうだな」

コーラスが終わり、わたしたちは席を立った。

「木村さん、来てたの。久しぶりだわねえ」

杖を突いた老婆が、規子に声をかける。

「あら斉藤さん。どうもご無沙汰してます」

斉藤さんの腰は、「く」の字に曲がっている。足元はおぼつかないが、声には驚くほどの張りがあった。

「あの方はお幾つなんだ」

わたしは、去り行く老婆の丸まった背中を見つめながら、規子に尋ねた。

「さあ。卒寿《そつじゅ》は超えてるはずだけど」

「九十を超えても、コーラスをやるのか」

「それは、元気な人は元気だから。うらやましいわね」

「すごいもんだな」

記念館を出たわたしたちは、バス停に向かって歩いた。

「ところで、今日のコーラスはなんだったんだね。本番の練習か何かか」

「暮れに発表会をやるかもしれないけど。でも純粋に歌の練習っていうより、お友達に会ったり、健康のためにやってるのよ、みんな。六十五歳以上限定のコーラスグループよ」

「なんだかいつも忙しそうにしてると思ったら、こういうことやっていたのか」

「……」

規子は急に黙りこくってしまった。賭《か》け金をわたしの家に預けに来た時の、やつれた規子の顔が頭をよぎった。こんなさわやかな歌を歌いながら、あんな表情になるわけがない。

「いや、その——」

弘から「直接本人に訊け！」と怒鳴られたことを、再び思い出した。

「聡くん。あたしの家に来る？」

「今からか」

「そう。おいでよ」

「いきなり行って、ご家族に迷惑じゃないのか」

「聡くん、あたしにどんな家族がいるか知らないくせに。訊いてもくれないし」

「いや、確かにそうだったな。結婚はしたんだろう。ご主人はまだご健在か」

「来てみれば分かるわよ。ホラ、バスが来るわよ」

わたしと規子は、到着したばかりのバスに乗った。

停留所でバスを降り、わたしの家とは反対方向にある、小さな商店街を歩いた。しばらくして、新聞販売店の脇の細い路地を曲がり、更に狭い別の路地に入った。

周りには、古いトタン造りの家ばかりが目立つ。平成の世になっても、こういう類の建築物が残っている界隈《かいわい》というのは、珍しい。

「ここがあたしの家。狭いところだけど」

規子はサビだらけの、青っぽいトタンが張られた家の前で、足を止めた。

「借家なんだけど、うちの大家さん、全然改築するつもりないみたい。その分家賃が嘘みたいに安いのが助かるんだけど」

玄関は昔懐かしい、引き戸だった。ガラス一枚割れば、簡単に侵入できそうだ。世に豪邸は沢山あるのに、誰が好き好んでこんな家に空き巣なんかに入るか、という開き直りが感じられる。

玄関のすぐ正面は和室で、わたしと同じくらいの年齢の小柄な老人と、学生風の若い男が将棋を指していた。

若い男は立ち上がり「おかえりなさい」と挨拶したが、老人の方はこちらを一瞥《いちべつ》しただけで、すぐに将棋盤に向き直った。

「こちらは、酒井さん。福祉大学の学生さん。ボランティアで来て下さってるの。それからこれが主人。パパ、ホラちょっと将棋は小休止して。こちらは、あたしの小学校時代の幼馴染み。白石さん」

　わたしは男性二人に挨拶した。老人は相変わらず将棋の駒を見つめたままで、振り向こうとさえしない。ちょこんと胡坐《あぐら》をかいたそのたたずまいは、なんだか年老いた座敷童《ざしきわらし》のようだと思った。

　そんなに勝負が拮抗しているのかと、自らも将棋指しであるわたしは、老人の薄くなった頭頂部越しに、盤を見下ろした。が、駒は動いてさえいなかった。将棋の駒は、並べられた状態のまま、棋士に手をつけられるのを、行儀よく待っている。

　耳を澄ますと老人は、何やらブツブツと念仏のように唱えていた。口は動いているものの、指は一向に動き出す気配がない。

「の〜りこ〜」

　突然奥の部屋から、うめき声が聞こえた。

　そちらに目をやると、両脇に柵《さく》のついたベッドに誰かが横たわっている。

「の〜りこ〜」

「はいはい、おとうさん今行きますからね」

　規子が奥の部屋に向かう。

　残されたわたしは、念仏老人と会話するわけにもいかず、若者の顔を見た。

「奥様のお父さまですよ」

スポーツ刈りの真面目そうな青年が言った。

「大丈夫よ。どうしたの。あたしはここにいるわよ。出て行かないから」

「本当かい。本当かい」

「本当よ。ちょっとお遣いに行ってただけだから。ちゃんと酒井さんが付いていてくれたでしょう」

規子は老人の手を握り締めた。規子の父親ならば、優に九十歳は越えているだろう。足を怪我《けが》していると聞いていたが、まさか存命であったとは。

表現は悪いが、規子の父親の身体は、全身から水分を搾り取った後の、滓《かす》のようだった。言葉をしゃべっていること自体不思議なくらい、生命の息吹が感じられない。

「おじいちゃん、ボクじゃやっぱり不安なんですよ」

酒井青年が、首をすくめてわたしに言った。おじいちゃんというのは、未《いま》だに将棋の駒を動かさない老妖怪ではなく、ミイラのような父親のことを言っているのであろう。

「あらあら」

規子が布団をたくし上げ、声を上げた。

「お手伝いします」

これだけですべて了解したらしい酒井青年が、規子の許《もと》へ行く。しかし、彼が小さなため息をついたことを、わたしは見逃さなかった。

二人が老人のオムツ交換をしている間、わたしは所在なく部屋に突っ立っていた。

老座敷童がようやく指を動かし、飛車を摑んだかと思うと、いきなり奥の部屋に向かい、思い切り投げつけた。

わたしは啞然《あぜん》としたが、規子と酒井青年はそんなことに頓着せず、額《ひたい》に汗しながら排泄《はいせつ》物の処理に余念がなかった。

「ゴメンね、ばたばたしてて。突っ立ってないで、ホラ、そこに座って。今お茶入れるから」

規子が、使用済オムツを片手に、わたしを振り返る。

いやお構いなく、もうお暇《いとま》するからという言葉を、咽の奥でぐっと堪《こら》えた。長居するのは迷惑だろうが、逃げるように帰るのもまた、失礼だ。

小柄な老人はまた何ごともなかったように、将棋盤の上に屈《かが》みこんでいる。この男の正面に座りたいとは、残念ながら思わない。

奥の部屋からは「のりこ～。のりこ～」と呪文のように言葉が繰り返される。その都度規子は「大丈夫よ、おとうさん」と答え、背中を擦《さす》っていた。

「じゃあ、ぼくはこれで失礼します。バイトありますんで」

オムツ交換が終わると、酒井青年が鞄《かばん》を肩に掛けた。

「いつもいつもありがとうございます。今日はごめんなさいね。お時間余計に取らせちゃって」

「いえ」

と爽《さわ》やかだが、やや引きつった笑顔を見せ、スポーツ刈りの若者は去っていった。

「あの人ももうすぐ、来なくなるかしら」

ピシャリと閉まった引き戸を見ながら、規子が言った。

「どこで知り合ったんだい。あの学生さんとは」

「新しくできた、新神奈川福祉大学ってあるでしょう。福祉を勉強してる学生さんが、実地研修も兼ねたボランティアで来てくれるシステムがあるの。でもうちは、ちょっとハードだから。それにあのくらいの年齢って、遊びたい盛りでしょう。アルバイトだってしなきゃいけないだろうし」

突然老座敷童が、奇声を上げて、将棋盤をひっくり返した。毛羽立った黄色い畳の上に、ざあーっと駒がばら撒《ま》かれた。

「八百長《やおちょう》だ。こんな試合は八百長じゃないか!」

老人が立ち上がると、昔の女性にしては大柄な規子より、僅《わず》かに背が低いことが分かった。横幅もなく、あばらが浮き出るほどに痩せている。

「八百長だ。くそ〜っ！」

老人が両腕を持ち上げ、規子に襲いかかろうとした。

「はいはい」

規子は慣れた手つきで、夫の両手首を摑む。驚いて間に入ろうとしたわたしに、大丈夫よという無言のサインを送ってよこした。

「パパ。誰も八百長なんかしてないから。誰もパパを騙《だま》そうとなんてしていないから」

声は穏やかでも、手には力が込められているのがよく分かる。老人の手首は白くなっていた。

二人は暫《しばら》く手四つの体勢でせめぎ合っていたが、先に折れたのは老座敷童の方だった。多分規子のほうが力で勝るのだろう。

恐ろしく不満そうな顔をした規子の夫は、そのまま台所に行き、ガラス戸を閉めて中に閉じこもった。競馬放送のラジオが、大音響でガラス越しに聞こえてきた。奥の部屋では衰弱した老人が、再び「のりこ〜」とうめいた。

規子が箪笥《たんす》の裏から、丸いちゃぶ台を転がしてきたので、わたしが組み立てて畳の上に置いた。規子は台所から急須《きゅうす》と湯飲みを持ってきた。

暫く、わたしたち二人は黙って渋茶を啜《すす》った。

「その、なんだ……区役所の訪問介護サービスとか、そういうものがあるんだろう」

重い沈黙に耐えられなくなったわたしが、先に口を開いた。

「あるわよ。でもただじゃないし。毎日来てくれるだけの人手もあるわけじゃない。ボランティアの学生さんが来てくれるようになってから、随分助かってる」

「そうか。いつから、こんな具合なんだね」

「元々父は、左足が不自由だったから、晩年はずっと車椅子だった。寝たきりになったのは、三年くらい前かしら。夫があういう風になったのは、いつからだかもう覚えてない。もともと癇癪《かんしゃく》持ちの人だったから」

「お子さんは？　お孫さんはおらんのか」

「いないわ」

しかし、先ほど規子は亭主のことをパパと呼んでいた。

「これがあたしの家族よ。どう？　びっくりした」

「苦労してるな」

わたしにはこれ以外、言いようがない。

「ねえ、聡くん」

「なんだ」

「再来週、また練習があるのよ。一緒に行かない」

「行ってもいいが、皆さんにお邪魔じゃないかな」

「それはぜんぜん大丈夫。まだあそこ、男性合唱団がないけど、いずれ作るつもりだって理事長が言ってた。だから見学は大歓迎だって」

「そうか」

「エリちゃんが嫉妬するかもしれないけど」

「ばかを言え」

「じゃあ、来るわね」

「ああ、行こう」


それから月二回ある歌の合同レッスンに付き合うようになった。

規子にとっての娯楽とは、このレッスンと、月一で開かれる長生き競争のメンバーの飲み会だけなのだ。無論長居はできない。家を空けたとしても、せいぜい三時間が限度だ。さもなくば、娘以外誰も信用しない老父が、パニックを起こし、癇癪持ちの夫が、家中のものを壊してしまう。

本来であれば、自身が周りから世話を焼いてもらう年齢の規子が、二人も問題児を抱え、孤軍奮闘している。

人手が足りないのなら、手伝おうかと申し出たが、規子にやんわりと断られた。

「お気持ちはすごく嬉しいけど、そんなに簡単なもんじゃないから。こういうのに慣れてる介護士の人や、若くて体力ある学生さんなんかも、うちには音を上げる寸前なの。父は一日中あたしの名前を呼んで、他の人の言うこと一切聞かないし、夫は突然物を投げたり、ガラス割ったりするから。玄関やお台所のガラスなんか、もう何回取り替えたのか分かりゃしない」

しかしわたしは、その後一度だけ、規子の家の留守を預かることになる。規子が合唱団の選抜メンバーに選ばれ、年末のコンサートの準備を、本格的にすることになったからだ。

規子は大層喜んだ。歌の達者な人間がメンバーに選ばれるのだから、彼女の歌唱力が評価された証《あかし》だった。

しかし追加レッスンのため、以前より頻繁に家を空けるのを余儀なくされた規子は、やはり断ろうかと悩んだ。

「断ることはなかろう。せっかくのチャンスじゃないか」

わたしは規子を励ました。彼女が歌いたいことを、知っていた。

「でも、介護士さんや、学生さんの都合はそうそうつかないわよ」

「やってみたいんだろう」

「それは――」

「子供の頃から、歌が好きだったって言ってたじゃないか。やれよ。もし、介護の人の都合がつかないのなら、おれが留守を預かってやってもいいよ」

「無理よ」

「無理じゃないよ」

「こういうこと、今までにやったことあるの？」

「ない」

「じゃあ、無理」

「やればできんことなどない」

わたしも少々意地になって答えた。

規子はそんなわたしの顔を覗き込むと、いきなり笑いだした。

「分かったわ。失礼しました。昔から聡くん器用に、なんでもこなしたものね。じゃいずれ、お言葉に甘えさせていただくかもしれません」

それから一週間後に、規子からわたしに電話があった。

「来週の水曜日の午後なんだけど、介護の人も学生さんも都合がつかなくて――」

「分かった。留守番引き受けるよ。安心してレッスンに行け」

「夫とは、将棋を指してあげるだけでいいから。癇癪起こすかもしれないけど、堪えてあげて。それにあの人、力ないから、聡くんなら余裕で大丈夫。父は普段寝てるし、特段問題ない。何かグズっても、手を貸す必要はないから」

「いや、そういうわけにもいかんだろ」

「手を貸しすぎるのも考え物なのよ。じゃないと、どんどん悪化して、そのうち自分じゃ何もできない体になっちゃうから」

「そうか。分かった」

約束通り、次の週の水曜日規子の家を訪れた。

うっすら化粧をし、紅をさした規子が、朽ちかけた引き戸を開け、微笑むと、甘い香りがあたりに漂った。

秋らしい薄茶のジャケットに、はっとする色合いの、オリーブグリーンのスカート姿。選抜メンバーに任命されてから、いろいろと気合が入っているのだろう。

こういう上品な格好は、彼女にとてもよく似合う。長身で姿勢もいい規子は、若い服もちゃんと着こなすことができるのだ。失礼を承知で言えば、こんなバラックの住人だとは、誰も思わない。

「これ、土曜日に買っちゃった。セールだったから。どう？　似合う」

こう言うと規子は、少女のようにはにかんだ。

「ああ。とてもよく似合ってるよ」

「ばかよねえ。少ない年金で必死にやり繰りしてるのに、こんなもの買ってしまうなんて」

「いいじゃないか。自分が満足すれば」

家に上がり、残りの住人に挨拶した。

老父は例によって、わたしのことなど眼中になく「のりこ〜」と搾り出すような声を上げ、畳の上に大きく広げられた新聞を、鼻をほじりながら読みふけっていた主人は、チラリとわたしを見上げただけで、すぐ紙面に戻った。

「それじゃ、悪いけどお願いします。おとうさんもパパも、ちょっと出かけてきますから。白石さんの言うこと、ちゃんと聞くのよ」

規子はふわりと残り香を漂わせ、出て行った。

残されたわたしは、これからが本番と、身を引き締めた。

主人が大きく鼻息をつき、新聞を畳み始める。

「どうですか。一局」

部屋の隅には、将棋盤と座布団が積み上げられていた。

「ふん」

こちらを見ようともせず、老座敷童が馬鹿にしたようにまた鼻息を吐く。構わず将棋盤と座布団を持ってきた。主人は言われもしないのに、薄汚れた座布団の上にちょこんと腰を下ろした。

本将棋はやめ、挟み将棋をやることにした。

その方が彼にとっては負担が少なくてよいだろう。と言うより、わたしはこの老人が本気で将棋を指せるとは思っていない。対局する振りをしてやるだけでよいのだ。

わたしは歩だけの駒を、将棋盤に並べた。

「挟み将棋です」

主人は何も言わず、将棋盤を見つめている。

「じゃあ、とりあえずわたしから始めますかな」

わたしは自分の歩を、二マス進めた。主人はわたしの真似をして、自分の駒も二マス進めた。

しばらくわたしは彼の出方を窺った。

最初の五手くらいまでは、主人の駒の動きはまともだった。

わたしは、主人が挟んで取れるよう、わざと彼の駒の隣に自分の歩を持っていった。

主人はわたしの歩を挟むことなく、別の駒を動かした。躊躇《ちゅうちょ》したが、主人に挟んで取るルールを教えた。癇癪を起こすかと思ったが、主人は「ふん」と鼻を鳴らしただけだった。

「いや。そうではなく、ホラ、ここでこう進めると、駒を二つ挟むことができますよ」

まだルールを理解していないようなので、もう一度説明した。主人はわたしの言った通り、駒を進めた。

次には自分で挟むことに成功した。ルールを覚えたのだ。

「やられましたな」

と言うと、主人はにんまりと笑った。

最初の対局はわたしが負けた。

「まいりました。もう一局どうですかな」

主人は鼻息を吐きながら、頷《うなず》いた。奥の部屋から「の〜りこ〜」という声が聞こえた。主人が顔を上げ「うるさい」と言った。

もう一局やり、また主人が勝ったところで、わたしは初めて将棋以外の話題を彼に振ってみた。

「ご主人はお幾つになられました?」

「六十」

「そうですか。お若いですね。わたしは七十七になりました」

目の前の小さな年寄りは、少なくともわたしと同じか、もっと年上に見える。

「お仕事は何をなさってました」

初めて彼はわたしに視線を合わせた。白内障で濁った目をしていた。

「株」

一言言うと、再び将棋盤に目を落とした。

その後、三回立て続けに負けてやり、四回目の対局で初めて本気を出した。老妖怪の顔は、見る見る不機嫌になっていった。

その時、狭い部屋の中にかすかに異臭が漂っているのに気づいた。臭《にお》いの元は、隣の部屋らしい。老父が脱糞《だっぷん》したのだ。

糞尿の処理については、規子から具体的に何も言われていない。しかし、このまま規子が帰ってくるまで、放っておくに忍びない。臭《くさ》いのはもとより、こんな状態で放置されたままでは、当の本人が気分が悪いだろう。

介護ベッドの横には、成人用オムツの箱が見えた。

「早くやれ」

主人が不機嫌そうな声を上げた。わたしは手早く駒を動かし、試合を終了させた。弱気が起きないうちに、早く老父のオムツを交換したかった。

「八百長だ！」

主人が叫んで将棋盤をひっくり返したのを合図に、わたしは覚悟を決め、立ち上がった。

わたしが近づくと、老父は怯えた声を上げた。

「の〜りこ〜」

「大丈夫ですよ。心配いりません」

わたしは老人の枕元に歩み寄り、優しく声をかけた。

老父は、薄膜を張った骸骨《がいこつ》のような顔で、天井の一点を見つめ、再び「のりこ〜」と声を上げげた。痩せてはいるが、遠目に見るほど衰弱している様子はない。肌の色艶《いろつや》も意外によい。

「娘さんはすぐ帰ってきますから。それまでに、さっぱりしましょう」

わたしの腿《もも》に何か小さいものが当たった。下を向くと、飛車の駒が畳の上に転がっている。

「八百長だ」

癇癪持ちの小妖怪が、二つ目の駒を手に持ち、わたしを睨《にら》んでいた。無視して、老父の掛け布団を剝ぎ、ケアに取り掛かった。

しかし、こんなことをやるのは初めてだったので、要領がまるで分からない。とりあえず、パジャマのズボンを脱がそうと手をかけると、老父がむずかり始めた。結構強い力だった。

「大丈夫ですから。心配しないで。さあ、汚いもの取り替えてさっぱりしましょう」

「八百長野郎」

二発目の駒がわたしの臀部《でんぶ》に命中した。

老父のパジャマを足元まで下ろすと、左足の膝から下が無いことを発見した。ハンディを抱えながら、この年齢まで生きる人間もいるのかと、驚いた。

わたしは、気合を入れてオムツを外した。

凄《すさ》まじい異臭が鼻をついた。オムツの中の惨状に、思わず目を背けた。しかし、すぐに現実に戻り、ウェットティッシュを片手に、息を詰め作業に取り掛かった。

気がつくと、老座敷童がわたしの傍らでひざまずいている。さっきまでの憤怒にゆがんだ顔はどこへやら。何が面白いのか、わたしがオムツ交換をしている様を興味深げに眺めていた。

もう気にならなくなっていた異臭が再び鼻を突き、わたしは老人の股間《こかん》から顔を上げ、ぎょっとなった。

何と、先ほど取り外し、部屋の隅に置いたはずの使用済みオムツを、老父が手にしているではないか。しかも、畳んであったそれを開き、中に入っている物をしきりに指でこねくっているのだ。

「いけません！」

わたしは急いで老人の右手を取り、ティッシュで拭いた。しかし、左手には手が回らず、気づいた時には、ねっとりと異臭を放つ黄土色のものが、ベッドのシーツになすり付けられていた。

このままでは辺り一面汚物だらけにされてしまうと思い、あわててオムツを取り上げようとすると、意外に強い力で抵抗された。汚物を触った手で、胸倉を摑むので、わたしのシャツも汚れた。

そんなわたしを「ひゃ、ひゃ、ひゃっ」と、耳障りな声で規子の夫が笑った。

その時わたしは、やっと気づいたのだ。

考えてみれば介護ベッドに寝たきりの老人に、部屋の隅に置かれた使用済みオムツを手に取ることなど不可能ではないか。わたしがケアに夢中になっている隙に、誰かが手渡したに違いない。そんなことをするのは、隣でバカ笑いしているこの小妖怪以外、誰がいるというのだ。

「あんたがやったのか」

わたしは奪い取ったオムツを丸めながら、主人を睨んだ。

へらへらと笑っていた主人の顔が、いきなり曇った。

「なんだい。八百長野郎」

「八百長などしていない。あんたが弱くて負けただけだ」

「なんだとこの野郎」

主人は小さな拳《こぶし》を握り締めた。

「お前なんか、こうしてやる」

小柄な老人は、その拳をわたしの下顎《あご》に放った。わたしは素早くその手首を摑んだ。

の脛《すね》を蹴った。

「この野郎。この野郎」

腕をわたしに摑まれた老人は、今度は足を繰り出した。細い足で、しきりにわたし
「やめんか」

とっさに足を払ってしまった。

老人はその場で尻餅をついた。

「済まん。大丈夫か」

わたしが差し出した手を、主人が払い除《の》けた。

「畜生、畜生……」

老人は声を殺して泣き始めた。その姿がなんとも哀れだったので、わたしはもう一
度謝った。

「悪かった。つい足が出てしまった。怪我はされてませんか。立てますか」

しかし老人は干し柿のような顔で、枯れた涙を流すだけで、何もしゃべろうとはし
ない。

オムツを換えてやったばかりの老父が、再び「の〜りこ〜。の〜りこ〜」と呻き始
めた。それが主人の搾り出すような泣き声と相まって、耳を塞《ふさ》ぎたい気分だった。

規子が帰ってきた時、主人はまだ立ち上がらず、畳の上でうな垂れていた。わたし

が規子に事情を話すと、顔色ひとつ変えず「そう」と答えた。

「済まなかった。大人げないことをしてしまった」

「謝るのはこっちよ、聡くん。この人が先に手を出したんでしょう。きっと相手が男だから、あたしの時より本気出したんじゃないかしら。だから咄嗟《とっさ》に投げ飛ばしちゃったんでしょう。聡くん、お相撲強かったものね。ホラ、パパ。立ちなさい」

主人はいやいやをした。しかし規子が腕を伸ばすと、仏頂面をしながらしがみ付き、何とか立ち上がることができた。

「なんだ、大丈夫そうじゃない、パパ。でもとりあえずお医者行って、レントゲンだけは撮ってもらいましょうね」

「本当にすまない」

「いいわよ。気にしなくて。それより、聡君。父のオムツまで交換してくれたの？ありがとう。でも、シャツが大変なことになってるわね。脱ぎなさい」

「大丈夫だよ」

「だめ」

結局わたしはシャツを脱がされ、規子の父のお古のポロシャツに着替えさせられた。樟脳《しょうのう》の臭いがプンプンしたが、サイズ的にはちょうどよい。

医者まで同行すると申し出たが、規子は首を横に振った。

「大丈夫だから。この人、オーバーなところあるし。それより今日はどうもありがとう。ごめんなさいね。でも、本当に助かった」

後日、規子に電話をかけ、主人の容態を確認した。

「大丈夫。なんともなかったから」

「そうか。それはよかった。骨にヒビでも入ったのかと心配していた。しかし、いずれにせよ申し訳ないことをした」

「いいのよ。あたしだって昔は随分あの人に殴られて、生傷が絶えなかったんだから」

「本当か。それは」

「でもう大丈夫。一度反撃して、あたしの方が強いって思い知らせてやったから。それからは随分大人しくなったのよ」

「逞《たくま》しいな」

電話の奥で、くっくっと笑い声が聞こえた。

「あたしのことが、怖くなった？」

「いいや」

「コンサート来てね」

「ああ行くよ。練習に行くなら、また留守を預かってもいい」

「いいわよ。もう」

コンサートはその年の十二月に、市民ホールで開催された。

規子が招待してくれた席は、前列から二番目だった。周りを見渡すと、二百席あるという館内は、ほぼ満席である。老婦人が圧倒的に多く、その中にチラホラとわたしくらいの年齢の男性も混じっていた。

若い人間の姿はない。

だがこれは当然だろう。棲《す》み分けというものがあるのだ。わたしたちの世代が、ロックの野外コンサートに行かないように、彼らもこういうところに姿を見せることはない。

開演のブザーが鳴り、幕が開く前に一人の女性が演壇に現れ、詩の朗読を始めた。

「青春とは人生の或《あ》る期間を言うのではなく心の様相を言うのだ。

逞しき意志、優れた創造力、炎《も》ゆる情熱、怯懦《きょうだ》を却《しりぞ》ける勇猛心、安易を振り捨てる冒険心、こう言う様相を青春と言うのだ。

年を重ねただけで人は老いない。

理想を失う時に初めて老いがくる。

歳月は皮膚のしわを増すが、情熱を失う時に精神はしぼむ――」

わたしは身を乗り出して、朗読している女性の清流のような声に耳を傾けた。サムエル・ウルマンの詩『青春』だ。ひとつひとつの言葉が心に染み渡った。

「人は信念と共に若く　疑惑と共に老ゆる。

　人は自信と共に若く　恐怖と共に老ゆる。

　希望ある限り若く　失望と共に老い朽ちる——」

朗読が終わり、幕が上がった。

白いブラウスに黒のロングスカート姿の、総勢五十名ほどのご婦人たちが現れた。六十五歳以上のメンバーしかいない、女性合唱団。白髪、銀髪、茶髪。淡い紫色の髪の毛をしている者もいる。皆背筋がピンと伸び、姿勢が良い。

規子は前列、左から二番目のところにいた。ソプラノのパートらしい。視線を向けても、ツンと前を向いたまま、こちらには一瞥もくれない。

指揮者の女性がタクトを振り、ピアノの前奏が始まった。

一曲目は例の「ヨコハマさわやかさん」だった。

滑らかに流れる歌声を聴き、驚いた。初めて聴いたときより格段に進歩している。選抜というのもあるかもしれぬが、精進なしでこのようには歌えないだろう。

規子は大きな口を開け、身体を左右に揺らし、まるで子供のように歌っていた。

そう。

あのように歌っている小学生の頃の規子を、わたしは見たことがある。

といっても、こんなに爽やかな歌を歌っていたわけではない。「むすんでひらいて」が別の歌詞で、「戦闘歌」として歌われていた時代なのだ。音楽の時間、女性が歌うには勇ましすぎる曲の数々を、当時「軍国少女」だった規子は、臆することなく、大口を開け、歌っていた。その生真面目さに、わたしは驚いたものだ。そして、彼女のことをますます気にかけるようになった。

「さわやかさん」の後に、唱歌や歌謡曲を七曲歌い、最後にクリスマスソングの「赤鼻のトナカイ」で締めた時、会場から割れるような拍手が起きた。

「うまかったわねえ」

隣の席の老婦人がため息を漏らした。

幕が下りる寸前、規子がわたしを見つけ、満面の笑みを浮かべた。

第十七章　木村規子の秘密　その②　三バカトリオ再び

コンサートの評判が上々だったので、また春にも公演をやるのだという。今度はもっと大きなところで、大々的に行うのだそうだ。規子は大層喜んだ。

「しかし、ますます練習がハードになるだろう。家を空ける回数も多くなるんじゃないか」

「それはそうだけど。仕方ないわね」

「おれが留守番引き受けてやるよ。いちいちボランティアとか見つけるのも大変だろう」

「いいわよ。そんな」

「いや。確かに前回は、とんでもないことしちまったが。ああいうことするのは、あの時が初めてだったから。二度目は大丈夫だ。なんとかなる。家のことは心配するなよ」

「でも」

「規ちゃんには息抜きが必要なんだよ。見てりゃ分かる。留守は守ってやるから、行っておいで」

「分かってないわよ」

規子にしては珍しく、不機嫌な声を上げた。

「あたしにとっての一番の息抜きって、なんだか分かってるの」

「歌を歌うことだろ」

「あんた、子供の頃からホント、全然変わってないのね」

「……」

「歌も勿論《もちろん》だけど、こうやって聡くんとしゃべるのが、あたしにとっての一番の息抜きなの。その聡くんを一人家に残して、あたしだけ表に出て行ってどうするのよ、ばか」

年が明けてから、わたしと規子は表で落ち合い、二人でデパートに出かけたり、映画を観《み》たりするようになった。といっても、規子は歌の練習で外出することも多かったので、ケアの人をそうそう見つけるのは難しく、一ヶ月に一遍でもそういう機会に恵まれればいいほうだった。

「エリちゃんには、悪いことしてるわね」

「気にすることはないさ」

前に書いたように、エリには規子と表で会っていることを、内緒にしておいた。規子との間には無論、何もなかったのだが、ただ心が繋《つな》がっているというだけでも嫉妬するのが、人間という生き物だ。エリには、これ以上余計な精神的負担をかけたくなかった。

「それより、おれの方こそご主人に悪いことをしているな」

規子は、ぷっと噴き出した。

「いいのよ。あたしはあの人には十分尽くしてきたんだから」

規子は自分の過去を、あまり語ろうとしない。わたしも積極的に聞こうとはしなかった。人には誰しも、触れられたくないものがある。

規子は若者を見るのが好きだった。

ふたりで繁華街に行くと、規子はいつも、キラキラと輝く若アユのような彼らに、眩《まぶ》しい視線を送った。

「近頃の子はみんな大きいわね。ますます大きくなってる」

「そうだよな。規格外にデカイやつもいるな。もう日本人には見えん」

毅の電柱のような身体を思い出す。

「ホントそうね。みんな外人さんみたい。鼻が高いし、目も眉もキリッとしてて。スタイルだっていいし。おしゃれも楽しいでしょうね」

規子が、雑貨売場に屯《たむろ》している、若い女性たちを見ながら言う。

髪を淡い茶色に染めた、わたしと同じくらいの身長の彼女たちは、全員短いスカートを穿《は》いていた。その近くでは、ずり落ちそうなダボダボのズボンを穿いた男子グループが、笑いながらお互いの肩をど突き合っている。

「おれたちがあのくらいの年齢の時は、男は国民服で、女はみんなモンペを穿いてたな」

「いやねえ。いつの時代の話してるの」

規子が眉根を寄せた。

「あの子たち、大きいけどまだ高校生くらいでしょう。あの頃もうスカート穿いてたわよ、あたし。だって戦後じゃない」

「ララ物資か」

「違うわよ。古いカーテンとか毛布でワンピースを作ったの。でもそんなの着たのは、戦後の一時期だけ。日本はどんどん豊かになっていったもの」

「そうだな。でも今に比べりゃ桁《けた》違いに貧乏だった。それでも楽しかったなあ」

「聡君は若い頃、何して遊んでた？」

「遊びか。映画はそこそこ観たかな」

「あたしも観たわ。そんなに沢山じゃないけど」

「黒澤の映画なんか良かったなあ。『素晴らしき日曜日』とか『生きる』とか」

「あたしは、『キューポラのある街』なんかが好きだった。ホラ、吉永小百合《よしながさゆり》の初主演作」

「そうだったのか」

「吉永小百合もいいけど、でもやっぱり綺麗といえば、断然山本富士子《やまもとふじこ》よ」

「そうか？　なんか整いすぎて人形みたいじゃなかったか。おれは並木路子《なみきみちこ》みたいな愛嬌《あいきょう》のある顔の方が、いいと思ったがな」

「並木路子って『リンゴの唄《うた》』の？　聡君ああいう人が好みだったんだ」

「好みというわけじゃない。まあ、悪くはないと思うよ」

「男優では、池部良《いけべりょう》や佐田啓二なんか、憂《うれ》いがあっていいと思った」

「ああいう男が好みなのか」

「好みというわけじゃないけど。まあ、悪くないと思うわよ」

　こう言うと、規子はくつくつと笑った。

「そういえば、聡くん。若い頃、佐田啓二に似てたわね」

「若い頃って、規ちゃんが知ってるのは、小学生の頃のおれだろ」

「――まあそうだけど」

こう言うと、規子は一瞬、視線を泳がせた。

「それにしても、さっきからあたしたちが話してる人たちって、もう死んじゃったか、生きていてもいい年の人たちばかりじゃない。若い人で誰かいい人はいないの」

「う〜ん。今のタレントか何かか？　いや、さっぱり分からんよ」

「嘘おっしゃい」

「嘘じゃないよ」

「あたしは、今の若い俳優さん、皆かっこいいと思うわよ。冗談じゃなくて、あと六十若かったら、追っかけやってそうなステキな子、沢山いるもの。あたしたちが若い頃、俳優の追っかけなんて、出来なかったものね。今の子が羨ましいわ。聡君も枯れたふりするのやめなさい。若い子はいいでしょう。エリちゃん、可愛いじゃない」

「そういう話はもうやめようぜ。それより、追っかけやりそうなステキな俳優っていったい誰なんだ」

「そういう話、続けてるの聡君じゃない。気になる？　でも教えたって無駄でしょう。だって聡君、さっぱり分からないんだから」

こういうと規子は、きれいなソプラノでころころと笑った。

このような関係が暫《しばら》く続いたある日、弘から電話が掛かってきた。正輝が死ぬ、少しばかり前の話だ。

弘は「蓮華」で飲もうと誘った。

長生き競争の会合かと問うと「そうじゃない。二人きりでだ」と不機嫌そうな声が返ってきた。

例によって、約束の時間より少し早めに行くと、既に弘は来ていて、焼酎のロックをあおっていた。

「おめえは、いつも約束の時間の十分前に来るっていうからな。五分でも二十分でもねえ。きっかり十分だ。女将《おかみ》がいつも感心してたよ。数秒の狂いもねえって。考えてみりゃ、小学校時代からおめえはこんなだったたな。八幡様で野球の待ち合わせすると、いつも一番乗りしてやがった。今日おれは、約束の時間の四十分前に来たんだよ。三十分だけ、ひとりで酒盛りしようと思ってな。今は七時十分前か。しかし驚いたな。本当に数秒も狂っていねえ」

弘がお馴染みのべらんめえ口調で言った。それにしても、人を誘っておいて、一人で酒盛りをしたかったとは、いったいどういう了見なのだ。

「さあ、さっさとそこに座れ。飲め。おい、女将。早くもうひとつグラス持って来い」

「どうしたんだ。荒れてるな。飲みすぎは良くないぞ」

「てやんでえ」

弘はわたしのグラスに、どぼどぼと乱暴に焼酎を注いだ。

「おい、おい」

「おれのおごりだ。飲め。生《き》でいけ。さあ」

仕方なく、申し訳程度にグラスに口をつけた。三十五度の芋焼酎の強烈な匂いが鼻をついた。

「なんだ、その飲みっぷりは。面白くねえやつだな」

弘は自分のグラスをグイと空けた。

「おい、そういう飲み方はよくないぞ。年を考えろ」

「てやんでえ」

弘はグラスを置いて、わたしを見た。目が据わっていた。

「だいたいおめえはなんだ。株はやらねえ。ゴルフはやらねえ。酒だって、本気で飲まねえ。おれはちゃんと知ってるぞ。おまえいつも、二杯目のウーロンハイから、やたら薄めて飲んでるだろ。それで酔っ払った振りしていやがる。大した役者だよ、まったく」

「どうした。今日はやけにご機嫌斜めじゃないか」

「酒も博打もやらないが、女はやるんだろ。若い愛人も作って。お盛んじゃねえか」

「おい、そういう言い方はやめろよ」

さすがのわたしも色めきたった。

「なんでえ、表出るか」

怒らせていた肩を、わたしは下ろした。

「おい、いったい何があったんだ。言ってくれよ。もしおれが、無意識にお前の気に障るようなことしてたら、素直に謝るよ」

「おれのことなんか、どうでもいいんだよ。飲め」

仕方なく今度は弘を真似、グラスを大きくあおった。食道の中を、炎が通り過ぎるような感触があった。

「さっき、電話かけたんだ。お客様サポートセンターってとこによ。電話の件だ。電話っていっても、普通の電話じゃねえ。あれだ」

「なんだ」

「だからあれだよ、あれ。普通の電話じゃねえ電話で分かれよ。コードのないちっこいやつだ、ホラ」

「携帯か」

「そうだ。それそれ。携帯電話。一度ぶっ壊れて、充電できなくなったんだ。娘が見て、それでやっぱり壊れてるみたいだって、サポートセンターに電話してくれて。それでこの間センターまで行ってきたんだよ。で、修理のために工場に回して、代わりの携帯を貰《もら》って帰ってきた。

一昨日《おととい》直ったって知らせがあって、取ってきたんだけど、どうも様子がおかしい。やっぱりまともに充電できてねえような気がした。だから今度はおれ自ら、サポートセンターに連絡を入れた。電話に出たねえちゃんは、本人確認だとかいって、いろんなこと聞いてきて、全部答え終わった頃にゃ、もうとっくに日が暮れかけてたぜ。それでな。また携帯持って来いなんてぬかしやがった。さすがに頭にきたぜ。さっきまで大雨が降ってただろう。そんな日にわざわざ出かけられるか。必要なんだからすぐに直せ、そっちのミスだろ、家まで取りに来いって息巻いたさ。

だけど先方は、申し訳ございません、でも規則がありましてって、慇懃《いんぎん》無礼に謝った振りしてるだけで、まるでらちが明かねえ。そのうちまた、生年月日をもう一度確認させてくださいなんて言い出しやがって。それで最後にな、こう言ったんだぜ。『ああ。七十七歳でいらっしゃいますね』ってな」

弘は焼酎をあおった。蛍光灯がはげ頭に反射して、テカテカと光っている。

「だからなんだっていうんでえ。おれはブチギレて、大声上げたよ。そっちのミスで迷惑してんだ。もう電話料金払わねえぞ。自動引き落としも止めるぞってな」

「そりゃ気持ち分かるよ。おまえの怒りはもっともだ」

「それでな。娘が外出から帰ってきたんで、そのこと話したら、携帯確認して、『お父さん、これちゃんと直ってるよ』なんてぬかしやがる。おれがランプが点《つ》いてねえって言ったら、ランプはすぐ消えちゃうタイプなんだと。それで蓋をぱかって開けたら、今まで真っ暗だった画面がパッと明るくなったんだ。確かに壊れてねえんだよ。充電もちゃんとやってる」

弘は焼酎を飲み干すと、ため息をついてグラスをソーサーの上に置いた。

「おれたちは全員白内障で、目ん玉がどこぞの外人みたいに青くなっちまってるのに、おまえだけがまだまっ茶色だ。歯だってみんなガタガタなのに、おめえだけが入れ歯じゃねえ」

「おい。またおれの話かよ。白内障は知らんが、歯のほうは磨き方次第でどうとでもなる。歯間ブラシ使って、よく鏡を見て――」

「うるせえな。そんなこたあ、どうでもいいんだよ。おめえ、規ちゃんとデートしてんだろ。はっきり答えろ」

弘は、しわの寄った眉間をわたしに向けた。こんなにも不機嫌な本当の理由は、携帯電話などではなかったのだ。

「デートっていうようなものじゃないよ」

「一緒に映画行ったり、コンサート行ったりするのはデートっていうんじゃねえのかよ」

「規子がしゃべったのか」

「ああそうだよ。今でもおれは定期的に、彼女の家に連絡入れてんだ。偶然おまえらが二人でバス停にいるとこ、見かけちまってな。それで、後で何気なく聞いたら、少女みたいにはにかんだ調子で、一緒に映画行ってきたって白状してな」

「そうか」

「おれがおまえのこと、昔から大嫌いだってこと知ってたか」

「いいや。初耳だな」

「かけっこでも相撲でも野球でも、おまえに敵《かな》わなかった。絵や歌なんかもおまえの方が上だった」

「だが、学校の成績は、おまえのほうが良かっただろ。おまえは東大に行って、一流銀行に入った秀才じゃないか」

「おめえだって、勉強できただろ。確かにおれは、すべての教科が得意だった。だが、算数だけは、いつおまえに抜かれるかずっとビクビクしてたよ。いや、確か試験で一回だけ抜かれた。おめえが満点取ったとき、おれが満点じゃなかったこと、一度だけあった」

「そんなこと、おれはぜんぜん覚えてないぞ」

「おめえはクラスの人気者で、男も女もおめえにあこがれてて。規ちゃんだって例外じゃなくて。そんなおまえは、みんなが悲しがるのを他所《よそ》に、とっとと転校しちまいやがった。格好つけすぎなんだよ。ばかやろうが」

「転校は仕方ないだろう。親の仕事の事情なんだから」

「うるせえやい。知ってるか、おめえが転校して半年経っても、女どもはまだ『聡くん元気にしているかしら』って噂しててな。運動会がありゃ、今度は男どもが『聡がいれば、綱引きが勝てたのに、畜生』って悔しがってよ。もうずっと、聡、聡、聡。うんざりさせられたぜ」

それはわたしに言われてもどうしようもない。しかも、それから七十年近く時は経過しているのだ。

「規ちゃんを悲しませるなよ」

弘にギロリと睨《にら》まれた。

「あの子は昔っから苦労続きだったんだ。ずっと近所に住んでるから、知ってるんだ。いいか、聡。もし規ちゃんに悲しい思いさせたら、おれが絶対に許さないぞ」

「規ちゃんの家には行ったことがあるよ。寝たきりの父親と亭主がいた。父親はともかく、亭主の方も、ちょっとマズい状態だった」

「本当か。もう完全にボケてるのか」

「いや。完全かどうかは分からん。挟み将棋もちゃんとできるし、質問すればそこそこマトモな答えが返ってくる。但し、粗暴な男だな。おまえたちが前に言ってたように、多分前頭葉をやられてるんだ。昔は株屋やってたんだろう」

「木村隆《たかし》。若い頃は有名な仕手師《してし》だったよ。今でいうファンドの走りみたいなことをやって、ボロ儲《もう》けしてた。羽振りは良かったな。その木村隆が、規ちゃんに一目ぼれしたんだ。なんたって、二十代の頃の規ちゃんは、そりゃ美しかったからな。山本富士子も司葉子《つかさようこ》も真っ青になるくらいのべっぴんさんだったんだ。おめえ、知らねえだろう。運のないやつだぜ、まったく」

　この時ばかりは、弘は嬉しそうな顔をした。

「おまえはプロポーズしなかったのか」

　こう訊《き》いた途端、弘の笑顔が引きつった。

「あの子の親父さんは、空襲で片脚失って、お袋さんは病気がちで、年の離れたまだ小さい妹と弟が二人いたんだよ。家計的に、かなり苦しかったはずだ。規ちゃんが結婚した頃ってのは、おれはまだ学生でな。収入なんてなかった。あの子が結婚して一年後に銀行勤めになったけど、サラリーマンの初任給なんて、たかが知れてるからな。規ちゃんの家族を全員ひっくるめて面倒見るのにゃ、とてもじゃないが足りねえ額だ」

「だからなんだ」

「うるせえな。だから規ちゃんはそのやり手の仕手師と結婚したんだよ。ところがいろいろあって、あの子も苦労したんだ。ダンナは、女癖があんまりいいほうじゃなかったらしいからな。それで仕舞いにゃ、事業失敗して、大金持ちから、一晩で大貧民に没落よ」

それで規子があんなバラックに住んでいた理由がわかった。

「それからというもの、借金返すために、規ちゃんも昼夜を問わず、働いてた。本当によくやってたよ。それでやっと返済が一段落した矢先に、父親が寝たきりになって、亭主がボケ始めた」

「そうだったのか――」

「だから規ちゃんを悲しませるんじゃねえ。分かったな」

わたしは頷《うなず》いた。

後輩三人と一緒に、派手な立ち回りをした毅を引き取るために、正輝と一緒に警察に出向いたのが、ちょうどこの頃だった。

正輝にはまだ、病気の兆候さえなかった。

弘にさんざっぱら悪態をつかれた三日後、わたしは規子と会った。前からこの日に会おうと、申し合わせていたのだ。親切で優秀な学生ボランティアが見つかり、夜間外出が可能になったのだという。わたしと規子はその晩、初めてふたりきりでディナーをする約束をしていた。

　待ち合わせの場所に現れた規子は綺麗だった。

　水色のワンピースに、グリーンのカーディガンを羽織り、濃い目の口紅を引いている。目の縁にも墨を入れたらしく、瞳がいつもより大きく輝いて見えた。

「ちょっと、ハデかしら」

「いいや。いいんじゃないか」

「そう？　でも何か、ヘンじゃないかしら。いい年してって思われてないかしら」

「そんなことはない。綺麗だよ」

「本当？　うれしい。綺麗なんて言われたの何十年ぶりだろう」

　わたしも綺麗と人に言うのは、何十年ぶりだったろうか。それにしても、こんな単語が、するすると口に昇るなど、思いもよらなかった。

「聡くんも凄《すご》くステキよ」

　その日わたしは、久しぶりに背広にネクタイを締めていた。背広はヨーロッパ出張時に買った、ストライプの入ったダブル。ちょっと派手なので、現役時代会社に着ていくのを躊躇《ためら》い、ずっと箪笥の奥にしまわれたままだったのを、今晩のために引っ張り出してきた。

　わたしがこんな物を着て外出するので、エリが「随分気合入ってますね」と不審な目を向けた。エリには、久しぶりに会社のOB会があると嘘をついた。

わたしたちは、こぢんまりとしたフレンチレストランで、シャンパンのグラスを挙げ、乾杯した。

「エリちゃんに、叱られちゃうな」

目の前にいる上気した婦人は、実年齢より優に十歳は若く見える。

「今晩はそういうことは忘れよう」

規子もわたしもよく食べた。前菜のカボチャスープとリゾットは半分コし、メインはわたしが牛のスペアリブ、規子が焼いたフォアグラを注文した。二人とも年齢に似合わず、こってりしたものを頼んだので、顔を見合わせ、笑った。

わたしは程よく焼けた肉に、ナイフを入れながら、弘と二人っきりで会ったことを話した。

「弘くんには、ずっと前からお世話になってる。家が近所だからね」

「あいつ。規ちゃんのことが好きだよ。小学校以来ずっと好きなんじゃないか。多分初恋の人ってやつだ」

「ふふふ」

規子は赤ワインのグラスを傾け、縁についた口紅の跡を、素早く指で拭った。

「弘くんは、いい人よ。面白いし、優しいし、親身になって相談にも乗ってくれるし。

でもね。あの人とそういう関係になるってイメージは、湧《わ》かなかった。あたしが今の主人と結婚したのは、お金目当てって、多分皆は噂してると思うけど——」

「そんなことは言ってないよ」

「いいのよ。確かにそれはあるんだから。母は病気で臥《ふ》せって、父の不自由な体では、マトモな仕事に就けなかった。軍人じゃないから、手当ても出なかったしね。弟と妹はあたしと一回りも年が離れていて、育ち盛り。弟の方は勉強がよくできたから、是非大学まで行かせてあげたかった。

それであたしは、国民学校高等科を出てすぐ仕事始めたけど、家計はやっぱり苦しかった。母の薬を買うのにも苦労したわ。だから、今の主人に言い寄られた時、考えた末、応諾したの。でもね。お金だけじゃない。あの人は優しい、いい人だった。当たり前よね。お金持ちでさえあれば、どんな人とでも結婚できる女なんて、いないもの。あたしはあの人と結婚できて、本当に良かったと思った」

わたしは程よく軟らかい肉を咀嚼《そしゃく》しながら、弘の言葉を思い出した。弘は、亭主の女癖が原因で、規子が随分苦労したと言っていたのではなかったか。

「もちろん、幸せな時ばかりではなかったわよ」

規子はそんなわたしの心の中を察知したのか、付け加えた。

「まあ、新婚ってこともあったけど、最初はあたしたち、凄くうまくやってたの。でもとっても不幸なことがあって。それは百パーセントあたしのせいで起こった事故だったから、それを境に、あの人の態度がガラリと変わった。だからあの人ばかりが、責められる問題じゃないの。一番悪いのは、やっぱりあたしなのよ」

「フォアグラ冷めるぜ」

「ああ」

規子は、カラメル色の肉片を口に含み「おいしい」と目を丸くした。

「これ、甘いのね。フォアグラって甘くして食べるものだったのね」

暫くわたしたちは、食事に没頭した。グラスが空になると、蝶ネクタイを締めた給仕が、すぐにワインを注ぎにやってくる。悪くない店だ。

「あたしには、子供がいたのよ」

規子が白いナプキンで口の汚れを拭い取り、ワインを飲んだ。

「もう随分前のことだけど、聡くんには聞いてほしいから話す」

わたしは無言で頷き、イタリア産の炭酸水を飲み、胃を落ち着かせた。

「主人は男の子を欲しがってね。でもあたしたちは結婚して暫くの間、子宝に恵まれなかった。やっと子供が生まれたのが、四年後。念願の男の子だった。主人はそれは可愛がったわよ。もう文字通り、目の中に入れても痛くないような、溺愛《できあい》ぶり。もちろんあたしも、その子を愛していた。

色が真っ白で、二重まぶたの、本当に天使のように愛らしい子だったんだから。その子が幼稚園の年長組の時、せがまれて自転車を買ってあげたの。自転車って言っても、補助輪のついた、おもちゃみたいに小さなやつよ。その当時は自転車が流行《はや》っててね。子どもたち、特に小学生は、みんな乗ってた。だから慎《しん》ちゃん――息子の名前だけど、ちょっと背伸びして、お兄さんたちが遊んでるもの欲しかったのね。もちろんまだ小さいから、表で勝手に遊ばせることなんて、しなかった。

自転車遊びをするときは、近所の空き地まで誘導していった。あたしも自転車乗ってね。今でいうママチャリってやつかしら。息子は小さな車輪を転がして、あたしの後をついてきたわ。道を一緒に走りながら、色々教えたのよ。道の真ん中を走っちゃいけない。交差点では一時停止して、左右を確認しなくちゃいけないってね。

その日あたしは、いつも通り、息子を近所の空き地まで自転車で連れていった。もう何度も通った道だから、息子はあたしを追い越して先に行こうとしたけど、それだけは許さなかった。四つ角の手前で停《と》まっている時、近所の奥さんが話しかけてきてね。その人と会うのすごく久しぶりだったから、あたし自転車に乗ったまま、ついつい話し込んじゃって。

何やらあたしの脇をすり抜ける、気配がしたのよ。近所の奥さんから視線を外した途端、交差点のど真ん中に自転車を漕《こ》ぎいれている、小さな背中が見えた。いきなり急ブレーキの音が聞こえて、あっという間に、黒い鉄の塊が、息子を自転車ごとかっ攫《さら》っていった」

規子は表情ひとつ変えず、ワインを飲んだ。

「気が狂いそうだったわ。責任はすべてあたしにあるのよ。主人はあたしを足蹴にして、しばらく口も利いてくれなかった。夜遅くならないと、家に帰らないようになった。どこかに、別の女を囲い始めた。

でも、あたしの方から離婚を切り出すことはできなかった。相変わらず母は病を抱えていたし、弟や妹の学費を負担してもらっていたし、父はアル中で自暴自棄になっていたし。

小卒で、特殊技能もなくて、しかももう若くないあたしが、どこかに正社員として就職して、家族を一人で支えることは不可能だった。それに、あたしが一番いけないんだから。天国にいる息子にも、主人にも、謝っても謝っても謝りきれない罪を背負ってしまったのは、このあたしなんだから」

「いや。それは、その……あれなんじゃないか。つまり」

「大丈夫よ」

まとまりのつかない言葉を発しようとするわたしを、規子が遮《さえぎ》った。

「もう昔のことだから」

わたしは小さく頷いた。

「それでね、ずるずると冷めた夫婦関係続けているうちに、母は死に、弟と妹は独立して家を出て行った。父は肝臓を悪くしてから、めっきりお酒の量も減って、随分大人しく萎《しぼ》んじゃった。正直、ほっとしたの。あたしの役目は、終わりに近づいているのかもしれない。これで自由になれるかもしれない。主人との冷え切った関係に、そろそろ終止符を打ってもいいのかもしれない。

これがいけなかったのね。神様がこんなことを考え始めたあたしと、それに主人にも罰を与えたのよ。主人の会社が傾きはじめたの。主人の会社が連帯保証人になってる会社が、不渡り手形っていうの？　そういうの摑《つか》まされたらしくて、支払い不能に陥って、その債務がこっちまで飛び火してきたのよ。

莫大《ばくだい》な額だったらしくて、主人は青い顔をして、あちこち金集めに奔走してた。でも会社は絶対倒産させないって。そんなことをしたら、終わりだからって。大きな家から、小さなバラックに引っ越した。お米を買うのさえ苦労するほど、お金が足りなくなったから、あたしもお惣菜屋さんで働き始めた。少なくとも、あたしと父の生活費は自分たちでなんとかして、少しでも主人の負担を軽くしてあげようと思った。

そんな生活を続けているうちに、なんとなく、夫婦の連帯感みたいなものが甦《よみがえ》ってきてね。それは、新婚当時のようにはいかなかったわよ。主人には相変わらず愛人がいるの、知っていたし。でも、たまに家に帰ってきたりすると、きちんと食事は作ってあげた。あたしの作ったきんぴらごぼうを、黙々と口に運んでいる主人の疲れた顔を見て、ああやっぱりあたしはこの人と一生添い遂げるんだと思った。

主人もあたしも、ともかくがんばって、なんとか借金は返し終えたの。会社も倒産させずに済んだ。ほっと一息ついた矢先に、あの人の様子がおかしくなり始めてね。愛人にも見放され、家に戻ってきた。無論あたしは、彼を受け入れたわ」

食後のエスプレッソを飲みながら、こめかみにぎりぎりと中指をめり込ませた。やたら苦くて濃い、コーヒーだった。

「さあ。そろそろ行きましょう。エリちゃんも心配してるでしょうし。あたしのところも、学生さんあまり待たせちゃ悪いし」

「そうだな」

わたしは伝票を持って立ち上がった。

生暖かい夜風が吹く道を、しばらく無言で歩いた。

「ねえ、公園を通って帰りましょうよ」

規子の提案で、昔は遊園地だった大きな自然公園を横切って、帰ることにした。

「なんだか、聡くんと一緒にいると、凄く若返るような気がする」

「そうか」

「どうしてだろう。聡くん自身が若いからかな」

「おれはもう、こんな年寄りだよ」

「男の人って、年を取れば取るほど、偉ぶるし、厚顔になっていくんだと思ってた。若い頃は、みんな謙虚で初々しいのにね。でも、聡くんは違う。偉ぶらないし、デリカシーがある。人の話もちゃんと聞いてくれるし」

暗がりの中から奇声が聞こえてきた。若者の声だ。集団でなにやら騒いでいるらしい。

メインプロムナードから外れた芝生の上に、複数の人影があった。

「喧嘩《けんか》かしら」

「わからん」

月の光に照らされた複数の黒影が、せわしなく動いている。喧嘩という感じではない。地団駄を踏んでいるようにも見える。

いや。

何かの塊を集団で蹴っているのだ。

黒影の合間から、うずくまっている一人の人間の姿が窺《うかが》えた。目を凝らすと、長髪で髭《ひげ》を伸ばした男性だった。その周りで集団暴行を加えているのは、まだ年端もいかぬ子供たちだ。

「おまえたち、何をやってる」

とっさに声が出た。

五人いた少年のうち三人は、「やべ！」と声を上げ、逃げ出したが、残った二人はギロリとこちらを睨んだ。少年たちの囲いが外れ、中から初老のホームレスらしき男が姿を見せた。

「なんだ。ジジイじゃん」

一番大きな子供が、肩を揺らしながら近づいてくる。身長はわたしと同じくらいあった。中学生か。いやもしかして、小学生かもしれない。

逃げかけた三人も、この声を聞き、走るのをやめた。

「何やってるの、あんたたち」

規子が険しい顔で言うと、少年はわざとらしく首を捻《ひね》り、地面に唾《つば》を吐いた。

「かんけーねーじゃん」

「暴力はいかん。それも集団で一人の人間に暴行を加えるなんて」

「臭いし、汚ねえし、いるだけで迷惑なやつだからだよ」

残りの少年たちも、こちらに歩いてきた。五人並ぶと、それなりに迫力がある。

ホームレスの男性は、いつの間にか何処《どこ》かへ消えていた。

「なんかおれたちに文句あんの。ジジイ」

集団心理が働くのか、彼らが塊になると、どんどん横柄になってゆく。

「口の利き方に気をつけなさい」

規子は臆することなく、少年たちを睨んだ。

「なんだよお。ババア」

「おいおい。君たち、何やってんの～」

遠くから聞こえた、少しばかり間の抜けた声に顔を上げると、見覚えのある三人の若者たちが、こちらに向かって歩いてくるところだった。

ちょっと前に警察署で知り合ったばかりの、カズ、シゲ、シローのトリオである。

振り向いた五人の少年たちの顔に、緊張が走った。

「子供は塾の時間だろ。こんなところで油売ってたらダメじゃないか」

少年たちは落ち着きなく、お互いに目配せした。その視線が最終的に、リーダーらしき一番大きな少年に集中した。

「な、なんだよう」

リーダーの少年にはメンツもあるのだろう。かろうじてシゲに視線を寄せたが、迫力負けしてすぐ俯《うつむ》いてしまった。

「おまえS中？」

シゲが少年の目の前に立った。少年より頭半分背が高い。

「ちがうよ」

「じゃあ、Ｂ中？」

「どうでもいいじゃん。そんなこと」

「Ｂ中？　Ｂ中だな」

「……」

「じゃあこうしよう。おれはＢ中の卒業生だ。一昨年卒業した」

「先輩っすか」

少年から肩の力が抜けた。

「そう先輩。ダメじゃないか。中学生がこんな時間まで表ふらついてちゃ。ガキは早く家帰って、クソして寝なさい」

「ういす。帰ります。おい、みんな行くぞ」

少年のメンツはこれで保たれたようだ。ホッとしているのがよく分かる。

「ちょっと待ちなさい。君たち」

背を向けようとする少年たちを、カズが呼び止めた。

「君たち、さっきこちらのお年寄りに、なんか失礼なこと言ってなかった」

「別に……」

「なあ」

「なんか言ったっけ？　おれたち」

「別にどうでもいいんだけどさあ。おれら一応耳ついてっから。おれら嘘つき嫌いなんだよね。なあ」

シゲの言葉に、いかつい顔のカズと、幽霊のようなシローが頷いた。

「この間も嘘つきがいてさあ。頭きたから、ドラム缶にセメント詰めして、大磯《おおいそ》ロングビーチに捨ててきたよな」

二人の仲間が、眉ひとつ動かさず、もう一度頷く。

「ごめんなさい」

「えっ？　何？　声が小さすぎて聞こえないんだけど」

「ごめんなさい！」

リーダー格の少年が頭を下げると、残り四人もそれに従った。

「おれじゃねえだろ。このおじいさんとおばあさんに謝れよ」

五人の子供たちは、わたしたちの方に向き直り、頭を下げた。

「よし。それからもう絶対に、理由もなく、他人に集団で暴行を加えたりするなよ」

「えっ？　こいつら何やってたんすか」

先ほどの出来事を見ていなかったらしい三人に、説明してやった。

「ほ〜。きみたちそんなことしてたの。それはいけないね。ぼくら、正義の味方のお兄さんたちだから。そういう話聞くと、なんかこうさあ、胃のあたりがムカムカして、キャベジン一気飲みしたくなるんだよね。どうしてくれるかなあ」

いきなり一人の少年が、ダーッと逃げ出した。追うように、四人が後に続く。

シゲが、走り去ろうとするリーダー少年の臀部《でんぶ》に、素早く蹴りをぶち込んだ。少年は陸揚げされたブラックタイガーのように飛び跳ねながら、それでも必死に駆けた。

「また同じことやったら今度は顔面に入れっぞ！」

外灯に照らされた少年たちの姿は、たちまち小さくなり、やがて闇にまみれた。

「ありがとうよ」

わたしは三人に礼をいった。

「年甲斐《としがい》もなく、ついかっとなっちまった」

「いえ。これでお相子っすから」

「この人たち、どなた？　お知り合い？」

規子がわたしの腕を引っ張る。

「このおじいちゃんが、うちのガンコ親父に説教してくれたんです」

カズが代わりに答えた。

「お父さんは、元気にしておられるかね」

「元気っすよ。まんまです。バカは死んでも治らねえ」

恥ずかしいのか、三人の少年たちはあまり多くは語らず、去っていった。

「なんだか久しぶりに、ドキドキしたわ」

規子が夜風を吸い込み、体を軽く震わせた。

「聡くんと一緒にいると、面白いこと起きるわねえ」

「そうかね」

「聡くん、女の子にも男の子にも、若い知り合い沢山いて、うらやましい。どうしたらそういう風にできるの」

「別にこっちから探したわけじゃない」

「しれっと言ってるけど、それって、年寄りには凄いことなのよ。あんたみたいな年寄りって、一万人に一人もいないわよ」

「そうかな。それは少しオーバーじゃないか」


このすぐ後に、正輝が逝《い》った。

次は博夫。

そして、エリ。

一度起きた不幸は、連鎖するのだ。

エリが死んだ後、わたしはすっかり老け込んでしまったらしい。

規子が気を遣って、映画やコンサートに誘ってくれたが、どんなに感動するというものを観ても、わたしは生ける屍《しかばね》のように、生体反応が無かったと言われた。そんなわたしに見切りをつけたのか、規子は徐々にわたしから遠ざかっていった。「長生き競争」の定例集会も尻すぼまりになった。三人だけの集まりに、もはや集会という色合いはなかった。義務感も失《う》せてくる。

そして何より、三人が集まると、多くの人間が失われたという事実に、あらためて気づくのだった。笑顔で門出を見送らねばならないとは思いつつ、もはやそれも難しい。向こうの世界に旅立った朋友《ほうゆう》を想う心、明日は我が身という恐怖、厭世《えんせい》観、恐れ、怒り、苦しみ、悲しみ。色々な感情が錯綜《さくそう》し、水銀のように沈殿してゆく。

わたしは押し黙り、弘は悪態をつき、規子はそんなわたしたちに気を遣う。そんな集まりが長続きする道理がない。

人一倍苦労している規子を、悲しませてはいけないと弘に約束したはずなのに、わたしはそれを破った。しかし、そのことで弘に咎《とが》められることはなかった。エリの死により、わたしが消沈しているのを、知っていたからだろう。

第十八章　「楢山節考《ならやまぶしこう》」おりんに捧ぐ

時が経ち、わたしたちは八十の大台に乗っていた。

アメリカの文芸評論家、マルコム・カウリーによれば、老いの国に入るビザが交付される年齢だ。

カウリーは、

「七十代はまだ自分たちは中年世代と錯覚しているが、八十代は鏡を見て、あっさりと自らの老いを認める。いよいよ最終幕が始まったのである」と言っている。

以前規子のコンサートで朗読を聴いたウルマンの詩を、近頃やたらと口ずさむようになった。

「人は信念と共に若く　疑惑と共に老ゆる。

人は自信と共に若く　恐怖と共に老ゆる。

希望ある限り若く　失望と共に老い朽ちる――」

しかし同時に、この詩を朗読すること自体「老い」なのではないか、などと捻《ひね》くれたことを考える。

老いさらばえるのは嫌だが、生涯青春などというのも勘弁してほしい。

七十代ではまだおぼろげにしか見えなかった、その年代にあるべき理想像というものを、八十代になった今だからこそ、模索したい。

「長生き競争」を提唱した明男は、年寄りには不自然なほど体を鍛えたり、成長ホルモンを打ったりしていた。今流行《はや》りのアンチ・エイジングというやつだ。

しかし、少年期、青年期と順調に生き、壮年期に入った頃から、むやみやたらに逆走し始める人間は、やはり滑稽《こっけい》に見える。残念ながら、老年期は確実にやってくる。老いは回避すべきものではなく、いかに受け入れ、消化してゆくかが肝要なのだ。とはいえ、そんなカッコいいことを言ってるうちに、ポックリと逝《い》ってしまうのかもしれない。明男がそうだったように。

そういえば「七十にして心の欲する所に従いて矩《のり》を踰《こ》えず」と説いた孔子も、八十代については言及していない（七十代で死んでしまったか？）。何をやっても矩を踰えない（道を踏み外さない）年代よりさらに上に行けば、もはや何も学ばず、聞く必要もないということなのか。それにしては、わたしにはまだ知らないことが多過ぎる。

比較的健康だったわたしの体にも、さすがにガタが来始めた。

まず耳が遠くなり、視野も狭《せば》まった。目の縁に、いつも何か小さな物体が舞っているような感じがした。歯周病もひどくなった。だから硬いものは控えている。顔や腕に老人斑《はん》が浮き出た。こうなるともう、どこからどう見ても老人以外の何者でもない。

そんなある日、弘から電話があった。

弘としゃべるのも久しぶりだった。

「おまえちゃんと生きてっか。ちゃんと、金の管理してるか。まさか、使い込みなんかしてねえよな」

「ああ。心配するな」

相変わらず憎まれ口を叩く男だと苦笑いした。長生き競争ファンドの賭《か》け金は全額、屋根裏に隠してある。

「ところでな、来週は規ちゃんの八十二歳の誕生日だ。当然おまえは知ってると思うがな」

知らなかった。

規子とはもう随分長い間会っていない。

「最後の集まりから、大分時が経ってるからよ。そろそろまた仕切り直しをしてもいいんじゃないかと思ってよ。誕生日ってのはいい機会だろ」

「そうだな」

エリを失った嵐のような悲しみが過ぎ去った今は、規子に会いたかった。わたしはとても身勝手な男なのかもしれない。

「じゃあ来週の水曜日。『蓮華』で」

会合に行く前に、駅前で花を購入した。一万円を奮発し、五十年ぶりに祖国の土を踏んだ開拓民に捧げるような、巨大な花束を作ってもらった。白や紫は避け、赤、青、黄、といった若々しい原色の花を選んだ。

「蓮華」に行くと、弘と規子はすでにテーブルに着き、ビールを飲みながら歓談していた。十分前に約束の場に着くことを信条としていたわたしも、老いたものだ。

「お久しぶり。聡くん」

笑顔を見せる規子は、相変わらず若い。あれから一切年を取っていないような風貌である。

女性の平均寿命が八十五歳というのも頷《うなず》ける。女性は八十を過ぎても、まだ枯れない。片や男は皆、アスファルトの上で干からびたミミズのようになる。

「なんでえ。いい年こいてバカでけえ花束抱えてきやがって。人が見てただろ」

「あら、見られたっていいじゃない。それって、もしかしてあたしのため?」

「ああそうだよ。誕生日おめでとう」

わたしは目を伏せ、花束を規子に手渡した。ほぼ三年ぶりに会う規子を、まともに見ることができない。

「ありがとう聡くん。うれしいわ。こんな素敵な花束いただいて。でも、おめでとうって年じゃないわよ。まあ、この年まで大病もしないで生きてこられたんだから、おめでたいっていえば、おめでたいかもしれないけど。でもそれは、みんなも同じでしょう。どう？　元気にしてた、聡くん」

「うん。まあ相変わらずだよ」

それから、三人の近況報告が始まった。

弘曰《いわ》く、自分は死ぬ一歩手前なのだという。肝臓は疲弊《ひへい》し、軽い狭心症の症状があり、関節はきりきりと音を立て、目も耳も頭もイカレているのだそうだ。

「最後の頭だけど、それだけは大丈夫。本当にイカレてる人は、自分のことイカレてるなんて言わないもの。でも他の部分については、気をつけなさいよ。聡くんは元気そうね」

「おれだって老けたよ」

わたしも近年の体の不調について、とつとつと述べた。こうなるともう、誰が何と言おうが真正年寄りだ。まだまだお若いなどと言われたら、張り倒してやりたい気分になる。

「何よ二人してそんな暗い顔して。もっとシャンとしなさいよ。あのお金、まだあるんでしょう。あたしたちは、あのお金を争奪するために競争しているんじゃなかったの」

「確かにそうだ。合計で五千七百二十四万四千四百四十円ある」

「おお。そんなにあるか。それにしても、よく端数まで覚えていやがったな。老いぼれのくせに。その金額はそっくりおれが頂くよ」

「いや。おまえにだけは渡さない。おれは老いぼれじゃない。おれが頂く」

「そうよ。二人ともその意気。でも最後に笑うのはあたしよ」

こう言うと、規子は相変わらず高い声でころころと笑った。

「ところで、ご家族はどうしている。父上はお元気か」

こう質問しながら不謹慎にも、とっくに逝去しただろうと思っていた。

しかし規子が「ありがとう。とても元気よ」と答えたのには驚いた。弘も口をあんぐりと開けている。

「一体おいくつになられたんだ」

「数えで百三歳。あたしは父が二十一の時に出来た子供なの」

「それはまた——」

二の句が継げなかった。左脚を失い、ずっと寝たきりの老人が、平均寿命を二十五年超えても未《いま》だ健在なのだ。

「ずっと酸素マスクをつけて、食事は流動食と点滴だけになったけど、まだまだ元気よ。言葉もしゃべるし、よく笑うの」

「それはよかったな。そんな御仁《ごじん》の前で、軽々しく、おれはもうダメだなんて言えんな。ご主人はどうされてる」

「相変わらず。でもお粗相するようになったから、今ではオムツつけてる。オムツ交換する時、暴れて大変なの。もうあちこち痣《あざ》だらけ。これでオムツつけてる人、二人になっちゃった。あたしもオムツになったら、一体どうするんだろう」

規子が自嘲《じちょう》するように目じりを下げた。

「大丈夫だよ。規ちゃんは。オムツになったりはしないよ。それより、介護大変じゃないか。ヘルパーの人はちゃんと来てくれるのか」

「平気よ。ちょっとオーバーに言っただけ。慣れてるし。主人よりあたしの方が力あるから。頭に来たらねじ伏せちゃう」

「そいつぁ頼もしいな」

それから暫《しばら》くして規子は「じゃああたしは、そろそろ」と立ち上がった。

「ごめんね。久しぶりなのに。今日はあんまり長く時間が取れなくて。後は男二人だけでやって。その方が気楽でいいでしょう。あたしの悪口も言えるし。今日はどうもありがとう。ステキなプレゼントも頂いて」

大きな花束を抱えた規子を見送った後、弘が焼酎のボトルを取り「まあ、飲もうぜ」とわたしのグラスに注いだ。

わたしたちは暫く無言だった。二人とも各々明後日《あさって》の方向を向き、グラスをゆっくりと傾けた。

「ああ、ポックリいきてえ」

わたしは弘を振り向いた。僅《わず》かに耳の周辺に残っていた髪の毛も、今や殆《ほとん》ど抜け落ちてしまった。禿《は》げ上がった頭の天辺《てっぺん》にまでシワが寄り、こめかみから首筋まで、黒や茶褐色の老人斑に覆われている。

「ポックリいきてえ、か」

わたしはオウムのように繰り返した。

「さっきは、規ちゃんがいたからこんなことは言えなかったけどよ。明男みたいに、闘病生活もなく、苦しまず、周りに迷惑もかけず、ある日突然ポックリいきてえ」

もはや弘には、五千七百万の金より、如何に死ぬかが、一大事なのだろう。

「眠るように安らかにってやつだな。それなら脳梗塞《こうそく》より心不全じゃないか」

「そうだな。心不全がいい。心臓は止まらなきゃいけねえんだよ。規ちゃんの親父さんにゃ悪いが、おれはずっと寝たきりで、あっちこっちチューブで繋《つな》がれてまで生きようとは思わねえ」

「だが、ああなったのは本人の意思じゃないだろう」

「それはそうだ。神様はまったく罪なことしやがる。世の中交通事故で死んじまう赤ん坊もいるってえのに、百歳超えて、自分じゃ何一つ身の回りのことができなくなっても、生きている人間がいるんだからな。どうして、命を平準化できねえんだ。生まれてすぐ死んじまうのなら、最初から生命なんか与えてやるなって」

「いや。たとえ生まれて数年で死んでも、その子供はきっちり生きたんだよ。生まれてこなけりゃ良かった、という理屈はありえん。気をつけて物を言えよ」

「分かってらい。そんなこと」

弘が不機嫌そうにつぶやいた。今までの弘なら、かっとなって反発するところだろうが、もうそんな気力はないらしい。この男も老いたのだ。

とすると、前頭葉の麻痺《まひ》が原因とはいえ、口角泡を飛ばし、口論していた七十代のわたしたちは、本来の意味でまだ老いてなどいなかったのかもしれない。カウリーが言うように、八十を過ぎ、わたしたちはやっと、老いの国に入ることができたのだ。

「おまえはポックリいきたくねえのかよ」

「おれか」

わたしは天井を仰いで酒を飲んだ。小さな蛾《が》が、蛍光灯の周りを飛んでいた。

「まあ、ポックリもいいけどな」

「いいけどなんでえ」

「目覚めたら、突然あの世だったってのは、ちともったいないような気がする」

「もったいない？」

「そうだ。臨死体験というのかな。おれはこの世からあの世に渡る行程を、しかと見ておきたい」

「だがよ。どうやってそれを見るんだ。入院して、ずっと苦しい思いをして、死線をさまよいながら、向こうの世界に渡ってこうってつもりかい。そりゃおめえ、痛いぞ。相当痛いぞ。そんな痛い思いして、実は何も見えなかったらどうする。あの世なんて本当は存在しなくて、真っ暗な闇だけだったらどうする。苦しみ損じゃねえか」

「確かに痛いのは難儀だな。だが、モルヒネとかがあるじゃないか。おれは見てみたいんだよ。たとえ待っているのが闇だけでも、自分がどのように死んでいくのか、それをつぶさに見ておきたい。この世に生を受けたのは、とどのつまり、それを確認するためじゃなかったのかとさえ、近頃では思う」

「ったくよお」

弘が禿げ上がった頭をつるつると撫《な》でた。

「あの世と電話でも通じねえもんかね。そんで電話して正輝でも呼び出して、おめえどこをどう渡ってそっちに辿り着いたんだって、訊《き》いてみりゃいい。というより、おまえの今いる所は、どんな所だって訊きゃ済む話か。そうか、そんな良い所か。じゃおれも近々行くからよ、待っててくれよな。みたいになったら、もう誰も死ぬの怖がりゃしねえよ」

「良い所じゃなかったら、どうするんだ」

「あ?」

「おまえ今、真っ暗闇だったらどうするって、言ったばかりじゃないか。良い所はおろか、とてつもなく悪い所だったらどうする。それを知っちまったらどうする。死ぬのが今の何倍も恐ろしくなるぞ」

いや。

そんなことはない。

わたしは、芝桜の世界を信じているではないか。

弘は無言で焼酎をあおった。

「この間本屋で、とある本を立ち読みしたんだがな。それによると、あの世は魂の集合体でできているんだそうだ。よく分からんが、すべてがひとつになっているらしい。それでこの世に生を受けるというのはな、その魂の集合体を浄化向上させるため、代表として地上に降りることらしいんだ。物質主義や拝金主義に陥らず、地位や名誉も欲せず、ひたすら精進することが、魂の浄化向上に繋がるらしい。きちんと浄化されると、死後、魂の霊格が上がるそうだな。魂の集合体といっても、霊魂にはちゃんと階層も存在しているみたいだ。おれがちゃんと、本に書いてあることを理解しているかどうかは怪しいが――」

わたしがここまで言うと、弘が「知ってるよ」と遮《さえぎ》った。

「有名なカウンセラーのおばさんが書いた本だろ、それって。そのおばさん、それだけのネタで、もう何十冊も本書いてるぜ。おれも読んだことあるが、書いてある内容は全部同じだ。

印税がっぽり稼いで、講演にも引っ張りだこで、テレビ出演もして、渋谷に豪邸おっ建てたって話だぜ。まさに自分が否定してる、物質主義、拝金主義の権化《ごんげ》みたいなバアさんだ。ホストクラブ通いをして、お目当てのホストにスポーツカーをプレゼントして。その車に同乗中に事故ったんだよ。べろんべろんに酔っ払ったホストが、ハンドルを切り損なって、民家に突っ込んだんだ。夜中の二時にな。

それで、怪我人《けがにん》と死人まで出しちまった。なんでも死んだのは、難病を克服して退院したばかりの、十五歳の一人息子だったらしい。運転手のホストは、危険運転致死傷罪で逮捕。バアさんも酔っ払い運転を幇助《ほうじょ》したんだから、当然罪は問われる。ニュースでやってただろ」

「ああ、あれか。しかし、その人のことだとは知らなかった」

「死んだ後には霊魂の階層があるってんだろ。そのバアさんの魂はいったいどの階層に行くんだ？　まさか上のほうじゃねえよな。バアさんは霊魂の集合体の面汚《つらよご》しなんだから。代表としてせっかく地上に降りてきたのに、魂を浄化向上というより、汚濁劣化させたんだからな」

弘とわたしは、同時にがらがらと笑った。ふたりとも痰《たん》がからむのだ。

「それより、おめえ『楢山節考《ならやまぶしこう》』知ってるか」

「ああ、知ってるよ。映画は観《み》てないが、小説は読んだ。姥《うば》捨《す》て山の話だろ」

「おう。それであの主人公――名前は忘れちまったが」

「おりん。じゃなかったか」

「そう。おりんだ、おりん。よく覚えてるな、おめえ。そのおりんは確か七十で、楢山まいりに出かけるだろ。つまり自らを山に捨てにいくわけだ。信州の寒村で、食うものもほとんどなくて、餓鬼がどんどん産まれてくりゃ、年寄りがはじき飛ばされるのは道理だ。おりんが、石で歯を叩き割るシーンがあるだろ。いい年して、歯が丈夫なのは恥ずかしい。食い意地が張ってるようでみっともねえってな」

弘の総入れ歯が、蛍光灯の光を反射し、鈍く輝いていた。

「歯をガタガタにして、年寄りらしい年寄りになって、山籠《やまご》もりのための筵《むしろ》や、振舞い酒まで用意して、いざ楢山まいりだ。だけど、楢山行くにゃ他の山をいっぱい越えて、道なき道を歩かなきゃならねえ。年寄りにそんな行脚《あんぎゃ》は到底無理だ。

だから息子が背負っていく。息子は当然、母親を姥捨て山なんかに捨てたくねえ。そんな息子を母親が叱咤《しった》する。楢山に着いても尚《なお》、母親を置き去りにするのを躊躇《ちゅうちょ》する息子を、おりんが冷たく追い返す」

「確か、反対の親子もいたな。父親が息子に捨てられるのを恐れて、逃げ回るんだ。でも結局息子に捕まり、背板《せいた》に括《くく》り付けられ、谷底に突き落とされてしまう。なんとも恐ろしい話だが」

「そのじいさんは、おりんの許《もと》に逃げてきたんだよ。それでおりんが、逃げたら、山の神様とも息子とも、生きている間に縁が切れてしまうって諭《さと》すんだ」

「……」

わたしたちは暫く黙りこくり、酒をちびちびと飲んだ。

「おりんは別に、崇高な考えを持っていたわけじゃねえ。確かに年寄りが一人減りゃ、それだけ家族の食い扶持《ぶち》が助かるが、そんなヒューマニズムや自己犠牲の精神が、おりんを山に赴かせたとは、おれは思わないね。

七十までに自然死できなかったら、楢山まで行って、山の神様に召される。それまでに、歯もちゃんとボロボロにして、きれいな年寄りになる。これが当時の風習だったんだろ。おりんはそれに従ったまでだ」

「そうだろうな」

「今で言えば、まあ自殺だ。こんな言葉を使うと、なんだかぺらんぺらんになっちまうけどよ」

「そうだな」

「それとも尊厳死かい」

「それはちょっと違うんじゃないのか」

「いずれにせよ、おりんみてえに、自分の死に様くらいは、自分で選ばせてほしいもんだと思わねえか」

「だからポックリがいいのか」

弘が苦笑いした。

「そうじゃねえよ。犬死にはしたくねえってことだ。おれの死は何らかの意味を持ってほしい。まあ、有体《ありてい》に言えば、誰かのために死にてえ。だけど、いざ死ぬときゃ、ポックリ苦しまずに死にてえ」

「贅沢《ぜいたく》なやつだな」

今度は弘が大口を開け「がはは」と笑った。

「お前が言ってる誰かってのは、規ちゃんのことか」

わたしの言葉に、笑い声がやんだ。目を伏せて黙り込む弘は、さらに萎《しぼ》んで見えた。

「あの子が体壊さないのが、不思議なくれえだ」

「まったくだな」

「あんだけ苦労して。つらい思いして。あの年になって未だ死ねない親父さんと、別れられねえ旦那の呪縛《じゅばく》から、抜け出すことができねえんだ」

「あの子には幸せになってもらいたいな。女ってのは、八十過ぎてもピンピンしてる。男とは違う。まだまだ生きるんだから、せめて今まで苦労した分、存分に楽しんでもらいたいもんだな」

「規ちゃんは、パッンパッンの生活を送ってるんだ。年金も最低レベルらしい。父親の障害年金があったとしても、家賃払って一家三人生きていくのがギリギリの額だろう。金さえあれば、あの二人をどっかの特養へ預けることができる。もう誰にも文句は言わせねえ。あの子は今まで家族のために、十分過ぎるほどやってきたんだ。解放してやるべきなんだ」

「確かに誰にも文句は言えないな」

「五千七百万あるんだろう。私立のどんな高い施設にだって、入居させることができる。できるだけ早く入居させてやりてえな。そうすりゃ、そんだけ早く、規ちゃんは解放される。あの子ももう、決して若くはねえ」

「おい。お前いったい何考えてる」

「おれはもう長くねえ。分かるんだ」

「おれたちは長生きを競うために、このファンドを始めたんじゃないか。そんな事を言うな。規ちゃんに金が必要だったら、ファンドを取り崩して、無期限、無担保、無利子で貸してやればいい」

「そりゃ、つまりあげるってことだろ。あの子は受け取らねえよ。そういう子だ。お前だって知ってるだろ。それにおれたちゃ、明男の遺志を継いでるんだぞ。この金は死んだみんなの金だ。おれたちの独断で、どうこうできるわけがねえ」

「分かった。だが長くはない、なんてこと言うな。明男の遺志とは、長生きを競うことだろ。だから最後まで、しっかり生きろ」

「分かってらい。そういうお前こそ、少し痩せたんじゃねえのか」

俯《うつむ》くと、茶色い漆塗りのテーブルに映える、わたし自身の顔があった。頬がこけ、目も窪《くぼ》んで、とても生きている人間のようには見えない。

「そうかもしれんな」

「ちゃんと健康診断受けてるのか。血液検査やってるか」

「いいや」

わたしはグラスを傾けた。酒の味はほとんどしない。

「おれの親父は胃癌《がん》で死んでいる。お袋は違うが、お袋の伯父《おじ》と甥《おい》も癌で逝った。うちの家系で八十まで生きた人間などおらんよ。七十だって珍しい。まあ昔のことではあるがな」

「おまえこそ気をつけろ」

弘は怒ったような顔でわたしを見た。

弘が肝硬変で入院したのは、それから暫くしてからだった。

もう随分前から、肝臓が悪かったらしい。健康診断で、何度も酒を控えろと言われてきたのに、飲み続けた末の発症だった。本来もっと早い時期に肝硬変に移行しても、おかしくなかったのだと言う。

肝硬変は、肝臓病の終末期の姿と言われている。肝臓が何度も繰り返しダメージを受けると、組織の線維化が生じて肝臓全体に広がり、肝臓の表面がでこぼこと変貌してくる。これが肝硬変だ。

不可逆的に進行し、最終的には死に至る病。

やはり弘は、死期が近づいていることを知っていたのだ。だからポックリいきたいなどと漏らした。

あの日から暫く会わなかったため、たまには一緒に将棋でも指そうと連絡したら、家人が出て、もう数週間も前に入院したと聞き、驚いて病院に駆けつけた。

弘には既に、浮腫《ふしゅ》や黄疸《おうだん》の症状が出始めていた。わたしを認めると、窪んだ瞳を緩め、力ない笑顔を作った。

「やっぱりこんなになっちまったよ」

「何か欲しいものはないか。やってほしいこととか、あったら言ってくれよ」

頑張れとか、病気なぞに負けるなとか、そういう台詞《せりふ》を言えるような状態には既にないことは、容態を見れば分かる。

肝硬変になれば、いずれ大量吐血や下血が起きるか、肝臓癌を合併し、生命を奪われる。不可逆の病は、わたしの知らぬ間に、着々と弘の体を蝕《むしば》んでいたのだ。

「ポックリ死なせてくれとは、もう言わねえよ」

弘は赤ん坊のように浮腫《むく》んだ両手を、腹の上で組んだ。赤い斑点《はんてん》が掌に浮いているのが見えた。首にはくもの巣のように、毛細血管が浮き出ている。

「おれが五番目の脱落者だな。残るはおまえと規ちゃんだけだ。やっぱりこの二人が残ったか。最初から分かってたよ。おめえって人間は、よっぽど神様から好かれてると見えるな」

「そんなことはないよ」

「おまえ、規ちゃんと結婚してやれ」

「なんだって？」

「そうすりゃ、五千七百万の封印はすぐ解ける。夫婦なんだからな。どっちかが先に死ぬまで、待つ必要もねえ」

わたしは、黄色く浮腫んだ弘の顔をじっと見つめた。

学年トップの成績で、東大に入った男は、転校するまでの短い学園生活の間、ずっとわたしのことをライバルと目《もく》してきた。何かというと、わたしにいちゃもんをつけ、相撲や野球や駆けっこで勝負を挑み、ことごとく敗北しても、這い上がり、再戦を申し込んできた。無邪気だった小学生の頃のわたしにとっては、弘も遊び仲間のワル餓鬼のひとりに過ぎず、特段ライバル視などしていなかったが、こういうわたしの態度がさらに、弘の闘志に火をつけているらしかった。

そのくせ、わたしが教師にこっぴどく叱られそうな、際どい遊びを思いつくと、率先して真似たのも弘だ。ぐらぐらと揺れていた階段の手すりを滑り台代わりにした時も、使われていない旧校舎の屋根によじ登った時も、真っ先にわたしの後に続いたのは、弘だった。わたしと弘は、崩れ落ちそうな校舎の屋根の上で、肩を組みながら、二人仲良く夕日を眺めた。弘はまるで偉業を成し遂げたかのごとく、クラスのみんなの前で「聡とおれにしか、こんな真似はできねえ」と吹聴した。

短気で、嫉妬深くて、口は悪いが、温かい心の持ち主だった弘。

六十五年ぶりに再会しても、わたしをすぐに識別してくれた弘。

人一倍不器用で、感情を素直に表現することの下手くそな、典型的な昭和一桁《けた》生まれ。

今でもこの男は、規子のことを愛している。

「規ちゃんを幸せにしてやってくれよ」

弘はぽっかりと落ち窪んだ瞳をわたしに向けた。

これが最後の言葉となった。

弘はその二日後、大量の吐血をし、帰らぬ人となった。門脈圧の上昇により、食道静脈瘤《じょうみゃくりゅう》ができ、これが破れたのだ。

享年、八十三。

大往生ではなかった弘は、あの世に渡る瞬間を、目視することが果たしてできたのだろうか。

第十九章　誕生！　南極二号

あれからわたしは、弘の遺言のことをずっと考えている。

規子とは葬儀で顔を合わせた。

「本当にみんな、いなくなっちゃうのね」

規子は目頭をハンカチで押さえながら、弘の遺影を見ていた。

無論、その場で遺言のことなど話せるはずもなく、遺族にお悔やみの言葉をかけているうちに、いつの間にか規子は斎場を後にしていた。

翌日、規子の家に連絡を入れてみた。

発信音が二桁《けた》になっても、誰も出なかった。

きっと忙しくしているのだろう。それとも留守か。いや、留守なわけがない。

誰もいない家に、要介護の人間を二人も置き去りには出来ないだろう。ということはもしかして、あの二人は既にどこかの施設に預けられたか。長期でなくてもデイサービスや、ショートステイということも考えられる。

――しかしそもそも、いったいおれは、なんのために規子に連絡を入れている？　彼女が出たら、何を切り出そうというのだ。

静かに受話器を置いた。

わたしには誰とも結婚する意思はない。

年齢の問題もあるが、一番の理由は、芝桜の国でエリと契りを結ぶと約束をしたからだ。

老い先の短いわたしが、かの国に旅立つ日は近いだろう。エリは、わたしが百歳過ぎても生きると言ったが、そんなことはない。この年になれば、自分があとどれくらい持ちそうなのか、見当くらいつく。三桁の年齢に達する前に、確実にわたしの肉体は朽ちる。

「心配しないで。もう、ひとりで大丈夫だから」とエリは遺言した。

わたしのことを思って書いたのだろうが、この言葉に、少なからずショックを受けた。

わたしはエリに捨てられてしまったのか。

そんなことはないと思いつつ、来世で生まれ変わったら、絶対エリと結ばれてやると心に誓った。だから、かの国に旅立つ直前に、別の人間と結婚するわけにはいかない。

第一、規子には亭主がいる。それに弘は、規子が二人の要介護者を施設に預けないのは、財政問題からだと決め付けていたが、果たして本当にそれだけなのかと疑問だった。やはり、規子は自分の父親と、今はボケてしまったとはいえ、幾多の苦楽を共にしてきたに違いない連れ合いを、自宅に置いておきたいのではないだろうか。訪問介護やデイサービスを利用すれば、なんとかやっていけるので、長年彼らを在宅介護しているのではないのか。

そんな規子に、さっさと旦那と別れて、おれと再婚し、五千七百万を山分けしようなどと持ちかけてよいものだろうか。軽蔑されやしないか。

弘の遺言が実行できぬまま、数ヶ月が過ぎた。

わたしも規子も、二人っきりで「蓮華」で定例会合を行おうなどとは思わなかったので、お互いずっと疎遠の状態が続いた。

もしかしたら、規子はこちらからの連絡を待っていたのかもしれないが、決心がつかなかった。

年が明けたばかりの肌寒い日、散歩がてら、新しく出来たというコンビニまで出かけた時、すぐ裏手にあるのが偶然にも規子の借家であることに気づいた。

足は自然に、今にも潰れそうなトタン張りの家のほうへ向いていた。体当たりすれば簡単に壊れてしまいそうな、ガラス張りの玄関の前に立ち、深呼吸してから呼び鈴を鳴らした。

「は～い」

中から野太い男の声が聞こえた。鍵が外され、ガラガラと引き戸が開いた。

どこかで見覚えのある若い男が、目の前に立っていた。初めてこの家に来た時見かけた、青年に違いない。福祉大学の学生で、確か酒井という名前ではなかったか。向こうもわたしを覚えているらしく、「ご無沙汰してます」と挨拶した。

「今、木村さんはお出かけ中です。ええと――」

「白石だよ。以前一回お会いした。酒井君だろ」

「恐縮です。わたしのこと覚えていただいているのに、そちらのお名前がすぐに出てこなくて、申し訳ありません」

酒井青年は、随分大人っぽくなった。昔は坊主頭だったが、今では髪の毛を伸ばし、髭の剃《そ》り跡も青々としている。無理もない。初めて会った時から、六年以上経過しているのだ。

「元気にしておるかね」

酒井君は大学を卒業し、今は訪問介護ステーションに勤務しながら、社会福祉士の資格取得のため、勉強中なのだという。

「紆余曲折あって、自分が本当にこの仕事に向いているのか悩んだ時期もありましたけど、今は吹っ切れました。天職だと思ってます」

　髭剃り跡がまだ目立たなかったころは、老人の介護にあまり前向きでないように感じられた。「なんだ。またオムツ交換かよ」という、心の不満が透けて見えるような表情をしていた。

「それはよかったね。人間やりがいのある仕事をするのが一番だ」

「ありがとうございます。あの、木村さんはいずれ帰ってくると思いますので、上がってお待ちになりませんか」

　迷ったが、結局お邪魔することにした。

「ご主人は今、デイサービスに出かけてます。今いるのはおじいちゃんだけです」

　開かれた奥の和室には、百歳を超えた老人が横たわっていた。点滴と酸素マスクが繋《つな》がれている。骨と皮だけになった細い手足は、まるで古い木彫り人形のようだった。潤いのまったくない染みだらけの肌は、干物《ひもの》と言ってよい。

　静かに胸が上下していた。もう、「のりこ～」と発する気力は残ってなさそうだが、確かに生きている。

「奥さんが、今までしっかりご尊父の面倒を見てこられたからこそ、これだけ長生きしておられるのだな」

「おっしゃる通りです」

「規子――木村さんは元気にしてるかね」

「お元気ですよ。今日もまた歌の練習じゃないですか。コンサートが近づいていると、言ってましたから」

規子がコンサートで歌う姿を見たのは一度きりだ。

「ところで、つかぬことを訊《き》くが――」

「なんですか」

「いや、君に答えられることではないのは分かっているが、感触だけでも訊かせてもらえればありがたい。木村規子さんは、やはり金銭的にご苦労なさってる様子かね」

「それは――」

酒井青年はチューブで繋がれた老人に、チラリと視線を落とした。

「ご苦労なさってると思います。失礼かもしれませんが、この家の有様を見ていただければ、お分かりになるでしょう。以前一度、おじいちゃんを施設に入れることを検討してみてはどうかと、提案したことがありました。公営の老人ホームであれば、低料金で利用可能ですからね。老齢福祉年金受給者なら、さらに割安になります。いくら父親思いとはいえ、ご主人も要介護3に認定されましたし、あのご高齢でこれ以上、要介護男性を二人も面倒見ていたら、ご自身の体にも障りますから。だけど、木村さんは『お気遣い、ありがとう。でも大丈夫よ』とお答えになりました。やはりお金の問題だけではないのだなと、その時感じました」

「そうか」

「ですが、このまま放っておけばいいってものでもありません。あまりご無理なさらないようにと、ぼくは言い続けてますよ。ボランティアの学生も積極的に活用し、できるだけ外の空気を吸って、気分転換をしてくださいと。そうしなければ、木村さん、いずれ倒れてしまいますから」

わたしは、酒井青年に頭を下げ、そろそろお暇《いとま》するからと言った。青年は、奥様が帰ってくるまで待ちませんかと引き止めたが、わたしは首を振った。

「それから、これは是非ともお願いなんだが、今日わたしがここへ来たことは、木村さんには内緒にしておいてくれないかね」

自分の方からこの家を訪れたのに、わけの分からんことを言っていると、我ながら苦笑いした。しかし、今日ここに、この青年がいてくれて本当によかった。

「どうしてですか」

当然、酒井青年は怪訝《けげん》な顔をした。

「今はまだ準備ができてないからだよ。いずれ正式にご挨拶に伺おうと思っている。それまで、今日わたしがここへ来たことは、口をつぐんでおいてもらえるとありがたい」

その日の晩は、智子が食事を作ってくれた。

五十に手の届く年齢になった智子は、六ヶ月前に会社を辞め、今は自宅で経理事務代行のような仕事をしている。

「決めた。あたし、あの会社で最後の仕事する。初めて納得のいく、一世一代の仕事」

去年智子がこう宣言した時、彼女は既に女性の部下を二十名持つ、りっぱな管理職になっていた。

以下は智子が語った、最後の仕事の顚末《てんまつ》だ。

智子は上司の部長に、女子のリストラ案を提示した。当然のごとく、部長は難色を示した。生首を切るなど、そんな真似はできない。前例がないと。

「前例がないなら、わたしたちで作ってみてはいかがですか。管理部門ばかり楽してると、他の部からも風当たり強いんです。その気になれば、女子は現在の三分の一の陣容で、回していくことが可能です」

智子は食い下がった。

「しかしねえ。だからといって、片っ端から首にしてしまうというのは、ちょっと乱暴だよ君。いくらうちの会社が今業績がかんばしくないとはいえねえ」

「団体経済解雇はどこでもやってますよ。そんなに乱暴でしょうか」

リストラリストに真っ先に載せたいのが、あなたなんですけど、と言いたいのをグッと智子は堪《こら》えた。

だが追い風は起きた。

取引先の銀行から新社長が天下りしてすぐ、ずさんな経営体質に驚き、全社的なリストラを決行すると宣言したのだ。智子の提示した案は、まさに時勢が求めるものになった。

「白石君。君の案、なかなかいいよ。それでいくことにするから。来週から早急に実行に移してくれたまえ。ひとつ宜しく頼むよ」

部長は途端に掌《てのひら》を返した。ひとつ宜しく頼むというのは、また丸投げされたということに他ならない。実際部長はかけ声ばかりで、リストラの泥臭い部分には、一切首を突っ込もうとはしなかった。

智子は一人一人社員を呼び出し、事情を説明した。

泣き出すものもいれば、怒って席を立ち上がるものもいた。面談に数時間かかることもあった。

通常業務もあり、短期間ですべての女子社員と話すのは到底困難だったので、面談は数週間に及んだ。その間、部内は戦々恐々《せんせんきょうきょう》となり、良からぬ噂があちこちに飛び交った。女子社員のほとんどが、智子に挨拶すらしなくなった。

首切りの話だけでなく、残す要員とも面談の場をもうけ、会社として何を期待して残すのか、きっちりと説明した。

智子が目をかけたのは、考えることができ、テキパキ動き、つまらない仕事もいとわずやる、陽気で人望もある今年二十八歳になる庶務課の女性だった。彼女を中心に、その周りを五人の若手後輩社員で固め、うるさ型だが仕事のできる、三十代前半の女子社員を一人横につけた。これが考えうる最良の陣容だった。

リストラリストの中には、口ばかり達者に動き、頭や手足がてんで追いつかない者もいたが、そこそこ仕事を真面目にやっている者も含まれていた。経済リストラは、よくやってくれる人間だけを残すという情緒的なものではなく、決められたポストの数だけ人を確保し、あぶれた者はすべて解雇するというのが要諦《ようてい》なのである。

智子は、解雇対象者の再就職先を一緒に探したり、国家資格受験の相談に乗ったり、愚痴を聞いたり、罵倒《ばとう》を受けたりしながら、着々とリストラを進めていった。

四十になったばかりのある女子社員は、この年で再就職は到底無理と、智子に泣きついたが、彼女の嘆きを毎日四時間、三日連続聞いてやった後、解雇を断行した。

このようにして二ヶ月後、智子を含め二十一人いた女子社員は、八人になった。

智子の所属する管理本部は、社内でもっとも速く、スムーズにリストラが行われた部署として、社長から表彰されたという。

「君は来月より、一般職から総合専門職に昇格する。職階も主査から副参事になる。対外的には副部長を名乗ってもらう。どうだ、大出世だろ。おめでとう白石くん」

部長はホクホク顔で、智子に言ったという。

智子は部長の脂でぎらついたTゾーンを見つめながら、あと五年この会社は持つと思った。そうでなければ、これだけ血を流した意味がない。しかし、十年後にはまた、元の木阿弥《もくあみ》に戻っていることだろう。こういう年寄りが居座る限り、会社の慢性的動脈硬化は治らない。真っ先に首を切られるべきは、この男の方なのだ。

しかしまあ、あと十年経てば、部長をリストラする必要もなくなる。円満な定年退職が、彼を待っているからだ。その後は悠々自適の年金生活。智子は大きなため息をつき、部長室を後にした。

翌日部長に辞表を提出した。

部長はわけが分からず、目を丸くしたまま黙っていたという。

「何故そんなに驚いているんです。わたしが辞表を出す理由、分からないんですか」

部長は無言で首を横に振った。

「部下の首、あれだけ切ったんですから、最後に自らの首切るの、当たり前じゃないですか。部長が全然責任取ろうとしないんで、あたしが取ってるんですよ」

それでも部長の表情は変わらなかった。ショックを受けているのか、それとも認知症にでもなってしまったのか。

部長が何も言おうとしないので、智子は部屋を出た。

とうとう部長は、智子が辞めるまで、一言も言葉を発しなかった。「長い間ご苦労様」も「きみがいなくなると大変になる」も「もう一度考え直してくれないか」も、一切無かったのだという。

最後の日、解雇しなかった女子社員が総出で見送ってくれた。大きな花束も貰《もら》った。みんな目を赤くしていた。「辞めないでください」と泣きつく者もいた。

本来流す権利などないはずの涙が、堪えきれず一筋、頬を伝った。一旦こうなってしまうと、非情な心を保つため、今までずっと封印してきた感情が、堰《せき》を切ったようにあふれ出し、智子は声を上げて泣いた。

会社を辞めた日の翌日、智子は昼近くまで寝ていた。朝の連続テレビ小説の再放送が始まるころ、むっくり起きだし、ぼさぼさの髪のまま、ケロッグのコーンフレークを食べた。

「今日からもう、会社いかなくていいんだあ。あ～、極楽、極楽。も～最高の気分。あたし本当は、仕事なんか大嫌いなんだよお～」

智子はフレークのカスが浮いた牛乳の入ったボールを両手で持ち、ラーメンの汁を啜《すす》るように飲み干すと、大きなゲップをした。

それから一週間ばかし家の中でぐだぐだしていたが、翌週入院すると言って、家を出て行った。

「なんだっておい。お前どこか体が悪いのか？　手術するのか」

「どっこも悪くない。でも手術はするよ」

「悪くないのに、手術するわけがないだろう。いったいどこが悪いんだ。入院するなら着替えとかも必要だろう。どこの病院に行く」

「大丈夫だよ。そういうこと、全部知り合いに頼んだから」

「しかし、お前」

「お見舞いにも来なくていいから。病院からちゃんと連絡入れるから、心配しないで」

「そういうわけにもいかんだろう」

「おとうさん。この白石智子は、もうすぐ居なくなります。今まで育ててくれてありがとう。おとうさんには感謝してます。それでは、あたしは行きます。ばいば〜い」

智子は旅行鞄《かばん》を抱え、わたしに手を振った。

「おい、お前いったい何を言ってるんだ。意味がわからん」

「分からなくていいよ。いずれ分かるから」

その晩、智子の携帯に連絡を入れたが、繋がらなかった。翌日連絡しても、同じ。多分電源が切られているのだ。心配だったがどうすることもできない。まったく幾つになっても、親不孝する娘だ。

　智子から連絡があったのは、家を出てから三日後のことだった。

「どうした。手術は無事成功したか」

「うん。でもまだ分からない」

「まだ分からない？　なんだそりゃ。ちゃんとした医者なのか」

「ちゃんとしたお医者。名医。すんごく有名。だけど高い」

「お前いったいどこが悪かったんだ」

「だからあ。どこも悪くないって言ったじゃない。まあそこそこ元気だから心配しないで。まだ包帯だらけだけどね。すんごくワクワクしてるんだ。んじゃ、切るね。また連絡するね」

「おい、智子！」

　電話は一方的に切れた。

　それから四日間、なんの音沙汰もなかった。やきもきしてるうちに、やっと連絡が入った。

「ゴメン。ちょっと凄《すご》くバタバタしてて。大丈夫元気だから。そっちは元気？　おとうさん」

「お前は全然変わらんな。親をどれだけ心配させりゃ気が済むんだ。ヘルメットも被《かぶ》らず、男のバイクの後ろに跨《またが》って、夜中に暴走してた頃からまるで進歩しとらんじゃないか」

「ゴメン、ゴメン。謝るからもう勘弁して。おとうさんを驚かせてやろうと思ってるんだよ。今、友達の家にいるから。といっても女友達だよ。恵子覚えてるでしょう。ホラ高校時代あたしとよくツルんでた、爆発したブロッコリーみたいなヘアスタイルだった子。あたしと同じで独身なんだけど、今は立派に更生して真面目に生きてるよ。マンションまで買っちゃってさ。凄くいいマンションだよ。2LDKもあるの。

今そのマンションにいるから。うん、三週間ほどお世話になる。大丈夫だよ。三週間したらちゃんと帰るから。おとうさん一人置いて、蒸発なんかしないから。普通はさあ、八十越えた父親を一人きりにするなんて、しちゃいけないんだけどさ。おとうさん元気だし、器用だから一人でなんでもできるし。でも、もし何かあったら、あたしの携帯にワンコールだけしなよ。すっ飛んで帰るから」

「何を言っとる。何回コールしても音沙汰なかったじゃないか。心配したんだぞ。親に何かあってほしくないなら、心配かけるようなことをするな」

「えへへ。ゴメン。今から家に帰っても、本当はいいんだけどね。でもおとうさんに、ちょっとしたサプライズを味わってもらいたいから。暫《しばら》くこっちにいることにしたの。楽しみに待っててよ」

「分かったよ。もういい。好きなだけそっちにいろ。まったくお前ってやつは」

智子は約束通り、三週間後に帰ってきた。

居間で新聞を読んでいるとき、カチャリと玄関の鍵が開く音が聞こえ、出迎える間もなく、智子がわたしの前に姿を現した。

「おっ」

わたしは思わず声を上げてしまった。

「どお？」

智子はニッコリと微笑《ほほえ》んだ。

目の前に立っている女性は、智子のようで智子ではない。

いや。強いて言えば、若い頃の智子に似ている。四十そこそこの頃はまだ三十代の若さを誇っていた智子も、最近では太り始め、肌も衰えてきた。

ところが帰ってきた智子は、以前よりスリムで、目じりや口元のシワも伸びている。顎《あご》や頬のたるみもなくなった。

「なるほど、そういうことだったのか」

「そう。美容整形。顔だけじゃなくて、お腹《なか》や二の腕もやった。冬のボーナスと退職金、いっぺんに吹っ飛んじゃったよ。手術の後、ダイエットもやったんだから。体重は三十代の頃に戻った。どう？　あたしって美しい？　近頃の技術って素晴らしいでしょう。ぜんぜん作り物っぽく見えないでしょう」

「ああ、そうだな」

笑い方はまだぎこちないが、これが整形だとはとても思えない。

会社を辞めたばかりのときは、家の中でぐてぐてしていた智子だが、手術の後は朝早く起き、ジョギングをするようになった。

「朝は血管中の中性脂肪も糖分も少ないから、お腹や太ももの脂肪が燃えやすいのよ。一旦若さが戻ってくると、もう徹底的に美しくなりたくなっちゃってさ」

こう言いながら智子は、二月上旬の放射冷却された早朝の街中に、サウナスーツ姿で果敢に飛び出して行った。

「有酸素運動だけでもダメだから。ちゃんと筋肉も鍛えなきゃ。特に白筋肉。ほら、ヒラメとかの白身魚の筋肉よ。普段砂の中で、ぐてっとばかりしてるあいつらも、獲物に飛びかかる時は素早いでしょう。ああいう筋肉鍛えると、背筋が伸びて、バストやヒップアップにもなるんだよ。でも鍛えすぎると、レディコングになっちゃうけどね」

座席の無い一輪車や、巨大なゴムマリのような、一風変わった筋トレグッズが、所狭しと智子の部屋を占領するようになった。智子はジョギングから帰ってくると、これらの器具と格闘し、汗まみれになってシャワーを浴びる毎日を送った。

その甲斐《かい》あってか、智子はさらに痩せた。ウエストが若い娘のように細くなり、お尻も太ももかなり引き締まった。

「見なさいよ、おとうさん。あたしのこのカラダ」

シャワーから上がると、智子は下着姿のまま、居間のドレッサーの前で仁王立ちした。

「見せんでもいい。風呂から出たらさっさと服を着ろ。風邪ひくぞ」

「このウエストのくびれ。シェイプされたヒップ。見なさいよ。まるで二十代じゃないの。ええ」

智子は鏡の前で横向きになり、尻を突き出した。わたしの言うことなど、まるで聞いてやしない。

「これぞサイボーグ美女ってやつだね。今日から南極二号って名乗ろうかしら。あっははははは」

自由な時間が増えたのと、わたしが高齢になったことで、今家事を取り仕切っているのは智子の方だった。智子は一週間に一度の頻度で夜の街に出て行くが、それ以外は自宅のPCで伝票を打ったり、本を読んだりと、緩やかな日々を送っている。彼女の性格からして、そろそろ退屈しているのではないかと、密《ひそ》かにわたしは思っているのだが。

「今晩は、がんばってこんなの作ってみたよ」

規子の家から帰り、食卓についたわたしの前に、いい匂いのする大皿が置かれた。

「中華だな」

「そう。白身魚のあんかけ。で、こっちが野菜の五目炒め。出来合いの買ったんじゃないよ。あたしが作ったんだから」

「進歩したもんだな」

「そう？　お料理って凝ると結構楽しい」

智子はわたしの正面に腰を落ち着かせ、五目炒めを食べ始めた。わたしは、そんな娘を眺めながらビールを飲んだ。智子は退院してから、一切アルコールを口にしなくなった。

「いやだ、おとうさん。ジロジロ見てないで食べなさいよ」

「うむ」

「ねえ、おとうさん。少し痩せたんじゃない？」

「さあ、そんなことはないと思うが。ズボンのベルトはいつものままだよ」

「どこか痛いところとかないの」

「いいや。特にないね」

「ちゃんと健康診断受けなさいよ」

「ああ。分かってるよ。今度受けてみる」

「嘘。口ばっかり。昔からおとうさん、お医者嫌いだもんね。確かに健康だったから。でもさ、平均寿命もうとっくに超えたんだから。やっぱり注意しようよ。吉沢さんだって、逝《い》っちゃったじゃない。肝臓が悪かったんでしょう。あんなに元気だったのにさ」

「うるさいな。分かってるよ」

「そうやってすぐ短気になるのは、年を取った証拠。今度あたしが強制的に検査に連れていくから」

「好きにしろ」

わたしはグラスを置き、あんかけに口をつけた。少しばかりしょっぱい。

「おとうさんたちがやってるあの賭《か》けも、残り二人になっちゃったんでしょう。おとうさんと、後、木村さんだっけ？　あの上品な感じのおばあちゃん」

智子がロボットのような顔で、ジロリとわたしを見た。

「まだ続けるつもり？」

「……」

「もうやめたらいいじゃない。絶対悪趣味だよ。やめてさ、供託した金額を、半分コすればいいじゃない」

わたしは黙って、あんかけを食べた。智子がため息をつく。

「ところでおとうさん。あたし来月からまた表で働くことにしたから」

「そうか」

「家ん中閉じこもって、PCばっかり打ってる仕事、もういい加減飽きちゃった」

「今度は何するつもりだ」

「ホストクラブのマネージャー」

「なんだって?」

「だからホストクラブだよ。ホステスの代わりに男の子たちが接待してくれるところ。知ってるでしょう。あたしここんところ、ずっとホストクラブ通いしてたの。週に一回だけだけどね。あたし美容のためにお酒やめたから、ホストにも絶対飲ませなかった。いつもウーロン茶で乾杯してさ。じゃなきゃすぐ、もの凄い金額いっちゃうから。

それでさ、一人すんごく生意気なホストがいてさ。ナンバー1だか2だか知らないけど、もうナルシシズムの極致。顔のいい男って、美女よりもっとプライド高いんだよ。その生意気くんとこの間、バトルやっちゃってさ。なんか客を客とも思ってないから。女には男のゴーマンにすぐ反応する、センサーついてるからね。顔からすれば、なんだかそのホストが、辞めた会社の部長とおんなじに見えてさ。

超イケメンと、潰れたヒキガエルなんだけど、やっぱり同類なんだね。

それでね。引っぱたいちゃった。部長の分まで。昼間の会社で上司を殴るなんてできないけど、夜の世界で、おまけにこっちはお金払った客なんだから、まあいいじゃないかって。ホストも気の毒だけどさ、あっはははは。そのホストの子、小柄だったから、一回転して床の上転がってってたわよ。

それでも許してやらないで、もう一度座らせて、ガミガミ言いたいこと言ってやったの。店長がすっ飛んできて謝ってたけど、構わず文句言い放題。こっちもすんごいストレス溜《た》まってたから。もうバルカン砲撃ちまくりって感じ。

そしたらなんと、ホストくん仕舞いに泣いちゃってさ。グチャグチャな顔で、すみません、ぼくが悪かったですって頭下げて。やっぱ胸がキュンって痛んだわよ。それで、彼の手握って、ううん、あたしも言いすぎたゴメンねって。後で年訊いたら、十九って言うじゃない。まだお子様ランチくんだったんだね。一段落して帰ろうかと思ったら、店長に手招きされて、VIPルーム案内されてさ。ちょっとご馳走《ちそう》しますって言うから、普段は飲まないけど一杯だけならって付き合ったのよ。

あいつは容姿は抜群で、営業成績もいいんですが、ちょっと性格に難があって、いつかピシッと言わなければと思ってた矢先、代わりにお説教していただいて、ホント感謝してますとか、ありがたがられちゃってさ。こっちはお説教なんかじゃなくて、

文句垂れてただけなのにね。それで向こうも酔っ払ってきてさ。あたしのこと、いつ

も水ばかり飲んで、全然金落としていかなくて、ホストに色目使う代わりに罵倒して、

それでもホストに結構人気がある不思議な人だなんて。誉《ほ》められてんだか貶《けな》されてん

だか、よく分からないこと言われちゃってさ。あっははは。

それからあたしが何やってる人間だか、根掘り葉掘り訊き始めたの。今はSOHO
やってるけど、昔は会社で人事とか経理とか総務とか、そういう面倒くさい管理部門
の仕事全部やってたって言ったら、いきなりスカウトされちゃったんだよ。なんでも
今二軒目の店立ち上げてる最中で、二軒掛け持ちはできないから、マネージャー探し
てたんだって。

なんだか面白そうだし、久しぶりにお酒飲んでクラクラしてたから、その場でOK
しちゃった。お給料もいいし。そしたら来週から来てくれって」

「もはやお前が何をやろうが、おれは驚かんよ。人生短いんだ。好きなことをやりゃ
いいさ」

「人生短いけど、おとうさんは長生きしなきゃダメだよ。今度検査連れてくからね」

第二十章　眠り姫

わたしは長生き競争ファンドを降りることに決めた。

そうすれば、賭《か》け金はその時点ですべて規子のものになる。

智子は今すぐ折半《せっぱん》しろと言っていたが、わたしは規子より先に逝くという確信があった。所詮女のほうが長生きなのだ。従って、賭けをやめて折半しようというのは、どうせ賭け捨てになるのは目に見えているので、早めに半分だけでも手に入れ、使うか遺産として家族に残しておこうという魂胆かと、怪しまれる危険性があった。

規子が斯様《かよう》な疑いを抱くかどうかは不明だが、みんなが生きていた頃、口頭で約《やく》定《じょう》した内容に反することは、確かである。わたし一人が、勝手にそんなことを決めるわけにはいかない。

それにファンドを降りれば、規子と結婚する理由もなくなる。

弘の遺言は結婚を謳《うた》っていたが、とどのつまり、規子を金銭的にも精神的にも苦労させるなということを言いたかったのだろう。ならばわたしが勝負を途中放棄し、一緒に映画やらコンサートに出かけていた頃のように、頻繁に規子を構ってやれば済むことだ。

　こう決めたので、やっと踏ん切りがついた。

　もう躊躇《ためら》わず、規子と連絡を取ることができる。

　そんな矢先、酒井青年から電話があった。規子の父親が亡くなったという。

「それだけじゃないんです。ぼくが家に行ったとき、奥様も倒れていたんですよ」

「何⁉　どういうことだ。規子も悪いのか」

　頭から血の気が失《う》せていった。

「いえ。命に別状はないそうです。今一緒に病院にいます。横浜のY総合病院です」

「分かった。すぐそっちに行く」

　取るものも取りあえず、病院へ駆けつけると、規子は人工呼吸器をつけ、集中治療室のベッドに横たわっていた。酒井青年と、縁《ふち》なしの眼鏡をかけた、四十代くらいの医師がわたしを迎えた。

　わたしが真っ先に疑ったのは、脳卒中だった。

　明男は脳卒中の中でも極めて致死率の高い、脳幹出血で還《かえ》らぬ人となった。だが、医師はその疑いはないという。

「検査の結果、頭部の出血、腫瘍《しゅよう》、膿瘍《のうよう》は見当たりません。呼吸や脈拍、血圧も正常です。心臓にも問題はなさそうです。感染症も薬物中毒の疑いもない——」

「じゃあ一体……」

「ともかく、暫《しばら》く様子を見ましょう」

規子は健やかな顔で眠っている。医者が言うように、脳や体のどこかがおかしいようには思えない。

「命に別状はないのですね」

酒井青年からは聞いていたが、もう一度同じ質問を繰り返した。

「昏睡《こんすい》しているだけです」

「このまま、眠り続けるということはないのですか」

「ないと言いたいところですが、いかんせんご高齢ですので、予断は禁物です。張り詰めていたものが一気に弾《はじ》けて、気を失うということはままあります。しかし、そのまま昏睡に陥るというケースは極めて稀《まれ》です」

集中治療室から出ると、わたしは廊下のベンチにどかっと腰を下ろした。膝が抜けてしまったような感じがした。

「医者が言うように、ご尊父が亡くなられたことが原因で、緊張の糸が切れたのでしょうね」

「しかし、原因不明の昏睡などあるものなのか」

「原因不明で昏睡したのだから、原因不明にまた目覚めますよ。気持ちをしっかり持ってください、白石さん。それより、今後のことなんですけど——」

規子には身寄りがない。妹だけは健在らしいが、連絡先が分からない。

「とりあえず、ご尊父を供養せねばならんな」

規子に家の墓があるのかどうかは不明だった。規子の父親が長男ならば、その可能性も無きにしもあらずだが。

翌日も規子は目覚めなかった。

酒井青年と相談し、死んだ父親に関しては簡単な供養を行った後、遺骨を近くの寺の納骨堂に収め、永代経を上げてもらうことにした。

「でも費用はどうします。確か市民葬とかいうのがあったと思いますけど。あれなら格安です。しかし、永代供養の代金まで行政の援助があるかどうかは、調べてみないと分かりませんが。多分ないんじゃないかなあ」

「費用のことなら心配せんでいい」

「それから、ご主人のことなんですがね。今はショートステイで無理やり預かってもらってますが、それもあと四、五日で出なければいけません。特養に入れるにしても、今はどこも満杯で、順番待ちの状態ですよ」

「どのくらい待たなければいかんかね」

「最低でも六ヶ月。一年以上待っている人もざらにいますから」

「公的機関が運営するものはそうだろう。だが民間の施設なら、即時入居可能なものもあるんじゃないか」

「有料老人ホームですか。あれはお薦めできませんよ。入居金だけでも一千万近くかかりますから。それ以外にも月々の管理費が必要になりますよ。とてもじゃないけど――」

「構わんよ。木村規子の借家から最も至近な、有料老人ホームを当たってみよう。費用のことなら心配ない。一千万だろうが二千万だろうが大丈夫だ」

「どこからそんな金が出てくるんですか」酒井青年が目を丸くする。

「わたしの金じゃない。規子の金だよ」

規子はこんこんと眠り続けた。

彼女はもうICUから出て、一般病棟にいる。人工呼吸器をつけ、経管栄養を受けていた。

葬儀や老人ホーム探しで慌ただしくしていたものの、わたしは毎日必ず規子の見舞いに訪れた。彼女の手を握り、しきりに話しかけた。

「おとうさんの火葬は無事終わったよ。お骨はS区のお寺に預けた。大往生だったね。

規ちゃんのおかげで、あれだけ長生きできたんだよ。おとうさんも天国できっと喜んでるよ」

　規子は無言で規則正しい呼吸を繰り返す。

「ご主人が入居する老人ホームの候補を、今日またひとつ見たよ。昨日見たやつよりはいいな。家から近いし、何よりも丘の天辺《てっぺん》にあって風光明媚《ふうこうめいび》だ。値段は少々張るが、こっちの方がご主人、気に入るんじゃないかな。決めちまっていいかね」

　無論返事など返ってこなかった。

　わたしは食事もろくに取らず、病院に通い詰めた。

　このまま規子が帰ってこないというのは、絶対に納得がいかない。彼女は今まで十分過ぎるほど、苦労してきたのだ。その見返りもないままに、向こうの世界へ召されてしまうというのか。そんなことは断じて、このわたしが阻止してやる。

「規子、規子」

　何も報告する事がない日は、とにかく彼女の名前を呼び続けた。こんなことになるのなら、変に構えたりせず、もっと自然体で規子と付き合っていればよかったと後悔した。

　規子の手はカサカサに乾いていたが、温かかった。肉の落ちた薄い胸は規則的に、ゆっくりと膨らんでは萎《しぼ》む。確かに生きているのに、こちらの世界には戻ってこない。

こういう状態がもう暫く続けば、やがて植物状態にあると見なされ、延命措置をこれ以上続けるか、問われることになるだろう。

「規子。今日は天気がいいぞ。そろそろ桜のシーズンだ。目を覚まして見てみろよ」

目の前にいる眠れる老女があと六十歳若く、わたしが彼女の恋人の若き王子だったら、今すぐにでも酸素マスクを外し接吻《せっぷん》をしていたことだろう。そうすれば眠れる美女は目を覚ますと相場は決まっている。だが死期の迫った年老いた男女に、神様は冷たい。シワシワの爺さんがここ数十年来やったことのない接吻などしても、老女がこちらの世界に戻ってきてくれる保証はない。

老兵は死なず、消え去るのみ。

それが植物状態ということか。

いや、断じてそんなことはない。

「交通事故で、ずっと昏睡状態だった女性が、何十年ぶりかで目を覚ましたってニュースを以前やってましたよ。外国の話ですけど。だから希望を持ちましょうよ」

酒井青年はこんなことを言って励ましてくれたが、あと何十年か経ったら、規子は軽く百歳を超えているという事実に頓着していない。

「それより、白石さんもそんなに根詰められると、お体に障りますよ。ミイラ取りがミイラになってしまいます。少しお痩せになったんじゃありませんか。きちんと食事をして、十分に睡眠を取ってくださいね」

智子はわたしを健康診断に連れて行くと息巻いていたが、ホストクラブでの仕事が始まると、昼夜が入れ替わった生活になり、ほとんどわたしと顔を合わせることができなくなった。疲れるらしく、家にいるときはずっと布団の中に包《くる》まっている。

わたしは、病院に半分泊まり込みで規子の看病をするようになった。智子はわたしの健康を心配したが、何かあったときは病院にいるほうが安心だろうと説得すると、それもそうねと譲歩した。定休日にはわたしの着替えを持ってきて、洗濯やらシーツの取り替えを手伝ってくれた。

「木村のおばあちゃんは気の毒だけど、おとうさんもあんまり無理しちゃダメだよ。もう年なんだから」

「そういうお前も、少し休んだらどうなんだ」

智子は目の下に隈《くま》を作っていた。

「あたしは平気。初めての職場だから、ちょっとばかし同化するのに時間がかかってるだけ。なんせ五十にして初の夜の世界デビューだもんね。でも大丈夫。もうコツ覚えてきたから。来週あたりからもっと余裕出てくると思う。それよりおとうさんさあ、せっかく病院にいるんだから検査受けなよ。もう一体何年お医者行ってないのよ。おとうさん、やっぱり痩せたよ。顔色だって悪いし。介護疲れだけが原因ならいいんだけどさ。いっぺん全部診てもらったほうがいいよ」

わたしの体調がおかしいのは、自分でも気づいていた。だがここでへばるわけにはいかない。

それにもし検査の結果、何か悪いものが見つかって、強制的に安静にさせられたら、いったい規子はどうなる。わたしが手も握らず、毎日呼びかけることもしなくなったら、規子は確実に向こうの世界へ持っていかれる。

規子の看病を始めて十日ほど経ったとき、軽い咳《せき》が出始めた。

三月下旬とはいえ、寒い日が続いたので風邪をひいたのかもしれない。最初にわたしの病状に気づいたのは、酒井青年だった。

「白石さん。なんだか声がかれてますよ。咳もしてるようですし」

「痰《たん》がからむのは、年だから仕方ないんだよ。まあちょっと風邪をひいたかもしれんが」

ちょうど病室に入ってきた看護師さんに、酒井青年が声をかけた。看護師さんは、わたしの脈を取り、熱を測った。

「平熱ですね。暫く隣のベッドで安静になさってはいかがですか。もし、もっとひどくなるようでしたら、またコールしてください」

わたしはビタミン剤を渡され、暫く規子のベッドに横になった。

その日一日安静にしていたが、翌日になっても咳は止まらなかった。その翌日も。店が休みの日に病院を訪れた智子は、わたしの状態を見て、怖い顔をした。

「おとうさん。検査受けよう。あたし看護師さんに話してくるから」

「単なる風邪だよ」

「ダメ。もう騙《だま》されない」

結局次の週に、精密検査を受けることになった。わたしは、智子にも担当医にも、何か見つかったら、隠さずはっきり言うようにと釘をさした。

検査の当日も、規子は相変わらず眠ったままだった。

人は植物状態になっても、大きな音にピクリと反応したり、目を開けたりすることがあるというが、規子はまるで動かない。動かないが、衰弱している風ではない。肌の色艶《いろつや》とて悪くない。

「行ってくるよ」

老眠り姫は、肺を膨らませ、わたしにいってらっしゃいと答えた。

検査はなんと五日間にも及んだ。

呼吸器、循環器、消化器、目。レントゲンを撮られ、採血され、胃カメラを飲まされ、超音波を掛けられ、CTでスキャンされた。

全検査項目が終わった時は、さすがにくたくたになった。もう金輪際、検査など受けるものかと思った。

「終わったよ」

と規子に報告すると、胸を窄《すぼ》めながら、「ごくろうさま」と安堵《あんど》した。

検査が終わり、二日もしないうちに担当医に呼び出された。結果が出るまで二週間と聞かされていたので、これは何かあるに違いないと覚悟を決めた。

そしてわたしは、肺癌《がん》の告知を受けた。

ついに来るべきものが来たと思った。

冷静にドクターの言うことを聞けるだけの意志は何とか残っていたが、全身の関節が抜け、そこから「気」がどんどん逃げていくような感じがした。

ドクターの説明を、智子が怒った顔で「セカンドオピニオンを取りますから」と遮《さえぎ》った。

すぐに智子は、わたしを別の国立病院に連れていった。

「ったく。あたしがバカだった。あたしがもう少し早く検査に連れていったら、こんなことになってなかったのに。おとうさん丈夫だし、健康にも留意してたから、勝手に大丈夫だと思ってたあたしがバカだった。楽しよう楽しようとしていたあたしが、ホント、すんごくバカで、親不孝だった。看病疲れしてたのに、放っておいたあたしが大バカのコンコンチキの、ホントもう——信じられないくらいの、世界一のバカだった！」

智子はバカバカと何度となく、繰り返した。わたしの容態を気遣うより、自分を罵倒することで、どうにか精神の均衡を保とうとしているように見えた。

国立病院でわたしは、縦隔腫瘍《じゅうかくしゅよう》、肺癌疑いと診断され、検査入院を勧められた。検査だけでなく、症状が確定すれば無論そのまま治療もできる、優秀な呼吸器科の医師がおり、治療症例数も県下でトップという病院だ。

「悪いこと言わない。おとうさん、すぐこっちの病院に入院しよう。木村さんとは、離れ離れになっちゃうけど、これぱっかりは仕方ないよ」

わたしにどうして断ることができただろう。

規子が入院している病院に戻り、老眠り姫に「ただいま」と挨拶した。今ではここが、我が家のようなものだった。

「ついに来るべき時が来たようだよ」

わたしは規子の両手を自分の掌で優しく包みこんだ。

「なんだか長いようで、短い付き合いだったね」

小学生の頃の規子の面影が、突然脳裏に甦《よみがえ》った。

肋木《ろくぼく》体操でそのカモシカのような脚を、ひと際高く上下させていた規子。楽譜を持ち、体をくゆらせながら、大きな口を開け唱歌を歌っていた規子。わたしに焦げるような視線を投げてよこし、こちらが気づいて顔を上げた途端、ツンとそっぽを向いた規子。

その姿が、六十五年後にワープする。

「蓮華」に現れた上品な老婦人。色白で、酒を飲むと、頬にさっと紅がさした。姿勢がよく、胸を張って歩き、コロコロと高い声でよく笑った。小学生時代とまるで同じ歌い方をした。一緒にフレンチを食べ、気の滅入《めい》るような打ち明け話をしながらも、ワイングラスについた口紅の跡をしきりに気にしていた。体の大きな少年たちと対峙《たいじ》し、「口の利き方に気をつけなさい」と、臆することなくわたしに加勢してくれた……規子の姿が忽然《こつぜん》と消えた。

あれは――？

記憶の中に、今度は見たことのない若い女性が現れた。いや、やはり、どこかで見かけたことがある。

彼女は膝上丈の、レモン色のワンピースを着ていた。グレース・ケリーが、よくこんな格好をしていた。昔の地中海リゾートファッションだ。

美しい。グレース・ケリーにも、山本富士子にも、司葉子にも劣らぬ美貌だった。娘は後ろ手を組み、形のいい眉を寄せ、訴えかけるような眼差《まなざ》しで、わたしを見ていた。眩《まぶ》し過ぎて、彼女の顔をこれ以上見ていられないわたしは、別の誰かの呼ぶ声で、そちらの方を振り返った。正直、助かったと思った。

目を開けると、相変わらず酸素マスクをつけた規子が眠っている。

今目元が動いたか？

いや、気のせいだろう。

「さようなら」

規子の拳《こぶし》を握った手はすでに汗だくになっている。

「もう多分会えないと思う。だが、おれにはそろそろお迎えが来ているが、お前は早くこっちに戻ってくるんだ。平均寿命まで、まだ後三年もあるじゃないか。もうなんのしがらみもないんだよ。後三年、自由に羽を伸ばして、好きなことをやればいい。金だってたっぷりある。だから早く戻っておいで」

規子の拳から手を離し、いたたたっと腰を伸ばした。ずっと中腰の姿勢は、腰骨に響く。咳が出た。

とても嫌な感じの咳だった。

「おれはもう行くよ」

規子の胸が小さく揺れた。

第二十一章　木村規子の秘密　その③　届かなかった手紙

国立病院で検査の結果、やはりわたしが癌《がん》に冒されているのは、疑いようのない事実であることが判明した。

もう末期だという。

咳《せき》が出るくらいで、ほとんど自覚症状がなかったのに、ここまで悪化していたとは。正輝のケースと同じだった。高齢なので手術はできない。内視鏡手術も初期癌ではないため不可。ＣＴ検査の結果が出た日、酒井青年が見舞いに訪れた。わたしは、やはりダメそうだと彼に告げた。

「なんと言っていいやら……ぼくも白石さんの負担が少なくなるよう、もう少し配慮すべきでした」

酒井青年は沈痛な面持ちで俯《うつむ》いた。

「寿命だよ」

「ところで、白石さん。実はよい知らせがあるんですよ。いいえ。こんな時に、よい知らせというのもなんですが――」

酒井青年は恐る恐る顔を上げた。

「なんだね。構わんよ。言ってくれ」

「実は、木村さん、目覚めたんです」

「なんだって」

「三日前の晩です。もっと早く白石さんに知らせるべきだったのですが、検査などでいろいろお忙しくしておられると思いましたので」

三日前といえば、入院するため、わたしが規子に最後の別れを告げた日ではないか。目元が動いたと思ったのは、やはり錯覚ではなかったのか。

「で、どうなんだ。もう大丈夫なのか」

「元気にしておられますよ。麻痺《まひ》も言語の障害もありません。今朝行ったら、もう立ち上がって歩いておられました。ご飯も残さず食べてます。まるで健常人と同じです」

「それはよかった」

わたしの呼びかけが、通じたのだろうか。

「医者も驚いてましたよ。原因不明に昏睡《こんすい》状態に陥って、原因不明に覚醒するなんて。前代未聞だって」

「そうか」

「白石さんも、がんばりましょうよ。奇跡はあるんですから」

「いや、おれはもう……」

「弱気は禁物ですよ、白石さん。癌なんかに負けちゃダメです」

酒井青年は先ほどとは打って変わった強い口調で、わたしに言った。

その日の午後には、智子が病室に現れた。

「あたし、しばらく仕事休んで看病に専念する。社長に事情話したら、そういうことなら仕方ないって、休暇認めてくれたから」

「そうか」

「ところでさ、おとうさん。あたし絶対嫌だからね」

「何がだ」

「おとうさんをホスピスなんかに入れるの。最後までがんばって、長生きしてくれなくちゃ絶対嫌だからね」

「……」

病院の窓から、蕾《つぼみ》を吹き始めた桜の枝が見える。新しい季節が到来したのだ。

「おとうさん。自分の死期は自分で決めるなんて、またそんなカッコイイこと考えてるでしょう。分かるわよ。でもあたし、許さないから。まだ絶対、おとうさんを、エリや、死んだおかあさんの所にはやらないから」

リフティングされ吊り上がった眼で、智子はわたしを睨《にら》んだ。

自分の死期は自分で決められない。

死は勝手に向こうからやってきた。

だから素直にそれを、受け入れようとしているだけだ。

とはいえ、実は痛い思いをしたくないという本音もある。ホスピスでモルヒネを打ちながら、ゆっくりと死期を待つのが叶わないのであれば、抗がん剤や放射線治療が待っている。老齢の身にとって、それがどれだけ肉体的負担になるのか、正輝を見ていてよく分かった。

わたしは、癌の告知を受けた時から、様々な闘病記を読んできた。それらの手記の範囲内でいえば、末期癌の宣告を受けた高齢者は、治療を受けても、やはり皆正輝のように、数ヶ月も経たないうちに命を落としていった。もしわたしも例外でないなら、ホスピスで穏やかに死を待つほうが安楽なのだ。

「あたし、おとうさんに親不孝ばかりしてきたもんね。この年になっても未《いま》だにパラサイトシングルで、好き放題やって、つい最近まで、おとうさんにご飯まで作ってもらってたし。エリが死んだ時、おとうさん、あたしに自分の家庭を築けって言ったじゃない。あたしもそうだと思ったよ。おとうさんまで死んじゃったら、あたし本当に一人ぼっちになっちゃうもの。

子供だって作るのギリの年齢だったし、真剣に考えた。でもやっぱりダメ。やっぱりあたしに結婚は、向かないよ。子供もいらない。子供はエリだけでいい。あたし、約一年、あの子の母親やってたからそれで十分。ゴメンね。こんな娘で。ホント、幾つになっても心配かけるよね」

「もう心配などしておらんわ。とっくに諦《あきら》めておる。おまえは昔から、人が何言っても聞きゃしなかった。今まで通り、好きなように生きろ」

「分かった。ありがとう。あたし、今日からおとうさんの傍《そば》絶対離れないから。それで、先生に治療してもらって早く治して、早くおうちに帰ろう。帰ったら、おとうさんが好物の、白身魚のあんかけ、また作ってあげるから」

いつの間にか眠っていたらしい。

眼を開けると、金髪の背の高い男が、わたしの顔を覗き込んでいた。

「……毅か」

「すんません。起こしちゃいましたか。寝ていてください」

「なんだか雰囲気変わったな」

最後にこの男に会ったのは、はるか昔のことだったような気がする。エリの葬儀のとき、顔を合わせて以来だ。

「まあ、いろいろありましてね」

「白石さん。お久しぶりっす」

のっぽの男の後ろには、別の男たちが控えていた。三人いる。

「おまえたちはあの――」

三バカトリオと言いかけ、口をつぐんだ。シゲとカズ、それにシローだったか。

「大人になったな」

「渡辺さんのお葬式以来っすか。あん時から六年近く経ってますから。おれらもセージンしましたし」

「ホラ、あんたたち、ちょっと邪魔」

さらにその後ろから、智子が現れた。手にフルーツを載せた皿を持っている。

「このマンゴーありがとう。とっても美味《おい》しそうだわ。でも人数多いから、一人三切れずつね」

智子がさいの目に切ったオレンジ色のマンゴーは、つるりと柔らかく、とても甘かった。

「実は毅くん、先週からうちでホストやってるの。あたしがスカウトしたんだよ」

毅が随分と細くなってしまった眉を吊り上げ、頷《うなず》いた。

「えっ！　マジっすか」

「ぜんぜん知らなかったオレ」

「オレもホストやりてー」

同じく事情を知らされていなかったらしい三人の若者が、それぞれ驚きの声を上げた。

「あんたたちは無理」

「どうしてっすか」

「おれらだって、そこそこイケてるっしょ」

「おれ、あそこなら自信ありますけど」

「おめーが自信あるのは、あそこだけだろ」

「粗チンが嫉妬すんなよ」

「あんだと。おれ、おまえのよりデケーぞ」

「おお、よく言った。じゃあ見せてみろよ」

「無理。絶対に無理」

智子が繰り返す。

わたしは遂《つい》に噴き出してしまった。笑うなんて何ヶ月ぶりだ。しかし笑うとすぐに気管支が痛くなり、ごほごほと嫌な咳が出た。

毅がシゲとカズの頭に鉄拳《てっけん》を振り下ろした。二人とも頭を抱え、「いってー」とうずくまった。この連中は昔からちっとも変わっていない。

「病人の前で、くだらんこと言ってるな」

「いいよ。いいよ――。久しぶりに笑うことができたから――」

智子にティッシュで痰《たん》を取ってもらい、やっと咳が止まった。

「しかし、おまえがホストとはな――。智子とは前から会っていたのか」

「ご近所だからね。近くのスーパーとかでよく見かけてはいたんだ。エリが死んで暫《しばら》く経って、やっと立ち直った頃からかしらね、二人で話するようになったのは。あの頃は、確か宅配屋さんやってたんじゃなかった。でもすぐ辞めちゃって、次は解体屋さん。その次は、回転寿司。次は電気アンマ器の訪問販売。次は確か、ボクサーのスパーリングパートナー？」

「キックボクサーっす」

「そうそう。キックボクサー。確か一回も勝ったことのない選手よね」

「スパーリング中におれが本気モード出して、頸椎《けいつい》骨折させちゃいました」

「で、クビ。まあ、これはしかたないけど。でもこれ以外は、この子、決まってすぐ上司と喧嘩《けんか》して辞めちゃうの。だったらいいこと教えてあげようかって。あんたの場合は、仕事で選ぶんじゃない。上司で選びなさい。喧嘩できない上司だったら、仕事長続きするからって言ってあげた。正論でしょう」

毅が「うす」と答えた。

「あんた。あたしにゃ喧嘩売れないもんね」

「あねさんには、逆らえません」

「あねさんなんて人のこと呼ばないでよ。ヤクザじゃないんだから。女王様ってお呼び」

「いえ、それはちょっと――」

毅は俯いてもぞもぞと答えた。

「きゃははは」と智子が甲高い声で笑った。

「こういうところが、母性くすぐるのよね。だからホスト合ってるのよ。ぺらぺらしゃべる乗りのいい奴ばかりじゃなくてさ。こういう不器用そうなのも置いておくべきなのよね、お店としては」

「じゃあ、おれみたいのは」

「おれはどうっすか、おれは？　不器用だし。女の子の扱い全然慣れてないし」

「そういう問題じゃない」

「スカウトしてくださいよお。ホストやってみてえっす。おれ」

「だめ」

病室の扉が開き、誰かが入ってくる気配がした。

「木村さん」

智子が驚いた声を上げた。

「白石の娘の智子です。木村さんのお噂はかねがね、父から聞いていました。と言うより、病床にいらしたときも、あたし父と一緒に枕元にいたんです。もうすっかり良くなられたんですね」

「まあ、それはどうもありがとう――」

ふたりの女性は何度も頭を下げながら言葉を交わした。

規子はチューリップの花束を持っていた。

「あら。あなたたち。どこかで会ったことあるわね」

規子が三人の若者を振り返った。

「へへへ」

「へへへ、じゃないよ。ちゃんとご挨拶なさい」

智子がすかさず叱咤《しった》する。

三人が自己紹介した後、暫く皆は歓談していた。わたしはベッドの上で、そんな見舞い客をぼんやりと眺めていた。

「さあさあ。あたしたちはそろそろお暇《いとま》するのよ」

頃合いを見て智子が、若者たちに言った。

「そろそろって、おれら来たばっかかすよ」

カズが不満そうな顔をする。

「いいから行くんだよ」

毅がカズの首根っこを摑《つか》んだ。

猫のように吊るされたカズは「白石さん。また来ますから」という言葉を残し、廊下に連れ去られた。

「ああ。また是非来ておくれ」

「白石さん。治ったらまた戦争の話聞かせてください」

シゲが手を振りながら病室を後にする。

「ああ分かった」

「すぐ退院できるんでしょう。出てきたらみんなでお祝いしますから」

シローが無邪気な笑顔を向けた。

「ありがとう」

カズを連れ出した毅が再び病室に戻ってきて、わたしの手を握った。毅の温度が、じんわりと体に伝わった。

「白石さん。諦めないでくださいね」

細い眉根が寄っている。怖いくらいに真剣な眼差《まなざ》しをしていた。

「おれ、白石さんには長生きしてほしいから。だから絶対に絶対に、諦めないでくださいね」

再び眼を覚ますと、枕元に規子がいた。

「若い人は、にぎやかでいいわねえ。でもちょっと疲れたでしょう」

「どのくらい寝ていたかね」

「ほんの二十分くらいよ。智子さんは今、お買い物に出かけてる」

「そうか」

「痛い？」

「いや。そうでもないんだ。咳は出るけどね」

首を曲げ、規子の顔を見た。

色艶《いろつや》がいい。

昏睡しているうちに、また若返ってしまったかのようだ。とても八十を越えた老婆には見えない。

規子はまだまだ生き続けるに違いない。

彼女が持ってきた赤や黄色のチューリップが、透明な花瓶に生けてあった。

「いろいろお礼を言わなければいけないわ。あたしのこと、ずっと看病してくれてたんだってね。酒井さんから聞いた。それから父の葬儀や、主人のことまでお世話になって。父のお寺さんと、主人がいる施設にはもう行ってきた。施設がすごいところで、びっくりしちゃった」

「ご主人はお元気だったかね」

「元気そうだったわ。でもあたしのことは、もう覚えていないみたい。あそこは私営なんでしょう。料金表見たら目の玉が飛び出そうになったわ。退園させたら、入居金って戻ってくるのかしら」

「もういい加減にしたらどうなんだ」

自分でも驚くほど、大きな声が出た。

「ご主人はあそこで幸せなはずだ。医療体制も整ってるし、介護スタッフも一番生き生きと仕事をしていたのが、あの施設だ。いろいろ見た中からあそこを選んだんだ。少々値は張るが、やはり値段だけのことはある。もはや女房の顔すら分からなくなった亭主には、ああいうところでゆっくりと穏やかに、余生を送らせてあげればいい」

「でもあんな大金、払ってもらうわけにはいかないでしょう」

「おれと規ちゃんのどっちかが受け取る金だ。おれはもう、この賭《か》けを降りることに決めたんだ。規ちゃんが倒れる前にこの事を言いたかったよ。だから賭け金はすべて、規ちゃんのものだ」

「ちょっと待って。降りるってどういうことよ」

「文字通りのことだ」

「降りるなんて、そんなこと言わないで」

今度は規子が、わたしに負けない大声を上げた。

「あたしたちは、なんのためにこの賭けを始めたの？　長生きするためでしょう。それを今さら降りるって、どういうことよ。しかもこんな時に」

似たような台詞《せりふ》を、少し前にわたしが弘に言った。

わたしは寝返りを打ち、規子に背を向けた。

「降りることは、おれが癌の告知を受ける前から考えていた」

「じゃあ、考えを改めなさい」

「もう長くはないんだ」

「希望を捨てちゃだめ」

「あと三ヶ月の命らしい」

「医者にそう言われて、何年も生きている人知ってる。諦めずに治療を続ければ、奇跡だって起きるわ」

わたしはため息をついた。息が気管支をくすぐり、咳が出た。規子が背中をさすってくれた。

「昏睡してるって、どんな気分なんだい」

「どんな気分って――よく覚えていない。倒れたことすら記憶が曖昧《あいまい》だもの。気がついたら、どこかの病院のベッドに横になっていた」

「やっぱり原因不明なのか」

「お医者様は、長年のストレスから解放された瞬間意識を失って、それが昏睡に陥るほどの深い眠りをもたらしたんじゃないかって。父のことはやはり、精神的に相当な負担になっていたみたい」

「過度の介護ストレスか。しかしもう全治してるんだろう」

「八十代にしては、驚くほど健康みたいね。お医者さまはビックリしてた。まあ、昔から体が丈夫なだけが取り柄だったけど」

「眠っている間に、何か見えなかったか、つまりその――」

「お迎えってこと？」

規子が笑った。

「というのが妥当な表現じゃないなら、臨死体験っていうのかしら」

「そうだよ。それ」

「何もなかったわよ」

「何も見えなかったか。川とか野原とか光とか――」

「覚えてない。見えていたのに、記憶に留まっていないのかも」

「ただ眠っているだけで、生死の境をさ迷っていたわけではなかったということかな」

「ううん。お医者さまは脳死のリスクも考えてたっていうから、やっぱりあたしは死の淵《ふち》から生還したんだと思う。あっ！　今思い出した。何かの声がしたのよ。あちらの世界じゃなくて、あたしの元来た世界から、誰かがあたしを呼ぶ声だった。それで振り返ったら、若い男の人が立っていたの。二十代くらいで、短い髪をきちんと七三にわけて、佐田啓二にちょっと似てた。あれはそう。若い頃の聡くんだった——」

規子が知っているのは、小学校四、五年当時と、七十を過ぎてから再会した、年寄りのわたしだけだ。二十代の頃など、知る由《よし》がない。

待てよ。

確か以前にも、規子は似たようなことを言っていた。

「おれも不思議な光景を見たよ。規ちゃんと別れる間際だ。黄色い服を着た若い娘が、おれの記憶のどこかからヒョッコリ出てきた。綺麗な娘だった」

「黄色い服って、黄色いワンピースのこと？　ノースリーブの、膝上丈のワンピースだった？」

「そうだよ。昔の女優が着てたようなワンピースだ」

「それ、サブリナのワンピースよ。聡くん覚えていてくれたんだね。やっぱりあれは、聡くんだったんだね」

規子の瞳に見る見る涙が盛り上がった。

「あたしの秘密、教えてあげる」

レースのついたハンカチで涙を拭った規子は、遥《はる》か昔のことを語り始めた。

「二十代のあたしは、山下公園の売店に勤務していたのよ。売店というより、小さな露店に近いんだけど。毎日毎日そこで菓子パンやジュースなんかを売ってたの。そんなある日、大桟橋《だいさんばし》の方へ自転車を漕《こ》いで行く若者が、あたしの心を捉《とら》えた……」

わたしが港に近い運輸会社の船舶労務部に勤務していた頃は、本社と埠頭《ふとう》の間を、自転車で往復する毎日だった。山下公園はその通り道にあった。

「一目見て、あたしはそれが成長した聡くんだと分かった。でも聡くんは、あたしの存在にまるで気づいてくれなかった。もっとも、そのほうがよかったのかもしれない。パリッとしたワイシャツにネクタイ姿で、青い空の下、颯爽《さっそう》と自転車を駆《か》る聡くんとは対照的に、あたしは薄暗い露店の奥で、三角巾被《かぶ》って、穴の開いた上《うわ》っ張《ぱ》りを着て、ジュースの栓を抜いてたんだから。

でもね。聡くんの姿を見る度に、あたしの聡くんを想う気持ちは、どんどん大きくなっていったの。どうしても会って話したい。いえ、話すだけじゃいや。あたしのこの想いを受け止めてほしいって。だって、聡くんはあたしの初恋の人だったんだもの。小学校四年の頃から、ずっとずっと、聡くんのことしか想っていなかったんだもの」

飛行機が飛ぶゴーッという音が、桜の枝が見える窓を通して、部屋の中に響き渡った。

「だからそんな想いに神様が感銘を受けて、出会いを用意してくれたのかなって、都合よく解釈した。それならば、この機会を逃すわけにはいかない。小四の頃のあたしはまだ子供で、聡くんに気づいてほしいのに、目が合うとプイッて横を向いたりしてた。

でも成人になったあたしは、もう聡くんの瞳を真っ直ぐ見据えなければいけない。手紙を書いたの。書いては破り、また書いては破りながら。完成まで二週間近くかかった。国民学校しか出ていないあたしの想いが、ちゃんとした文章になっているかどうかとても心配だったけど、誰かにチェックしてもらうわけにもいかないから、何度も自分で読み返して、その都度自己嫌悪に陥って、びりびりに破いては、屑籠《くずかご》に捨てた。だからなんとか完成にこぎつけたときは、うれしかったわよ。これさえ読めば、聡くんはすぐにあたしのこと好きになってくれるに違いない、これを読んで、心を動かされない冷血動物のような男性はいない、聡くんは温かい心の持ち主だから、絶対大丈夫だなんて——今から思えばまるで、おままごとよね。でも、二十歳のあたしは真剣だった。真剣過ぎて、五キロも痩せてしまったもの。

イエローのドレスは、友達のお下がりを安く譲ってもらったの。当時のあたしは、綺麗な洋服なんてひとつも持っていなかったから。お化粧も、初めて本格的にしてみた。でもぜんぜんあたしじゃないような気がして、すぐに落としちゃった。結局薄く口紅を塗るだけにした。それでその日はお休みを貰《もら》って、何度も何度も手紙を差し出すところを、なんて言ったらいいの——そう！　イメージトレーニングしながら、朝の山下公園をうろちょろしてたの。

今みたいに可愛らしいイラスト入りのものなんてなかったけど、それでも当時としては珍しい薄桃色の便箋《びんせん》に清書された手紙を、二重封筒に大切にしまって封をした。自転車に乗った人が通る度に、ギクッとなって。それが聡くんじゃないって分かると、ホッとして。あたし何やってるんだろうなって、苦笑いしたわよ。

その日はお昼近くになっても、聡くんは現れなかった。いつもなら、朝早く埠頭に行って、正午ちょっと前に戻るじゃない。でも、その日は朝も昼も、聡くんが公園を通った形跡がなかった。今日は埠頭に行く日じゃないの？　それとも、公園通りの方から行ったのかしら？　仕方ないなと思った。正直、肩の荷が下りた気分で、一気に力が抜けた。また仕切り直しをしよう。多分来月。そうそうお店を休むわけにはいかないから。

あたしが帰ろうとしたとき、一台の自転車が通りから公園の中に入ってきた。聡くんだった。いつもならそのまま公園沿いに埠頭の方まで走り抜けるのに、なんと聡くん、あなたはあたしが封筒を後ろ手に、膝をがくがく震わせている場所から、わずか五メートルしか離れていないベンチのところで自転車を停《と》めたのよ。

一旦仕切り直しをするって諦めたのに、それを見越したように、わざわざあたしの目の前に姿を現すんだもの。イメージトレーニングなんて、もうとっくに忘れかけていた頃に現れるなんてズルイ。

聡くんはタバコを取り出して、火をつけてから、ゆっくりと港の風景を眺めていた。その姿がなんだか、とても絵になって、カッコ良すぎて、あたしはなおさら声を掛けるのを躊躇《ちゅうちょ》した。正直、その場を逃げ出そうかと思った。

でも、チャンスはもう二度と訪れないって、自分に活《かつ》を入れた。せっかく神様が、あたしのためにこんなに劇的な再会の機会を作ってくれたのに、それをふいにするなんて、いけないことだって。脚の震えは止まらなかったけど、あたしは聡くんに近づいた。聡くんはあたしに気づき、何ごとかと顔を上げた。きりりとした眉が、とても美しかった。

その時よ。女の人の声が、聡くんの名前を呼んだのは。若い綺麗な人だった。あなたに手を振っていた。あなたは笑顔でそれに応《こた》えた。二人はベンチに仲良く座り、何やら真剣に話し始めた。もう、聡くんはあたしのことなど眼中になかった。あの女性は――」

「女房の琴絵だ。同じ課で働いていた。もっとも結婚前のことだけどな」

「やっぱり、奥さんとデートだったんだ」

「いや」

あれはデートじゃなかった。

規子が語った風景は、わたしもはっきりと覚えている。

琴絵は伝票記入でミスをしてしまい、課で一番年齢の近いわたしに、相談を求めてきたのだ。誰かに聞かれたくないので、昼休み、公園で会うことにした。

話を聞けば、たわいない数字の間違いだった。だが元来生真面目な琴絵は、真剣に悩んでいた。

わたしはその日の晩、残業をしながら遅くまで会社に残り、頃合いを見計らって、経理部に向かった。九時を過ぎた経理部には、既に人影はなかった。

琴絵が記帳を間違えた伝票は、労務課の課長が認め印を押したままの状態で、経理課長のデスクの上にあった。わたしはすばやく数字の間違いを直し、上司の引き出しから無断で拝借してきたハンコで訂正印を押した。

それだけのことだ。

後々これが問題になることはなかった。

琴絵からお礼にハンカチをプレゼントされた。

それからわたしたちは、正式に付き合うようになった。だから、あの時点でのわたしと琴絵は、お互い憎からず思っていたことは確かだが、単なる同僚以外の何物でもなかった。

「そうだったの……」

「ああ」

「六十年ぶりに真相がわかった。あたしはてっきり、あの人が聡くんの恋人だと思って、走ってその場から離れた。涙が出てしょうがなかった。市電に乗って帰るときもずっと泣いていて、お客さんから、お腹《なか》が痛いのかって心配された。家に帰ってもまだ泣いていた。弟はしきりに、どうしたのって聞いてきたけど。妹はそっとしておいてくれた。狭い家だし、あたしが毎晩、誰かに手紙を書いては捨てていたの、知っていたんだと思う。そうだったんだ。あたしは、逃げ出す必要なんてなかったんだ」

「ああ。泣く必要もなかったよ」

「もし、あの時、あたしが覚悟を決めて、五秒早く聡くんの許《もと》に行き、手紙を渡していたとしたら――」

「おれは多分規ちゃんと付き合っていたね。おれにとっても規ちゃんは、初恋の人だった。転校してからもずっと、規ちゃんのことが気になっていたんだ」

「結婚もしていたかしら」

「結婚もしていたかもしれない」

「そうだったんだ……」

規子は窓の外に遠い視線を走らせた。桜の枝は相変わらずそこにある。飛行機の音はもう止んでいた。

「もしあたしたちが結婚していたら、あたしは子供を失うこともなく、亭主の浮気に悩むこともなく、こんなに貧乏でもなかったのかしら」

「おれも十分貧乏だよ。浮気はしないだろうが」

「いえ、何言ってるのあたしは。あたしは今の人生にだって十分満足してるのよ。ただ、別の道を歩んでいたら、どんなことになっていたかって、ちょっと考えてみただけ。だって人生って、ほんの五秒の違いだけで、こんなにも大きく変わるんですもの」

「まったくだな」

「今頃普通のおばあちゃんみたいに、沢山の子供や孫に囲まれていたかしら」

「さあ、それはどうか分からんよ。男女《おとこおんな》みたいな、行かず後家の娘しか生まれなかったかもしれん」

「智子さんのこと？　ヒドイわねえ、その言い方。言いつけちゃうわよ」

規子とわたしは、声を上げて笑った。今日はよく笑う日である。笑うと咳と痰が出るが、気にしなかった。規子がティッシュで痰を取り、背中をさすってくれた。

「聡くん、あたしにずっと呼びかけてくれてたんでしょう。あたしの命の恩人だわ。ありがとう」

「いや。規ちゃんは自分の意思でこっちに戻ってきたんだよ」

「でも呼びかけがなかったら、あたしあのまま、ずっと眠り続けていたと思う」

「ずっと眠り続けていたら、金はおれのものだったんだがな」

「あら。さっきは、自分の方から賭けを降りるって言ったくせに」

「忘れちまったよ」

「ねえ治療、受けるでしょう」

わたしは染みの浮き出た、漆喰《しっくい》の天井を見つめた。蛍光灯の両端が、随分と黒く焦げているなと思った。

「あの金でいったい何をしようと思ってる？」

「あたしの質問に答えてよ」

「おれの質問に答えてくれたら、答える」

「分かったわ。そうね、もしあたしが賭け金を受け取ることができたら――」

「おいおい。この期に及んで、『もし』はないだろう。最早明白な事実じゃないか。規ちゃんが望むなら、賭けを降りるのはやめてもいい。だが、最後に勝つのは、やっぱり規ちゃんだよ」

「豪華客船で世界一周の旅。それで船内で恋人を見つける。年下の外国人がいいかしら。できたらヨーロッパの人。日本の男はもういいから。それでね。一年のうち半分は日本、半分はヨーロッパに住むの。向こうでは古いお城で暮らしたい。お城なんて、ヨーロッパの田舎ではとても安く買えるんでしょう」

「いい計画じゃないか」

「嫉妬しない？」

「ばかな」

「恥ずかしがることないじゃない。嫉妬するでしょう」

「おれはその時にはもう、この世にいないじゃないか」

「今訊《き》いているのよ。素直になりなさいよ。嫉妬するでしょう」

「さあな」

「ほんの少しだけでも嫉妬してくれないの？　聡くん。あたしのこと初恋の人だって、たった今認めたばかりじゃない」

「ほんの少しだけならな」

「ほんの少しだけ？」

「うるさいな。もう病人をからかうなよ」

「心配しないでよ。聡くんが存命のうちは、絶対できないんだから。だからあたしにそんなことさせないために、少しはあがいて見せてよ」

最終章　涅槃《ねはん》の彼方に見えたものは

眠りは深い闇である。

何者の存在をも拒否する、無機質の深い闇。

入院して二週間経ったが、未《いま》だ芝桜が見えない。医者は、明日にでもわたしが死ぬようなことを平然と言ってのけるのに、これはいったいどういうことだ。

やはり芝桜の世界など、存在しないのだろうか。

わたしに待っているのは「無」だけなのか。

それとも、医者がなんと言おうが、わたしはまだ、召されていないのか。

治療を受けることにした。

化学療法と、放射線治療だ。

智子も規子も毅も、とても喜んだ。彼らの喜んだ顔を見るのは嬉しい。

化学療法というのは、単に薬を飲むこと。ステロイド剤を飲まされた。熱が下がり、食欲も出てきたのには驚いた。一錠飲んだだけで、癌《がん》が消えてしまったかのような気分になったが、後にこれが副作用防止効果による、見せ掛けの調子よさであることを思い知らされた。防止効果がきれると、途端に吐き気と眩暈《めまい》に襲われた。なるほど、正輝はこんな状況に耐えていたのかと、盟友のことを思い出し、合掌した。

化学療法ワンクールが終わる頃、並行して放射線治療が始まった。CTでスキャンされ、胸部にマジックでばってんを付けられた。このポイントめがけ、高エネルギー放射線を照射するのだ。治療担当はまだうら若き女医だった。治療台に乗ったわたしにふっくらと微笑《ほほえ》み、「大丈夫ですからね」と言った。

照射位置を決めるのにかなり手間取っていたが、照射そのものは一分たらずで済んだ。本当に「大丈夫」で、拍子抜けするほどあっけない。熱さも痛みも感じないというのは、なんとも不気味だ。

徐々に食欲が無くなり、痩せた。化学療法のせいなのか、味覚がまるで感じられない。おまけに流動食であっても、うまく飲み込むことができない。放射線のおかげで食道が炎症を起こしているらしい。

気がつくと、いつの間にか、胸元が黒く焼け爛《ただ》れていた。痛みをまったく感じない放射線が、いかに恐ろしいものであるか、これでよく分かった。しかし、こんなものを放射されても根絶が難しい癌細胞というのは、さらに恐ろしいと思った。

体温が上がり、慢性的な眩暈にさいなまれた。癌細胞と一緒に、わたし自身も着実に死んでいくような気がした。

治療が始まってからも、相変わらずわたしには闇しか見えなかった。生死の境をさ迷っているはずなのに、夜に目を閉じ、翌朝目覚めるまでの記憶は「無」なのだ。

これはエリと出会う前、わたしが信じていた死生観である。肉体が朽ちた後は、何も残らず、あるのは虚無のみ。

やはり芝桜の国など、存在しないのか。

あばらが見えるほど痩せ細り、髪の毛もごっそり抜け、トーストのように焦げ目がついたわたしを、智子も規子も毅も励ましてくれた。わたしのためにリンゴを擂《す》り下ろし、背中をさすり、足を揉んでくれた。

彼らの顔に悲愴感はない。変わり果てた姿に、陰で涙しているやもしれぬが、少なくともわたしの前では気丈に振舞う。回復に向かっていると、笑顔さえ浮かべる。

そんな彼らを見ていると、一日でも長生きしてやらねば、と思う。

治療を始めて一ヶ月半が過ぎ、いよいよ最後の放射線照射の日がやってきた。

なんと三十五回目の照射だ。

よくこんなものにこれだけ耐えたと、我ながら誉《ほ》めてやりたい。

「今までよく頑張られました。今日のこれが最後ですからね」

女医が例の、ふっくらとした笑顔で言う。

「これが最後」の後がない。「最後にもう一度照射すれば、癌を根絶やしにできますからね」とは言わない。

だが、わたしにはもう分かっている。

自分自身のことを、医者より分かるのは当然だ。

わたしはもうすぐ死ぬ。

しかし、最後まで生きる望みを捨てたくはなかった。現代医学を総動員させ、苦痛に耐えながら、生きる努力を怠らなかった。これぞ、長生き競争の立案者、今は亡き及川明男の精神なのだ。

「お疲れ様。もうゆっくり休んでくださって結構ですよ」

最後の照射が終わった。

体の強張《こわば》りが抜け、大きなため息が漏れた。

目が回り、わたしは、明男、正輝、博夫、弘と一人一人の名前を心の中で呼んだ。

もうすぐお前たちのところへ行くよ。

といっても、そこは真っ暗闇で、お前たちの顔も見られんのだろうな。

エリの名前は呼ばなかった。

エリは芝桜の国へ旅立つと言い残し、逝《い》った。

ならば彼女は芝桜の国にいるのだ。

わたしが向かうのは漆黒《しっこく》の国。そこにエリはいない。いたとしたら、あまりにやるせない。

さようなら、エリ。

もう一度あの娘に別れを告げるなんて、不思議なものだと思った。

わたしを呼ぶ声が聞こえ、目を開けた。

ぼんやりと人の顔が見える。

智子だ。

智子が目尻を下げ、口元をゆがめながら、わたしの名前を叫んでいた。

智子。

一人残すお前のことが、一番心配だ。だがまあ、お前はおれがいなくても、今まで通り、本能の赴くまま奔放に生きるだろう。元気で暮らせよ。真冬に下着姿でうろちょろするなよ。風邪ひくぞ。

智子がわたしの腕を摑み、俯《うつむ》いた。彼女の零《こぼ》す涙の温かみが、手の甲に伝わった。

震える肩の向こうには、規子の姿があった。ハンカチを鼻に当て、濡れた瞳でわたしを見ている。

規子。

おれたちはこういう運命だったんだな。お前はおれの初恋の人だった。あこがれていたよ。余生をしっかり楽しめよ。父親と同じように、百歳まで生きろよ。

再び目を瞑《つむ》ると、わたしの頭の中で、見知った者達の顔が、次々に像を結び始めた。

毅。

済まん。エリとは結ばれそうにない。おれは、別のところへ旅立つようだ。達者でな。お前も早く、いい人見つけろよ。

酒井青年。

短い付き合いだったが、いろいろと世話になった。国家試験がんばれよ。

三バカトリオ。

……済まん。名前をド忘れしてしまった。おまえたちは、最後におれを笑わせてくれた。ありがとう。

みんな、今までありがとう。

おれはみんなに愛され、とても幸せだったよ。

いや、待て。

まだすぐに死ぬわけじゃないだろう。

それとも、もう死ぬのか。
ばかな。
たった今、最後の治療が終わったばかりじゃないか。
それともあれから何日も経っているのか。
瞼《まぶた》の裏に、胸から入り込んだ放射線の残光のようなものが、うっすらと残っている。
どうやら体中放射能汚染されてしまったようだ。
光はなかなか消えない。
強烈なオレンジに輝いていたそれは、やがて淡い色に変化し始めた。
なんだ、これは？
靄《もや》のかかったピンク色の世界だ。
夢を見ているのだろうか。
瞼を開ければはっきりするぞ。
だが、瞼が開かない。
開けたくない。
遠くから、誰かがこちらに向かって駆けてくる。
小柄な女性だ。
子供のようで、そうではない。

ウエストは細いが、骨盤や太ももには、りっぱな肉がついている。

夢ではないのか。

夢ではないよな。

夢であるわけがない。

参考文献

『恍惚の人』　有吉佐和子＝著・新潮社刊
『黄落』　佐江衆一＝著・新潮社刊
『「老いるということ」ＮＨＫこころをよむ』　黒井千次＝著・日本放送出版協会刊
『楢山節考』　深沢七郎＝著・新潮社刊
『ガン日記』　中野孝次＝著・文藝春秋二〇〇六年七月号
『幸運を引きよせるスピリチュアルブック』　江原啓之＝著・三笠書房刊
『沖縄の戦い』　森山康平＝著・河出書房新社刊

『子どもたちの昭和史』

大月書店刊

『昭和・平成家庭史年表一九二六〜一九九五』

下川耿史＝編・河出書房新社刊

『「昭和と戦争」語り継ぐ七〇〇〇日』

企画＋発行＝ユーキャン・制作＝株式会社セレブロ

『一億人の昭和史15　昭和史写真年表（元年〜五十一年）』

毎日新聞社＝編

『夜回り先生・水谷修のメッセージ2　生きていてくれてありがとう』

販売＝NHKエンタープライズ

『知っていますか？　AIDSと人権一問一答』

屋鋪恭一＋鮎川葉子＝著・解放出版社刊

取材協力

日本キリスト教団　紅葉坂教会
福岡サン・スルピス大神学院（現・日本カトリック神学院）　嘉松宏樹神父
赤い靴記念文化事業団　ザ・シワクチャーズ横浜
横浜市立磯子小学校　昭和十九年度卒業生

参考インターネットサイト／ブログ

千羽鶴の介護記録
肺癌医師のホームページ
がんを明るく生きる
ようこそ「語る60歳以上へ」

その他、多数のインターネットサイト／ブログを参考にさせていただきました。

JASRAC 出 0814516-801

最後に、本作品につき、いろいろなアドバイスを頂きました、
主人公白石聡と同年齢の伯父《おじ》に、感謝の意を表します。

解説

田口幹人

二〇〇七年は、日本の雇用制度や社会保障の制度において大きな転換点だった。一九四七年から一九四九年までの三年間に出生した世代、いわゆる団塊の世代が現役生活を終え、定年退職を迎えることにより起こりうるであろう様々な懸念が議論されていた。その三年間のうちで団塊の世代の退職者が最も多いとされていた二〇〇七年は、「二〇〇七年問題」といわれ騒がれた象徴的な一年だった。社会保障費の増大や労働力の減少など様々な影響が懸念されていた一方で、多くの退職者が持て余す時間と莫大な退職金がもたらす経済効果を期待する声も上がっていた。本書は、そのような年に上梓された作品だった。

「終活」という言葉が生まれたのもまさにこの頃だったのではと記憶している。終活とは、その名のとおり人生を終えるためにする活動である。生きているうちに、遺される者たちのために、自分自身のお墓の準備や葬儀の段取りを決め、身辺整理をし、財産や相続などについての計画を立て、遺された家族が困らないように、自分の思いや考えを伝え、自分の死後の手続きを円滑にするための活動だ。その後、「終活」という言葉は、二〇一〇年の新語・流行語大賞にノミネートされ、翌々年の二〇一二年では新語・流行語大賞のトップ10入りをするほど大きな話題となった。書店に行くと、エンディングノートをはじめとした終活本が並び、新聞やテレビを筆頭に多くのマスコミで取り上げられ、各地で終活セミナーなどが開かれるなど、この数年間で広く浸透した。地域から家族へ、大家族から核家族へ、そして群れよりも個を優先させるようになった生活様式の変化に伴い、少しずつ薄れていった人間関係もその要因となっているのかもしれない。

もうひとつ大きな要因に、団塊の世代が直面した定年後の生き方探しがあったのではないだろうか。人は皆、この世に生を受けた時から死に向かって歩みを進めている。終わりを意識することで今まで歩んできた人生を見つめなおすことができる。それは「これから」を考えることにつながる。死を見つめることは、生を見つめなおすことなのだ。

団塊の世代は、戦後の混乱期を肌で感じ、マイナスからの復旧と復興のためにがむしゃらに働き、新しい日本の礎《いしずえ》を作った世代だ。仕事に傾けていた時間と情熱を、定年後の第二の人生においてどのように使うのかを考えること、それは終活がもつ大きな役割だったのだろう。

日本は、世界一の長寿大国といわれている。平均寿命の長さは、世界トップクラスである。平均寿命は、その国や地域の医療水準や衛生の指標にもなっている。日本は、予防医学を含めた医療体制が充実したことにより乳幼児の死亡率が低下したことが平均寿命を押し上げた。

人間が生まれてから死ぬまでの時間を寿命という。もちろん、その長さには個人差がある。生まれてすぐに命を落としてしまう人もいるし、一〇〇歳を越えても生きている人もいる。生きられる期間は違えど、誰にでも必ず死は訪れる。世界一といわれるその与えられた期間をどのように過ごすのかが大きな課題なのだ。

本書は、間もなく喜寿をむかえる老人たちの看取りと終活をユーモラスに描いたエンターテイメント小説である。

冒頭、著者は、彼らの世代を「人生を足し算ではなく引き算して残りの耐用年数を考える年齢となった世代」と綴《つづ》っている。本書では、与えられた命ある限られた時間を、寿命ではなく余命としてとらえていることを表現した一文がある。命が途絶えるまでにしてきたことを主題にするのではなく、これから命が途絶えるであろうその日までを主題にしているのだという著者のメッセージが込められた一文だった。

主人公・白石《しらいし》聡《さとし》は、六五年ぶりに小学五年生までを過ごした生まれ育った故郷に娘とともに引っ越してきた。近所に買い物に出かけた際、偶然に小学校時代の同級生・吉沢弘《よしざわひろし》と出くわす場面から物語が始まる。街並みも住む者も様変わりしてしまった故郷の地で、当時の面影を残した旧友の笑顔が、半世紀という時を越え迎え入れてくれた。吉沢弘から、小学時代の幼なじみでのうち及川明男《おいかわあきお》・渡辺正輝《わたなべまさてる》・大谷博夫《おおやひろお》・木村規子《きむらのりこ》の比較的元気な六人で時折同級会を開いているので参加しないかという誘いを受け、近所の飲み屋に向かう。幼かった彼らの顔に、六五年という時の流れがもたらしたそれぞれの歴史が刻まれていたが、ここでも滲み出るかつての面影が、白石を温かく迎え入れてくれた。しかし、話題に上がるのは健康談議や死人の話など暗いものばかりだった。

そんなある日、六人のなかでいちばんマッチョな明男が突拍子もない提案をする。「どうせお金を賭けるなら、誰が一番長生きするか賭けよう」というものだった。人が自分より先に死ねば喜ぶという、人の命を賭けの対象にすることへの道徳的な反対意見もあったが、命を賭けるというのは「生きよう」という気持ちを起こさせるためであり、この賭けは、掛け値なしの狂酔なのだという前向きな意見を皆が受け入れ、六人は、最後の人生ゲーム「長生き競争」を始めることになる。

「どうせ逝《ゆ》くのなら、粋にゆこう」という言葉通り、一人、そしてまた一人と賭けに負け人生を閉じてゆく。酔狂なその賭けを通じて互いに過ごしてきた人生を振り返り、背負ってきた荷物を下ろし合い、遺された者はその荷物の自分の荷物として背負ってゆく。そう、その荷物の重さを共有できる誰かがいる限り、人は一人で生まれ、一人で生き、一人で死んでゆくのではないのだ。次々と亡くなってゆく友を見送る遺された者の想いに度々胸をうたれた。

それぞれの老人たちの物語を縦軸に据え、白石の娘の智子《ともこ》、ひょんなことから同居をすることとなったエリ、そしてエリの元彼の毅《たけし》と三人の後輩たちの若い世代との交わりと絆の物語を横軸に据えて描かれている。生まれた世代の違いは、価値観の違いを生み出す。老若男女、すべての生きる者に平等に訪れる死。一つの出来事を通じ、互いの年の差を乗り越え、その価値観のズレを埋めるような登場人物たちの姿から、「伝えること」「伝えてゆくこと」の大切さを学んだ。

（たぐち・みきと／書店員）

本書は、二〇〇八年十二月、小学館文庫より刊行された
『長生き競争!』を廣済堂出版にて文庫化したものです。

ノベルス文庫

KOSAIDO BUNKO

長生《ながい》き競争《きょうそう》！

2015年1月1日　第1版第1刷

著者
黒野伸一《くろのしんいち》

発行者
清田順稔

発行所
株式会社 廣済堂出版
〒104-0061 東京都中央区銀座3-7-6
電話◆03-6703-0964［編集］ 03-6703-0962［販売］ Fax◆03-6703-0963［販売］
振替00180-0-164137　http://www.kosaido-pub.co.jp

印刷所・製本所
株式会社 廣済堂

ISBN978-4-331-61622-2　C0193